Alexandra von Grote

# Schloss Aicken

Roman

**Bibliografische Information der Deutschen Nationalbibliothek**
Die Deutsche Nationalbibliothek verzeichnet diese Publikation in der Deutschen Nationalbibliografie; detaillierte bibliografische Daten sind im Internet über http://dnb.d-nb.de abrufbar.



Coverumschlag unter Verwendung eines Fotos von Baronin Natalie von Richter, Hofdame bei der letzten russichen Zarin
Grafik: Rawpixel.com/ Shutterstock.com

Verlag: BoD · Books on Demand GmbH, Überseering 33, 22297 Hamburg, bod@bod.de
Druck: Libri Plureos GmbH, Friedensallee 273, 22763 Hamburg

ISBN: 978-3-7597-8741-5

In Gedenken an meine Großeltern

*Heinrich von Grote*
*Natalie von Grote, geb. Baronin von Richter*

Und an meinen Vater

*Alexander von Grote*

# Inhalt

*Die Erinnerung ist das einzige Paradies,*
*aus dem wir nicht vertrieben werden können.*

Jean-Paul

# Erstes Buch

## Die Fülle des Lebens

# I

## Paris 1923 – Livland 1913

# 1



*Paris, 31. Oktober 1923*

Mit raschen Schritten bog Beatrice in die Rue des Martyrs ein. Sie fühlte sich müde, ausgelaugt, und der Hunger nagte an ihr. In ihrem winzigen Mansardenzimmer mit unzulänglicher Ofenheizung warteten ein Rest Suppe und ein halbes Baguette von gestern. Vielleicht hatte ihr Madame Ginette noch ein Stück Käse oder Schinken vor die Tür gelegt? Die Concierge besaß ein weiches Herz.

Beatrice hatte gerade ihre Lektorenstelle in dem kleinen Verlag für russische Literatur verloren. Die Edition war in Konkurs gegangen. Noch wußte Beatrice nicht, woher sie nun ohne diese einzige Verdienstmöglichkeit die wenigen Francs für das Nötigste zum Leben beschaffen sollte.

Keine fünfzig Meter von ihrer Mansardenkammer entfernt befand sich ein Antiquitätengeschäft. Der Ladeninhaber war ein alter Herr mit Menjoubärtchen und gebückter Haltung, die auf ein Rückenleiden schließen ließ. Oft beobachtete Beatrice ihn in seinem Geschäft. Er hielt einen alten Leuchter in der Hand oder rückte eine Porzellanfigur im Regal zurecht.

Trotz des inzwischen stärker werdenden Regens blieb Beatrice auch heute vor dem Schaufenster stehen. Kostbares Tafelsilber, erlesenes Sèvres Porzellan, goldene Kerzenleuchter, kunstvolle Kristallschalen ... All dies hatte Beatrice von Kindheit an umgeben. Und doch schien es ihr jedes Mal, daß die Jahre, in denen dies für sie wie selbstverständlich zum Leben gehört hatte, unendlich weit zurück lagen.

In einer anderen Zeit, einem anderen Land, einem längst verblichenen Leben.

Schon wollte sie weitergehen, als sie plötzlich etwas entdeckte. Zögerlich beugte sie sich näher.

Antoine Dubois saß an seinem kleinen Intarsiensekretär und putzte seine Brille. Die Sehkraft wurde schwächer, ein weiterer Stolperstein auf dem Weg ins Alter. Mit seinen dreiundsechzig Jahren war sein Körper bereits stark in Mitleidenschaft gezogen. Sein Rücken schmerzte durch die fortschreitende Wirbelsäulenverkrümmung, eine Erbkrankheit. Im rechten Knie wütete die Arthrose. Aus den Augenwinkeln sah er jetzt eine Bewegung vor dem Schaufenster.

Da war sie wieder, die junge Frau, die jeden Abend die Auslage seines Geschäfts betrachtete. Seit geraumer Zeit hatte er sie schon beobachtet. Im Juli – oder war es August gewesen? - führte sie ihr Weg zum ersten Mal an seinem Laden vorbei. Stets trug sie schwarze Kleidung und einen großen Schal, der ihr dunkles Haar halb bedeckte. Ihre schlanke Gestalt wirkte zerbrechlich, gleichwohl die Fremde groß gewachsen war. Er schätzte sie auf Mitte zwanzig. Obgleich er sie nie aus der Nähe gesehen hatte, verströmte sie eine geheimnisvolle Aura.

Die Ladenglocke bimmelte, und mit raschen Schritten kam die junge Frau herein.

»Guten Abend, Mademoiselle – oder sollte ich Madame sagen?«

»Es spielt keine Rolle. Guten Abend, Monsieur.« Ihre Stimme klang warm und ein wenig erregt. Ihre Augen, deren Farbe er nicht genau erkennen konnte, jedoch ein dunkles Blau vermutete, flackerten unruhig.

»Was führt Sie zu mir?«

»Ich habe in Ihrer Auslage einen Ring gesehen. Würden Sie ihn mir bitte zeigen?«

»Welchen der Ringe meinen Sie? Den mit dem kleinen Rubin? Er ist sehr preiswert.«

»Nein, ich meine den Siegelring mit dem Smaragd!«

Ein leichtes, etwas skeptisches Lächeln umspielte die Lippen des Alten. Unwillkürlich fiel sein Blick auf die Schuhe der jungen Frau. Das Leder war zerschlissen, die Absätze schief getreten.

»Ein wertvolles Stück,« meinte er ein wenig von oben herab. »Und natürlich eine ganz andere Preisklasse.«

»Darf ich ihn trotzdem sehen?« Sie klang so entschlossen, daß Antoine Dubois sich beflissen gab.

»Ja, ja natürlich!«

Er schlurfte zur Schaufenstervitrine und holte den Ring. Behutsam nahm die junge Frau ihn, hielt ihn zwischen Daumen und Zeigefinger. Im Licht der Stehlampe funkelte der Stein in tausend Facetten.

»Sie müssen wissen,« sagte Dubois geschäftsmäßig, »normalerweise ist der Smaragd viel zu hart, als daß man ihn gravieren könnte. In den meisten Fällen springt das Material. Dieser hier ist ein ganz besonderes Stück.«

»Ich weiß.«

Die Besucherin steckte den Ring an den linken Ringfinger. Ihre Lippen verzogen sich zu einem wehmütigen Lächeln, dann schossen ihr Tränen in die Augen und sie schwankte, als würde sie ein Schwindel ergreifen. Unwillkürlich legte ihr Antoine Dubois die Hand auf den Arm.

»Ist Ihnen nicht gut? Möchten Sie sich einen Moment setzen?«

Ohne ihre Antwort abzuwarten, führte er die Fremde zu einer Sitzgruppe aus Louis XV Möbeln.

»Darf ich Ihnen etwas bringen? Ein Glas Wasser, einen Tee? Ich glaube, ein Schluck Tee würde Ihnen guttun!«

Jetzt bemerkte Dubois, daß seine Besucherin von ebenmäßiger

Schönheit war. Noch etwas anderes konnte er in ihrem Gesicht entdecken: Eine große Melancholie, vielleicht Trauer, und eine gewisse Willensstärke.

»Trinken Sie, Madame. Sonst wird er kalt.«

Langsam führte die Unbekannte ihre Tasse zum Mund. Dann sagte sie in ihrem perfekten Französisch, dessen leichter Akzent für das geschulte Ohr des Antiquitätenhändlers sofort zuzuordnen war:

»Dieser Ring, Monsieur, woher haben Sie ihn?«

»Warum fragen Sie, Madame?«

»Ganz einfach: weil er mir gehört.«

»Eine alte Frau hat ihn mir heute Vormittag verkauft. Wer sie war, oder woher sie den Ring hatte, sagte sie nicht. Aber ich bin Geschäftsmann und frage nicht lange, wenn mir ein schönes Stück angeboten wird. Natürlich konnte ich ihr keinen exorbitanten Preis bezahlen, denn ...«

Die junge Frau unterbrach ihn und schüttelte erstaunt den Kopf.

»Ich kann mir wirklich nicht erklären, wie der Ring nach Paris gekommen ist, in den Besitz einer alten Frau! Er ist mir vor vielen Jahren abhanden gekommen!«

Antoine Dubois war neugierig geworden. Sein Beruf brachte es mit sich, daß seine Kunden ihm oft Geschichten erzählten. Auch diese Frau und dieser Smaragdring mit dem eingravierten Wappen zweier sich gegenüberstehender Löwen und einer Grafenkrone hatten eine Geschichte. Und Antoine Dubois war begierig, sie zu erfahren.

»Ich vermute, Sie kommen aus Russland oder Polen? Das höre ich an ihrem leichten Akzent. Dem Akzent der Aristokratie.« Prüfend blickte er die junge Frau an.

Diese lehnte sich im Sessel zurück, und alle Anspannung schien mit einem Mal von ihr abzufallen. Sie legte ihre linke Hand auf die Sessellehne. Erneut funkelte der Stein im Licht der Lampe.

»Mein Name ist Beatrice von Reckendorff, und ich komme aus Russland, Monsieur.«

Ihre Stimme bekam nun einen melancholischen Klang.

»Genauer gesagt: aus Livland, bis zum Ende der Zarenherrschaft eine der russischen Ostseeprovinzen. Nach der russischen Revolution entstanden daraus die Republiken Estland und Lettland. Damals, als ich diesen Ring geschenkt bekam, gehörten Livland und meine Familie noch zum russischen Zarenreich. Jahrhunderte zuvor war unser Urahn, wie viele andere Deutsche, nach Livland eingewandert. Dort stellten die einheimischen Esten und Letten die Mehrheit der Bevölkerung. Doch die eingewanderten Deutsch-Balten erkämpften ihre politische und kulturelle Eigenständigkeit. Dies betraf unsere deutsche Muttersprache, eine autonome Verwaltung, Schulwesen, Justiz, Polizei und die Bildung des Landtags. Innerhalb Russlands hatten wir als Minderheit eine Sonderstellung. Dennoch waren wir im Vielvölkerstaat Russland stets loyale Untertanen des Zaren. Viele Balten bekeideten hohe Staatsämter, waren in Forschung und Wissenschaft tätig und dienten als Ofiziere in der zaristischen Armee.«

»Das wußte ich alles gar nicht,« meinte Dubois erstaunt.

»Das geht vielen Europäern so. Doch das war eines Tages zu Ende. Der Sturm der Geschichte hat alles verweht.«

Beatrice schwieg und betrachtete nachdenklich den Ring an ihrem Finger. Voller Wehmut eilten ihre Gedanken zurück.

*Damals, an ihrem siebzehnten Geburtstag … Schon früh am Morgen traf sich die ganze Familie im Blauen Salon auf Schloss Aicken, um ihr zu gratulieren. Auf einem Silbertablett lagen Briefe und Telegramme. Der Vater öffnete ein kleines, mit Samt ausgeschlagenes Kästchen, nahm einen Ring heraus und steckte ihn an den Finger seiner Tochter. Feierlich sagte er:*

*»Diesen Ring trug dein Urgroßvater in der entscheidenden Schlacht gegen Napoleon bei Leipzig. Das Wappentier ist unser*

Schutzpatron! Mögen dir unsere springenden Löwen alles Glück der Welt bescheren! Herzlichen Glückwunsch zum Geburtstag, Beatrice!«

Butler Johann reichte Champagner, und alle gratulierten ihr. Dann ging man beschwingt in den Tag, und am Abend feierte man das Johannifest.

Wenig später ließen Arved und sie ihre Pferde für den morgendlichen Ausritt satteln ...

# 2

Der staubige Weg am Rande des Birkenwäldchens führte später in einen angrenzenden Mischwald. Nach einigen Metern begann ein dichter Schilfgürtel, der das Ufer des Mondsees in weiten Teilen eingrenzte. Über dem Wasser glitzerte das Sonnenlicht. Zwei Fischreiher flogen dicht über der Oberfläche ins Schilf und ließen sich nieder. Durch das plötzliche Geräusch der knisternden Halme scheute das Pferd.

»Ganz ruhig, Rasboi!« Beatrice klopfte den Hals ihres schwarzen Wallachs und ließ das Tier vom Trab in den Schritt fallen. Sie lachte und wandte sich zu Arved.

»Er ist einfach zu dumm! Dabei kennt er doch diese Geräusche!«

Arved lächelte und strich seine blonden, dichten Haare aus der Stirn.

»Auch Rassepferde sind nicht intelligenter als ein Ackergaul. - So eine Hitze!«

»Papa sagt, das soll erst der Anfang sein. Für das Johannifest heute Abend aber genau das richtige Wetter.«

Seit Beginn des Sommers ritt Beatrice im Herrensitz. Dies hatte zu heftigen Auseinandersetzungen mit ihrem Vater geführt. Graf Moritz von Reckendorff hatte feste Prinzipien hinsichtlich der Erziehung einer jungen Comtesse, deren tadelloses Benehmen und gebührender Anstand die Voraussetzung waren für eine standesgemäße Ehe. Schließlich hatte Beatrice ihren Willen durchgesetzt, da Tante Meggie sie unterstützt hatte. Und weil Graf Moritz bei allen Prinzipien eine große Schwäche für seine Tochter besaß. Von der Schneiderin in Riga waren Reithosen angefertigt worden. Braune Stiefel aus weichem Leder vervollständigten den ungewöhnlichen Reitdress.

Arved, der Ziehsohn der Reckendorffs, war einige Jahre älter als Beatrice und mit ihr zusammen aufgewachsen. Jetzt, in den Semesterferien, ging er Graf Moritz bei den Belangen der Güter zur Hand und erwies sich bereits als tüchtiger Landwirt.

»Na, was ist, mein Lieber? Kleines Wettrennen, durch den Wald bis zum Hochmoor?«

Ohne Arveds Antwort abzuwarten gab Beatrice ihrem Wallach die Schenkel. In gestrecktem Gallopp bog sie vom Sandweg in den Waldweg ein und preschte davon. Ihre dunklen Haare, lose im Nacken zusammen gebunden, flatterten im Wind.

Arved schüttelte den Kopf und lächelte. *Sie reitet wie ein Kosak*, dachte er.


Der weiche Waldboden dämpfte die Schritte des Rappen. Beatrice ließ die Zügel etwas lockerer, und Rasboi steigerte sein Tempo. Einige Male drehte sie sich um, Arved war nicht zu sehen. Lauthals warnte ein Eichelhäher. Im Unterholz raschelte es. Ein Fuchs, ein Dachs? Lichtstrahlen glitzerten durch die Zweige der Bäume. Der Geruch des schwitzenden Pferdes vermischte sich mit dem würzigen Duft des Waldbodens. Beatrice war ganz in ihrem Element. In Einklang mit der Schönheit der Natur, mit den Pflanzen und Tieren des weitläufigen Besitzes ihrer Familie. Frei und ungebunden fühlte sie sich. Hier gab es keine Etikette, keine mahnende Stimme, wie junge Comtessen sich zu verhalten und zu kleiden hatten.

Der Weg führte mitten durch den Wingener Forst, eines der Jagdreviere von Graf Moritz. Oft hatte Beatrice bei ihren Ausritten Rehe gesehen, die dann erschrocken ins Unterholz flüchteten. Im Winter konnte es geschehen, daß sich Elche in diese Gegend verirrten, sogar Wölfe und Bären.

Vor einer Brombeerhecke auf einer kleinen Lichtung parierte Beatrice ihr Pferd durch und lockerte die Zügel. Schnaubend und mit schaumigem Maul stand Rasboi, um gleich darauf an den mageren Grasbüscheln zu knabbern. Beatrice ließ ihn gewähren und atmete tief durch. Jetzt kam Arved in verhaltenem Galopp. Sein Pferd wirkte nur mäßig angestrengt.

»Warst du mit Absicht so langsam?« argwöhnte Beatrice und runzelte die Stirn.

»Ach was, das würde ich nie tun! Fairer Wettstreit, das weißt du doch.«

Beatrice blickte ihn skeptisch an. Beide stiegen ab und überließen die Pferde sich selbst. Ein morscher Baumstamm am Wegesrand lud zur Rast ein.

»Was für ein herrlicher Morgen!« schwärmte Arved und schien sich mit der Hitze arrangiert zu haben. Verträumt blinzelte er in die Sonne. »Ich liebe den Sommer! Die weißen Nächte ...

»Und ich habe schrecklichen Durst,« meinte Beatrice wenig prosaisch. »Wir hätten eine Feldflasche mit Wasser mitnehmen sollen.«

»Stimmt. Leider ist das jetzt nicht mehr zu ändern. Ich weiß aber, daß die Köchin frische Zitronenlimonade abgefüllt und in den Eiskeller gebracht hat!«

Arved streckte seine langen Beine aus. Es entstand ein Schweigen. Schmetterlinge flatterten im Sonnenschein. Das Summen der Insekten mischte sich mit dem Schrei eines Eichelhähers. Eine Kornweihe drehte ihre Kreise über dem Hochmoor am flirrenden Himmel, um sich plötzlich in die Tiefe zu stürzen.

Arved wandte sich zu Beatrice. Wie schön sie war! Ihr Gesicht mit den dunkelblauen Augen hatte bereits eine leichte Bräunung angenommen. Das mochte er an ihr: ihre unbekümmerte Frische, die natürliche, unkapriziöse Art. Sie war anders als die jungen Mädchen und Frauen, die Arved in der Verwandtschaft und Bekanntschaft der Reckendorffs bisher kennengelernt hatte.

Seine Stimme klang plötzlich ganz weich.

»Bea, ich, ich wollte dir etwas sagen,« begann er stockend. »Das heißt, das wollte ich dir schon lange sagen. Und heute, an deinem Geburtstag, ist vielleicht genau der richtige Moment.«

»Ja, was denn?« fragte Beatrice unbefangen. »Na los, Arved, sag schon!«

»Kannst du es dir nicht denken?«

»Nein. Worum geht es?«

Er nahm ihre linke Hand. Der Smaragdring mit dem eingravierten Familienwappen funkelte im Sonnenlicht. In Arveds hellgrünen Augen entdeckte Beatrice etwas Unbekanntes. Sie zog ihre Hand nicht weg. Als ob eine Magie von der Berührung ausging, ein Zauber, der sie für einen Moment in den Bann schlug. Ein Schauer durchlief sie plötzlich, und ihr Herz schlug schneller. So lange kannte sie Arved schon, seit ihrer Kindheit. Er war ihr Spielkamerad gewesen, ihr großer Bruder und Beschützer. Ein Waisenjunge und einziger Spross der verarmten Adelsfamilie von Stolkenberg aus Dorpat, den ihr Vater als Ziehsohn angenommen hatte. Und doch, in diesem Moment geschah etwas völlig Neues.

Sie war verwirrt.

Arved schien dies zu spüren. Behutsam legte er seinen Arm um ihre Schulter und küßte ihre Lippen. Sie waren weich und angenehm kühl. Beatrice ließ es einen Moment geschehen, dann löste sie sich abrupt aus der Umarmung.

»Was soll das, Arved? Ich ...« Ihre Augen blickten unsicher, ihr Lachen klang verlegen. Arved fühlte sich ermutigt.

»Entschuldige, aber meine Gefühle für dich haben sich seit einiger Zeit verändert. Ich weiß, daß ich dich liebe. Und ich möchte, daß du meine Frau wirst.«

Abrupt erhob sich Beatrice. Sie spürte die Röte in ihrem Gesicht, das Zittern ihrer Hände. Etwas war soeben geschehen, von dem sie eine vage Vorstellung hatte. Sie ahnte, daß an diesem herrlichen Geburtstagsmorgen ein Abschnitt ihres Lebens endgültig zu Ende gegangen war – ihre Kindheit mit dem guten Freund und Kameraden Arved. Sie betrachtete den Mann, der immer noch auf dem Baumstamm saß und sie erwartungsvoll ansah. Seine große, schlanke Gestalt, das markante Gesicht mit der leicht gebogenen Nase, seinen geschwungenen Mund. Er sah blendend aus. Männlich, trotz seiner zwanzig Jahre. Und sein Kuß brannte immer noch auf ihren Lippen.

»Ich ...ich weiß nicht, was ich sagen soll, Arved. Es wäre mir lieber, du würdest ...«

Sie stockte und drehte sich um. Mit raschen Schritten ging sie zu ihrem Wallach, schwang sich in den Sattel und gab Rasboi die Schenkel.

# 3

Die Fenster im ersten Stock des Südflügels von Schloss Aicken waren weit geöffnet. Gesprenkeltes Licht floß in den Raum, der mit seinen hohen Wänden auch im heißesten Sommer stets eine gewisse Kühle verströmte. Auf der Fensterbank dösten schläfrige Fliegen. Im Park lärmten die Sommervögel. Ihre aufgeregten Stimmen vermischten sich mit dem Geruch von frisch gemähtem Rasen.

Charlotte Gräfin von Reckendorff saß an dem kleinen Biedermeierschreibtisch in ihrem Salon. Sie pflegte eine rege Korrespondenz. In Riga, Dorpat, Berlin, Paris und Sankt Petersburg lebten Verwandte und alte Freundinnen, denen sie, je nachdem, auf Deutsch, Russisch oder Französisch schrieb. Sie beendete das kyrillisch gehaltene Schreiben an Tatjana Kropotkin in St. Petersburg, die Patentante von Charlottes Tochter Beatrice. Seit ihrem siebzehnten Lebensjahr kannten die beiden Frauen sich. Tatjana war ein halbes Jahr jünger als Charlotte, im Mai hatte sie ihren neununddreißigsten Geburtstag gefeiert. 1892 gehörten beide Frauen zum Kreis der Hofdamen der Zarenmutter Marija Fjodorowna, wie vor ihnen andere ausgesuchte Töchter des Hochadels. Während Charlotte nach ihrem Ehrendienst am Zarenhof mit Graf Moritz von Reckendorff nicht nur eine standesgemäße Verbindung, sondern eine Liebesheirat eingegangen war, hatte Tatjanas persönliches Schicksal unter keinem guten Stern gestanden. Nach einer unglücklichen Ehe mit einem Fürsten Kropotkin war sie Witwe. Seitdem lebte sie kinderlos in einem Stadtpalais in St. Petersburg und schrieb Liebesromane, die sie unter Pseudonym in einem Moskauer Verlag veröffentlichte.

Charlotte legte den Füllfederhalter beiseite. Für das Johannifest am Abend war alles gut vorbereitet. Auf Aicken rechnete man mit etwa dreißig Gästen. Vor zwei Tagen waren bereits Moritz' Eltern aus Riga angereist und logierten in einem der Gästeappartements im Westflügel. Der alte Graf Sigismund hatte den Reckendorff'schen Besitz, bestehend aus Schloss Aicken, den Gütern Rübswald, Breitensee und Wingen, schon vor Jahren in die Verantwortung seines einzigen Sohnes Moritz gelegt. Zum Besitz gehörten ein großes Sägewerk, eine Ziegelei, eine Brauerei so wie eine Meierei zur Verarbeitung der Milch, die die Holsteiner Kühe von Gut Rübswald lieferten. Mit seiner Frau Elisabeth bewohnte der alte Reckendorff eine geräumige Stadtvilla in Riga. Zwei seiner Töchter waren verheiratet und wohnten weit entfernt. Eine andere lebte als Nonne in der Nähe von Moskau. Moritz' älteste Schwester Margarethe, genannt Tante Meggie, hatte nie geheiratet und wohnte im Schloss.

Charlotte ging zum Fenster und blickte in den Park, dessen frisch gemähter Rasen soeben von zwei Gärtnergehilfen besprengt wurde. Das kräftige Blattwerk der alten Eichen, die den Park und die breite Schlossauffahrt umsäumten und dem Anwesen vor vielen Generationen seinen Namen »Aicken« gegeben hatten, warf flirrende Schatten auf die Grünfläche. Gleich hinter dem Park lag der Mondsee, der größte der zahlreichen Seen, die zum Besitz der Grafen von Reckendorff gehörten. Gerade wollte Charlotte sich abwenden, als eine Schar Stare das helle Licht durchschnitt. Mit kräftigem Flügelschlag zog sie Richtung See. Doch einer der Vögel drehte plötzlich ab. Beinahe im Sturzflug steuerte er auf das offene Fenster zu und ließ sich auf dem steinernen Sims nieder.

Erschrocken wich Charlotte zurück. *Die Prophezeihung!* dachte sie und spürte, wie ein Schauer sie durchfuhr. Die Prophezeihung der alten Zigeunerin vor vier Monaten in Monte Carlo, wo sie mit Moritz einige Wochen zur Kur weilte, wie jedes Jahr. *Ein schwarzer Vogel, Exzellenz. Wenn er sich in Ihrer Nähe niederläßt, bringt er Unglück! Ich sehe eine Feuersbrunst und großes Sterben ...*

Ein heftiger Hustenanfall unterbrach Charlottes Erinnerung. Das Geräusch verscheuchte den Vogel. Charlotte rang nach Luft, und Tränen der Pein liefen ihr über die Wangen. Sie richtete Frisur und Kleidung und verließ das Arbeitszimmer.

Eine lang gestreckte Galerie verband den Nord- und Südflügel mit dem Haupttrakt des Schlosses. Seit einiger Zeit gab es in Aicken elektrisches Licht. Im letzten Sommer hatte Graf Moritz eine Zentralheizung einbauen lassen, die mit Holz betrieben wurde. Ein einfacher und billiger Brennstoff, der in den Schloss eigenen Wäldern von den Waldarbeitern geschlagen wurde. In den oberen Etagen gab es weiterhin nur Kachelöfen oder Kamine als einzige Heizquelle. Dort lagen die Schlafzimmer der Kinder, die Zimmer des Hauslehrers, von Mademoiselle und der Hausdame, so wie einige Gästezimmer. Im Dachgeschoß befanden sich die Kammern der Dienerschaft, über eine hintere Stiege zu erreichen.

Über die große Freitreppe ging Charlotte ins Erdgeschoss. Aus dem Musikzimmer hörte sie vertraute Klänge. Tante Meggie spielte eine Klaviersonate von Mozart. Charlotte lächelte. Sie mochte die unverheiratete Schwester ihres Mannes, wenn sie auch nicht deren politische Ansichten teilte. Margarethe Comtesse von Reckendorff besaß eine gewisse Schwäche für anarchistisches Gedankengut und revolutionäre Ideen. Sie verurteilte die repressive Innenpolitik des Zaren und war der festen Meinung, dass die Revolution von 1905, vom Zaren blutig nieder geschlagen, den Beginn weiterer Unruhen und Revolten nach sich ziehen würde. Mit ihren » sozialromantischen Anwandlungen «, wie Graf Moritz die Äußerungen seiner Schwester bezeichnete, handelte sie sich regelmäßig dessen Unwillen ein.

Charlotte seufzte. Rein und makellos klang das Spiel ihrer Schwägerin. War Meggie ein glücklicher Mensch? Wenn sie bei ihrem meisterlichen Spiel an ihrem Flügel saß, schien dies gewiß. Doch Charlotte wußte, dass Meggie auf diese Weise Vergessen suchte. Durch ihre Geburt und ihren Stand war ihr Schicksal vorgezeichnet gewesen. Einst hatte sie sich vergeblich dagegen aufgelehnt.

# 4

Der Lärm der Dieselmotoren klang ohrenbetäubend. Eine dichte Staubwolke trübte das Licht in der großen Sägehalle. Die Luft war zum Schneiden, der Steinboden ringsum mit einer dicken Schicht Sägespäne und Ausschuß bedeckt. Immer neue Rundstämme legten die Arbeiter in den Vorschub der Gattersäge, bevor sie zu gleichmäßigen Brettern zerteilt wurden.

»Wieviel habt ihr noch?« rief Graf Moritz dem Vorarbeiter zu.

»Zwei volle Wagen, gnädiger Herr.«

»Die Ladung muß heute noch zur Bahnstation.«

Er gab Hans Schröder, dem Verwalter der Reckendorff'schen Güter, einen Wink. Mit seiner Familie bewohnte Schröder das kleine Verwalterhaus gleich hinter dem Herrenhaus.

»Kommen Sie, hier drinnen versteht man sein eigenes Wort nicht.«

Die beiden Männer verließen die Halle und entfernten sich einige Schritte. Graf Moritz strich mit dem Handrücken den Schweiß aus der Stirn.

»Ich weiß nicht, wie Ihr Eindruck ist, Schröder. Aber ich beobachte schon seit geraumer Zeit, daß die Arbeit im Sägewerk nicht so voran geht, wie ich mir das vorstelle. «

»Da mögen Sie Recht haben, Herr Graf. Der Vorarbeiter hatte neulich gemeint, die Sägeblätter, auch von der Bandsäge, müßten dringend geschärft werden.«

»Und - wurden sie das?«

»Gleich gestern. Hat aber anscheinend wenig genützt. Da wird absichtlich gebummelt.«

Ein junger Mann schlenderte über den Rundholzplatz auf den Eingang der Sägemühle zu. Graf Moritz stutzte.

»Ist das nicht der älteste Sprößling von diesem Simberg?«

»Ja, er heißt Jännis,« erwiderte der Verwalter. »Ich habe mich vorhin schon gefragt, warum er nicht bei den anderen ist.«

Graf Moritz runzelte unwillig die Stirn.

»He, Simberg!« rief er. »Komm mal her.«

Der junge Mann zögerte kurz, dann ging er langsam auf die beiden Männer zu.

»Warum bist du nicht bei der Arbeit?« Moritz' Stimme war scharf geworden.

Jännis blieb stehen. Seine hellen Augen strahlten dennoch etwas Dunkles aus.. Unter seiner speckigen Mütze quoll weißblondes, struppiges Haar hervor. Seine weite Arbeitshose wurde von einem Strick zusammengehalten. Das Hemd war verschmutzt und über der Brust eingerissen.

»Mußte mal austreten«, murmelte er.

»Austreten? Das dauert normalerweise aber nicht so lange.«

»Manchmal schon ...Gnädiger Herr.«

Jännis Simberg blickte dem Grafen geradewegs in die Augen. In seinem Blick lag eine Art Widerwillen, den er nur mühsam verbergen konnte. Er tippte mit dem Finger an seine Mütze und drehte sich um. Seine Schritte waren jetzt etwas zügiger als zuvor, dennoch hatte sein Gang etwas Provozierendes.

»Auf den müssen wir ein Auge werfen, Herr Graf.« Nachdenklich strich der Verwalter mit dem Daumen über seinen ungepflegt wirkenden Schnauzbart. Graf Moritz nickte.

»Einer der Holzfäller hat vor einigen Wochen gehört, wie der Junge im Dorfkrug große Reden geschwungen hat. Tendenz: Bevor die Deutschen hierher kamen, gehörte das Land uns. Auch wenn das schon Jahrhunderte zurück läge ...Über den Lohn im Sägewerk hat er sich auch beschwert.«

»Das sind schwierige Leute, Herr Graf. Der Vater Quartalssäufer. Dann sieben Kinder, die er kaum ernähren kann. Aus der Brauerei habe ich ihn kürzlich aus naheliegenden Gründen abgezogen. Im Moment arbeitet der Mann in der Ziegelei. Kommt aber nie pünktlich und fehlt oft.«

»Die Buschwächter vermuten, daß der Kerl im letzten Winter in meinen Wäldern bei Breitensee gewildert hat. Er wurde aber nie auf frischer Tat ertappt.«

»Weil er schlau ist und vermutlich Helfershelfer hat. Die Frau ist aber ordentlich, doch mit den vielen Kindern überfordert. Und der Älteste ist keine große Hilfe für sie.«

»Wie der Herr, so's Gescherr,« antwortete Graf Moritz und zückte seine Taschenuhr.

Über den Rundholzplatz näherten sich zwei Reiter im leichten Trab. Es waren Beatrice und Arved.

»Hallo, Papa! Guten Morgen, Herr Schröder.«

»Guten Morgen, gnädiges Fräulein. Herzlichen Glückwunsch zum Geburtstag!«

»Danke!«

»Guten Morgen, Herr Baron.«

Mit wohlwollender Skepsis betrachtete Moritz seine Tochter und deutete auf Rasboi.

»Mal ganz ehrlich, Schröder: wie denken Sie darüber?

»Worüber, Herr Graf?«

»Ich meine, finden Sie es nicht ein wenig ungebührlich, daß meine Tochter im Herrensitz reitet?«

Schröder lachte und schüttelte den Kopf. Er war keiner, der seinem Brotherrn nach dem Mund redete.

»Ganz und gar nicht! Die Zeiten ändern sich doch. Und nichts spricht gegen eine junge Comtesse, die ihre eigenen Ansichten hat.«

»Sagen Sie das nicht zu laut, sonst kommen noch ganz andere

Dinge auf mich zu! Seien Sie bloß froh, daß Sie keine Tochter haben. Na ja, kann ja noch kommen. – Aber Scherz beiseite. Ihr zwei seht irgendwie so ernst aus! Oder irre ich mich?«

»Du irrst dich, Papa,« sagte Beatrice rasch. «Das ist nur die Hitze.«

»Ja, was sonst?« murmelte der Graf.

Er schwang sich auf sein Pferd, einen hellbraunen Trakehnerhengst. Zusammen mit Beatrice und Arved machte er sich auf den Rückweg zum Schloss.

# 5

»Sind wir bald fertig?« fragte der 13-jährige Constantin ungeduldig und reckte seinen Kopf zum Fenster. »Ich will noch vor dem Lunch zum Schwimmen!«

»Moment noch,« erwiderte Hauslehrer Friedrichs. «Sag mir zum Schluß den Satz des Pythagoras.«

»Der fällt mir gerade nicht ein!« Der Junge glitt vom Stuhl. «Aber ich kann Ihnen den Satz des Diogenes sagen: *Geh mir aus der Sonne!*« Schon fiel die Tür des Schulzimmers zu. Wenig später sah Friedrichs wie Constantin über den Schlosshof lief. Eine zweite Gestalt trat in sein Blickfeld. Es war Florentine de Pradesse, die junge Französin. Sie lebte im Schloss und wurde »Mademoiselle« genannt. Vor zwei Jahren war sie direkt aus der französischen Provinz angereist, um Constantin Französischunterricht zu geben. Mit eiligen Schritten ging sie auf den Hintereingang des Schlosses zu.

Friedrichs seufzte und packte die Lehrbücher und Constantins Geometrieheft zusammen. Bis zum Mittagessen an der gräflichen Tafel war noch Zeit, um in Ruhe eine Zigarette zu rauchen.

Constantin hatte seine Badesachen geholt und rannte zum See, der sich so weit erstreckte, daß man das gegenüber liegende Ufer nicht sehen konnte. Alle Gewässer auf den Reckendorff'schen Ländereien waren äußerst fischreich. Die Fischereirechte hatte Graf Moritz an einheimische Letten verpachtet, die einen Teil ihres Fangs ans Schloss liefern mußten. An der gräflichen Tafel mangelte es deshalb nie an Fischgerichten, die die Köchin Anna in immer neuen Variationen zubereitete.

Constantin war kein Junge, der verzärtelt wurde. Als alleiniger Erbe des gräflichen Besitzes und späterer Majoratsherr wurde auf seine Erziehung und Bildung besonderen Wert gelegt. Auch sportliche Ertüchtigung wie täglicher Reitunterricht und Schwimmen im See waren wichtig. Er war ein aufgeweckter und intelligenter Junge. Mit seinen braunen Haaren, den grünbraunen Augen und den kräftigen Lippen ähnelte er seinem Vater. Von der Mutter hatte er den schmalen Gesichtsschnitt und die hohen Backenknochen geerbt. Noch hatte seine Stimme den hellen Klang des Kindes, doch große Hände und Füße so wie eine schlaksige Gestalt wiesen bereits darauf hin, dass Constantin von Reckendorff dem Knabenalter bald entwachsen sein würde.

Mit Arved, der schon lange im Schloss lebte, verstand Constantin sich gut, ebenso mit Beatrice. Doch Constantins Liebling war Cousin Alexander Eisenstetten. Als jüngster Sohn von Gräfin Charlottes Bruder Donatus war er Berufsoffizier geworden und diente im Chevalier-Garderegiment, dem Leibregiment der Zarin, in St. Petersburg. Constantin bewunderte ihn grenzenlos.

Am Ufer stand ein kleines Badehäuschen zum Umziehen und Ablegen der Kleidung. Als guter Schwimmer badete Constantin selbst bei sehr kühlen Temperaturen regelmäßig im See. Nach einer Viertelstunde stieg er aus dem Wasser.

Wenig später hörte er Motorengeräusche. Auf der Eichenallee, die zum Schloss führte, sah er eine Staubwolke. Das mußte Willuk sein, der ehemalige Oberkutscher, inzwischen Chauffeur des brandneuen Automobils, das Graf Moritz im Frühjahr gekauft hatte. Es war eine himmelblau lackierte Linousine mit schwarzem Dach. Weit und breit war Graf Moritz der Einzige, der schon ein Automobil besaß. Auch Constantin begeisterte sich für diese

Anschaffung. Willuk hatte ihm die Technik dieses Wunderwerkes in allen Einzelheiten erklärt, und in einigen Jahren würde er dem jungen Herrn das Fahren beibringen.

Wenig später fuhr das Prachtstück mit einem lauten Hupton vor. Die nächsten Gäste waren angekommen. Es waren Baron und Baronin Bergh mit ihrer Tochter Emily aus Dorpat. Willuk hatte sie von der Bahnstation Wolmar abgeholt. Constantin begrüßte die Baronin mit Handkuß, den Ehemann mit einem Diener und Emily mit einem kühlen »Hallo«. Sie war ein pummeliges Mädchen in seinem Alter, das bei jeder Gelegenheit unbekümmert lachte. Der Junge konnte wenig mit ihr anfangen und befürchtete, daß sie in den kommenden Wochen wie eine Klette an ihm hängen würde.

»Du meine Güte!« sagte Baronin Bergh. »So ein Gerüttele, und dann diese lauten Motorengeräusche! Ich bevorzuge die Kutsche!«

Die spitze Nase der Baronin, ihre zu eng stehenden Augen und ihr schiefer Gesichtsschnitt vermittelten eine leichte Verschlagenheit. Durch ihren herrschsüchtigen und neidischen Charakter wurde dieser Eindruck verstärkt. Ihr Mann Adam, der mehr oder weniger an den Herausforderungen des Lebens gescheitert war, stand ganz in ihrem Schatten. Niemand auf Aicken mochte die Berghs. Seit langem schlug sich die Familie irgendwie durch. Sie bereiste das Land auf der stetigen Suche nach Aufnahme bei reichen Verwandten, und ihre Besuche dauerten oft Wochen und Monate. Jeder in der Familie hielt sie für Schnorrer, die die sprichwörtliche baltische Gastfreundschaft schamlos ausnutzten. Doch niemand wollte sich nachsagen lassen, daß man sich nicht mitleidvoll gegenüber einer armen und glücklosen Verwandtschaft zeigte.

»Constantin,« sagte die Baronin. »Kümmere dich am besten gleich um Emily. Sie hat sich so auf dich gefreut!«

# 6

Als letzte stieg Beatrice vom Pferd und überließ Rasboi dem Stallburschen Päkka.

Auf dem Innenhof des Schlosses herrschte allerlei Betrieb. Ein Gärtner schleppte einen großen Korb voller frisch geernteter Kirschen aus dem Obstgarten ins Haus. Zwei Hausknechte mühten sich mit einer Zinkwanne ab, die bis zum Rand mit Eisbrocken aus dem Eiskeller bestückt war. Der Stallmeister scheuchte die Stallburschen herum. Die meisten Gäste würden mit eigenen Kutschen und Jagdwagen kommen. Da galt es, sich um das Rangieren der Fahrzeuge und die Versorgung der Pferde zu kümmern. Für die Kutscher und begleitenden Diener der Herrschaften würde im Gesindehaus eine deftige Mahlzeit gereicht werden. Von dort eilte soeben die Hausdame, Fräulein Kleinschmidt, Richtung Plücheneingang. Sie führte das Regiment über sämtliches Hauspersonal und war an einem Tag wie diesem besonders gefordert.

Verschwitzt und außer Atem ging Beatrice in ihr Zimmer. Es lag im ersten Stock des Südflügels, gegenüber dem Zimmer ihres Bruders Constantin. Im Raum war es angenehm kühl. Gleich darauf klopfte es an der Tür. Lena, das sechzehnjährige Stubenmädchen, knickste und stellte ein Tablett mit einer Karaffe Zitronenlimonade und einem Glas auf den Tisch.

»Der Baron und die Baronin sind eingetroffen,« sagte Lena mit schüchterner Stimme.

»Wie immer zu früh,« murmelte Beatrice. «Danke, Lena, du kannst gehen, ich schenke mir selbst ein.«

35

Leise fiel die Tür ins Schloss. Mit gierigen Zügen trank Beatrice die kühle Erfrischung. Gedanken und Gefühle schwirrten in ihrem Kopf. Auf dem Rückweg hatten sie und Arved nur wenige belanglose Worte gewechselt. Beatrice hatte sich vorgenommen, das Gespräch und den Kuß beim Hochmoor nicht wieder zu erwähnen. Zunächst wollte sie ein wenig Abstand gewinnen. Arveds Geständnis und sein Heiratsantrag hatten sie vollkommen überrascht und in einen Zustand innerer Unruhe versetzt. Sie hatte ein starkes Gefühl verspürt, als er sie auf diese völlig neue Art berührte. Doch Beatrice war besonnen genug, sich nicht einfach von einem romantischen Moment blenden zu lassen.

Sie zog ihren Reitdress aus und ging ins Badezimmer. Nachdem sie sich erfrischt hatte, klingelte sie nach der Kammerzofe Sofia, einer alterslos wirkenden Frau mit strenger Knotenfrisur. Eine Bedienstete vom alten Schlag, die schon der Mutter des Grafen gedient hatte.

»Was meinst du, Sofia: zum Lunch das hellblaue Mousselinkleid mit den schmalen Ärmeln?«

»Eine gute Wahl, gnädiges Fräulein,« erwiderte die Kammerzofe und holte das Kleid aus der angrenzenden Ankleide. Sie mochte Beatrice, und ihren Dienst im gräflichen Haushalt versah sie gern. Die Bezahlung war großzügiger als anderswo. Die drei Damen des Hauses, die Gräfin, die Schwester des Grafen und die junge Comtesse, behandelten sie freundlich und mit Respekt.

****

Arved wählte eine weißgelb gestreifte Seidenkrawatte zu seinem hellen Leinenanzug, der ebenso lässig wie elegant seine schlanke, große Gestalt betonte. Beatrice und er hatten kaum geredet, als sie zurück geritten waren. Durch den kurzen Aufenthalt am Sägewerk und die anschließende Begleitung von Onkel Moritz hatte sich die Stimmung etwas aufgelockert. Trotz Beatrices brüsker Reaktion fühlte Arved sich weder niedergeschlagen noch deprimiert. Er war erleichtert, daß er sein Liebesgeständnis endlich hinter sich gebracht hatte. Alles Weitere würde sich finden. Denn was hatte er erwartet? Daß Beatrice ihm stürmisch um den Hals fallen würde? Das wäre sehr untypisch für ihren Charakter gewesen. Natürlich hatte er gespürt, daß Beatrice einen Moment willenlos schien und verwirrt. Er würde warten, was sich in den kommenden Wochen und Monaten entwickelte.

Ein letzter Blick in den Spiegel. Der blonde Oberlippenbart war sorgfältig gestutzt. Auf dem Weg nach unten traf er Tante Meggie, die sich zum Lunch ebenfalls umgezogen hatte. Ihr grünes, Knöchel langes Taftkleid raschelte bei jedem Schritt. Wohlwollend betrachtete Meggie den jungen Mann und lächelte.

»Gut siehst du aus, Arved! Im übrigen ganz dein Papa. Ich denke oft an ihn und daran, wie er seinerzeit in Dorpat allen jungen Mädchen den Kopf verdreht hat. Bei deiner Mutter wurde es dann Ernst. «

Wehmütig nickte Arved. In Dorpat hatte Vater Louis von Stolkenberg als Insektenforscher an der Universität gearbeitet. Der Tod seiner Eltern auf ihrer Forschungsreise in den Kaukasus hatte Arveds Leben bestimmt. Nie war der feige Mord an ihnen aufgeklärt worden. Ausgeraubt und erschlagen wie räudige Hunde hatte man sie und ihre ortskundigen Reiseführer erst Tage nach der Tat am Rand einer Schlucht gefunden. Arved war damals noch ein Kind, doch er erinnerte sich genau, wie fremde Menschen ihm die schreckliche Nachricht überbracht hatten. Verwandte, die den Jungen hätten aufnehmen können, gab es nicht. Nur eine Schwester seiner bürgerlichen Mutter, die in Pommern wohnte, hatte sich widerstrebend dazu bereit erklärt. Doch das hatte Graf Moritz verhindert. Mit Louis Stolkenberg war er seit seiner Studentenzeit in Dorpat befreundet. Moritz wollte, daß der Sohn seines alten Corpsbruders in seiner Heimat groß wurde und eine standesgemäße Erziehung erhielt.

»Danke für das Kompliment, Tante Meggie. Ich fühle mich phantastisch. Der Sommer ist meine Jahreszeit!«

»Warst du mit Beatrice ausreiten?«

»Ja.«

»Bei der Hitze? Für mich ist das nichts. Ich fange erst im September wieder an. Ich hoffe, der Stallmeister bewegt ab und zu meine Stute.«

»Ich habe die beiden gerade heute Morgen gesehen.« Auch im fortgeschrittenen Alter war Meggie immer noch eine schöne Frau. Feine Fältchen auf ihrer makellos hellen Haut verspielten sich. Doch inzwischen lag eine gewisse Strenge, beinahe eine asketische Entsagung auf ihren schmalen, klassischen Gesichszügen. Oft jedoch blickten ihre dunkelbraunen Augen melancholisch und ein wenig verloren, als suchten sie etwas, was sie nicht finden konnten.

»Bis zum Lunch ist es noch eine Viertelstunde,« sagte sie mit ihrer dunklen Stimme. »Ich würde gern einen kleinen Gang durch den Park machen. Begleitest du mich, Arved?«

Galant reichte der junge Mann ihr den Arm.

# 7

Auf dem Weg zum Speisesaal begegnete Beatrice ihrer Mutter. Gräfin Charlotte öffnete soeben die große Flügeltür, die den Blauen Salon mit dem Katharinen-Zimmer verband. Es war das Rauch- und Spielzimmer. Am Abend würden sich hier einige der älteren Gäste zu einer Partie Bridge zusammenfinden.

Angrenzend an das Katharinen-Zimmer lag das Musikzimmer mit dem Bechstein Flügel und diversen Instrumenten wie Geige und Cello. Dies war hauptsächlich Tante Meggies Reich. In den Herbst- und Wintermonaten gab es oft Hauskonzerte. Arved spielte Cello, Tante Meggie und Beatrice musizierten vierhändig auf dem Flügel. Constantin bekam seit drei Jahren Geigenunterricht und machte gute Fortschritte. Manchmal erklang auch Gräfin Charlottes schöner Sopran. Doch in den letzten Jahren litt sie wegen ihrer Lungenerkrankheit oft unter Atemproblemen und mußte deshalb kürzer treten.

Mit raschen Schritten durchquerten Mutter und Tochter die Halle mit der imposanten Freitreppe. Gleich dahinter lagen das Jagd- und Arbeitszimmer des Grafen. Die Wirtschaftsräume mit der großen Küche und dem Gesindezimmer für das Hauspersonal befanden sich im Souterrain des Schlosses. Man erreichte sie durch eine kleine Treppe am Ende der Halle sowie durch den Kücheneingang auf dem Schlosshof. In der Schlossküche wurde für die gräfliche Familie und ihre Gäste gekocht, auch für die Dienerschaft. Für die Knechte und das Stall- und Hofpersonal gab es die Küche im Gesindehaus. Am Ende der Halle lag der Ballsaal. Mit seiner verzierten Stuckdecke, den drei riesigen Kronleuchtern und dem blank gewienerten Parkettfußboden wirkte er imposant. So manches Fest war hier schon gefeiert worden.

Als Beatrice den Speisesaal betrat, gratulierten ihr Mademoiselle, Friedrichs und die Berghs zum Geburtstag. Während die junge Französin und der Hauslehrer kleine Geschenke überreichten, waren der Baron und die Baronin mit leeren Händen gekommen.

Graf Moritz hatte als Letzter Platz genommen und sprach das Tischgebet. Auch er hatte seine Reitkleidung gegen einen hellen Sommeranzug getauscht. Sein dunkler Vollbart war kurz gestutzt, und sein dichtes, nur an wenigen Stellen ergrautes Haar gab ihm ein jugendliches Aussehen. Etwas seitlich, am Katzentisch, saßen Emily Bergh und ein sichtlich unglücklicher Constantin. Butler Johann servierte als Vorspeise eine Gurkenkaltschale. Wer wollte, trank ein Glas kühlen Chablis. Für alle anderen standen Krüge mit Wasser auf dem Tisch.

»Nun, wir haben uns ja einige Monate nicht gesehen,« begann Amalie Bergh gleich nach dem Tischgebet. »Und wie ich bemerke, ist Beatrice immer noch nicht in Petersburg?« Sie runzelte die Stirn und blickte Charlotte forschend an. »Oder wartet sie bis nach dem Sommer?«

Beatrice, die genau wußte, worauf die Baronin anspielte, erwiderte rasch:

»Nein, Tante Amalie, ich warte nicht bis nach dem Sommer. Ich gehe gar nicht nach Petersburg.«

»Was?! Und das läßt du zu, Moritz?«

Graf Moritz zuckte mit den Schultern und verdrehte die Augen. Das Thema, das in diesem Haus nicht zum ersten Mal diskutiert wurde, war ihm mehr als lästig.

»Was heißt zulassen? Beatrice sträubt sich nun einmal dagegen. Und ich kann sie ja schlecht dorthin prügeln.«

»Aber Moritz ...« Die Baronin blickte empört in die Runde. »Hofdame bei ihrer kaiserlichen Majestät! Was kann ein 17-jähriges Mädchen sich mehr wünschen? Schließlich hat das in eurer Familie eine lange Tradition!« Sie wandte sich an Elisabeth, die Mutter von Moritz. »Was sagen Sie dazu?«

Die alte Gräfin lächelte verbindlich.

»Ich mische mich da nicht ein, Amalie.«

»Emily wäre überglücklich, wenn sie später einmal diese Chance hätte! Nicht wahr, mein Kind?«

Emily, die mit ihrer Kaltschale beschäftigt war, hatte nicht zugehört. Dennoch nickte sie artig und antworte:

»Natürlich, *Maman.*«

Jetzt ergriff Tante Meggie das Wort.

»Ach weißt du, Amalie – auch wenn Emily sich glücklich schätzen würde: in der heutigen Zeit scheint mir der Ehrendienst bei der Zarin antiquiert.« Ihre Stimme klang ironisch und trocken.

»Das hätte ich mir denken können, Margarethe, daß du wieder einmal dahinter steckst!«

»Du irrst dich, Tante Amalie.« Beatrice sah die Baronin herausfordernd an. «Das habe ich ganz allein entschieden. Ich will einen Beruf erlernen, vielleicht sogar studieren. Wir leben schließlich im Zwanzigsten Jahrhundert!«

Amalie Bergh war so schockiert, daß sie einen Moment sprachlos in die Tischrunde blickte. Bevor sie sich fassen konnte, ergriff Graf Moritz das Wort.

»Jetzt laßt uns bitte das Thema wechseln. Die Sache ist entschieden, und damit basta.«

Dann wurde der zweite Gang serviert: Geräucherter Stör, kaltes Fleisch, Fischpastete, Butter aus der Schloss eigenen Meierei und Schwarzbrot. Adam Bergh wandte sich an Mademoiselle, die ihm gegenüber saß. Den Habichtsaugen seiner Frau entging dabei nicht, daß er sie wohlwollend betrachtete.

»Mademoiselle de Pradesse, ich habe mir erlaubt, ein wenig Ahnenforschung zu betreiben, was Ihre Familie in Frankreich betrifft. Ihre Mutter war ja eine geborene Marquise de Bourrière, und einer Ihrer Ahnen väterlicherseits diente als Obermundschenk am Hof von König Ludwig dem Vierzehnten.«

Mademoiselle, die plötzlich im Mittelpunkt des Tischgesprächs stand, errötete leicht.

»Vous avez raison, Monsieur le Baron. Aber das ist lange her, und meine Familie ...« Sie beendete den Satz nicht.

Die Baronin mischte sich ein.

»Das ist uns durchaus bekannt,« meinte sie und lächelte spitz. »Die Revolution in Ihrem Land hat Ihre Familie ruiniert. Sind nicht auch Köpfe gerollt?«

Bevor die sichtlich verlegene Mademoiselle etwas erwidern konnte, schaltete sich Gräfin Charlotte ein.

»Amalie, ich bitte dich! Das ist doch kein Gesprächsstoff bei Tisch!«

»So war das gar nicht gemeint!« Entrüstet blickte die Baronin in die Runde.

Beatrice, die sich während des Essens nur gelangweilt hatte, blickte verstohlen auf die Standuhr an der Schmalseite des Raumes. Gleich halb zwei. Schon jetzt gingen ihr die Berghs auf die Nerven. Amalies stockkonservative Einstellungen, ihre Art, jede Tischrunde zu dominieren, fand sie unerträglich. Sie bewunderte ihre Eltern, die trotz aller Vorbehalte gegen diese Verwandtschaft immer wieder gutmütig genug waren, sie aufzunehmen.

Mit Arved hatte sie während des Essens nur einige belanglose Worte gewechselt. Das Geschehen am Hochmoor hatte sie zu sehr irritiert. Sein Geburtstagsgeschenk, ein kleiner, goldener Armreif mit Topassteinen, trug sie am Handgelenk, was Arved nicht entgangen war. Einige Male bemerkte sie die wohlwollenden Blicke ihrer Mutter, die die beiden jungen Leute hin und wieder beobachtete. Jetzt wünschte Beatrice sich nur eines: Sobald wie möglich allein zu sein, um über alles nachzudenken.

# 8

Jännis Simberg hatte das Sägewerk gegen Mittag mit einer fadenscheinigen Begründung verlassen. Nun war er mit seinem Informanten in dem kleinen Waldstück einige hundert Meter hinter dem gräflichen Gemüsegarten verabredet. Die Luft flirrte. Allerlei Insekten schwärmten umher, lästige Plagegeister. Jännis schlug mit der Hand nach ihnen, eine mechanische Geste.

Obgleich er wußte, daß offenes Feuer und das Rauchen in den gräflichen Wäldern im Sommer streng verboten waren, drehte er sich eine Zigarette. Tief sog er den Rauch ein und wartete. Er hatte Zeit. Vor Mitternacht wollte er ohnenhin nicht zu Hause auftauchen. Die armselige Hütte seiner Eltern stand am Rand von Dorf Aicken, eine Werst vom Schloss entfernt. Die Geschwisterschar und das Plärren der drei Kleinsten gingen ihm schon lange auf die Nerven. Gewiß lag der Alte wieder sturzbetrunken auf der fleckigen Matratze. Am frühen Abend würde er wieder zum Knüppel greifen und sich seine Frau vornehmen. Mehr als einmal hatte Jännis sich ihm in den Weg gestellt, um seine Mutter zu schützen. Raus, nur raus wollte er aus dieser Misere! Eines Tages würde er das alles hinter sich lassen. Wenn die neue Zeit gekommen war, erkämpft von vielen, von allen! Wenn Waffen vorhanden wären und Männer, die das Volk in eine andere Zukunft führen würden. Wenn der Orkan der Geschichte die Ausbeuter und Kapitalisten hinweggefegt hätte! Die Genossen in den geheimen Versammlungen in Wolmar, an denen Jännis schon einige Male teilgenommen hatte, sprachen die richtige Sprache. Schluß mit der Herrlichkeit der Grundherren, der Fron in den

Fabriken, der Willkür der Kosaken und der Allmacht der zaristischen Geheimpolizei.

Inzwischen wuchs die Anzahl der Genossen stetig. Vor allem die Arbeiter in den Städten schlossen sich mehr und mehr zusammen, auch wenn man ihre Streiks bereits im Keim erstickte und ihre Anführer exekutierte oder nach Sibirien schickte. Jännis gab sich größte Mühe, in der Umgebung von Aicken Männer für seine Sache zu gewinnen. Im Dorf hatte er Carl Kaitis, einen der Buschwächter des Grafen rekrutiert.

Ein leises Geräusch riß ihn aus seinen Gedanken.

»Na endlich!« murmelte er und nickte dem Ankömmling zu. Es war der Stallbursche Päkka. Zusammen mit dem übrigen Stallpersonal wohnte er über den Pferdeställen. Einige Jahre älter als Jännis und von kräftigerem Wuchs als dieser, war er erst seit wenigen Wochen Genosse. In dieser Zeit hatte er Jännis bereits über die Anzahl des Schlosspersonals, den Bestand der Pferde und Wagen informiert sowie über die Besucher, die regelmäßig auf Aicken verkehrten. Päkka grinste schief.

»Ging nicht schneller. Im Schloss wird heute Johanni gefeiert. Und der Geburtstag der jungen Comtesse. Jede Menge Leute reisen an.« Er räusperte sich und spuckte aus. »Verdammt trockene Luft!«

»Wer ist alles dabei?«

»Verwandtschaft. Auch Nachbarn von anderen Gütern.«

»Mein spezieller Freund?«

»Bisher nicht eingetroffen.«

Mit seinem speziellen Freund Graf Alexander Eisenstetten verband Jännis eine Todfeindschaft, von der der Graf in seinem Hochmut und seiner Abneigung gegen das einfache Volk vermutlich nichts ahnte. Nie hatte Jännis vergessen, wie dieser arrogante Leuteschinder ihm zum ersten Mal begegnet war. An einem brütend heißen Tag arbeitete der damals 14-jährige Jännis (wie andere Kinder und Jugendliche aus dem Dorf) bei der Getreidernte auf den Feldern. Er hatte Durst, doch das Wasser war an diesem Tag zu knapp bemessen worden. Da kam ein Reiter über die Felder geprescht, das Maul seines Pferdes schäumte. Der junge Graf Eisenstetten, ein Neffe der Gräfin, nur wenig älter als Jännis, ließ seinen Schimmel um die Ernteleute kreisen. Aus einer Satteltasche nahm er eine Feldflasche und trank genüßlich daraus. Jännis, dessen Zunge vor Durst geschwollen war, näherte sich und bat untertänigst um einen Schluck Wasser. Der junge Graf musterte ihn, lachte hochmütig und ließ langsam das Wasser aus der Flasche auf die Erde laufen.

»Hol's dir doch, du Tölpel!« rief er höhnisch und verpaßte Jännis einen kräftigen Schlag mit der Reitgerte. Dann ritt er davon, und sein Lachen klang nach.

Die Zigarette war bis auf einen kurzen Stummel aufgeraucht. Jännis drückte ihn auf einem Stein aus und verstaute ihn in der Streichholzschachtel.

»Halt weiter die Augen offen, Päkka. Genosse Sergej sagt, jede Kleinigkeit ist wichtig! Und verplappere dich ja nicht mal bei deiner Lena!«

Seit zwei Monaten war Päkka mit dem Stubenmädchen Lena verlobt. Nächstes Jahr sollte Hochzeit sein.

»Jetzt verschwinde, sonst bekommst du Ärger,« knurrte Jännis und drehte sich um.


Fünf Minuten später erreichte Päkka den Schlosshof. Hier herrschte geschäftiges Treiben. Mehrere Jagdwagen standen aufgereiht, deren Pferde ausgeschirrt und in die Ställe gebracht wurden.

Als hätte Stallmeister Gulbe nur auf Päkka gewartet, stand er Ausschau haltend vor dem Tor der Wagenremise. Er war ein fünfzigjähriger Mann mit hellroten Haaren und einem schmutzig-gelben, gezwirbelten, preussischen Schnauzbart. Die Hose spannte über dem mächtigen Bauch, und die Hosenträger lagen stramm über dem ausladenden Brustkorb. Unter den Achseln seines braunen Hemdes hatten sich große Schweißflecken gebildet. Schon brüllte er los.

»Wo treibst du dich rum, Päkka?! Kümmere dich um die Gäule da hinten!«

Als Päkka die Pferde ausschirrte preschte ein Reiter in scharfem Galopp in den Hof. Es war der junge Graf Eisenstetten. Sogleich eilte Stallmeister Gulbe zu ihm und verneigte sich, so gut es sein Bauch erlaubte.

»Gnädiger Herr ...«

Alexander Eisenstetten trug die Uniform seines Chevalier-Garderegiments. Vor zehn Tagen war er zum Hauptmann befördert worden. Mit klirrendem Säbel sprang er aus dem Sattel und warf Gulbe die Zügel hin.

# 9

Beinahe schwerelos glitt das junge Paar durch den Ballsaal. Leichtfüßig, doch mit festem Griff führte Alexander seine Cousine Beatrice. Die Kapelle spielte einen Walzer, Beatrices' Lieblingstanz. Niemand beherrschte ihn so gut wie Sascha! Sie bog ihren Oberkörper zurück, Schloss einen Moment die Augen und ließ sich hineinfallen in die starke Hand, die wie vertraut auf ihrem Rücken lag. Ihre Wangen glühten. Eine Strähne hatte sich aus dem hochgesteckten Haar gelöst und gab ihrem Aussehen etwas Verwegenes. Sie schien entrückt, tanzte wie in Trance. Alle Blicke ruhten auf ihr.

Insbesondere Arved, der am Rand der Tanzfläche stand, ließ sie nicht aus den Augen. Die eine Hand in der Hosentasche, in der anderen eine Zigarette, gab er sich betont lässig. Doch Alexander durchschaute ihn. *Ach Arved,* dachte er. *Wie schlecht du dich verstellen kannst!* Mitleidig lächelte er. Für den Ziehsohn der Reckendorffs, den er seit frühester Jugend kannte, hatte Alexander noch nie große Sympathie empfunden. Er beugte sich zu seiner Tanzpartnerin.

»Du siehst bezaubernd aus, Cousinchen,« raunte er an ihrem Ohr. »Und der Saphiranhänger ist wie gemacht für dich. Dieselbe Farbe wie deine Augen!«

Beatrice drückte leicht seinen Arm. Der Anhänger war Saschas Geburtstagsgeschenk.

»Wie schön, daß du heute Abend gekommen bist, Sascha! Ich hatte dich gar nicht erwartet.«

»Ich werde doch nicht das Geburtstagsfest meiner

Lieblingcousine verpassen! Nach meiner Beförderung bekam ich Urlaub und war in Riga. Heute Morgen habe ich den Zug genommen, und in Wolmar stand ein gutes Pferd bereit.«

»Wie lange bleibst du?

»Zwei, drei Tage. Mal sehen.« Er zog sie enger an sich. »Kommt ganz darauf an, wie nett du zu mir bist, Cousinchen!«

»Ach Sascha, du kannst es einfach nicht lassen!«

»Das fällt mir schwer, ich gebe es zu. So hübsch und bezaubernd wie du bist. Weißt du, daß du einem Mann den Verstand rauben kannst?«

Beatrice schüttelte amüsiert den Kopf.

»Aber dir doch nicht, Sascha!«

Alexander lächelte. Er war zweiundzwanzig Jahre alt und gehörte zur Elite des russischen Reiches. Vor ihm lag eine glänzende, militärische Laufbahn. Mit seinen vollen, schwarzen, aus der Stirn gekämmten Haaren, dem Grübchen im markanten Kinn, das seine Männlichkeit unterstrich, und seinem Gardemaß von einem Meter fünfundachtzig war er ein blendend aussehender Mann. Sein Charme galt als legendär und öffnete ihm viele Türen, insbesondere die zu weiblichen Herzen. Im Regiment waren seine Eroberungen ständiger Gesprächsstoff. Beatrice hatte er seit einem Dreivierteljahr nicht gesehen. Aus dem hübschen Backfisch von einst war eine selbstbewußte, schöne junge Dame geworden.

Der Tanz war zuende.

Beatrice war außer Atem geraten und ihre Wangen glühten, als Alexander sie zurück zum Tisch brachte. Dort saß Irina, die Schwester von Baron Peter von Sanderan. Auf dem dem Lyzeum in Riga hatten die beiden jungen Frauen im Frühsommer ihr Abitur abgelegt. Seit ihrer Kindheit waren sie befreundet. Vor kurzem hatte Irina sich mit einem jungen Russen verlobt, im Winter sollte Hochzeit sein. Weitere junge Leute von entfernten

Nachbargütern waren ebenfalls gekommen, unter ihnen Irinas älterer Bruder Peter. Er war ein zierlicher Mann Anfang dreißig mit aschblonden Haaren und wimpernlosen blauen Augen. Als vermögender Gutsbesitzer war er noch unverheiratet und galt bei den Töchtern des Landes als gute Partie. Sein durchschnittliches Äußeres machte er durch seine witzige und schlagfertige Art und eine gehörige Portion Charme wett. Bei Bällen und Festen war er stets willkommen, weil er die Menschen mit seiner Liebeswürdigkeit, seiner Kenntnis von Kunst und Kultur für sich einnahm. Er war ein guter Zuhörer und galt als flotter Tänzer.

Arved hatte seinen Platz am Rand der Tanzfläche verlassen und ließ sich neben Beatrice nieder. Alexander sah ihn spöttisch an und klopfte ihm kräftig auf die Schulter.

»Na, mein Lieber? So ernst heute Abend? Welche Laus ist dir über die Leber gelaufen.«

»Gar keine, lieber Sascha,« erwiderte Arved ruhig, ohne den Blick von Beatrice abzuwenden. Diese beugte sich jetzt zur ihrer Schulfreundin Irina.

»Du hast gesagt, nach der Hochzeit willst du dich mit deinem Mann in Moskau niederlassen? Dann sehen wir uns ja kaum noch!«

»Ja leider, Bea. Aber so ist es nun einmal, wenn man seinem Mann folgt!« Sie lachte. Es klang unbeschwert. Beatrice blickte sie einen Moment prüfend an, dann schüttelte sie den Kopf.

»Ich denke da anders, Irina. Ich möchte frei sein und mich nicht nach dem Willen eines Mannes richten.«

»Heißt das, Sie wollen gar nicht heiraten?« Amüsiert verzog Irinas Bruder Peter die Lippen.

»Das sage ich ja nicht. Ich meine nur, daß ich selbst über mich bestimmen will, wo und wie ich leben möchte. Außerdem will ich erst einmal studieren. Bei uns ist Vieles noch rückständig.

In England kämpfen die Frauen für ihre Freiheit vom Joch ihrer Ehemänner.«

»Für ihre Freiheit vom Joch der Ehermänner, ho ho!« meinte Peter Sanderan lachend und fügte hinzu. »Ist das nicht maßlos übertrieben, verehrte Beatrice? Kennen Sie denn die Verhältnisse in England so gut?«

»Ich kenne die Verhältnisse bei uns in Russland,« erwiderte Beatrice mit blitzenden Augen. »Und so anders werden sie auf der Insel auch nicht sein!«

Erstaunt blickte Arved sie an. So hatte er sie noch nie reden gehört! Hatte sie deshalb seinen Heiratsantrag abgelehnt? Nun, er würde warten. Die Meinung einer jungen Frau konnte sich rasch ändern.

Nur Sascha sagte nichts. Doch Arved entgingen nicht die Blicke, die er Beatrice zu warf. Die Blicke eines Mannes, der erobern will. Als in diesem Moment die Kapelle den nächsten Tanz intonierte, sprangen Alexander und Arved gleichzeitig auf und verbeugten sich vor Beatrice. Doch Arved hob die Hand und sagte entschieden:

»Du nicht, Sascha. Jetzt bin ich dran. – Entschuldige, Bea, aber schenkst du mir diesen Tanz?«

Beatrice zögerte kurz, nickte dann und erhob sich. Als Arved sie zur Tanzfläche führte, blickte Alexander ihnen spöttisch nach.

# 10

Im Ballsaal stand die Luft stickig. Durch die geöffneten Fenster wehte kein Windhauch. Es war kurz vor dreiundzwanzig Uhr. Die kürzeste Nacht des Jahres, in der die Sonne sich nur für wenige Stunden leicht verdunkelt und das milde Licht der weißen Nächte Schlaf und Müdigkeit verscheucht.

Erhitzt vom Tanzen durchquerte Beatrice den Saal. Durch eine Seitenpforte schlenderte sie in den Rosengarten. Dort schlugen die Nachtigallen, und Nachtfalter umschwirrten Beatrices Gestalt. Zarte Flügel streichelten ihr Gesicht, ein leises Kitzeln auf den erröteten Wangen. Der betäubende Duft des Jasmin aus den Büschen am Kiesweg legte sich schwer und verheißungsvoll auf ihre erhitzte Haut. Plötzlich sah sie Saschas Gesicht so nah vor ihrem inneren Auge, daß sie meinte, seine Lippen zu berühren. Sein begehrlicher Blick, sein laszives Lächeln ließen ihr Herz schneller schlagen. Erschrocken hielt sie die Hand vor den Mund, als hätte sie sich bei etwas Verbotenem ertappt. In der Ferne hörte sie Stimmen. Am See huschten Gestalten durch das helle Dämmerlicht. Bald war es Zeit für das Johannifeuer.

Sie verließ den Rosengarten und ging durch den Blauen Salon ins Katharinen-Zimmer, setzte sich auf ein Kanapee und beobachtete das Treiben. An den Spieltischen gab es jeweils eine Bridge-Runde. Zigarren- und Zigarettenqualm waberten durch den Raum. Soeben füllte Butler Johann das Wodkaglas von Adam Bergh am Tisch eins. Der Baron hatte sich bereits einige Mal kräftig einschenken lassen. Er und seine Frau waren ein eingespieltes

Bridge-Team und spielten heute auf der Position Nord-Süd. Die Position Ost-West hielten Tante Meggie und ihr Bruder, Graf Moritz. Auch sie waren langjährige Partner und ausgefuchste Spieler. Soeben war ein Spiel beendet.

An Tisch zwei und drei spielten Nachbarn und Freunde, zumeist ältere Herrschaften. Unter ihnen waren auch die Eltern des Grafen sowie Gräfin Charlotte.

»Man soll es ja nicht beschwören,« meinte Adam Bergh unvermittelt und trank seinen Wodka in einem Zug. »Aber in den russischen Universitätsstädten werden die Studenten unruhig und gehen auf die Straße.«

»Ach, das gibt sich wieder,« murmelte Graf Moritz und mischte die Karten neu. »Es ist ein Privileg der Jugend, zu rebellieren. Entscheidend ist, daß man irgendwann zur Vernunft kommt und die alte Ordnung nicht infrage stellt.«

»Außerdem laufen Gerüchte über neue Streiks in Riga und Petersburg,« fuhr Adam fort. »Man sollte dem Pöbel die Grenzen zeigen!«

»Man sollte ihm nicht so viel Bedeutung beimessen, Adam. Anarchisten und Revoltionäre hat es in Russland, und auch bei uns in Livland, immer gegeben.«

»Ich finde, du verharmlost die Sache, Moritz.« Amalie Bergh nippte an ihrem Bowleglas. »1905 haben wir ja gesehen, wohin das geführt hat.«

Mit flinker Hand verteiltde Moritz die Karten.

»Was erwarten wir denn?« Tante Meggie nahm ihre Karten auf, ordnete sie und wandte sich an Amalie. »Die lettische und estnische Bevölkerung haßt uns Grundbesitzer. Sie wollen eine eigene staatliche Identität. Seit Jahrhunderten fühlen sie sich von Baltendeutschen und Russen unterdrückt. Irgendwann bekommt man die Quittung. Sonst wären die Greueltaten an unseresgleichen damals nicht so extrem gewesen.«

Mit Mühe beherrschte sich Moritz. Nur seine Stimme klang eine Spur lauter und schärfer als gewöhnlich.

»Meggie, bitte! Ich dulde solche Reden in meinem Haus nicht!«

An den beiden anderen Spieltischen war man aufmerksam geworden und lauschte unauffällig. Tante Meggie ließ sich durch den Einwand ihres Brudes nicht irritieren.

»Ob du es duldest oder nicht, Moritz! Wenn der Zar keine ernsthaften Reformen auf den Weg bringt, wird ein Sturm losbrechen, daß uns Hören und Sehen vergeht!«

Moritz entschied sich, die flammenden Worte seiner Schwester zu ignorieren. Ihre politische Einstellung war auf Aicken hinreichend bekannt. *Hätte sie vor dreißig Jahren bloß nicht diesen verdammten Kerl kennengelernt! Wie hieß er doch gleich? Egal, er hatte ihr diese sozialromantischen Ideen erst eingeredet!* Als dieser Mann damals für fünfzehn Jahre in die Verbannung nach Sibirien geschickt wurde, hatte die Familie aufgeatmet. Seine wirren Ideen, verbunden mit leidenschaftlichen Liebesschwüren, waren bei ihr auf fruchtbaren Boden gefallen. Zum Glück hatte Meggie nicht den letzten Schritt vollzogen und sich Hals über Kopf einer dieser Terroristengruppen angeschlossen. Leider gab es in dieser Hinsicht bereits einige Beispiele adeliger Töchter (und Söhne). Vater Sigismund hatte seinerzeit überlegt, Margarethe aus der Familiengemeinschaft auszuschließen. Doch ihre Mutter, Gräfin Elisabeth, war strikt dagegen gewesen. Von all ihren Kindern, dem Sohn und den vier Töchtern, liebte sie Margarethe am meisten. Sie durfte weiter auf Aicken bleiben, mit allen Privilegien ihrer Herkunft. Gegen eine standesgemäße Heirat mit einem ihrer zahlreichen Verehrer hatte sie sich erfolgreich gewehrt. Nun waren viele Jahrzehnte vergangen. Charlotte und die Kinder liebten Meggie. Ein besonders enges Verhältnis gab es zu Beatrice. Hinzu kam, daß Meggie mit ihrem wunderbaren

Klavierspiel die Menschen erfreute und für sich einnahm. Auch hatten ihre politischen Ansichten im Lauf der Jahre an Vehemenz und Radikalität verloren. Nur hin und wieder loderten sie auf, wie Flammen aus einer längst erloschen geglaubten Glut. So wie am heutigen Abend.

Aufmerksam studierte Meggie ihr Blatt und sagte wie beiläufig:

»Ich weiß, du willst das alles nicht hören, Moritz. Aber du solltest Vorkehrungen treffen.«

Am Nachbartisch ergriff nun Graf Helmer das Wort. Er war ein vierschrötiger, hünenhafter Mann mit weißer Löwenmähne und einem mächtigen Backenbart. Während der revolutionären Unruhen im Jahr 1905 waren zwei seiner Gutsbetriebe von Aufständischen überfallen und niedergebrannt worden. Blankenburg, das alte Stammschloss der Familie, unweit von Aicken gelegen, konnte nur durch Zufall vor dem aufgebrachten Mob gerettet werden. Eine Schwadron Kosaken war rechtzeitig eingetroffen und hatte den Aufstand blutig niedergeschlagen.

»Deine Schwester hat nicht Unrecht, Moritz. Wir können die Tatsachen nicht beiseite schieben. Nicht nur die einheimische Bevölkerung will eine Veränderung der alten Ordnung. Durch die zunehmende Russifizierung unserer baltischen Heimat sind auch unsere Kultur, unsere Selbstverwaltung und unsere rechtmäßigen Privilegien in Gefahr. Wir Deutschbalten dienen inzwischen als Sündenböcke für alles Mögliche, was im russischen Reich schief läuft.« Er schüttelte den Kopf. »Aber heute ist vielleicht nicht der richtige Tag, um über Politik zu reden.«

»Ja eben, Rudolph, du sagst es!« erwiderte Moritz und sah seine Schwester streng an. Diese kannte ihren Bruder gut genug, um seine Miene zu deuten. Eine gewisse Grenze durfte sie jetzt auf keinen Fall überschreiten.

# 11

Mehr und mehr Menschen kamen zum Ufer des Mondsees. Auf der Wasseroberfläche spiegelte sich der helle Nachthimmel wie ein feiner Schleier. Von fern erklang der Schrei einer Eule.

Beatrice befand sich nun inmitten der Gruppe der jungen Leute. Mit ihrer Freundin Irina stand sie untergehakt in einiger Distanz zu dem großen Holzstoß, der soeben angezündet wurde. Das Feuer warf seinen Widerschein in einer blaßroten Schneise aufs Wasser.

Emily und Constantin hatten sich auf die Stufen des Badehäuschens gesetzt. Nur widerstrebend war der Junge zusammen mit ihr zum Seeufer gegangen. Nach einer Weile sprang er unvermittelt auf und rannte zur Gruppe der jungen Leute. Er stellte sich direkt neben Alexander und blickte bewundernd zu ihm hoch. Emily blieb nichts anderes übrig, als zu ihrer Mutter zu gehen. Man sah ihr die Enttäuschung an. Beatrice, die diese Begebenheit beobachtet hatte, wandte sich an ihren Bruder.

»Sei doch nicht so gemein zu ihr, Consti! Kannst du dich nicht um sie kümmern? Sie hat doch sonst niemanden hier in ihrem Alter.«

»Ich hab mich den ganzen Abend um sie gekümmert,« erwiderte Constantin unwirsch. »Sie geht mir auf die Nerven! Über nichts kann man sich mit ihr unterhalten!«

»Das liegt doch an dir,« mischte sich Arved ein. »Du als Kavalier und Gastgeber mußt dich bemühen, sie ins Gespräch zu ziehen.«

»Du hast gut reden, Arved! Übrigens: Gastgeber sind meine

Eltern, nicht ich,« entgegnete Constantin spitz. Er blickte zu Sascha, der mit einem leicht ironischen Unterton sagte:

»Arved ist manchmal ein wenig überkorrekt, wie wir alle wissen. Ich sehe das nicht ganz so eng, Constantin. Wenn du erwachsen bist, wirst du dich noch oft genug um irgendwelche Damen bemühen müssen, die du nicht ausstehen kannst.«

»Seht euch lieber das Feuer an, anstatt hier herumzustreiten,« meinte Beatrice etwas genervt und blickte in die Flammen.

Plötzlich ertönte von der Turmplattform des Schlosses eine durchdringende Stimme. Sie gehörte einem Buschwächter, der in den Sommermonaten an den Nachmittagen mit einem Feldstecher Ausschau hielt.

»Feuer! Feuer! Im Wingener Forst! Eine große Rauchsäule ist zu sehen!«

Vor Aufregung sprachen alle durcheinander.

Graf Moritz zögerte nicht lange. Mit lauter Stimme, doch ruhig und besonnen gab, er Befehle. Nicht zum ersten Mal brachen im Sommer Feuer in seinen Wäldern und auf den Hochmooren aus.

Das Johannifest fand ein jähes Ende, und die Gruppe der Gäste löste sich rasch auf. Die Frauen und die beiden Kinder gingen zurück ins Schloss. Irina von Sanderan ließ ihre Kutsche vorfahren, denn morgen wollte sie zeitig nach Moskau aufbrechen, wo ihr Verlobter sie erwartete. Die Männer wechselten in aller Eile die Kleidung, während das Stallpersonal inzwischen die Pferde sattelte. Ein Leiterwagen wurde mit Waldbrandäxten, Platthacken, Schaufeln, Feuerpatschen und Eimern beladen. Hinzu kamen zwei große Holzfässer mit Wasser. Zusammen mit anderen Hofbediensteten bestiegen auch einige Stallburschen den Wagen. Willuk, der Chauffeur des Automobils, nahm als ehemaliger Oberkutscher Platz auf dem Kutschbock. An seiner Seite trohnte die massige Gestalt von Stallmeister Gulbe. Dessen Kopf war vom Schnaps und vor Tatendrang hinsichtlich der

Bekämpfung des Brandes hochrot angelaufen. Willuk drosch mit der Peitsche auf die beiden Arbeitspferde ein. Vorbei am Uferweg des Mondsees, wo das Johannifeuer inzwischen mit Zweigen und Sand erstickt worden war, preschten Reiter und Wagen im milchigen Schein der Mittsommernacht Richtung Wingener Forst.

****

Wie ein gestrandetes Schiff, das von seiner Besatzung überstürzt verlassen worden war, wirkte der Ballsaal, als Beatrice herein kam. Spärliches Licht fiel lanzenartig durch die hohen Fenster und brach sich in der Mitte des Parkettbodens. Auf den Tischen standen halbleere Gläser, willkürlich angeordnet. In den Champagnerkübeln schimmerte trübe das längst geschmolzene Eiswasser. Die Flaschen dösten in trostloser Leere. Überquellende Aschenbecher verströmten einen beißenden Geruch. Die Speisereste des Buffets waren zwar bereits abgeräumt worden, doch es türmten sich noch Besteck und Geschirr. Silberplatten, übereinander gestapelt wie übergroße Pfannkuchen, warteten auf die diensteifrigen Hände des Personals.

Beatrice ging weiter ins Katharinenzimmer. Dort hatten sich die Frauen versammelt, unter Ihnen Graf Helmers Frau Alessandra. Unruhig ging Gräfin Charlotte im Zimmer auf und ab. Beatrice ahnte, woran ihre Mutter vermutlich dachte. Der letzte Waldbrand auf den Reckendorff'schen Länderein lag vier Jahre zurück. Damals war es Brandstiftung gewesen. Den oder die Täter hatte man nie ermittelt und dingfest gemacht. Sollte das Feuer am Johannitag Zufall sein? Beatrice bezweifelte das. Seit den Unruhen im Jahr 1905 gärte es in der Landbevölkerung. Zwielichtige Elemente aus den Städten, allesamt Sozialisten und Anarchisten (wie ihre Mutter zu sagen pflegte) zogen umher und wiegelten Bauern und Tagelöhner auf. Anders als Tante Meggie hatte Charlotte keinerlei Verständnis für das Streben der einheimischen Bevölkerung nach Freiheit, nach gerechterer Verteilung der Reichtümer in den baltischen Provinzen wie in ganz Russland. Ihre Familie, die Grafen Eisenstetten, gehörten zum kurländischen Uradel. Stets hatten sich Charlottes Vorfahren um das Land verdient gemacht. Hohe Ämter, fürstliche Geschenke der jeweiligen Herrscher, der Erwerb von Grund und Boden in großem Stil sowie seinerzeit die Leibeigenschaft über zahlreiche Dorfgemeinschaften hatten den Reichtum der Eisenstettens begründet und stetig vermehrt.

Aufmunternd lächelte Beatrice ihrer Mutter zu und setzte sich zu Alessandra Helmer an einen der Kartentische. Alessandra stammte aus einer italienischen Adelsfamilie und galt in jungen Jahren als Schönheit. Daß ihr Mann Rudolph schon seit Jahren in Riga eine junge Geliebte unterhielt, wußte auch Beatrice. Verständlich, daß Alessandra darüber zunehmend verbittert geworden war. Seinetwegen war sie vor der Hochzeit zum lutherischen Glauben übergetreten, was sie schon bald bereut hatte. Mit stumpfen Strähnen in ihrem einstmals glänzenden, ebenholzfarbenen Haar und einem depressiven Gesichtsausdruck glich Alessandra inzwischen einer freudlosen Blume, die unweigerlich verblüht. Zutiefst schwermütig, hatte sie sich mit ihrem Schicksal abgefunden. So tröstete sie sich hauptsächlich mit dem Legen von Patiencen, einem nicht geringen täglichen Konsum von Portwein und wilden Ausritten auf ihrem Araberhengst Abdul. Die Verbindung mit Helmer war kinderlos geblieben. Aus dessen erster Ehe waren zwei Söhne und eine Tochter hervorgegangen. Diese Kinder hatten die Stiefmutter zwar stets mit dem nötigen Respeckt behandelt, jedoch nie wirklich akzeptiert. So verfloß Alessandras Leben sinnlos und voller Langeweile in einem spröden Land mit endlosen, kalten Wintern, weitab von der sonnigen Hügellandschaft ihrer toskanischen Heimat.

»Schade um das schöne Fest,« sagte Beatrice in diesem Moment.

Alessandra lächelte abwesend und murmelte:

»Ja, sehr schade. Noch dazu, wo du heute Geburtstag hast!«

Beatrice zuckte mit den Schultern, sagte «Gute Nacht, ich gehe jetzt schlafen,« und verließ das Katharinenzimmer. Wenig später begab sie sich zu den Stallungen.

# 12

Den Uferweg am Mondsee ließ Beatrice im Gallopp hinter sich.

Sobald sie den Wald erreichte, wurde die Sicht schlechter. Zudem zogen plötzlich dunkle Wolken auf. Beatrice ließ Rasboi in vorsichtigen Trab fallen. Bereits hier, etwa drei Werst vom Wingener Forst entfernt, konnte sie das Feuer riechen. Es war ein großes Waldgebiet, bestehend aus verschiedenen Nadelgehölzen, Birkenwäldern und dazwischen liegenden, kleinen Sumpflandschaften. Die meisten Sümpfe hatte Graf Moritz vor Jahren in aufwändiger Arbeit trocken legen lassen und Wiesen angelegt. Durch die anhaltende Sommerhitze glichen diese Flächen inzwischen einer Steppenlandschaft.

Auf einem schmalen Weg durchquerte Beatrice einen Fichtenwald. Der Brandgeruch wurde stärker. Jetzt erklang das Wiehern von Pferden. Nach wenigen Augenblicken erreichte Beatrice eine Lichtung. Dort stand der große Leiterwagen wie eine bizarre Skulptur. Päkka, der Stallbursche, hatte die Pferde der Brandbekämpfer rund um den Wagen an den Gitterstäben festgebunden. Jetzt saß er unschlüssig auf der Wagendeichsel und ließ die Beine baumeln. Die Tiere wirkten unruhig. Beatrice sah den hellbraunen Trakehnerhengst ihres Vaters und die Fuchsstute, die Arved am Morgen geritten hatte. Arved, dachte sie ... und Alexander. Wie ein Vexierbild schoben sich die Gesichter der beiden jungen Männer vor Beatrices innerem Auge übereinander. Doch nur Saschas Gesicht blieb haften, wie ein langer Schnappschuss.

Beatrice sprang ab und warf Päkka die Zügel hin. Dem

Stallburschen blieb vor Schreck der Mund offen stehen. Dann stotterte er:

»Gnädiges Fräulein?! Um Himmels Willen! Reiten Sie sofort zurück! Hier ist es viel zu gefährlich! Wenn seine Exzellenz …«

Beatrice unterbrach ihn brüsk.

»Kümmere dich um Rasboi. Und gib mir deine Mütze!«

Sie stopfte ihr Haar unter die speckige Ledermütze, griff nach einer Feuerpatsche und rannte los. Aus der entgegengesetzten Richtung kam ihr Alexander entgegen. Er stutzte kurz, dann erkannte er sie und versperrte ihr den Weg.

»Bist du wahnsinnig, Bea?!« Er griff nach ihrem Arm. «Geh sofort zurück zum Wagen!« Er zog sie mit sich. Sein harter Griff schmerzte, und Beatrice versuchte, sich loszureißen.

»Du tust mir weh, Sascha!«

»Ich lasse nicht zu, daß du …«

Beatrice schrie ihn an.

»Das entscheide ich ganz allein! Laß mich los!«

Mit einer heftigen Geste zog Alexander sie an sich. Bevor sich Beatrice wehren konnte spürte sie seinen Kuß, fordernd und begehrlich. Mit einem Ruck befreite sie sich und stürmte davon. Ihre Lippen brannten. Alexander lachte und rief ihr nach:

»Respekt, Beatrice! Ich liebe mutige und kühne Frauen!«

Beatrice reagierte nicht. Sascha setzte seinen Weg fort. Am Wagen angekommen herrschte er Päkka an:

»Los, einen Eimer Wasser! Na mach schon!«

Er tauchte sein Hemd in den Eimer und zog es tropfnaß wieder an. Dann schüttete er Wasser über Hose und Stiefel, den Rest goß er über den Kopf. Völlig durchnäßt rannte er zurück zur Brandstelle, die Beatrice soeben erreicht hatte.


Die Männer standen in einer langen Reihe. In forderster Front schlugen die Forstarbeiter, Buschwächter, Knechte und

Stallburschen sowie die anderen Brandhelfer mit Äxten und Platthacken eine Schneise, um ein Übergreifen der Flammen zu verhindern. Weiter entfernt fielen die ersten Bäume krachend und Funken sprühend auf den Waldboden. Graf Moritz und Arved drangen vor und prügelten mit Feuerpatschen auf die Flammen ein. Allen floß der Schweiß in Strömen über das Gesicht.

Beatrice stellte sich seitwärts in die Reihe der Männer und schlug auf das Feuer ein. Noch immer spürte sie Saschas Kuß. Als könnte große körperliche Anstrengung ihren wilden Gefühlen Einhalt gebieten, wurden ihre Schläge mit der Feuerpatsche härter und schneller. Sie vermied es, in die Nähe ihres Vaters zu gelangen. Ihn und Arved hatte sie schnell entdeckt. Einige Meter zu ihrer Linken mühte sich Baron Bergh mit einer Feueraxt ab. Auch er schenkte ihr keine Aufmerksamkeit. Hin und wieder hielt er inne und genehmigte sich aus einer flachen Silberflasche eine kräftigen Schluck. Beatrice sah, daß er nur mit halber Kraft bei der Arbeit war.

Die Geräusche um sie herum klangen bedrohlich. Das Feuer knackte und knisterte, ächzte und spotzte. In das hektische Schlagen der Äxte und Hacken, Feuerpatschen und Schaufeln mischte sich hin und wieder das entfernte Krachen von umstürzenden Bäumen und die befehlende Stimme von Graf Moritz.

Plötzlich hielt Beatrice inne. Am Himmel zuckte ein heller Lichtstrahl. Schon rief einer der Arbeiter:

»Ein Gewitter, Exzellenz! Was für ein ...«

Der Rest seines Satzes ging in einem heftigen Donnerschlag unter. Starker, böiger Wind kam auf und fachte die Flammen an. Beatrice spürte ihren trockenen Mund. Was hätte sie jetzt für einen Schluck Wasser gegeben! Verbissen arbeitete sie weiter.

Das Gewitter kam rasch näher. In kurzen Abständen erfolgten Blitz und Donner. Dann öffnete der Himmel seine Schleusen, und sintflutartig fiel der Regen.

Beatrice war inzwischen bis auf die Haut durchnäßt. Päkkas speckige Mütze hielt noch etwas länger stand, bevor auch das Haar in Mitleidenschaft gezogen wurde. Wie gut der Regen tat! Er kühlte den erhitzten Körper und gab Hoffnung, daß das Feuer rascher unter Kontrolle geriet. Schon ertranken die ersten Flammen in der Sturzflut, und über den Waldboden flossen große Rinnsale. Auf Äste, Bäume und Buschwerk prasselten Wasserfontänen.

Jetzt hob Graf Moritz die Hand und rief:

»Laßt es gut sein, Leute! Ich glaube, der Rest erledigt sich von allein. Alle Mann zurück zum Wagen und zu den Pferden. Fünf Mann Buschwächter und Waldarbeiter bleiben vor Ort und kümmern sich um eventuelle Glutnester!«

Nun konnte Beatrice ihre Anwesenheit im Wald nicht länger verheimlichen. Sie zog die Mütze vom Kopf und schüttelte ihr nasses Haar. Als Graf Moritz sie sah, traute er seinen Augen nicht.

»Beatrice?! Wie zum Teufel kommst du hierher?!« Sie hörte den Zorn in seiner Stimme. Darauf war sie gefaßt gewesen. »Wie kannst du es wagen …« Bevor ihr Vater weiterreden konnte, erklang die Stimme von Arved, der etwas entfernt stand.

»Onkel Moritz! Alexander ist nicht da!« An die anderen Männer gewandt rief er: »Alle mal herhören! Hat jemand Graf Eisenstetten gesehen?« Rundum Kopfschütteln und Ratlosigkeit. Dann deutete einer der Buschwächter auf seinen Nebenmann Carl Kaitis.

»Carl und ich waren mit dem Gnädigen Herrn weit vorn am Brandherd. Dann war er plötzlich verschwunden.« Zur Bestätigung nickte der andere.

»Ich gehe ihn suchen!« Arved wandte sich an die beiden Buschwächter. »Und ihr kommt mit!«

Atemlos hatte Beatrice zugehört. Nur ein Gedanke drehte sich in ihrem Kopf: *Hoffentlich ist Sascha nicht in Gefahr!* Als sie Arved und den anderen folgen wollte, hielt die starke Hand ihres Vaters sie zurück.

»Für heute reicht es wohl, Beatrice!«

# 13

Die nasse Kleidung hatte Alexander nur kurzzeitig vor den Flammen geschützt. Immer tiefer war er in die Feuerzone vorgedrungen. Beißender Rauch und Hitze wurden noch stärker. Die beiden Buschwächter waren nirgendwo zu sehen. Einige Male rief Alexander ihre Namen und fluchte laut, als keine Antwort kam. *Dreckiges Pack!* dachte er. *Haben sich feige davon gemacht.* Jetzt erkannte er, daß es ein großer Fehler gewesen war, ganz allein ins Zentrum des Brandes vordringen zu wollen. Ringsum entzündete sich explosionsartig das Buschwerk. Höchste Zeit, sich in Sicherheit zu bringen! Einzelne Bäume hatten bereits Feuer gefangen, dichter Qualm lag in der Luft und versperrte die Sicht.

Es geschah so plötzlich, daß er nicht reagieren konnte. Ein lautes Krachen, splitterndes Holz, ein harter Schlag. Alexander fiel zu Boden. Ein Kiefernstamm hatte seinen rechten Fuß eingeklemmt. Vergeblich versuchte Alexander, sich zu befreien. Um ihn herum brannte es. Panik ergriff ihn, und das Atmen wurde immer schwerer. Alles verschwamm vor seinen Augen und er sank zurück. Als es gleich darauf heftig anfing zu regnen, spürte er es nicht mehr. Er bemerkte auch nicht, daß eine schlanke Gestalt plötzlich neben ihm stand und ihn betrachtete.

Im strömenden Regen drangen Arved und die beiden Buschwächter tiefer in den Wald vor. Die feuchte Erde dampfte. In den Baumkronen der umgestürzten Bäume züngelten hin und wieder noch Flammen. Doch auch hier erledigte der Regen die Arbeit. Nasse Asche und zäher, fast morastiger Waldboden erschwerten das Fortkommen.

Nirgends eine Spur von Alexander. Die drei Männer hatten sich verteilt. Die Sicht war schlecht, und Arved hatte Mühe, voranzukommen. Hin und wieder blieb er stehen und rief laut Alexanders Namen, doch der prasselnde Regen verschluckte seine Worte. Die Buschwächter waren außer Sichtweite. Nach einer Weile rief Carl Kaitis:

»Vielleicht ist er längst zurück, gnädiger Herr! Sollen wir wirklich weiter suchen?«

Arved reagierte mit Schärfe.

»Er muß hier irgendwo sein.« Arved wußte nicht, woher er diese Gewißheit nahm. Vielleicht, weil er Alexander als tollkühn, um nicht zu sagen leichtsinnig einschätzte? Es würde zu ihm passen, hier beim Brand ganz allein den Helden spielen zu wollen. Er ließ auch sonst keine Gelegenheit aus, sich in den Vordergrund zu stellen. Plötzlich empfand Arved eine tiefe Abneigung gegen Alexander. Arrogant und stets ein wenig von oben herab hatte er Arved behandelt, seit dieser zurückdenken konnte.

Überall lagen verkohlte Äste und halb verbrannte Bäume auf dem Regen nassen Waldboden. Hatte es wirklich Sinn, noch weiter zu suchen? Plötzlich war sich Arved nicht mehr sicher. Vielleicht war Sascha doch längst bei den anderen? Er stolperte über einen im Weg liegenden Kiefernstamm und fiel beinahe auf eine Gestalt. Wie leblos lag sie da, den linken Fuß unter dem Baumstamm eingeklemmt.

»Hierher!« rief er den anderen zu.


Unvermindert heftig fiel der Regen.

Graf Moritz hatte den Verwalter Schröder beauftragt, in das nicht weit entfernte Wolmar zu reiten und den Arzt zu holen. In der Zwischenzeit sollten alle zum Schloss zurückkehren.

Nachdem Arved und die Buschwächter Alexander aus dem Wald gebracht hatten, lag er nun auf dem Leiterwagen. Immer noch war er bewußtlos und sah übel zugerichtet aus. Das Gesicht schwarz vom Qualm, Haare und Augenbrauen angesengt, Brandwunden an Armen und Beinen. Sein Fuß war auf groteske Weise verrenkt und geschwollen. Arved und Peter Sanderan bemühten sich, ihn mittels nasser Tücher zu kühlen. Als Schutz vor dem Regen hatten Knechte und Stallburschen eine Segeltuchplane über einen Teil des Leiterwagens gespannt.

Beatrice hatte sich Verbandszeug geben lassen. Vorsichtig trug sie eine gelbe Salbe auf Alexanders Brandwunden und legte Verbände an. Niemand sprach ein Wort. Nach einer Weile wandte sich Beatrice an Arved.

»Er wacht doch wieder auf, oder ...?« Ihre Stimme bebte. Arved blickte sie kurz an.

»Sein Puls ist schwach, aber zu spüren. Er hätte eben nicht so leichtsinnig sein sollen!«

Voller Empörung blickte Beatrice ihn an.

»Wie kannst du so etwas sagen, wo er verletzt hier liegt und vielleicht nicht ...« Sie stockte und kämpfte plötzlich mit den Tränen. »Er hat doch nur helfen wollen! Und dann zu behaupten, er wäre selbst schuld?!«

Arved wirkte müde und erschöpft.

»Das habe ich doch gar nicht gemeint, Bea.« Er wollte ihren Arm berühren, doch sie wehrte ihn ab.

»Um dich geht es hier nicht, Arved!« Ihre Stimme klang wütend und verzweifelt zugleich. Graf Moritz, der dem Wortwechsel zwischen seiner Tochter und seinem Ziehsohn gehört hatte, sagte in bestimmtem Ton:

»Schluß mit eurem Disput! Wir müssen so schnell wie möglich nach Hause. Dr. Landmann ist sicher bald unterwegs.«

»Hoffentlich ist es dann nicht zu spät,« flüsterte Beatrice und strich sanft über Alexanders bewegungsloses Gesicht.

Kurz darauf ging es im Regen zurück nach Aicken. Graf Moritz,

Arved und Beatrice hatten ihre Pferde anderen überlassen und begleiteten Alexander auf dem Leiterwagen. Beatrice saß dicht neben ihrem Cousin auf dem Wagenboden, sein Kopf ruhte auf ihrem Schoß. Sie beugte sich tief über ihn und preßte ihre Lippen auf seinen Mund. Durch die Mund-zu-Mund Beatmung hoffte sie, daß er wieder zu sich kommen würde! Erschöpft hielt sie inne. Plötzlich bewegte sich Alexander und öffnete kurz die Augen, um sie gleich wieder zu schließen. Beatrice strich ihm eine nasse Strähne aus der Stirn und flüsterte etwas in sein Ohr. Tränen der Erleichterung rannen über ihre Wangen.

Wie versteinert stand Arved auf dem Leiterwagen und beobachtete Beatrice. Seine Hände zitterten, und er schloss sie so fest um die Gitterstäbe, daß die Knöchel weiß wurden. Graf Moritz trat neben ihn. Sein Blick schien wissend und voller Mitleid zu sein. Dann klopfte er Arved auf die Schulter und sagte:

»Danke, mein Junge. Du hast ihm das Leben gerettet.«

Abrupt drehte Arved den Kopf weg und lachte kurz auf. Es klang ebenso verzweifelt wie gequält.

# 14

Nach dem großen Brand im Wingener Forst nahm das Leben auf Schloss Aicken wieder seinen gewohnten Gang. Die Tage vergingen mit den üblichen Pflichten, Zerstreuungen, den kleinen und größeren Abwechslungen, die das Leben auf dem Land bietet. Als Landwirt mehrerer großer Gutsbetriebe hatte Graf Moritz alle Hände voll zu tun. Bis zu Beginn des neuen Semesters Mitte September unterstütze Arved ihn nach Kräften. Beide waren oft bis spät in die Nacht unterwegs. Die Obst- und Getreide-Ernte mußte eingefahren werden. Sie fiel in diesem Jahr sehr gut aus. Im Sägewerk, in der Brauerei, der Ziegelei und in der Meierei lief die Produktion auf Hochtouren.

Wie gewohnt leitete Gräfin Charlotte den Schlossbetrieb mit seinen täglichen Verrichtungen und den zahlreichen Dienstboten. Für Herbst und Winter wurde für die Familie neue Garderobe angefertigt. Die Hauschneiderin der Reckendorffs aus Riga weilte deshalb mit drei Hilfskräften einige Wochen auf dem Schloss.

Alexanders gebrochener Knöchel heilte langsam und er erholte sich gut. Engagiert und liebevoll kümmerte Beatrice sich um ihn, bis er Mitte August zu seinem Regiment nach Petersburg aufbrechen konnte. Beiden fiel der Abschied schwer. In den Wochen nach dem Brand hatte Alexander seiner Cousine in glühenden Worten zu verstehen gegeben, was er für sie empfand. Als erfahrener Frauenkenner wußte er, wie er ein junges Mädchen umgarnen mußte. Seit er dem Tod nur knapp entkommen war, hatten sich Beatrices Gefühle für ihn intensiviert. Sie sah in ihm nicht mehr den Cousin, sondern einen charmanten, blendend aussehenden jungen Mann, der ihr den Hof machte und sie als erwachsene Frau behandelte. Zunehmend fühlte sie sich zu ihm hingezogen. Er war ihr Seelenverwandter, und sie hatte sich rettungslos in ihn verliebt.

Trotz seiner knappen Freizeit entging Arved keineswegs, was sich zwischen Beatrice und Alexander anzubahnen schien. Seine Gemütsschwankungen wechselten zwischen Wut, Niedergeschlagenheit und Enttäuschung. Dies beeinträchtigte jedoch nicht seine Gefühle für Beatrice. Im Gegenteil! Je mehr sie sich Alexander zuwandte, desto verweifelter wurde seine leidenschaftliche Liebe. Oft litt er Höllenqualen, wenn er die beiden beim abendlichen Souper beobachtete. Ihre kurzen Blicke, die kaum wahrnehmbare Berührung ihrer Hände, ein leise geflüstertes Wort – Arved wußte all dies zu deuten. Um Beatrice und Alexander so wenig wie möglich begegnen zu müssen, arbeitete er oft mehr und länger als notwendig. Er war froh, als er zu Semesterbeginn nach Dorpat zurück kehren konnte.

Auch Gräfin Charlotte und ihrem Mann entging nicht, was sich zwischen Alexander und Beatrice anbahnte. Einige Male hatte Charlotte mit Moritz darüber gesprochen. Sie machte sich Sorgen um ihre Tochter, kannte sie doch Saschas Ruf als Frauenheld. Doch der Graf hatte abgewunken und gemeint:

»Junge Mädchen in ihrem Alter sind immer schwärmerisch und leicht entflammbar. Das gibt sich wieder, wenn Sascha zurück zum Regiment muß.«

Anfang September feierten Constantin und Emily gemeinsam ihren vierzehnten Geburtstag. Constantin, nur wenige Tage älter als Emily, zeigte sich zunächst mürrisch und enttäuscht. Warum mußte sie so lange auf Aicken bleiben und ihm auf die Nerven gehen? Viel lieber hätte er seinen Geburtstag allein gefeiert! Zumal bereits im letzten Jahr beide Feiern zusammengelegt worden waren. Leider mußte Sascha bereits abreisen. Sein Geburtstageschenk war Constantin das liebste von allen: ein kostbar gearbeitetes Jagdmesser. Im Herbst würde er es einweihen. Denn im Oktober begann auf Aicken die Zeit der großen Jagden.

Mit schweren Gewittern, Überschwemmungen der Moore und einem ersten Herbststurm verabschiedete sich der Sommer. Frühzeitig brachen Störche, Stare und Schwalben gen Süden auf. Als die Blätter fielen, als sanftes Licht die Tage in abwartende Stille hüllte und Nebel über den Seen und Mooren aufstieg, überquerten die langen Schnüre der Vogelzüge das Land. Wild- und Schneegänse sowie Kraniche rasteten für eine Nacht oder mehrere Tage auf den Feuchtwiesen an den Aickener Seen, um sich mit Nahrung für den Weiterflug einzudecken. Das Geschrei einer vieltausendköpfigen Zahl begleitete die Menschen bis in den Schlaf.

# II

## Livland, Herbst/Winter 1913

# 15

»Der Fliegende Schinken kommt!«

Constantin rannte durch den Haupteingang in die Schlosshalle und rief erneut.

»Soeben eingetroffen: Der Fliegende Schiiiinken!!!«

Im ersten Stock wurden Türen geschlagen. Wenig später lief Beatrice über die Freitreppe nach unten und rief dem Butler zu:

»Ist die Sakuska vorbereitet, Johann?«

»Selbstverständlich, Gnädiges Fräulein.«

»Geben Sie bitte meinen Eltern Bescheid. Auch dem Baron und der Baronin.«

Beatrice seufzte bei dem Gedanken an das Schnorrerpaar. Wie von allen Familienmitgliedern befürchtet, hatten die Berghs und ihre Tochter ihren Aufenthalt auf Aicken bis zum Spätherbst verlängert. Auf keinen Fall wollten sie die Jagdsaison verpassen, die stets mit Gesellschaften und Bällen einher ging. Emily saß seit dem Ende der Sommerferien zusammen mit Constantin jeden Vormittag im Schulzimmer. Sie glänzte besonders in Französisch, und Mademoiselle war begeistert von ihr. Dafür sprach Constantin besser Russisch. Zwischen ihnen gab es einen täglichen Wettbewerb, was den Lernerfolg der beiden steigerte. Hauslehrer Friedrichs hatte für seinen Brotherrn und die Berghs nur gute Nachrichten. Tante Meggie gab Emily zweimal wöchentlich Klavierunterricht, und das Mädchen übte auf einem alten Instrument in ihrem Zimmer. In den letzten Wochen hatte Beatrice bemerkt, daß Emily sich verändert hatte. Sie wirkte ernsthafter und zog Gespräche mit

Erwachsenen dem freizeitlichen Zusammensein mit ihrem Cousin Constantn vor.

Unter lautem Getöse fuhr das Automobil des Grafen vor. Beatrice strahlte. Endlich war er da, ihr Lieblingsonkel Kolja, genannt Der Fliegende Schinken! Als ein kolossal fetter Mann von wuchtigem Wuchs verdankte er seinen Spitznamen einer Anekdote. Die erzählte er häufig und gern und brachte die Zuhörer immer wieder aufs Neue zum Lachen. Seine Schilderung wurde im Wortlaut von Mal zu Mal ein wenig variiert und hörte sich etwa so an:

*Ich stand, wie soll ich es ausdrücken, in der Blüte meiner Jahre. Also vor endlos langer Zeit ...Allerdings habe ich mich seitdem kaum verändert. Äußerlich, meine ich ...*

*Es war auf einer der legendären Gesellschaften des Großfürsten in St. Petersburg. Ich saß in einer Runde von Damen, unter denen sich auch meine Angebetete befand, eine außergewöhnliche Schönheit namens Kyra. Ich war bis über beide Ohren verliebt und hätte alles getan, um ihre Gunst zu erringen. Doch sie biß nicht so richtig an, und so wandte ich mich mit glühender Stimme an die Runde der Damen: »Wenn es denn einer echten Mutprobe als Beweis für meine Liebe bedarf, springe ich auf der Stelle aus dem Fenster«!*

*Das Palais des Großfürsten verfügt, wie ihr alle wißt, über mehrere Stockwerke. Wir befanden uns im Parterre.*

*Nun, niemand wollte mir Glauben schenken. Die Damen kicherten, einige ermutigten mich, zu springen. Andere rieten mir davon ab. Und meine Angebetete ...sie schenkte mir nur ein spöttisches Lächeln.*

*Was blieb mir anderes übrig? Ich öffnete das Fenster. Unter mir gähnte ein Abgrund von etwa einem Meter. Beherzt stieg ich auf die Fensterbank. Ein letzter flammender Blick traf meine Auserkorene, die mich hoffentlich nach dieser Mutprobe erhören würde!*

*So stürzte ich mich in die Tiefe, doch dank meiner wunderbaren Körperpolsterung fiel ich sehr weich.*

*Seit dieser Zeit nennt man mich »Den Fliegenden Schinken«!*
Die Nachfragen seiner Zuhörer, ob er denn nun mit dieser »Mutprobe« Erfolg bei seiner Angebeten gehabt hätte, beantwortete er nonchalant und meinte, er hätte es sich noch einmal gründlich überlegt und wäre zu der Überzeugung gelangt, die Ehe tauge ohnehin nichts für ihn.

Onkel Kolja lebte in St. Petersburg. Er war ein eingefleischter Junggeselle und Bonvivant. Ein bei allen Verwandten gern gesehener Gast. Er liebte die Jagdsaison, obgleich er kein Interesse an der Jagd selbst zeigte. Dafür wußte er umso mehr die üppigen Festmahle mit frischem Wildbret und Strömen von französischem Rotwein und Wodka zu schätzen und zu genießen. Onkel Kolja galt als Unikum, als herzensguter Mensch voller Humor und Selbstironie. Mit Grandezza (soweit bei seinem Körperumfang möglich) und klagloser Gelassenheit schleppte er sein Körpergewicht durch die Welt.

Chauffeur Willuk mühte sich nach Kräften, der massigen Statur Herr zu werden und den Ankömmling aus dem Auto zu hieven. Dieser schnaufte vor Anstrengung, sein Gesicht war rot angelaufen.

»Onkel Kolja!« Beatrice versank in seinen Armen.

»Laß dich mal anschauen, junge Dame.« Kolja faßte Beatrice an den Ellbogen und stellte sie wie ein Puppe vor sich auf.

»Ja, das ist schon eine enorme Veränderung, mein Kind. Letztes Jahr noch ein Backfisch, und jetzt ...Respekt! Ich beneide alle jungen Kavaliere. «

Dröhnend lachte er und gab seiner Großnichte einen schmatzenden Kuß auf die Wange. Dann sagte er:

»Laßt uns hinein gehen. Hier draußen ist es ungemütlich!« Ächzend und stöhnend stolperte er auf seinen säulenartigen Beinen, die in engen Reithosen und Stiefeln steckten, voran.

Bei der Begrüßungssakuska vor dem Mittagessen wurde geplaudert, gescherzt und der neueste Klatsch ausgetauscht. In St. Petersburg kannte Kolja Gott und die Welt und führte ein stets offenes Haus. Bis Ende November würde er auf Aicken bleiben. Wie immer verbreitete er gute Laune und eine heitere Atmosphäre. Adam und Amalie Bergh hingegen machten einen mißmutigen Eindruck. Sie mochten Kolja nicht, der es nie für nötig gehalten hatte, sie nach St. Petersburg einzuladen. Sie blieben einsilbig, und Amalie gab lediglich einige spitze Bemerkungen von sich, die der Fliegende Schinken jedoch humorvoll entkräftete. Graf Moritz verabschiedete sich bald und ging in sein Jagd- und Arbeitszimmer, wo er den Verwalter Schröder erwartete. Tante Meggie entführte Emily zur obligatorischen Klavierstunde, und Charlotte hatte wichtige Dinge mit der Hausdame, Fräulein Kleinschmidt, zu besprechen. In wenigen Tagen würde die erste Jagdgesellschaft eintreffen, und es galt, entsprechende Vorbereitungen für Unterkünfte zu planen und die Küche darauf vorzubereiten.

Bis zum Souper um achtzehn Uhr dreißig blieben noch zwei Stunden Zeit. Onkel Kolja machte sich in seinem Gästezimmer frisch und begab sich anschließend in die Bibliothek, wo er sich mit Beatrice verabredet hatte.


Beatrice saß am Kamin und las in einem Buch. Ein Schwall von herbem Eau de Cologne Duft wehte in den Holz getäfelten Raum, als Kolja mit schweren Schritten in die Bibliothek kam. Der Ofenknecht hatte ordentlich Holz nachgelegt und einen besonders breiten und bequemen Sessel vor den Kamin geschoben. Umständlich ließ sich der Fliegende Schinken, der jetzt mehr sank als flog, in die Polster gleiten.

»Nun, meine Liebe, was liest du denn da?«

Beatrice legte ihr Lesezeichen ins Buch und klappte es zu.

»Ach, nichts Besonderes, Onkel Kolja.«

Mit einer behenden Geste, die man dem unförmigen Mann nicht zugetraut hätte, schnappte ihr Kolja das Buch aus der Hand. Der Einband war in eine Schutzhülle geschlagen. Kolja öfnete den Deckel und las den Buchtitel.

» »*Was tun?*« von Nicolai Tschernyschewski. Sieh mal an ... hast du es von Tante Meggie? Das würde ihr ähnlich sehen.«

»Sie hat es mir ausgliehen. Aber bitte sag Papa nichts!«

»Ich werde mich hüten! Du weißt doch – der Überbringer schlechter Nachrichten wird erschossen.« Kolja lachte dröhnend. »Aber im Ernst, Beatrice: warum liest du ein solches Machwerk?«

»Kennst du das Buch überhaupt?«

»Natürlich kenne ich es! Dem Feind in die Seele blicken, damit man sich ihm gegenüber wappnen kann. Diese sozialistischen Traktätchen sind gefährlich, wenn man ihre Verbreitung nicht endlich unterbindet!«

»Tschernyschewski ist doch schon lange tot.«

»Richtig! Aber dieser Lenin hat sein Gedankengut aufgegriffen, theoretisch weiter entwickelt und ein Buch mit demselben Titel verfaßt. Nur noch radikaler und umstürzlerischer.«

»Ist Lenin nicht im Exil?«

»Doch. Aber wer weiß, wie lange noch.«

»Ich wollte mich nur informieren.«

»Das hoffe ich! Denn eine Frau wie die Heldin des Buches, Vera Pawlowna, kann doch unmöglich so etwas wie ein Vorbild für dich oder andere Frauen unseres Standes sein!«

Beatrice spürte, wie sie errötete.

»Da hast du sicher Recht. Obwohl Tante Meggie befürchtet, daß früher oder später ...«

Mild lächelnd unterbrach Der Fliegende Schinken sie.

»Das wollen wir nicht herbei beschwören, mein Kind. Und

alles tun, um das zu verhindern.« Seine Stimme wurde eine Spur ärgerlicher. »Ich verstehe überhaupt nicht, wie Meggie ein solches Buch besitzen und es dir auch noch ausleihen kann! Nun ja, die sozialistischen Schwärmereien ihrer Backfischzeit scheint sie ja immer noch nicht hinter sich gelassen zu haben. – Themenwechsel! Erzähl' mir, was du in diesem Sommer so alles getrieben hast? Deine Mutter hat mir vor einigen Wochen geschrieben, daß Arved und du, wie soll ich sagen ...?«

»Tatsächlich? Hat sie das geschrieben? Leider muß ich da alle enttäuschen. Arveds Heiratsantrag habe ich ausgeschlagen. Wenn überhaupt einmal eine Ehe für mich infrage kommt, dann eher ...« Sie zögerte.

»Mit Sascha?« Kolja blickte sie scharf an.

»Wie kommst du darauf?«

»Du weißt doch, Gerüchte machen schnell die Runde. Der Waldbrand an Johanni, die Wochen danach ... ich bin bestens informiert.«

Beatrice schluckte und wich dem Blick ihres Onkels aus. Der kramte umständlich ein Taschentuch hervor und schneuzte sich geräuschvoll. Dann sagte er:

»Wann werden denn die beiden Kavaliere wieder auf Aicken erwartet?«

»Arved frühestens zu Weihnachten, er ist wieder zum Studium in Dorpat. Und Sascha vielleicht zu einer der Jagden.«

»Na, dann sehe ich ihn ja vermutlich.- Eines solltest du wissen, Bea: mein Großneffe Sascha ist kein Mann zum Heiraten. Da müßte er sich schon sehr ändern.«

Beatrice drehte sich weg.

»Ich will das alles nicht hören, Onkel Kolja. Ich muß allein meinen Weg finden.«

»Das sollst du auch, Beatrice. Aber mit Weitblick und Klugheit!« Er zückte seine Taschenuhr. »Und jetzt glaube ich, daß es Zeit wird, sich für das Souper umzukleiden. Allmächtiger, was habe ich für einen Hunger!«

# 16

Lange lag Beatrice in dieser Nacht wach. Immer wieder ging ihr das Gespräch mit Onkel Kolja durch den Kopf. Dabei erinnerte sie sich weniger an seine mahnenden Worte hinsichtlich ihrer Lektüre revolutionärer Schriften. Anders als bei Tante Meggie, die sogar das allgemeine und gleiche Wahlrecht für alle Volksschichten befürwortete, weckten derartige Texte allenfalls Beatrices Neugier. Es klang abenteuerlich, wie die Heldin im Roman *»Was tun?«* der Kontrolle ihrer Familie und einer arrangierten Ehe entkam und ihr Leben unter großen Mühen selbst in die Hand nahm. Tatsächlich vorstellen konnte Beatrice sich einen solchen Lebensweg für sich selbst keinesfalls. Sie liebte ihr komfortables Leben auf Aicken, die Privilegien, die sie durch den Status ihrer Familie genoß.

Vor allem dachte sie an Koljas mahnende Worte Alexander betreffend. Doch sie nahm sich vor, Bedenken von dritter Seite kein Gehör zu schenken. Nach ihrem morgendlichen Ausritt mit Arved an ihrem Geburtstag war innerhalb weniger Stunden Entscheidendes geschehen. Mit seinem Kuß hatte Arved am Hochmoor eine Art Geheimfach in Beatrices Inneren geöffnet und sie in ein Gefühlschaos gestürzt. Doch beim Johanni-Ball mußte sie feststellen, daß Arved nur etwas angestoßen hatte, was sich dann nicht mehr auf ihn bezog. Dies war ihr erst im Lauf des Abends klar geworden. Schon beim ersten Tanz mit Sascha fühlte sie sich magisch von ihm angezogen. In seinem Blick lagen Leidenschaft und Begehrlichkeit. Beides traf Beatrice mitten ins Herz und löste Gefühle in ihr aus, die sie nicht für möglich gehalten hätte.

Natürlich ließ sie sich Sascha gegenüber nichts anmerken! Doch er hatte es bereits an jenem Abend gespürt, daß sie in ihn verliebt war! Als er seine Verletzung auskurierte, wich sie kaum von seiner Seite. Es gab vertraute Gespräche, immer stärkere Annäherung. Heimliche Berührungen wurden zärtlicher. Sascha empfand genau wie sie! Das beteuerte und schwor er ihr hundertmal. Beatrice schwebte im siebten Himmel. Doch obwohl sie sich in seinen Armen schwach fühlte, gelang es ihr, sein stürmisches Verlangen auf leidenschaftliche Umarmungen und Küsse zu beschränken. Auf seinen ausdrücklichen Wunsch schenkte sie ihm vor seiner Abfahrt nach Petersburg ein Portraitfoto von sich.

»Sonst werde ich verrückt vor Sehnsucht nach dir, wenn ich wieder zu meinem Regiment muß!« flüsterte er zärtlich.

Ihr Foto als Liebespfand. Seine Briefe voller leidenschaftlicher Worte. Wie wunderbar er schreiben konnte! Zwei- bis dreimal pro Woche kam Post von ihm. Eines Tages führte Gräfin Charlotte ein ernsthaftes Gespräch mit ihrer Tochter.

»Bea, ich möchte nicht indiskret sein. Aber ich bin über die rege Korrenspondenz zwischen dir und Sascha informiert und deshalb besorgt. Ich weiß zwar nicht, was er dir in all den Briefen schreibt, aber ich kann es mir denken. Auch finden Vater und ich es nicht in Ordnung, wie du Arved seit dem Sommer brüskierst. Er hat Sascha das Leben gerettet ...«

»Dafür werde ich ihm ewig dankbar sein!«

»Und wie dankt Sascha es ihm? Auf unverblümte Weise macht er dir den Hof!«

»Es ist *mein* Leben, Mama. Arved hat kein verbrieftes Anrecht auf mich! Und Sascha ...«

»Sascha ist wie ein bunter Schmetterling, der von Blüte zu Blüte flattert.«

»Er liebt mich.«

»Liebe ist zunächst nur ein Wort, Beatrice.«

»Ich will ihn ja nicht heiraten, Mama! Vorerst jedenfalls nicht. Erst einmal will ich studieren, dann sehe ich weiter.«

»Arved ist ein nobler und anständiger Mensch.«

»Aber leider langweilig.«

»Dein Vater und ich finden, daß er gut zu dir passen würde.«

»Wir leben nicht mehr in einer Zeit der arrangierten Ehen!«

»Aber immer noch in Zeiten von Ehre, Gewissen und Zuverlässigkeit.«

»Sascha verkörpert all dies.«

»Er ist ein notorischer Schürzenjäger. Solche Charaktere ändern sich nie. Es gibt genügend Beispiele: denk an meinen Onkel Jean! Er hat seine Frau durch seine ständigen Affären in den Tod getrieben. Oder Alessandra Helmer! Ihr Mann hatte immer Geliebte. Ein unverbesserlicher Fremdgänger. Alessandra wird daran zugrunde gehen.«

»Mir wird das nicht passieren, Mama.«

»Na schön, wir beenden das Gespräch. Aber sei bitte vorsichtig, was du Sascha in deinen Briefen schreibst.«

Diese Unterredung hatte Ende des Sommers stattgefunden. Beatrice schlug die mahnenden Worte ihrer Mutter in den Wind. Sie sehnte sich nach Sascha. All ihre Gedanken kreisten um ihn. Wenn er nur endlich wieder nach Aicken käme!

Und Arved? Manchmal empfand Beatrice Miteid mit ihm. Nach dem Waldbrand wurde er wortkarg, verlor an Gewicht und vermied es krampfhaft, allein mit Beatrice in einem Raum zu sein. Warum kämpfte er nicht um sie? Warum zog er sich gekränkt und schmollend zurück? Was bedeutete sein Geständnis am Hochmoor, wenn er sich wie ein Schwächling verhielt? Für Schwächlinge und Verlierer hatte Beatrice nicht viel übrig. Als Arved im Spätsommer nach Einbringen der Ernte Aicken verließ, verspürte Beatrice Erleichterung.

Sie liebte Sascha, und dieses Gefühl würde sie sich von niemandem zerstören lassen.

# 17

Im Offizierskasino des Chevalier - Garderegiments in St. Petersburg stand die Luft stickig im Raum. Dichter Tabakqualm, Überhitzung durch die beiden großen Kachelöfen und alkoholgetränkte Schweißausdünstungen wetteiferten miteinander. Draußen fegte der erste Herbststurm durch die Menschen leeren Straßen. Im Licht der Gaslaternen peitschten Regenfontänen gegen die Fensterscheiben.

Einige der jungen Offiziere, die an den Spieltischen saßen, hatten ihre Uniformröcke abgelegt und die Hosenträger herunter gezogen. Diener in kaiserlicher Livrée sorgten emsig für Nachschub an Wodka, Branntwein, Brasilzigarren und ägyptischen Zigaretten. Sie leerten die vollen Aschenbecher und beseitigten die Glassplitter auf dem Marmorfußboden, wenn die Spieler ihre Wodkagläser geleert und über die Schulter geworfen hatten. Karten wurden auf die Tische geknallt, Geldscheine knisterten verlockend. Hin und wieder hörte man deftige Flüche, wenn das Spielglück sich nicht einstellte und große Summen verloren gingen.

Alexander Eisenstetten hatte seinen Uniformrock aufgeknöpft und eine lässige Haltung angenommen. Er war keiner, der unter fieberhafter Anspannung litt, wenn er spielte. Als erfahrener Spieler wußte er, daß man das Glück weder voraussehen noch erzwingen kann. Nie wäre er auf die Idee gekommen, es dem jungen Offizier Hermann in Puschkins Erzählung »*Pique Dame*« gleich zu tun und dem Geheimnis eines vermeintlich todsicheren Tricks hinterher zu jagen! Er spielte ja nicht um Geld, weil er welches nötig gehabt hätte. Die standesgemäße Apanage durch seine reiche Familie hielt seine Privatschatulle stets gut gefüllt. Der Reiz des Spiels lag für ihn nicht im Gewinnen von Geld, sondern im Gewinnen selbst. Höchstes Risiko eingehen um zu siegen, die anderen ausstechen und den Ruf als tollkühner Hasardeur festigen. Glücksspiel war wie die Eroberung einer schönen Frau. Zuerst ziert sie sich ein bißchen, so wie auch das Glück geduldig umworben werden will. Irgendwann setzt man alles auf einen Karte – beim »Pharao« - Spiel auf alle dreizehn Karten einer Farbe – und hofft auf Erfolg. Manchmal stellt er sich ein, manchmal nicht. Doch immer gibt es ein neues Spiel mit neuen Karten und neuen Chancen. So wie stets eine schöne Frau darauf wartet, betört und verführt zu werden.

Neben Sascha saßen noch drei weitere Kameraden mit am Tisch. Zwei Spiele hintereinander hatte Alexander soeben verloren. Ein Haufen Rubelscheine konnte Oleg, der die Bank hielt, einkassieren. Sascha ließ sich ein großes Glas Wodka nachschenken und leerte es in einem Zug. Aus der Brusttasche seines Uniformrocks zog er einen Fotografie, küßte sie und legte sie vor sich auf den Tisch.

»Na los, Oleg, eine neue Runde. Jetzt beginnt meine Glückssträhne!«

Mit einem raschen Griff schnappte sich Oleg die Fotografie, betrachtete sie und pfiff anerkennend.

»Deine neueste Flamme, Sascha?« Oleg reichte das Bild an die anderen am Tisch weiter.

Bewundernde »Oho«- Rufe. Lachen.

»Sieh mal an …«, »Die hat man ja noch nirgendwo gesehen! Versteckst du sie?« und »Wer ist denn die Schöne?«

»Her damit, ihr Idioten!« Sascha war aufgesprungen und brachte das Bild wieder an sich.

»Darf man ihren Namen erfahren, mein Lieber? Falls du nicht

bei ihr landen kannst, springe ich gern ein! « Anzüglich grinste Oleg. »Also, raus mit der Sprache, Sascha!«

»Sie ist meine Cousine Beatrice. Und für jeden von euch tabu. – Und jetzt teil endlich aus, Oleg!«

Die Karten lagen auf dem Tisch, diesmal war Coeur die Farbe.

*Ein gutes Omen,* dachte Sascha. *Für meine Herz-Dame ... welche auch immer ...* Auf jede Karte setzte er jeweils eine hohe Summe und legte die Fotografie seiner Cousine dicht daneben. Aus dem zweiten Kartendeck zog Oleg jetzt die ersten beiden Karten, eine für die Bank und die andere für Alexander. Es waren Karo Dame und Pik neun.

Auch in der Folge wurde keine einzige Coeur-Karte für Sascha gezogen. Die Farbe und Beatrices Fotografie hatten ihm kein Glück gebracht. Seine Verluste an diesem Abend beliefen sich auf eine hohe vierstellige Rubelsumme.

Es war gegen halb zwei, als Oleg nach Alexanders Burschen Jurek schickte. Immer noch regnete es in Strömen. Jurek hatte seinen Herrn untergehakt und brachte ihn zu seiner Kutsche.

»Laß mich los, du elender Kretin«! brüllte Sascha und sank in die Knie. Sein rechter Fuß schmerzte. *Verfluchtes Knochenwetter!* Seit dem Unfall beim Waldbrand in der Johannis-Nacht war die Heilung des Knöchelbruchs gut verlaufen, vor allem Dank fürsorglicher Pflege seiner Cousine. Weder hatte sich sein Gang verändert noch gab es Beeinträchtigungen beim Reiten. Doch bei jedem Wetterumschwung und nach längeren Fußmärschen, die er möglichst vermied, verspürte er Schmerzen.

»Los, hilf mir auf, du Nichtsnutz!« Alexander schlug nach dem Burschen, doch er verfehlte ihn. Endlich hatte Jurek ihn in den Wagen bugsiert und nahm neben dem Kutscher Platz.

# 18

Fürstin Tatjana Kropotkin, die langjährige Freundin von Gräfin Charlotte, saß in ihrem Boudoir vor dem großen Schminkspiegel. Ihre Kammerzofe, der vor Müdigkeit beinahe die Augen zufielen, bürstete das lange, volle, rötlich schimmernde Haar ihrer Herrin. Tatjana hatte die Augen geschlossen und genoß die kräftigen Bürstenstriche wie eine wohltuende Massage.

»Du kannst jetzt gehen,« sagte sie wenig später.

Die Kammerzofe knickste und verließ geräuschlos den Raum. Tatjana zog den Gürtel ihres seidenen Morgenmantels enger und betrachtete kritisch ihr Gesicht im Spiegel. Mit neununddreißg Jahren war sie noch immer eine schöne Frau. Das bis auf die Schultern herabfallende Haar, das sie für gewöhnlich in kunstvollen Variationen von ihrer Kammerzofe hoch stecken ließ, gab ihr etwas Verwegenes, in gewisser Weise Raubtierhaftes. Unterstrichen wurde dies durch ihre ein wenig schräg stehenden smaragdgrünen Augen, die, je nach Lichteinfall, auch bläulich schimmern konnten. Mit einem zufriedenen Lächeln erhob sie sich und schenkte sich im angrenzenden Salon ein Glas Champagner ein. Zwei Flaschen davon standen im Eis gefüllten Silberkübel. Sie trank einen Schluck und ließ ihren Blick durch den mit Spiegeln, kostbaren Möbeln und Teppichen ausgestatteten Salon streifen. Vor dem lodernen Kamin hatten Diener am Abend ein großes Bärenfell ausgebreitet. Sascha schätzte ein romantisches Ambiente und abwechslungsreiche Liebessituationen. Darin war Tatjana Meisterin.

Niemand ahnte etwas von ihrem Verhältnis mit dem Neffen

ihrer Freundin Charlotte Reckendorff. Natürlich war die Dienerschaft alles andere als diskret und verschwiegen. Doch wenn es Klatsch und Gerüchte geben sollte, würde das nicht unbedingt den Weg bis nach Schloss Aicken oder nach Riga finden. Wie auch immer – sie und ihr junger Liebhaber waren frei und ungebunden. Jeden Donnerstag Abend (meistens war es in der Nacht) trafen sie sich für einige schöne Stunden in Tatjanas Petersburger Stadtpalais. Ansonsten lebte jeder sein eigenen Leben. Alexander Eisenstetten war ein leidenschaftlicher Liebhaber, den Tatjana vor einem Jahr in gewisse erotische Finessen eingeführt hatte. Als Schriftstellerin von Liebesromanen verfügte sie über eine grenzenlose Fantasie. Dadurch war sie jedem jungen, hübschen aber unerfahrenen Ding überlegen.

Als sie vor der Auffahrt Pferdegetrappel hörte, seufzte sie wohlig.

Im Vestibül ließ Alexander seinen Mantel auf die Erde gleiten. Sein Bursche bückte sich, hob ihn auf und reichte ihn einem Diener. Ein weiterer Diener wischte Alexanders Schlamm bespritzte Stiefel ab. Mit wirren Haaren und einer grenzenlosen Leere im Blick stolperte er in die Halle. Auf der Treppe mußte er sich an der Marmorbrüstung festhalten, um nicht zu fallen. Sein Bursche wollte ihm behilflich sein. Alexander versetzte ihm einen kräftigen Schlag und schrie ihn an.

»Verschwinde, Kretin, zum Teufel mit dir! Ich kann allein gehen! Ich brauche hier niemanden! Keinen von euch Taugenichtsen!« Erschrocken zogen sich der Bursche und die Diener zurück. Alexander klammerte sich ans Geländer und hatte Mühe, weiter zu gehen.

Am Ende der Treppe stand Tatjana und beobachtete ihn. Sein Zustand befremdete sie. Nie hatte er es gewagt, seine Stimme in ihrem Haus so vulgär zu erheben! Tatjana mochte seine jugendlich-dominante Art, doch ebenso sehr schätzte sie gutes Benehmen und Haltung in jeder Lebenslage. Alexander stolperte und fiel auf die Treppenstufen, wo er sich sogleich erbrach. Während er sich mühsam hoch rappelte und weiter nach oben taumelte, eilte ein Diener herbei um die Stufen zu säubern.

Abrupt drehte sich Tatjana um und ging zurück in den Salon. Alexander hatte sie gar nicht bemerkt. Jetzt lallte er einige unverständliche Sätze, gefolgt von lauten Flüchen und wirrem Gelächter. Endlich oben angekommen, knöpfte er mühsam seinen Uniformrock zu, fuhr mit den Fingern durch die Haare und straffte seine Gestalt. Schwankend steuerte er auf den Salon zu, dessen Tür halb offen stand.

Tatjana saß aufrecht in einem Sessel vor dem Kamin, den Morgenrock fest um den Körper geschlungen. Ein eisiges Lächeln umspielte ihre Lippen, und ihr Blick schien vernichtend. So hatte sie ihn noch nie gesehen, und so hatte sie ihn nie sehen wollen! Er machte eine unbeholfene Verbeugung und stammelte:

»Bi ...bitte mich un ...untertänigst zu zu empfangen, mei.. meine Verehrte..teste.« Grinsend stierte er sie an und schwankte. Dann streckte er seine Arme aus und stolperte einige Schritte auf Tatjana zu. Diese rührte sich nicht, betrachtete ihn nur mit Abscheu und Distanz.

Wie ein gefällter Baum fiel Alexander plötzlich nach vorn und landete direkt auf dem Bärenfell vor dem Kamin. Innerhalb weniger Augenblicke war er eingeschlafen. Tatjana beugte sich über ihn. Der scharfe Geruch nach Schweiß, Alkohol und Erbrochenem ließ sie zurück weichen. Sein Hemdkragen war schmutzig und durchgeschwitzt, die Uniformjacke falsch geknöpft. Aus der Brusttasche lugte etwas hervor. Tatjana griff vorsichtig danach.

Eine Fotografie.

Sie lächelte erstaunt, steckte das Bild zurück und betätigte den

Klingelzug. Kurz darauf wurde Alexander von mehreren Dienern in eines der Gästezimmer getragen, wo er seinen Rausch ausschlafen konnte.

# 19

Tante Meggie schloss den Deckel ihres Bechstein-Flügels. Die letzten Töne der Masurka von Chopin hallten noch nach. Den Kopf ein wenig vorgebeugt, legte sie ihre Hände mit den langen, feingliedrigen Fingern auf den schwarzen Klavierdeckel. Sie betrachtete die Noten im aufgeschlagen Heft, doch sie verschwammen vor ihren Augen. Im Schein der Lampe spiegelte sich ihr Profil mit der klassisch geraden Nase in der Fensterscheibe des Musikzimmers. Wie so oft nach dem Ende eines Musikstücks überließ sich Meggie ihren Gedanken und Sehnsüchten. Ganz besonders am heutigen Abend, denn die Mazurka rief heftige Erinnerungen in ihr wach. Sie waren schön und schmerzhaft zugleich. Es gab beinahe keinen Moment in ihrem Leben, an dem sie nicht daran dachte. An den Tag, als *er* damals nach Aicken kam. Mischa ...Groß, schlank, mit bartlosem Gesicht, ungewöhnlich und auffallend für die damalige Zeit. Seine pechschwarzen Haare standen in starkem Kontrast zu seinen hellblauen Augen. Etwas Stolzes lag in seiner Haltung, etwas Aristokratisches, obgleich er nur ein unbegüterter Hauslehrer war. Er stammte aus einem Dorf im Ural. Seine Eltern waren noch Leibeigene des örtlichen Großgrundbesitzers gewesen. Ein Pope erkannte seine Begabung und ermöglichte ihm eine entsprechende Schulbildung. Aus dem einfachen Bauernjungen wurde ein wißbegieriger junger Mann, der alles daran setzte, dem Elend seines Standes zu entkommen, ohne jedoch seine Herkunft jemals vergessen zu können. Die bittere Armut, den Hunger, die Schikanen durch den Gutsbesitzer, die täglichen Demütigungen.

Er verschlang jedes Buch, dessen er habhaft werden konnte. Selbstbewußt und von seinen Fähigkeiten überzeugt, erklomm er Stufe um Stufe auf der sozialen Leiter. Mit zwanzig Jahren trat er seine erste Stelle als Hauslehrer bei einer Moskauer Grafenfamilie an. Mit siebenundzwanzig Jahren wurde er Hauslehrer auf Schloss Aicken. Dort unterrichtete er die 16-jährige Comtesse Margarethe und deren vier Jahre jüngeren Bruder Moritz. Margarethe, genannt »Meggie«, war eine fleißige und gelehrige Schülerin. Sie galt als schönes Mädchen, doch bereits früh zeigte sich ihr rebellischer Geist. Schon damals spielte sie Klavier wie er es nie zuvor gehört hatte. In seinem Zimmer im ersten Stock des Nordflügels lauschte er von fern, wie sie täglich in der Nachmittagszeit mehrere Stunden musizierte. Bald war ihr Russisch so perfekt, daß sie die Werke von Puschkin, Turgenew, Lermontow und anderen flüssig lesen konnte. Die Gespräche über Literatur und vor allem die russische Geschichte mit ihrem Feudalismus und der Unterdrückung des Volkes brachten sie und den Hauslehrer einander näher. Er stand anarchistischem Gedankengut nah und verehrte Bakunin und Sofja Perowskaja, eine Aristokratin, die ihre Familie verlassen und sich den Anarchisten angeschlossen hatte. Dies alles begeisterte Meggie, und ihr schwärmerischer, leidenschaftlicher Charakter fühlte sich zu diesem Mann hingezogen. Im Lauf der Monate wurde ihr Verhältnis gefährlich eng.

Eines Tages war es dann so weit: sie gestanden einander, daß sie sich liebten. Eine Tragödie bahnte sich an, denn beide wußten, daß sie diese heimliche Liebe niemals offen würden leben können. Wenig später kam es zur Katastrophe.


Meggie erhob sich, streckte ihre steifen Glieder und löschte die Lampe im Musikzimmer. Sie fühlte sich müde und begab sich nach oben, wo ihre beiden Zimmer im Westflügel des Schlosses lagen. Aus dem Katharinen-Zimmer erklang das dröhnende Lachen von Onkel Kolja. Meggie lächelte. Längst hatte sie ihm verziehen, welche Rolle er damals als Student gespielt hatte, als der Hauslehrer von einer Stunde zur nächsten aus dem Schloss entfernt und für viele Jahre in die Verbannung nach Sibirien geschickt wurde. Meggie wußte nicht, ob er je von dort zurück gekommen war. Alles lag schon so lange zurück! Doch sie hatte ihn nie vergessen. Er war ihre erste Liebe und auch die letzte. Wenn sie sein Bild vor Augen hatte, war es, als hätte er erst gestern vor ihr gestanden. Sie sah seinen vollen Mund und den weichen, zärtlichen Blick, der so anders war als der harte und düstere Gesichtsausdruck, wenn Mischa über die Unterdrückung des Volkes durch Kaiser und Adel sprach. Damals wurde der Grundstein gelegt zu Meggies tiefem Gerechtigkeitssinn und ihren politischen Ansichten, die nicht nur ihr Bruder als gefährlich einstufte.

In ihrem Boudoir, direkt neben dem Schlafzimmer gelegen, ließ Meggie sich auf einen Sessel vor dem Kamin gleiten. Dort loderte ein Feuer; der Ofenknecht hatte vor kurzem Holz nachgelegt. *Mischa* ...dachte Meggie und starrte in die Flammen, die um die Birkenscheite züngelten. Wohin hatte ihn das Schicksal verschlagen? Vielleicht hatte er sie längst vergessen, falls er nicht vor langer Zeit schon zu Tode gekommen war. Sibirien, die Verbannung ... Nur die Härtesten überlebten die grausame Kälte und das schwere Leben dort.

Sie verspürte ein schmerzhaftes Ziehen in ihrer Brust. Wie so oft in den vergangenen Jahrzehnten sehnte sie sich nach Mischas Worten, seinen zärtlichen Gesten, dem Blick seiner hellen Augen. Die wenigen Zeilen, die er ihr damals heimlich geschrieben hatte, bevor die Kosaken ihn vom Schloss entfernten, lagen wohl verwahrt in einem Geheimfach ihres kleinen Sekretärs.

Das Schicksal hatte beide hart gestraft. Wenige Wochen nach Mischas Verschwinden stellte sich heraus, daß Meggie schwanger war. Eine Katastrophe, die Meggie vollkommen aus der Bahn warf. Die Familie war außer sich. Hektische Maßnahmen wurden ergriffen, um den Makel dieser Schande möglichst auszulöschen. Kolja hatte Kontakte in Sewastopol und leitete alles in die Wege. Mutter Elisabeth und er begleiteten Meggie. Nur wenige Menschen waren in die Sache eingeweiht. Weit weg von Aicken brachte Meggie sechs Monate später ihr Kind zur Welt. Nach einer schwierigen Geburt, die die junge Mutter nur durch Zufall überlebte, nahmen ihr der dortige Arzt und die Hebamme das Neugeborene sofort nach der Entbindung weg. Meggie, die halb ohnmächtig im Kindbett lag, hatte es nie zu Gesicht bekommen. Nicht einmal das Geschlecht des Kindes durfte sie erfahren. Ihre Mutter teilte ihr mit, daß das Neugeborene eine Totgeburt gewesen sei. Gott sei Dank! meinte sie und wirkte erleichtert. Meggie, von all den Ereignissen noch zutiefst schockiert und deprimiert, sah es als Gottes Wille an. Auf diese Weise hatte er sie von der Schande, eine ledige Mutter zu sein, bewahrt. Ja, es war ein Kind der Liebe! Wie sehr hätte sie es geliebt! Doch Meggie fand sich mit den Gegebenheiten ab. Ihre Liebe war zum Scheitern verurteilt gewesen. Danach hatte Mutter Elisabeth ihre schützende Hand über ihre Tochter gehalten. Es war das einzige Mal, daß Graf Sigismund seiner Frau in einer wichtigen Familienangelegenheit nachgeben mußte, denn der Vater wollte seine Tochter verstoßen. Nach Mischas Verhaftung wurden weder sein Name noch das skandalöse und Standes widrige Verhalten der ältesten Tochter je wieder im Hause Reckendorff erwähnt. Jahrelang kontrollierte man Meggies Briefwechsel. Die Familie wollte sichergehen, daß es keine Verbindung zum Hauslehrer mehr gab.

# 20

Die Dunkelheit war allumfassend. Nirgends im Dorf brannte Licht. Im peitschenden Regen und bei heftigen Windböen hätte man den Kerzenschein hinter den winzigen Fenstern der Holzhütten ohnehin kaum wahrnehmen können.

Leise schloss Jännis Simberg die Tür. Die armselige Hütte seiner Familie befand sich am Rand von Dorf Aicken. Niemand hatte ihn gesehen als er jetzt, mitten in der Nacht, heimlich wegging. Sein Vater schlief wieder einmal seinen Rausch aus, die Geschwister hatten einen tiefen Schlummer. Und Jännis' Mutter? Vielleicht lag sie wach und ahnte, wohin er mitten in der Nacht ging. Sie liebte ihren Ältesten ebensosehr wie sie ihren Mann verachtete. Dennoch war sie mit ihm durch die Ehe verbunden und würde zu ihm halten, was auch immer geschehen mochte. Erst wenige Stunden zuvor war der Alte sturzbetrunken aus dem Dorfkrug nach Hause gekommen. Mit seinen verdreckten Stiefeln und den vom heftigen Regen triefenden Kleidern betrat er torkelnd die Küche und wollte sich sogleich mit dem Knüppel auf seine Frau stürzen. Doch Jännis, der am Tisch beim funzeligen Schein einer Kerze eine verbotene Abhandlung von Lenin las, hatte den Alten angeschrien und so hart vor die Brust gestoßen, daß er gegen die Tischkante taumelte und zu Boden fiel. Zum ersten Mal hatte der Sohn dem Vater unmißverständlich und entschieden klar gemacht, daß ab jetzt im Haus Simberg andere Zeiten angebrochen waren. Und zum ersten Mal hatte der Alte Angst vor ihm gehabt.

Auf der Dorfstraße stand der Schlamm bis zu den Knöcheln. Jännis zog seine Mütze tiefer ins Gesicht und schlug den Kragen seiner geflickten Joppe hoch. Vom Hang hinter der Kirche strömten Sturzbäche in die Straßengräben, die bereits überliefen. Das kurze Aufflackern eines Streicholzes an der Seitenwand der Kirche signalisierte Jännis, daß er erwartet wurde. Carl Kaitis, Buschwächter des Grafen, hatte sich Jännis und seinen Genossen im Sommer angeschlossen. Sie waren bisher zwar nicht mehr als drei Mann im Sprengel Aicken. Er selbst, Päkka und Carl. *Die Zeit mahlt langsam, doch stetig,* hatte Sergej gesagt, als er Jännis im vergangenen Jahr rekrutiert hatte. *Man muß nur Geduld haben, die Uhr tickt für uns ...*

Nach einer guten Stunde erreichten sie das Sägewerk. Dort erwartete sie bereits der Stallbursche Päkka. In einem halbseitig offenen Geräteschuppen waren sie notdürftig vor dem Regen geschützt. Wenig später erklang auf dem Vorplatz das schmatzende Geräusch von Pferdehufen auf schlammigem Lehmboden. Sergej, der Mann aus Riga, führte sein Pferd in den Schuppen und band es an einen Pfosten. Er entledigte sich seiner Regen nassen Pellerine aus schwerem, braunem Segeltuch, und reichte den beiden Genossen die Hand. Wortlos nahm er Platz. Er war ein großer Mann, ein erfahrener und Kampf erprobter Genosse. Bei vielen Sabotage- und Sprengstoffanschlägen in St. Petersburg und anderen Städten hatte er die Pläne ausgearbeitet. Nachdem sich Sergej eine Zigarette gedreht hatte zog er eine Wodkaflasche aus der Manteltasche. Jeder von ihnen nahm einen kräftigen Schluck.

»Es gab große Verluste bei den Genossen in Petersburg,« begann er das Gespräch. «Die Kosaken haben scharf geschossen. Viele unserer Genossen, auch Frauen, sind tot.«

»Diese Schweine!« entfuhr es Jännis.

»Wir haben eine empfindliche Schlappe erlitten. Aber für die nächsten Tage und Wochen sind neue Aktionen geplant, auch in Riga. – Wie läuft es hier bei euch?«

Buschwächter Kaitis räusperte sich.

»Leider nicht gut. Die anderen Buschwächter sind dem Grafen treu ergeben.«

»Hier im Dorf hatten nur zwei Männer Interesse«, ergänzte Jännis. »Der Gehilfe vom Schmied und einer der Arbeiter aus der Meierei. Verlief jedoch alles im Sande. Ich hoffe nur, daß keiner von denen uns verpfeift.«

Sergej drückte seine Zigarette aus und vergrub den Stummel im sandigen Schuppenboden.

»Dann wißt ihr ja, was zu tun ist.« Mit einer schnellen Geste der rechten Hand streifte er über seine Kehle. »In der Zwischenzeit könnt ihr jedoch ein paar nützliche Dinge tun. Aktionen wie im Sommer der Brand im Wingener Forst sind sehr effektiv und treffen mitten ins Herz des Grafen. Das war gute Arbeit, Jännis. Weiter so.«

Jännis lächelte stolz und meinte:

»Nur schade, daß dieser Drecksack Eisenstätten davon gekommen ist! Als er unter dem Baumstamm lag, dachte ich, er wäre schon krepiert. Sonst hätte ich …«

Scharf fiel Sergej ihm ins Wort.

»Hört gut zu und merkt euch genau, was wir in den nächsten Wochen von euch erwarten!«

Er erklärte es ihnen. Dann reichte er jedem die Hand, bestieg sein Pferd und verschwand. Etwas später traten Jännis, Päkka und Carl den Rückweg an. Der Regen hatte nicht nachgelassen, und die Nacht war kalt und finster wie zuvor.

# 21

Seit Tagen fieberte Constantin seiner ersten Jagd entgegen. In den letzten Wochen und Monaten hatte der gräfliche Jagdaufseher Elramm ihn entsprechend vorbereitet. Dazu gehörten regelmäßige Schießübungen mit der Flinte, das Zerlegen und die Pflege der Waffe sowie waidmannsgerechtes Umgehen mit dem Jagdmesser. Auch in theoretischen Dingen hinsichtlich der verschiedenen Jagdtechniken, der Brunft- und Schonzeit der diversen Tierarten, die in Aickens Wälder lebten, zeigte sich der Junge gelehrig.

Morgen war es endlich soweit! Unruhig wälzte Constantin sich im Bett hin und her. Zu aufgeregt um zu schlafen, fieberte er der Morgendämmerung entgegen. Als er Durst verspürte, stand er auf, um einen Schluck Wasser zu trinken. Heftiger Regen prasselte gegen die Fensterscheiben. Hoffentlich würde das Wetter morgen besser sein! Constantin zog den Fenstervorhang ein Stück zur Seite und blickte auf den Schlosshof. Die Petroleumlaternen vor den Stallungen und der Wagenremise schaukelten im peitschenden Wind. Sie spendeten nur spärliches Licht und schienen eher symbolischer Natur zu sein.

Trotz schlechter Sicht bemerkte Constantin jetzt eine Bewegung im Schlosshof. Jemand schlich mit raschen Schritten Richtung Wagenremise. Das Tor wurde einen Spalt geöffnet, und schon war die Gestalt im Innern verschwunden. Vielleicht hatte einer der Stallburschen sein Mädchen im Dorf besucht und wollte so rasch wie möglich ins Trockene! Von der Wagenremise gab es einen direkten Stiegenaufgang zu den Schlafstätten des Stallpersonals.

Constantin ging wieder zu Bett.

Der Kammerdiener Arto weckte ihn.

»Werfen Sie mal einen Blick aus dem Fenster, junger Herr!« sagte er und schob die Vorhänge zurück.

Constantin sprang auf. Ein blassblauer Himmel, wie frisch gewaschen, begrüßte ihn. Zaghafter Sonnenschein schimmerte durch die kahlen Äste des Birkenwäldchens hinter den Stallungen. In Windeseile zog Constantin sich seine Jagdkleider an. Die Kniebundhose aus feinem Rehleder, die neuen Stiefel und eine warme, wetterfeste Jacke waren Geschenke seines Vaters. Die dicken Strümpfe hatte Großmutter Elisabeth gestrickt.

Im Frühstückszimmer im ersten Stock des Ostflügels herrschte bereits allerlei Betrieb. Die Küche hatte ein kräftiges Buffet vorbereitet, mit Eiergerichten in allen Variationen, kaltem Braten, dunklem Brot und Kaffee. Es gab Krüge mit frischer Milch, und der Samowar brodelte. Constantin war einer der letzten, die zum Frühstück erschienen. Sein Vater saß mit Graf Helmer, dessen ältesten Sohn Philipp, Onkel Kolja und Baron Peter Sanderan an einem der Tische und beendete soeben sein Frühstück.

»Beeil dich, in zehn Minuten ist Abmarsch,« sagte Moritz zu seinem Sohn und trank den letzten Schluck Tee.

In dem Moment betrat Jagdaufseher Elramm das Frühstückszimmer, blieb jedoch in der Nähe des Eingangs stehen. Moritz ging zu ihm.

»Was gibt es denn so Dringendes, Elramm?« fragte er.

»Entschuldigen Sie, Herr Graf, aber es ist etwas passiert.«

Rasch verließen beide das Frühstückszimmer.

Wenig später erfuhr Constantin, was geschehen war. Am Automobil von Graf Moritz waren alle Reifen durchstochen worden. Bei fünf der offenen, gelben Jagdwagen hatte man sämtliche Stellbremsen abmontiert, sie waren spurlos verschwunden. Zudem waren bei allen Wagenrädern zahlreiche Speichen herausgebrochen. Die Reparatur würde Tage dauern, dabei sollten die Jagdwagen heute zum Einsatz kommen. Es war vorgesehen, daß die Jäger bis zum Rübswalder Revier fahren sollten, wo die Treiber warteten. Doch sogleich gab es einen neuen Plan: Pferde wurden gesattelt, und eine halbe Stunde später brach die zehnköpfige Jagdgesellschaft bei strahlendem Sonnenschein und einer frischen, herbstlichen Brise auf. Constantin saß auf seinem Schimmelwallach, den Stallmeister Gulbe im Frühjar für ihn zugeritten hatte.

Auf dem Ritt nach Rübswald verspürte er ein schlechtes Gewissen und überlegte, ob er seinem Vater von der nächtlichen Beobachtung erzählen sollte. Doch er entschied sich dagegen. Er hätte den Mann, der in die Remise geschlichen war, ohnehin nicht beschreiben können.

# 22

Nach dem Früstück, das die Damen des Hauses erst nach Aufbruch der Jagdgesellschaft einnahmen, verabredeten sich Beatrice und Tante Meggie zu einem Ausritt. Ihr Weg führte sie ein Stück entlang des Mondsees, und würde mehr als eine Stunde dauern. Die Uferpfade und Moorabschnitte waren noch vom Regen der letzten Tage durchtränkt, und zeitweise bestand für die Pferde Rutschgefahr. Als versierte Reiterin hatte Tante Meggie ihre temperamentvolle Stute gut im Griff. Elegant und sicher saß sie im Damensattel. Der Stoff ihres dunkelblauen Reitkleides bedeckte die Beine, so daß nur die Stiefeletten zu sehen waren. Voller Bewunderung blickte Beatrice ihr nach, wenn sie, in gerader Haltung perfekt die Balance im Sattel haltend, voraus galoppierte.

Bald waren Meggies Wangen gerötet, und sie schien regelrecht aufzublühen. Hin und wieder kamen sie ins Gespräch, wenn sie den Pferden die Zügel lang ließen und gemächlich im Schritt ritten. Die Beschädigungen an den Jagdwagen und dem Automobil waren das Thema Nummer eins. Während Beatrice sich empört zeigte und dem oder den Saboteuren eine harte Strafe wünschte, reagierte Meggie beinahe gelassen.

»Du hast Recht, Bea, es ist eine scheußliche Tat. Aber solche Aktionen geschehen niemals grundlos.«

»Wie meinst du das?«

»Schon seit vielen Jahren hat sich all das angekündigt. Das Volk will Veränderung. Die Menschen glauben nicht mehr blind an die angeblich von Gott gewollte Herrschaft des Adels. Sie wollen selbst über ihr Leben bestimmen.«

»Aber hier auf Aicken geht es den Leuten doch gut! Papa sorgt für sie. Wenn sie krank werden, zahlt er ihnen eine Zeit lang weiter ihren Lohn. Zur Geburt eines Kindes erhalten die Eltern ein großzügiges Geldgeschenk. Großvater hat seinerzeit die Dorfschule gegründet, alle Kinder können dort lesen und schreiben lernen.«

»Aber die Leute sind abhängig. Ihr Leben ist durch den Grundherrn vorbestimmt.«

»Es gibt doch das Bauernland, Tante Meggie! Die Bauern können Land bewirtschaften und die Ernte für sich behalten. Und der Grundherr kann es niemals anders nutzen als durch Verpachtung oder Verkauf an Mitglieder der Landgemeinde.«

»Das stimmt. Doch der einfache Bauer hat zum Erwerb des Landes nur in den seltensten Fälle die finanziellen Mittel.« Meggie warf ihrer Nichte einen kurzen Blick zu. »Und denk nur an die Tagelöhner und Arbeiter! Sie sind aufs Äußerste abhängig und werden ausgebeutet. Deshalb streiken die Fabrikarbeiter in den Städten. Wir dürfen nicht die Augen davor verschließen, daß in Moskau, Petersburg und anderen Städten die revolutionären Ideen um sich greifen. Der Zar läßt jeden Aufstand und jeden Streik blutig niederschlagen. Die Menschen werden dadurch nur noch verzweifelter und fanatischer.«

»Müßte man die Rädelsführer nicht verhaften?«

»Die leben zumeist im Untergrund. Aber selbst wenn - es kämen neue Anführer. Die Entwicklung wird sich nicht aufhalten lassen.«

Abrupt brachte Beatrice ihren Wallach zum Stehen.

»Was heißt das genau, Tante Meggie? Wie ernst schätzt du die Lage ein?«

Meggie warf ihrer Nichte einen langen Blick zu und schwieg zunächst.

»Schwer zu sagen, Bea,« erwiderte sie nach einer Weile. »Man muß sicher noch keine Panik verbreiten. Aber daß sich etwas ändern wird, daran habe ich keinen Zweifel. Und es wäre auch nur zu gerecht. Auch wenn Menschen wie wir dafür zahlen werden.«

Langsam ritten sie weiter. Über dem Mondsee lag ein dichter Dunstschleier. Unscharf waren auf dem See die Umrisse einiger Fischerboote zu erkennen.

»Sag mal, Tante Meggie,« begann Beatrice erneut das Gespräch und vermied es, ihre Tante anzusehen. »Was hat eigentlich dazu geführt, daß du, wie soll ich sagen – solche Sympathien für Revolutionäre und Anarchisten hegst? Als ich Papa einmal fragte, meinte er, das ginge mich nichts an.«

Wehmütig lächelte Meggie.

»Ja, da hat er sicher Recht. Es ist eine lange Geschichte. Irgendwann erzähle ich sie dir vielleicht einmal.«

Sie trieb ihre Stute an und galoppierte davon.

Auf dem Rückweg kamen sie am Sägewerk vorbei. Dort standen einige Männer auf dem Vorplatz und diskutierten laut und vehement. Unter ihnen befand sich auch der Verwalter. Es herrschte eine erregte Stimmung.

»Ist irgendetwas passiert, Schröder?« wollte Meggie wissen.

Das Gesicht des Mannes war rot angelaufen, seine Miene wutverzerrt.

»Allerdings, Comtesse. Die große Bandsäge wurde beschädigt, Teile davon entfernt. Sabotage, was sonst!«

»Das ist ja ungeheuerlich!« meinte Beatrice empört. »Weiß man schon, wer es gewesen ist?«

»Noch nicht, gnädiges Fräulein. Aber ich habe da einen Verdacht.«

Tante Meggie war sichtlich betroffen, doch sie gab ihrer Stimme Festigkeit.

»Wann ist das passiert?«

»Heute Nacht. Gestern wurden noch Eisenbahnbohlen

gefertigt und besonders robuste und schlanke Stämme für Schiffsmasten verladen. Ich habe schon nach seiner Exzellenz geschickt. Man sagte mir, er sei auf der Jagd.«

Schweigend ritten Beatrice und Meggie zurück zum Schloss.

# 23

Die Sabotageakte in der Remise beschäftigten auch die Gräfin. Schlimm genug, daß sie überhaupt geschehen konnten! Hinzu kam, daß sie die Stimmung bei den Gastgebern und Gästen am heutigen ersten Jagdtag gründlich beeinträchtigten. Moritz würde noch vor dem Diner versuchen, Licht ins Dunkel der Geschehnisse zu bringen.

Gleich nach dem Frühstück besprach Charlotte mit der Hausdame, Fräulein Kleinschmidt, alles Notwendige hinsichtlich der Vorbereitungen für das große Diner nach der Rückkehr der Jäger. Es würde später als gewöhnlich stattfinden, und für den Fleischgang rechnete man mit frisch erlegtem Wildbret, in dem Fall Hasenbraten.

»Gut,« sagte Charlotte abschließend. »Haben Sie noch irgendeinen Vorschlag, eine Frage, Fräulein Kleinschmidt?«

»Nein, Frau Gräfin. Soweit ist alles klar.«

»Dann lassen Sie mir aus der Küche die gepackten Körbe in den Hof bringen und sagen Sie dem Stallmeister, er soll anspannen lassen.«

»Sehr wohl.«

Die Hausdame erhob sich und verließ den blauen Salon. Nachdem ihre Vorgängerin vor zwei Jahren wegen Unfähigkeit entlassen werden mußte, hatte sich Magda Kleinschmidt als wahre Perle erwiesen. Von großem, schlankem Wuchs, mit klarer, Respekt einflößender Stimme und natürlicher Autorität leitete sie das Personal, ohne sich unbefugte Kompetenzen anzumaßen. Stets schwarz und hochgeschlossen gekleidet, sah man sie von früh bis spät auf den Beinen. Sie war im selben Alter wie Hauslehrer Friedrichs, und im Schloss munkelte man, daß sie wohl eine Schwäche für ihn empfand. Doch gleichzeitig wußten die Klatschmäuler, das Friedrichs ein Auge auf Mademoiselle de Pradesse geworfen hatte, die allerdings seine Avancen ignorierte.

Eine halbe Stunde später bestiegen Charlotte und Alessandra Helmer einen der unbeschädigten zweispännigen Wagen und brachen auf. Einmal im Halbjahr besuchte die Gräfin die ärmsten Familien im Dorf Aicken. Sie erkundigte sich nach den Krankheiten und Sorgen der Menschen und verteilte Lebensmittel vom Schloss. Alessandra wollte sie heute begleiten. In großen Körben lagen Speck, gepökeltes Schweinefleisch, eingemachtes Gemüse, geräucherter Hering, mehrere Laib frisches Brot so wie Butter und Käse aus der Meierei.

Mit geübter Hand lenkte Stallmeister Gulbe den Jagdwagen. Auf dem Kutschbock hatte das Küchenmädchen Marie neben dem fetten Gulbe kaum Platz gefunden. Sie war vierzehn Jahre alt, stammte selbst aus Dorf Aicken und sollte beim Verteilen der Lebensmittel helfen.

Im Gespräch zwischen Charlotte und Alessandra ging es hauptsächlich um die jüngsten Ereignisse im Schloss. Beide sprachen Französisch miteinander, damit Stallmeister und Küchenmädchen ihrer Unterhaltung nicht folgen konnten. Alessandra zog eine silberne Flasche aus ihrer Manteltasche und trank einen Schluck. Charlotte wußte, daß es Portwein war.

»Möchtest du auch, meine Liebe?«

»Nein, danke.«

Alessandra seufzte.

»Wenn sich die Dinge hier im Land weiter zuspitzen überlege ich, ob ich nicht zurück in meine toskanische Heimat fahren sollte. Als Rudolphs Güter 1905 geplündert und niedergebrannt wurden, war ich noch nicht mit ihm verheiratet. Doch die Vorstellung, so etwas könnte erneut geschehen ...«

»Im Moment sind die Ereignisse manchmal Besorgnis erregend, da gebe ich dir Recht, Alessandra. Doch ich glaube, daß der Zar die Dinge letztendlich im Griff hat.«

»Steht er nicht zu sehr unter dem Einfluß der Zarin? Und damit unter dem Einfluß dieses Rasputin?«

Charlotte schüttelte den Kopf.

»Ich weiß, das wird kolportiert. Aber es wird immer viel geredet, meine Liebe. Klatsch und Tratsch am Hofe – das kenne ich aus meiner Zeit dort! Wenn es um Sicherheit und Ordnung im Reich geht, kann Nikolaus sicher allein entscheiden.«

»Hoffentlich!«

Sie schwiegen eine Weile. Dann fragte Charlotte:

»Wenn du wirklich zurück nach Italien wolltest – was würde Rudolf wohl dazu sagen?«

Alessandra lachte, es klang ein wenig gequält.

»Das würde er kaum zulassen! Obwohl unsere Ehe inzwischen ...ach, lassen wir das. Die Dinge sind, wie sie sind.« Erneut genehmigte sie sich einen Schluck Portwein. »In unseren Kreisen werden die Frauen dazu erzogen, alles geduldig zu ertragen und niemals aufzumucken«, fuhr sie bitter fort. »Haltung bewahren! Das ist das Wichtigste. Ob wir dabei todunglücklich sind und seelisch verkümmern, interessiert niemanden. Am allerwenigsten die Männer.«

Charlotte warf ihr einen Blick zu und sah, daß in Alessandras Augen Tränen schimmerten. Mit einer tröstenden Geste legte sie kurz ihre Hand auf den Arm der Freundin. Alessandra straffte ihre Gestalt und senkte verschwörerisch die Stimme

»Manchmal beneide ich die Frauen, die sich einen Liebhaber zulegen. Aber da muß man erst den richtigen finden!«

Charlotte erwiderte nichts. Keinesfalls stimmte sie darin mit

Alessandra überein. Das lag daran, daß sie selbst einen Mann geheiratet hatte, der sie liebte und nicht betrog. Der fürsorglich und rücksichtsvoll war und dem sie sich weder untertan noch unterlegen fühlte. Plötzlich überfiel sie ein heftiger Hustenanfall. Erschrocken nahm Alessandra ihre Hand.

»Du meine Güte, Charlotte! Das klingt ja immer schlimmer! Du mußt einen Spezialisten aufsuchen!«

»Ich weiß, daß es nicht besser wird,« stieß Charlotte mühsam hervor, als sie sich beruhigt hatte. »Professor Wilms in Riga konnte mir bisher auch nicht helfen. Ich muß damit leben.« Nach einer Weile fügte sie hinzu: »So lange, wie Gott es will.«

Wie geduckt lagen die Holzhäuser rechts und links der Dorfstraße. Manche Fassaden schmückte eine verblasste Farbe, doch bei den meisten sah das Holz verwittert und stumpf aus. Die ungepflasterte Straße glänzte vom Regen, und die Räder des Wagens gruben tiefe Furchen in die verschlammte Fahrbahn.

Aus dem Pfarrhaus neben der Kirche trat soeben der junge Pastor Hansen. Er grüßte die Damen, und Charlotte wechselte einige freundliche Worte mit ihm. Dann hielt der Wagen vor den ersten Häusern. Die Frauen, meist in Begleitung einer größeren Kinderschar, reagierten unterschiedlich auf den Besuch der Gräfin. Alle knicksten und beugten das Haupt, doch Alessandra sah, daß in den Augen einiger junger Frauen auch eine Spur Ablehnung oder Mißtrauen lagen. Die älteren zeigten sich eher devot und fanden überschwengliche Dankesworte. Das Küchenmädchen verteilte die Lebensmittel. Es gab einige Kinder und zwei Mütter, die krank im Bett lagen. Charlotte notierte die Namen und versprach, Dr. Landmann Bescheid zu geben, der baldmöglichst nach den Kranken sehen würde.

Nach einer knappen Stunde erreichten sie das letzte Haus. Hier lebte die Familie Simberg. Charlotte wußte, daß der alte Simberg und sein ältester Sohn immer wieder Schwierigkeiten bereiteten. Doch ihr wohltätiger Besuch im Dorf schloss niemanden aus. Alle Familien wurden gleich behandelt, so gebot es Gottes Gesetz und Charlottes Gerechtigkeitssinn.

Jännis' Mutter machte einen müden und abgekämpften Eindruck. Die kleinsten Kinder hingen an ihrem Rockzipfel, die anderen blickten Charlotte und Alessandra vestohlen an und fühlten sich sichtlich unwohl.

»Sonst alles in Ordnung bei Ihnen, Frau Simberg?« fragte Charlotte freundlich. Ihr Lettisch klang weich und flüssig.

»Ja, Exzellenz, soweit alles in Ordnung,« erwiderte Inna Simberg. »Nur mein Ältester, der Jännis, liegt seit Tagen im Bett und hustet. Bei dem Wetter hat er sich was geholt. Deshalb kann er nicht zur Arbeit.«

»Dann wird Dr. Landmann morgen vorbeikommen.«

»Nein, nein!« wehrte die Frau ab. »Nicht nötig, Exzellenz. Das wird schon wieder. Ich habe da mein Hausmittel, das hilft immer.« Ein Lächeln flackerte über ihr Gesicht, doch es wirkte angestrengt.

Zehn Minuten später war der Besuch im Dorf beendet. Charlotte zeigte sich zufrieden, ihre Pflicht als fürsorgliche Schlossherrin wieder einmal erfüllt zu haben. Wer reich ist, muß den Armen etwas abgeben, das war ihr Leitspruch. Allerdings sollte dies mit Augenmaß und im richtigen Verhältnis geschehen. Keinesfalls durfte die göttliche Grundordnung von oben und unten, an die Charlotte fest glaubte, in Frage gestellt werden, indem man sich dem Volk anbiederte.

Alessandra seufzte.

»In Blankenburg hat Rudolf diese Zuwendungen an die Dorfbevölkerung abgeschafft.«

»Aus welchem Grund?« erwiderte Charlotte überrascht.

»Bei der Revolte 1905 waren zwei der Verräter Bauern aus

unserem Dorf. Rudolf hatte sie damals eigenhändig erschossen, und der ganze Ort muß bis heute dafür büßen.«

Charlotte schüttelte mißbilligend den Kopf.

»Findest du das richtig, Alessandra?«

Die Freundin überlegte nicht lange.

»Nein. Ich halte nichts von Sippenhaft. Die anderen Dorfbewohner können nichts dafür, was damals passiert ist. Das ist acht Jahre her! Und die Verräter wurden ja bestraft.«

»Dein Mann läßt sich sicher nicht in solchen Dingen von dir reinreden.«

»Nein, natürlich nicht! Er ist stur und kann sehr hartherzig sein. Das könnte sich eines Tages bitter rächen! Ich finde es gut und richtig, daß du es hier in Aicken anders handhaben kannst. Allerdings glaube ich, daß nicht alle Leute dir das danken. Diese Frau Simberg ...ihre Blicke waren so ablehnend!«

»Ich weiß. Die Familie ist schwierig, und Moritz hat oft Ärger mit ihnen. Doch ich behandle alle im Dorf gleich.«

Kurz vor dem Mittagessen erreichten sie das Schloss. Meggie und Beatrice waren von ihrem Reitausflug zurück. Baron und Baronin Bergh saßen warm eingepackt in Liegestühlen draußen im Park. Eine matte Herbstsonne spendete wohltuende Wärme. In einer halben Stunde würden sich alle ins Haus begeben, um sich für den Lunch umzukleiden.

# 24

Emily langweilte sich zunächst an diesem Tag.

Am Vormittag verbrachte sie eine Stunde mit Mademoiselle, und sie lasen zusammen einige Fabeln von La Fontaine. Die nachmittägliche Reitstunde, auf die sie sich stets freute, fiel heute aus. In den Stallungen und der Wagenremise herrschte große Aufregung, und ihr Reitlehrer, Stallmeister Gulbe, war anderweitig beschäftigt. In einem Gespräch mit ihren empörten Eltern erfuhr sie dann, was in der Nacht geschehen war.

Nach dem Mittagessen, das mit Pilzomeletts und Schinkensandwiches geradezu spartanisch ausfiel, ging Emily zunächst auf ihr Zimmer. Sie vermißte Constantin, obgleich er ihr inzwischen noch sehr kindlich vorkam und sie sich reifer und überlegener fühlte. Am Nachmittag saß sie mit den anderen im Park. Zusammen mit Onkel Kolja hatte sie unter einer Eiche Platz genommen, damit kein Sonnenlicht ihren hellen Teint ruinieren konnte. Der Fliegende Schinken hatte zwar gemeint, daß die Sonne Ende Oktober in diesen Breiten ohnehin keinen Schaden mehr anrichten könnte. Doch Baronin Bergh bestand darauf, daß ihre Tochter ihre Haut schonte. Die Zeit im Park verging zum Glück schnell, denn Emily hatte sich aus der Bibliothek einen der Liebesromane der Fürstin Kropotkin ausgeliehen. *»Verbotene Leidenschaft«* erzählte die aufwühlende Geschichte einer verarmten russischen Fürstin und eines orientalischen Prinzen. Das Buch war ebenso spannend wie berührend, und Emily mußte manche Träne vergießen. Die Stellen im russischen Text, die sie nicht verstand, füllte sie mit ihrer Fantasie aus.

Bereits in den vergangenen Tagen hatte Emily die Nähe von Baron Peter von Sanderan gesucht. Sie schwärmte heimlich für ihn, denn er unterhielt sich viel mit ihr und behandelte sie wie eine Erwachsene. Dies löste in ihr einen Gefühlssturm aus, der ihr schlaflose Nächte und träumerisch- romantische Tage bescherte. In ihrer Fantasie erhob sie ihn zum orientalischen Mädchenprinzen aus dem Buch von Tatjana Kropotkin. Emily war zwar keine verarmte Fürstin, doch eine verarmte Baronesse, wie ihr sehr wohl bewußt war. Und Peter, als Besitzer großer Ländereien ...wer weiß? Emily geriet zunehmend ins Träumen. So oft es ging suchte sie den Blickkontakt mit ihm, und wenn er lächelte, fühlte sie einen Stich im Herzen. Allerdings sah er nicht so romantisch und heldenhaft aus, wie Emily sich einen Prinzen vorstellte. Die wässrigen, wimpernlosen Augen erschienen ihr belanglos, seine aschblonden, dünnen Haare und seine sehr helle Haut entsprachen so gar nicht dem Flair eines orientalischen Helden. Doch sein schöner Mund - volle Lippen, blendend weiße, makellose Zähne – machte all das wieder wett. Zudem sprühte Peter vor Charme und Witz und brachte Emily zum Lachen. In seiner Gegenwart empfand sie Leichtigkeit und Lebensfreude, die unter der strengen Fuchtel ihrer Mutter stets unterdrückt wurden. Emily war vierzehn Jahre alt. Inzwischen überragte sie Constantin um eine halbe Kopflänge. Die Pummeligkeit, die ihr noch im Sommer zu schaffen gemacht hatte, war nahezu völlig verschwunden. Unter ihrem Kleid wölbte sich der Ansatz ihres Busens, und vor zwei Wochen hatte sie zum ersten Mal ihre Blutung bekommen. Was dieser plötzliche nächtliche Schrecken bedeutete – ihre Mutter hatte sich geweigert, es ihr zu erklären. Erst durch die Kammerzofe Sofia konnte Emily mehr darüber erfahren. Jedenfalls soviel, daß ein Mädchen, wenn es zum ersten Mal blutet, bereits eine Frau und damit beinahe heiratsfähig ist. Es war also nicht die Schwärmerei eines Kindes für einen jungen Mann, sondern die Gefühle einer fast erwachsenen Frau, als die Emily sich jetzt empfand. Spürte er das? Zeigte sie es ihm deutlich genug, ohne sich zu kompromittieren? Emily hoffte es inständig.

Bei Einbruch der Dämmerung kehrte die Jagdgesellschaft zurück. Mit stolz geschwellter Brust erzählte Constantin jedem, der es hören wollte, daß er seine beiden ersten Hasen geschossen hatte. Insgesamt umfaßte die Jagdstrecke wohl an die dreißig Tiere. In der Küche wurde tüchtig gewirtschaftet.

Inzwischen waren zwei Gendarmen aus Wolmar eingetroffen. Gemeinsam mit Graf Moritz und Stallmeister Gulbe begannen sie, das Hof- und Stallpersonal zu den nächtlichen Ereignissen zu befragen. Nur mit Mühe konnte Moritz seine Wut und seinen Ärger im Zaum halten. Es gab Feinde und Saboteure in den Reihen der Menschen, die für ihn arbeiteten und gleichzeitig von ihm abhängig waren. Erst im Sommer der große Brand im Wingener Forst. Wenige Wochen später drei tote Kühe auf einer Weide bei Rübswald, allesamt abgeschlachtet. Große Brocken Fleisch waren auf dilettantische Weise heraus gesäbelt worden. Die Täter hatte man ebenso wenig gefunden wie seinerzeit die Brandstifter.

Seit ihrem letzten Geburtstag durften Constantin und Emily an der langen Tafel der Erwachsenen Platz nehmen. Bevor pünktlich um 21 Uhr der erste Gang des festlichen Jagddiners aufgetragen wurde, hatte Emily es so eingerichtet, daß sie Peter Sanderan gegenüber saß. Er lächelte ihr einige Mal charmant zu, doch seine Aufmerksamkeit gehörte seiner Tischdame, der Gräfin Alessandra Helmer. Oft berührte er wie zufällig deren Hand und flüsterte ihr etwas ins Ohr, was Alessandra zum Lachen brachte. Emily bemerkte es mit Argwohn und Empörung. Die Gräfin war verheiratet! Auch wenn ihr vierschrötiger Hüne von Mann wenig attraktiv und elegant wirkte – als seine Ehefrau sollte sie sich entsprechend verhalten! Emily bemühte sich nun verstärkt, Peter schöne Augen zu machen und ihn von seiner Tischdame abzulenken. Alessandra Helmer, die dies amüsiert bemerkte, dachte sich ihren Teil.

Nach der Consommé wurden Blinis mit Kaviar und Schmant aufgetragen. Beim anschließenden Hasenrücken, serviert mit Kartoffelknödeln, Rotkohl, Preisselbeeren und gebratenen Apfelstücken mit Zimt, kam das Gespräch der Tischgesellschaft unweigerlich auf die Ereignissen des Tages.

»Hast du den Übeltäter gefunden, Moritz?« fragte Baron Bergh, der bereits vor Neugier platzte.

»Leider nicht, Adam. Der Kerl - vielleicht waren es auch mehrere - ist sehr raffiniert vorgegangen. Niemand vom Stallpersonal hat in der Nacht irgendetwas bemerkt. Wir tappen im Dunkeln.«

»Was die Sabotage im Sägewerk angeht,« mischte sich Der Fliegende Schinken ein, »da hat der Verwalter einen Verdacht.«

»Jännis Simberg,« ergänzte Graf Moritz grimmig. »Allerdings: nachweisen können wir ihm nichts.«

Gräfin Charlotte runzelte erstaunt die Stirn.

»Seine Mutter sagte mir heute, er läge seit Tagen mit einer schweren Erkältung im Bett!«

Graf Moritz blickte skeptisch.

»Das behauptet sie! Einer der Gedarmen war vorhin im Dorf und hat den Kerl zwar schlafend im Bett gesehen, aber wer sagt, daß er wirklich krank ist?«

»Was geschieht, wenn niemand überführt werden kann?« Vor lauter Aufregung zeigten sich am Dekolleté der Baronin Bergh hektische, rote Flecken. »Das darfst du auf keinen Fall durchgehen lassen, Moritz!«

»Das habe ich auch nicht vor, Amalie,« knurrte Moritz. »Die beiden Gendarmen bleiben vorläufig hier. Wollen doch mal sehen, ob wir die Burschen nicht irgendwann dingfest machen können!«

»Und wenn nicht?« fragte Beatrice mit besorgter Miene. «Wenn immer neue Dinge passieren?«

»Dann werde ich andere Maßnahmen ergreifen.«

»Welche denn, Moritz?« wollte Tante Meggie wissen. Sie hatte sich bisher auffällig zurück gehalten.

Ihr Bruder blickte sie einen Moment durchdringend an.

»Das wird man sehen, Meggie. Zimperlich werde ich jedenfalls nicht sein. Ich warte nur auf die richtige Gelegenheit.«

# 25

Mitte November fiel der erste Schnee, zunächst in zaghaften Flocken. Doch als in der Nacht die Temperatur noch einmal sank, hatte eine dicke Schicht Pulverschnee am nächsten Morgen alles in eine weiße Märchenlandschaft verwandelt. Sogleich bekamen die Stubenmädchen Anweisung, die diversen Teppiche und Perserbrücken auf den Rasen des Parks zu schaffen und tüchtig im Schnee auszuklopfen. Bis zum frühen Einbruch der Dämmerung waren sie damit beschäftigt.

Im Schloss ging alles seinen gewohnten Gang, wobei eine winterliche Ruhe eingekehrt war. Die großen Herbstjagden waren vorbei. Die Elchjagd galt als großer Erfolg. Sie hatte drei stattliche Bullen vor die Flinten von Graf Helmer, Peter Sanderan und Graf Moritz gebracht. Am letzten Abend fand ein Ball statt, der festliche und krönende Abschluß der diesjährigen Jagdsaison. An den Tagen danach waren alle Gäste wieder abgereist. Auch Onkel Kolja und die Familie Bergh hatten Aicken verlassen, wobei Emily sich schweren Herzens von ihrem Schwarm Peter Sanderan verabschiedet hatte. Bedauerlicherweise war es ihr nicht gelungen, mehr als die freundlichbelanglose Aufmerksamkeit des Mannes zu erringen. Immer öfter hatte er sich Alessandra Helmer angeschlossen. Lange Spaziergänge an den jagdfreien Tagen, intime Plauderstündchen in der Bibliothek, zufällige, leichte Berührungen bei jeder sich bietenden Gelegenheit – Emilys eifersüchtigen Blicken entging nichts.

Beatrices Hoffnung, daß Alexander zu einer der Jagden nach Aicken kommen würde, hatte sich nicht erfüllt. Sein Regiment wurde ständig für repräsentative Anlässe in Anspruch genommen, und alle Urlaubstage waren gestrichen. Er schrieb ihr weiterhin leidenschaftliche Briefe, doch das tröstete Beatrice nur wenig. Sie verzehrte sich nach ihm, verfaßte heimlich Liebesgedichte und führte ein Tagebuch. Ihre Pläne, die Universität zu besuchen, hatte sie nicht aufgegeben. Doch erst im nächsten Herbst wollte sie in Dorpat das Studium der Geschichte aufnehmen.

Constantins Unterricht fand weiterhin täglich statt. In allen Fächern machte er gute Fortschritte. Mademoiselle gab ihm Extrastunden in Französisch. Auch der Geigenunterricht bei Musiklehrer Mommsen aus Wolmar war wieder aufgenommen worden. Gleich zu Herbstbeginn gab es einmal wöchentlich im Schloss Hausmusik. In seiner Freizeit durfte Constantin oft mit seinem Vater und dem Jagdaufseher auf die Pirsch gehen. Seinen ersten Rehbock schoß er wenige Tage nach Abfahrt der Jagdgäste.

Gräfin Charlottes Lungenkrankheit hatte sich weder verbessert noch verschlechtert. Solange kein Schnee gefallen war, verzichtete sie selten auf ihre täglichen Ausritte, wobei entweder Beatrice, Tante Meggie oder beide sie begleiteten. Für das Frühjahr planten Moritz und sie den jährlichen Aufenthalt an der Riviera. Charlotte sehnte sich nach dem milden Klima, und Moritz freute sich auf seine Besuche im Spielcasino von Monte Carlo.

Die diversen Gutsbetriebe erforderten seine ganze Kraft. Mehr noch als im Sommer vermißte er Arved. Zuverlässig und weitsichtig, keine harte Arbeit scheuend, hätte er Moritz in mancher Hinsicht entlasten können. Vor allem die Holzschläge in den gräflichen Wäldern mußten geplant und in großem Stil durchgeführt werden. Die Großaufträge der russischen Eisenbahn zur Herstellung von Eisenbahnbohlen für den Bau der transsibirischen Eisenbahn brachten eine Menge Geld ein, und pünktliche Lieferung war selbstverständlich. Im Sägewerk wurde teilweise bis weit in die Nacht gearbeitet. Sabotage-Akte hatte es keine mehr gegeben. Das mochte vor allem daran liegen, daß jetzt sämtliche Gutsbetriebe nachts bewacht wurden.

An einem verschneiten Sonntag saß die gräfliche Familie (mit Hauslehrer Friedrichs und Mademoiselle) beim Lunch im großen Speisezimmer. Wie immer sprach Graf Moritz das Tischgebet. Vor einer halben Stunde war er von einer mehrtägigen Geschäftsreise aus Dorpat zurück gekommen. Ohne Beatrice anzublicken, doch unmißverständlich an sie gerichtet, sagte er kurz darauf:

»Vorgestern habe ich Arved in Dorpat getroffen. Wir haben zusammen zu Abend gegessen und saßen dann noch bis spät in die Nacht beisammen.«

»Wie geht es ihm denn?« fragte Charlotte. «Was macht sein Studium?«

»Er kommt gut voran und meint, daß er im nächsten Herbst seinen Abschluß machen kann.«

»Und dann? Was hat er danach vor?« wollte Constantin wissen und warf einen Seitenblick auf seine Schwester.

»Tja, das ist die große Frage,« meinte Moritz gedehnt. «Er ist ein blendend aussehender und fähiger junger Mann mit einem guten Namen und tadellosem Ruf. Verschiedentlich habe ich in Dorpat gehört, und nicht nur dort, daß er bei der Damenwelt sehr begehrt ist.«

Nun ruhte sein Blick bedeutungsvoll auf seiner Tochter. Beatrice tat, als bemerkte sie es nicht.

Constantin grinste amüsiert. Leichthin sagte er:

»Also, Bea, worauf wartest du? Greif zu, bevor er für immer verloren ist!«

Empört wandte Beatrice sich ihm zu.

»Was soll diese unverschämte Bemerkung?«

Tante Meggie kam ihr zu Hilfe.

»Ja, allerdings, Constantin, ich muß schon sagen! Das geht etwas zu weit. Schließlich muß Beatrice –«

Moritz unterbrach sie brüsk.

»Ich wäre dir sehr verbunden, wenn du dich da heraushalten könntest, Margarethe. Constantin hat gar nicht so unrecht! Arved liebt dich, Bea, und einen besseren Mann findest du so schnell nicht. Abgesehen davon fehlt er mir auf dem Gutsbetrieb.«

»Niemand spricht davon, daß du ihn *jetzt* heiraten sollst!« Charlottes Stimme klang ruhig und beschwichtigend. «Aber du müßtest dich vielleicht entscheiden und dem Schwebezustand ein Ende bereiten.«

Geräuschvoll legte Beatrice ihr Besteck auf den Teller.

»Schwebezustand, Mama? Ich befinde mich in keinem Schwebezustand! Ich weiß, ihr wollt, daß ich ihn heirate. Aber ich liebe Arved nicht! Und deshalb –«

Graf Moritz schnitt ihr dasWort ab und erhob seine Stimme.

»So eine Dickschädeligkeit! Ich fasse es nicht. Da liegt dein Glück zum Greifen nah, und du bist so töricht, es auszuschlagen!«

»Mein Glück kann mir niemand vorschreiben, Papa. Das finde ich ganz allein.«

Tante Meggie mußte unwillkürlich lächeln. *Respekt, mein Kind,* dachte sie. *Endlich bietet ihm außer mir noch jemand die Stirn!*

»Um es noch einmal klar auszudrücken,« fuhr Beatrice fort. «Vorerst will ich gar nicht heiraten, sondern wie ich schon sagte, im nächsten Jahr studieren. Und Arved soll sich ruhig eine passende Partie suchen! Ich gönne es ihm von Herzen, weil er es wirklich verdient hat.«

Ihrem Vater stand die Zornesröte im Gesicht. Nur mühsam beherrschte er sich jetzt.

»Ich habe dir selten etwas abgeschlagen, Beatrice, und dir mehr zugestanden, als es sich für eine junge Dame unseres Standes ziemt. Aber irgendwo ist eine Grenze! Und eines sag ich dir: ich bin sehr wohl im Bilde, warum Arved sich seit Monaten nicht mehr bei uns blicken läßt. Falls du dir in den Kopf gesetzt haben solltest, deinen Cousin Alexander eines Tages zu ehelichen - dazu werde ich niemals meine Einwilligung geben!«

Charlotte beugte sich zu ihm und flüsterte:

»Moritz, ich bitte dich, nicht hier und jetzt!«

Moritz knallte seine Serviette neben den Teller, schob heftig seinen Stuhl zurück und verließ mit energischen Schritten den Speisesaal.

Am Tisch herrschte betretene Stille. Dem Hauslehrer und Mademoiselle war diese Szene sichtlich peinlich. Gräfin Charlotte spürte dies und wechselte sogleich das Thema. Betont heiter und aufgeräumt meinte sie:

»Nun, wer hat heute Nachmittag Lust auf eine Schlittenpartie? Mademoiselle de Pradesse? Herr Friedrichs? Sie sind beide herzlich eingeladen.«

Alle atmeten erleichtert auf. Das Gespräch drehte sich jetzt um das frostige Wetter und die Frage, wann der Mondsee so weit zugefroren sein würde, daß man Schlittschuh laufen konnte. In diesem Moment öffnete Graf Moritz die Tür und blickte ernst in die Tischrunde.

»Soeben kam ein Anruf aus Riga. Großvater hat einen Schlaganfall erlitten.«

Meggie schlug die Hand vor den Mund.

»Oh mein Gott!«

»Es scheint ernst zu sein, Meggie! Mutter macht sich große Sorgen. Ich kann hier leider nicht weg, aber du ...«

Meggie erhob sich.

»Ich breche sofort auf. Vielleicht erreiche ich in Wolmar noch den Nachmittagszug.«

Moritz schüttelte den Kopf.

»Der fällt heute wegen der Wetterverhältnisse aus. Morgen früh um neun fährt erst der nächste. Beatrice sollte mitkommen. Großmama wird für eure Hilfe dankbar sein. Und Sie, Friedrichs, bitte ich, die Damen zu begleiten.«

# 26

Die aufgehende Sonne warf eine blutrote Schneise über die Eichenallee, die vom Schloss führte. Ein glasklarer, kalter Tag kündigte sich an. Das fröhliche Glockengebimmel am offenen, einspännigen Schlitten hätte die herrliche, winterliche Stimmung noch verstärkt, wäre nicht der Anlaß der Schlittenfahrt ein trauriger gewesen. In warme Felldecken eingepackt saßen die Fahrgäste auf den gepolsterten Bänken und hingen ihren Gedanken nach. Kutscher Willuk knallte mit der Peitsche, und der Fuchswallach erhöhte das Tempo.

Beatrice trug einen dicken Wollmantel mit Pelzbesatz, auf dem Kopf die Zobelmütze, die ihre Eltern ihr letztes Jahr zu Weihnachten geschenkt hatten. Ihre Hände steckten in einem Pelzmuff und waren wohlig warm. Doch die Luft schlug ihr wie kalter Stahl ins Gesicht. Einige Mal blickte sie ihre Tante an, die steif und starr dasaß und sich sichtlich Sorgen um ihren Vater machte.

Langsam wuchs der Tag. Mit einem Himmel wie Porzellan und Temperaturen weit unter dem Gefrierpunkt. Die Fahrt zur Bahnstation dauerte eine Dreiviertelstunde. In Wolmar fuhr der Zug mit geringer Verspätung ab. Nach knapp drei Stunden erreichten sie Riga. Auf dem Bahnhofsplatz wartete das Schlittengespann von Graf Sigismund. Der Kutscher kümmerte sich um das Gepäck der drei Reisenden. Meggie wandte sich an ihn.

»Wie steht es um meinen Vater?«

»Die Lage ist unverändert ernst.« Der Kutscher schien nervös. »Es gibt Aufruhr in der Stadt, Exzellenz. Eine große Menschenmenge auf dem Domplatz, Arbeiterstreiks. Ich muß einen kleinen

Umweg fahren, damit ich die Exzellenzen sicher in die Kirchenstraße bringen kann.«

»Sehr umsichtig von Ihnen, Kamken. Fahren Sie zu!«


Der kleine Umweg entpuppte sich als Fahrt durch die Randgebiete der Stadt. Kalter Ostwind ließ die Gesichter erstarren. Sie fuhren durch die Armenviertel. Windschiefe Holzhütten säumten die Straßen. Der Schnee war schmutzig vom Unrat. In den hart gefrorenen Abfallhaufen suchten streunende Hunde und räudige Katzen vergeblich nach etwas Freßbarem. Zwischen den Behausungen tummelten sich magere Schweine, manchmal eine Ziege, ein paar Hühner, die wie verloren umher irrten. Junge und alte Frauen warfen feindselige Blicke auf die Vorbeifahrenden. Kinder mit rotznäsigen, verschmierten Gesichtern und geflickter Kleidung standen mit offenen Mündern am Straßenrand und gafften. Das Viertel erstreckte sich bis zum Hafen.

Während Friedrichs sich bemühte, seine Augen starr geradeaus auf die Straße zu richten, konnte Beatrice ihre Blicke nicht abwenden. Ebenso fassungslos wie hypnotisiert starrte sie auf das, was sie sah. Wie war es möglich, daß Menschen so leben mußten? Warum besaßen sie nicht einmal das Nötigste wie warme Kleidung? Einige Mal war Beatrice mit ihrer Mutter in Dorf Aicken gewesen. Dort lebte die Landbevölkerung in soliden Holzhütten, deren Dächer intakt waren. Sicher, auch da gab es Armut, doch welch ein Unterschied zu diesem Elendsviertel!

Tante Meggie schien ihre Gedanken zu erahnen.

»Ja, sieh nur genau hin!« sagte sie und Beatrice vernahm die Härte in der Stimme ihrer Tante. »Auch das ist unsere Heimat! Durch die Russifizierung in den baltischen Provinzen wurde unsere Selbstverwaltung weitgehend abgeschafft. Eine der Konsequenzen ist die fortschreitende Verarmung der lettischen und estnischen Bevölkerung. Im russischen Kernland sind die Zustände noch schlimmer.«

»Und der Zar?« fragte Beatrice hilflos. »Warum tut er nichts dagegen?«

»Weil die einfachen Menschen, die Bauern und Arbeiter, in diesem Land nichts gelten. Sie sind lediglich »Untertanen«, weiter nichts.«

»Ich dachte immer, daß der Zar das Volk liebt!«

»Ein Ammenmärchen, Bea! Das Volk haßt ihn inzwischen zunehmend. Es hat nur noch nicht die Kraft, sich seines Herrschers zu entledigen.«

»Tante Meggie! Wenn Papa dich hören könnte!« Unwillkürlich hatte Beatrice die Stimme gesenkt.

»Er hört es aber nicht. Ohnehin weiß er, was ich denke.« Sie wandte sie sich an den Kutscher. »Kamken! Halten Sie doch mal an.«

Erschrocken drehte der Kutscher den Kopf.

»Hier, Exzellenz? Das könnte gefährlich werden! Ich würde lieber ...«

»Unsinn! Jetzt halten Sie schon!«

Der Schlitten kam zum Stehen.

Meggie winkte die Kinder heran, die an einer Straßenecke mit zwei ausgemergelten Hundewelpen spielten.

»Kommt einmal her!« rief sie auf Lettisch. »Keine Angst, na los!«

Zögernd näherte sich die Kinderschar. Es waren Jungen und Mädchen, die ältesten etwa zwölf Jahre alt. Mit einer Mischung aus Neugierde und Furcht starrten sie die feine Gesellschaft an, die in dem herrschaftlichen Schlitten saß. Meggie nahm ihre Hände aus dem Muff, öffnete ihre Handtasche und zog eine Dose Bonbons heraus. Sogleich drängten sich die Kinder an die Schlittentür.

»Langsam, Kinder! Keine Angst, jeder bekommt etwas.«

Im Hintergrund standen einige Frauen und blickten mißtrauisch auf das Treiben. Meggie verteilte die Süßigkeiten, die sich die Kinder sofort in den Mund stopften und dann fortliefen. Aus ihrer Geldbörse holte Meggie ein dickes Bündel Rubelscheine. Sie öffnete die Schlittentür und ging auf die Straße.

Der Kutscher traute seinen Augen nicht.

»Exzellenz!« rief er voller Panik.

»Halten Sie den Mund, Kamken.«

Der Saum ihres Mantels schleifte im schmutzigen Schnee, und mit ihren gefütterten Stiefeletten wäre sie um ein Haar ausgerutscht. Sie ging auf die Frauen zu, die unwillkürlich einige Schritte zurück wichen. Meggie ließ sich davon nicht abschrecken.

»Hier bitte, nehmen Sie! Es hilft vielleicht fürs Erste.«

Ohne einen Dank nahmen die Frauen die Geldscheine. Meggie ging zurück zum Schlitten. Eilfertig half ihr Friedrichs beim Einsteigen.

»Fahren Sie weiter!« rief Meggie dem Kutscher zu. Dann wandte sie sich an Beatrice.

»Ich weiß, es ist nur ein Tropfen auf den heißen Stein, Bea. Und wirklich ändern wird es natürlich gar nichts.« Sie lächelte bitter und bemerkte erst jetzt, daß ihre Nichte weinte. Waren es Tränen der seelischen Erschütterung, der Scham, des Mitleids? Meggie wußte es nicht.

Für Beatrice war es von allem etwas.

Wenig später näherten sie sich der Innenstadt. Auf den Straßen eilten Menschen davon, als brächten sie sich vor etwas in Sicherheit. Eine trügerische Ruhe lag über dem Altstadtviertel. Plötzlich waren vom Domplatz lautes Stimmengewirr und Schreie zu hören. Es schwoll bedrohlich an und klang nach einer großen Menschenmenge. Aus einer der Querstraßen erschien im gestreckten Gallopp eine Abteilung berittene Polizei, sie preschte Richtung Domplatz.

Kamken gab dem Pferd die Peitsche und trieb es an. An der nächsten Ecke mußte abgebogen werden. Vor einer zweistöckigen Stadtvilla im Jugendstil kam die Kutsche zum Stehen.

# 27

Der alte Graf Sigismund von Reckendorff lag mit schweren, linksseitigen Lähmungserscheinungen in seinem abgedunkelten Schlafzimmer. Sein linker Mundwinkel hing schlaff herab, er konnte nicht sprechen. Offensichtlich war auch sein Sehvermögen beeinträchtigt. Als Meggie und Beatrice das Haus betraten, hatte der Arzt ihn soeben untersucht und führte ein ernstes Gespräch mit Gräfin Elisabeth. Im Beisein von Meggie und Beatrice beschrieb er die Lage.

»Ich kann Ihnen wenig Hoffnung auf schnelle Besserung machen, Gräfin. Es gibt keine Medikamente gegen die Lähmungserscheinungen. Man kann nur hoffen – und beten. Wobei ich eine vollständige Genesung leider für unwahrscheinlich halte. Das sagte ich Ihnen ja bereits.«

Während Meggie und ihre Mutter Elisabeth diese Nachricht gefaßt aufnahmen, konnte Beatrice ihre Tränen nicht zurückhalten. Noch aufgewühlt von den Eindrücken im Armenviertel, drückte die Krankheit ihres Großvaters sie zusätzlich nieder.

»Das heißt, er wird vorerst ans Bett gefesselt bleiben,« sagte Elisabeth mit leiser Stimme.

»Vorerst, oder vielleicht auch für immer. Sie müssen sich darauf einstellen, daß es zu weiteren, starken Reaktionen im Gehirn ihres Gatten kommen kann.«

»Sie meinen, erneute Schlaganfälle sind möglich, Doktor?« fragte Meggie.

»Ja. Das ist häufig der Fall. Es kann aber auch ganz anders kommen und weitere neurologische Aktivitäten bleiben aus.

Unmöglich, eine genau Vorhersage zu treffen. Als positiv werte ich, daß er bei Bewußtsein ist. Ich habe ihm ein starkes Beruhigungsmittel gespritzt. Er wird jetzt eine Weile schlafen. Lassen Sie mich sofort rufen, wenn sein Zustand sich verschlechtern sollte.«

Als der Arzt das Haus verlassen hatte, herrschte eine gedrückte Stimmung in der Familie. Gräfin Elisabeth hatte eine Krankenschwester engagiert, die sich rund um die Uhr um Graf Sigismund kümmern sollte.

Beatrice und Tante Meggie bezogen die Gästezimmer im ersten Stock und wechselten die Reisekleider. Zu einem späten Lunch begaben sich die drei Frauen ins Eßzimmer. Hauslehrer Friedrichs hatte sich für einige Stunden verabschiedet. Er wollte in Riga einen alten Freund besuchen und erst am Abend zurückkehren.

Während des Essens vermieden sie zunächst das Thema Krankheit und verdrängten den Gedanken daran, daß es möglicherweise zum Äußersten kommen könnte. Alles Notwendige war veranlaßt worden, und einer der besten Ärzte betreute den Kranken. Es blieb nicht aus, daß bei Tisch die jüngsten Ereignisse in der Stadt thematisiert wurden. Beatrice stand der Anblick der Frauen und Kinder im Elendsviertel noch lebhaft vor Augen.

»Aufruhr und Anarchie suchen das Land schon seit vielen Jahrzehnten heim«, meinte Elisabeth und es klang beinahe abgeklärt. »Selbst nach dem Attentat auf Zar Alexander kam Russland jedoch nie in ernsthafte Gefahr.«

»Einmal könnte das Faß zum Überlaufen kommen, Mama«, entgegnete Tante Meggie skeptisch. »Dein Vater hatte damals im Gefolge des Zaren beim Attentat in St. Petersburg Glück gehabt. Die Bombe erwischte nicht die nachfolgenden Equipagen. Der Zar allerdings war nicht vom Glück begünstigt.«

»Obwohl er die Leibeigenschaft in Russland abgeschafft und große Reformen begonnen hatte!«

»Das waren keine großartigen Reformen, sondern allenfalls wirkungslose Reförmchen. Damit war nichts gewonnen. Und Zar Nikolaus ist schwach und regiert rückwärts gerichtet. Doch das funktioniert heutzutage nicht mehr!«

»Ich weiß, daß du so denkst, Margarethe. Ich kenne deine Befürchtungen und Einstellungen, doch ich teile sie nicht. Du solltest dich solchen Gedankenspielen nicht hingeben. Insbesondere nicht jetzt, wo wir in Sorge um deinen Vater sind.«

Meggie errötete.

»Du hast Recht, Mama. Bitte entschuldige, das war wenig rücksichtsvoll von mir. - Meinst du, ich sollte Moritz und Charlotte eine Nachricht zukommen lassen?«

»Ja, bitte tu das.«

»Soll ich auch Madeleine, Nathalia und Bianca informieren?«

»Bloß nicht! Du würdest sie zum jetzigen Zeitpunkt nur in Unruhe versetzen. Deine Schwestern leben zu weit weg und würden vermutlich ohnehin nicht kommen. Wir können zunächst nichts tun als abwarten. Pfarrer und Ärzte raten in solchen Momenten zwar immer zu Gebeten. Das ist auch gut so, und als gläubige Christin bitte ich Gott um Hilfe. Doch ich halte es auch mit Macbeth: *Komme, was kommen mag, die Stunde rinnt auch durch den längsten Tag.*«

Erstaunt blickte Beatrice ihre Großmutter an.

»Ich wußte gar nicht, daß du Shakespeares Theaterstücke kennst, Großmama!«

»Wieso wundert dich das? Erstens hatte man zu meiner Jugendzeit hochgebildete, englische Gouvernanten. Und zweitens haben dein Großvater und ich bei unserer großen Europareise 1868 auch in London Station gemacht und das Theater besucht!«


In der Nacht verschlechterte sich der Zustand von Graf Sigismund dramatisch. Gegen drei Uhr alarmierte die Krankenschwester die

Hausherrin. Elisabeth schickte sofort nach dem Arzt, und zusammen mit Meggie und Beatrice wachten sie am Bett des Kranken. Ein weiterer Schlaganfall hatte ihn ereilt. Er war nicht bei Bewußtsein, lebte aber noch. In merkwürdigen Verrenkungen lag sein Körper gekrümmt und bewegungslos in den Laken. Noch bevor der Arzt eintraf verstarb Sigismund von Reckendorff. Anfang Dezember wäre sein sechsundsiebzigster Geburtstag gewesen.

Gleich am Morgen informierte Tante Meggie die Familie in Aicken und telegrafierte ihren drei Schwestern. Elisabeth trug das Ableben ihres Mannes relativ gefaßt, als hätte sie nach dem gestrigen ersten Schlaganfall bereits mit dem Schlimmsten gerechnet. Nachdem der Arzt den Tod festgestellt hatte, schloss Elisabeth dem geliebten Mann die Augenlider und öffnete das Fenster, damit die Seele des Verstorbenen dessen sterbliche Hülle verlassen konnte. Noch in derselben Stunde wurden in der Stadtvilla alle Spiegel mit schwarzen Tüchern verhängt. Die Stille der Trauer hielt Einzug, und das Personal bewegte sich noch diskreter und geräuschloser als sonst. Beatrice, die noch nie einen Toten gesehen hatte, war vom Anblick ihres Großvaters und der Endgültigkeit des Todes zutiefst erschüttert.

# 28

Die Schar der Trauergäste war so groß, daß nicht alle im Schloss untergebracht werden konnten. Sie kamen aus allen Teilen des Landes. Graf Helmer und seine Frau Alessandra, die nächsten Nachbarn der Reckendorffs sowie Peter Sanderan boten einem Teil der Trauernden Unterkunft. Die engeren Familienangehörigen wurden auf Aicken einquartiert.

Aus St. Petersburg waren Onkel Kolja und Tatjana Kropotkin eingetroffen. Arved erschien zum ersten Mal nach dem Sommer wieder auf Aicken. Alexander hatte ausnahmsweise drei Tage Urlaub bekommen. Sein Vater Donatus, Charlottes Bruder, reiste aus Kurland zum Begräbnis an. Seit vielen Jahren war er Witwer, nachdem seine Frau Luise das letzte Kindbett mitsamt dem Kind nicht überlebt hatte. Von den entfernt lebenden Schwestern von Meggie und Moritz hatte sich nur Bianca angekündigt, in Begleitung ihres Mannes Baron Boris Lettkau. Bianca war die jüngste Tochter von Sigismund und Elisabeth und lebte mit ihrer Familie in der Nähe von Dresden. Nathalia in Sewastopol war verhindert, da eines ihrer Kinder schwer erkrankt war. Die dritte Schwester, die Nonne Madeleine, befand sich auf einer Missionsreise irgendwo in Zentralasien.

Baron und Baronin Bergh sowie Emily ließen sich das Ereignis eines großen Begräbnisses nicht entgehen. Seit ihrem langen Besuch im Sommer und Herbst waren sie durch Livland gezogen, um sich bei Freunden und entfernten Verwandten eine Weile durchzuschnorren.

Das Personal bemühte sich, es allen Gästen so bequem wie

möglich zu machen. Der Ofenknecht heizte Kachelöfen und Kamine in den Gästezimmern tüchtig ein, und im Schlosshof sorgte Stallmeister Gulbe für die Unterbringung der zahlreichen Gäste-Schlitten und Pferde. In der Küche herrschte Hochbetrieb. Generalstabsmäßig hatten Gräfin Charlotte und Fräulein Kleinschmidt alles geplant und organisiert.

Zwei Tage lang mußten Waldarbeiter und Knechte in mühsamer Arbeit die hart gefrorene Erde für das Grab des alten Grafen ausheben. Beißender Frost hatte das Land fest im Griff. Doch frischer Schnee war in den letzten Tagen nicht mehr gefallen.

Am 9. Dezember, dem Geburtstag des Verstorbenen, fand die Beerdigung statt. Graf Sigismund wurde in der Erbbegräbnis-Stätte der Grafen von Reckendorff bestattet, wie alle seine Vorfahren. Die Grabstätte befand sich am nördlichen Ende des Parks, eine halbe Werst von Schloss Aicken entfernt. Eingefaßt von einem kunstvollen, schmiedeeisernen Zaun gab es eine exakte Anordnung der Grabplatten und Kreuzstelen. Gleich dahinter, am Rand eines Birkenwäldchens, stand die kleine Grabkapelle. Hier fanden etwa drei dutzend Menschen auf einfachen Bänken Platz. Ein steinerner Altar mit hölzernem Kreuz und zwei helle Seitenfenster zeugten von der Schlichtheit des kleinen Gotteshauses.

Vor dem Altar stand der geschlossene Sarg mit dem Verstorbenen. Kränze und winterliche Blumengebinde umsäumten ihn. In stummer Trauer nahmen Angehörige und Freunde Abschied. Die Predigt hielt der lutherische Pastor Julius von Berger aus Riga, ein Bridge-Partner und enger Freund des Verstorbenen. Die Worte des Rigaer Pastors waren ebenso würdevoll wie ergreifend, die Predigt nicht allzu lang. Aufgrund der eisigen Kälte in der ungeheizten Kapelle wurde dies von den Trauernden dankbar aufgenommen.

Die sechs Sargträger, (Graf Moritz, Alexander, Baron Adam

Bergh, Arved, Biancas Mann Boris und Graf Rudolph Helmer),
schulterten den Sarg. Ein böiger Ostwind peitschte durch die
kahlen Äste der Birken bei der Kapelle, als die Menschen zur
Grabstätte schritten. Der Pastor sprach noch einige letzte Worte
sowie das Vaterunser. Alle warfen eine Schaufel Erde auf den Sarg,
dann ging es zurück zum Schloss.

✳✳✳✳

Beatrice begegnete ihrem heiß geliebten Cousin Alexander zum
ersten Mal allein auf dem Weg in den Speisesaal. Sie hatte seine
Ankunft kaum erwarten können.

»Wie hast du mir gefehlt!« flüsterte Alexander und zog sie
eng an sich. Rasch blickte Beatrice sich um. Auf der zugigen Galerie, die zur Freitreppe führte, war niemand zu sehen. Stürmisch
umarmte Sascha Beatrice und küßte sie leidenschaftlich auf den
Mund. Nach kurzer Zeit löste sie sich von ihm.

»Nicht hier, Sascha!« flüsterte sie atemlos und spürte ebenso
intensiv die plötzliche Röte auf ihren Wangen wie das Pochen
ihres Herzens.

»Dann richte es so ein, daß wir am Nachmittag zusammen
spazieren gehen, Bea!«

In dem Moment waren Schritte zu hören. Aus einem der
Gästezimmer kam Tatjana Kropotkin, Beatrices Patentante. Ihr
schwarzes, hochgeschlossenes Seidenkleid war von schlichter Ele-
ganz und raschelte bei jedem Schritt. Der Duft ihres exotischen
Parfums umhüllte sie wie ein schillerndes Versprechen. Mit ihrem
aufgesteckten, rötlichen Haar und den langen Brilliantohrringen
wirkte sie beinahe majestätisch. Beatrice blickte sie bewundernd
an. Tatjana streifte die beiden jungen Leute mit einem kurzen,
prüfenden Blick.

»Nun, ihr beiden Hübschen, welch schöner Anblick! Ach ja,

134

die Jugend! Wie betrüblich, daß sie so schnell enteilt!« Beatrice dachte, daß es fast ein wenig spöttisch klang.

»Schön, daß du kommen konntest, Tante Tatjana!«

»Ja, Bea, wir haben uns eine Ewigkeit nicht gesehen. Leider ist der Anlaß ein sehr trauriger. Weißt du, daß du wunderschön aussiehst? Sie stimmen mir doch sicher zu, lieber Alexander?«

»Wie könnte ich anderer Meinung sein als Sie, Gnädigste.« Saschas Stimme klang belegt und ein wenig unsicher, was Beatrice mit Erstaunen feststellte. Er küßte Tatjana die Hand und vermied den Blickkontakt. Umso intensiver hatte Tatjana ihre Augen auf ihn gerichtet. Souverän schien sie die Situation auszukosten, da Beatrice nicht im entferntesten ahnen konnte, welches Geheimnis Tatjana und Alexander verband. Gemeinsam gingen sie in den Speisesaal.

Trotz der Trauer um einen Verstorbenen geht für die Trauergäste das Leben stets weiter. Der Leichenschmaus als geselliges Beisammensein bringt dies zum Ausdruck. So wurden auch an diesem Tag die Gespräche allmählich lebhafter. Die diversen Konstellationen zwischen einigen Personen am Tisch boten Gelegenheit zu Beobachtung und Einschätzung. Oft ruhte Tatjanas Blick auf Alexander, der offenkundig auswich und nervös wirkte. Emily ließ Baron Sanderan und Alessandra Helmer nicht aus den Augen. Hin und wieder richtete Alessandra das Wort an sie. Nur mit Mühe hielt das Mädchen ihre Antipathie im Zaum und antwortete als gut erzogene junge Dame, während ihre Augen auf Peter Sanderan ruhten.

Tatjana, die ein untrügliches Gefühl für dergleichen besaß, wußte innerhalb weniger Augenblicke über Alessandra und Baron Peter Sanderan Bescheid. Steckte der Flirt noch in den Anfängen, oder war bereits ein fortgeschritteneres Stadium erreicht? Sie gönnte es Alessandra von Herzen, denn mit Graf Helmer hatte die italienische Contessa nicht das große Liebeslos gezogen. Auch das Verhalten der jungen Emily wußte Tatjana einzuordnen, hatte das Mädchen doch wenig Talent sich zu verstellen. *Eine Backfischschwärmerei für einen Mann, dessen Vorliebe älteren Frauen gilt,* dachte Tatjana und erinnerte sich wehmütig an ihre eigene Jungmädchenzeit.

Arved fühlte sich völlig fehl am Platz. Nur ungern und aus großer Dankbarkeit den Reckendorffs gegenüber war er zum Begräbnis des alten Grafen nach Aicken gekommen. Er hätte unaufschiebbare Examina vorschützen können, doch das verboten ihm seine gute Erziehung und sein Stolz. Beatrice war für ihn verloren, soviel schien sicher. Er sah die glühenden Blicke, die Alexander Beatrice verstohlen zuwarf. Ganz der Verführer, als den Arved ihn einschätzte. Daß Beatrice diese Blick erwiderte, versetzte ihm jedes Mal einen Stich.

Der Leichenschmaus ging zu Ende. Die erwachsenen Gäste begab sich ins Katharinen-Zimmer, wo Butler Johann Kaffee, Likör, Konfekt, Zigarren und Zigaretten reichte. Nur Arved entschuldigte sich und begab sich auf sein Zimmer.

Onkel Kolja machte es sich auf einem Sessel bequem. Er zündete sich eine Zigarre an und blies den Rauch in üppigen Wolken in die Luft. Genüßlich nippte er an seinem Cognacglas und blickte auffordernd in die Runde.

»Ich kann euch heute eine schöne kleine Geschichte erzählen, die ihr bestimmt noch nicht kennt.«

Beatrice schmunzelte und tauschte einen Blick mit ihrer Mutter und ihrer Patentante Tatjana, die ebenfalls erheitert schienen. Welche der zahlreichen und immer wieder zum Besten gegebenen Anekdoten des Fliegenden Schinkens kannte man auf Aicken noch nicht?

»Nur zu, Onkel Kolja,« ermunterte Beatrice ihn. »Was ist es denn diesmal?«

»Nun ja, eine etwas exotische Begebenheit. Vor vielen Jahren,

als ich noch ein Knabe war, hatten wir in St. Petersburg viele
Gäste zu Mittag. Meine Eltern führten, wie ihr wißt, stets ein
großes Haus. An jenem Tag war ein hoher chinesischer Würden-
träger geladen. Dieser Mandarin weilte in geheimer diplomati-
scher Mission in St. Petersburg. Meine Mutter hatte veranlaßt,
an diesem Tag besonders köstliche Speisen aufzutragen. Unser
chinesischer Gast verschlang davon ungeheure Portionen. Ich
muß hinzu fügen, daß sein Leibesumfang dementsprechend war,
beinahe abstoßend enorm.«

Kolja unterbrach seine Erzählung und ließ seine Blicke über die
Anwesenden schweifen. Beatrice und Tatjana Kropotkin konnten
sich kaum das Lachen verkneifen.

»Ja, ja, ich weiß was ihr alle denkt: wer im Glashaus sitzt, soll
nicht mit Steinen werfen! Aber ich sage euch: gegen diesen Mandarin bin ich geradezu ein Fliegengewicht!«

Jetzt lachten alle, bis auf das Ehepaar Bergh, das indignierte
Blicke tauschte.

»Gut, ihr Lieben,« fuhr Kolja fort. »Damals jedenfalls war ich
ein schlanker und beinahe zierlicher Knabe. Während alle anderen Gäste die Mahlzeit bereits bendet hatten, ging das zügellose
Fressen des Mandarins noch eine Weile weiter. Nachdem er nun
endlich fertig war, faltete er die Hände über dem Bauch und begann auf das Unglaublichste zu rülpsen. Das versteinerte Gesicht
meiner Mutter hättet ihr sehen sollen! Nur mit großer Mühe behielt sie die Contenance, wie die anderen am Tisch auch. Mein
Vater flüsterte ihr etwas auf Deutsch zu, das der Mandarin nicht
verstand. Das Gebaren des Gastes sei ein chinesischer Brauch,
ein Kompliment an die Hausfrau um auszudrücken, wie gut es
dem Gast geschmeckt hatte. Ich saß allein am Katzentisch, hörte
dies jedoch und fühlte mich sogleich ermutigt, dem Gast nach-
zueifern. Der erste Laut aus meinem Mund ließ meine Mutter
zusammenzucken. Der Mandarin lachte, nickte mir aufmunternd

zu und verstärkte sein Rülpsen. Wir beide rülpsten nun sozusagen um die Wette, bis mein Vater mit hochrotem Kopf die Tafel aufhob. Die Tracht Prügel, die er mir danach verabreichte, werde ich mein Leben lang nicht vergessen. Beinahe eine Woche konnte ich nicht auf meinem Hosenboden sitzen.«

Erneut lachten alle Anwesenden. Amalie Bergh allerdings konnte sich eine spitze Bemerkung nicht verkneifen.

»Ist es nicht etwas geschmacklos, ausgerechnet an einem Tag der Trauer um einen lieben Angehörigen, noch dazu kurz nach dem Essen, eine solch unappetitliche Geschichte zum Besten zu geben?«

Der Fliegende Schinken trank sein Cognacglas leer und meinte gelassen:

»Nun, wir sitzen ja nicht mehr bei Tisch. Etwas mehr Humor, Amalie! Das hat noch nie geschadet, auch nicht in traurigen und bitteren Stunden. Das Leben geht weiter. Und der liebe Sigismund, Gott hab ihn selig, wird gewiß nichts dagegen gehabt haben.«

# 29

Am frühen Nachmittag verspürte Arved nur einen Wunsch: hinaus an die frische Luft, in die Kälte des fahl-sonnigen Wintertages! Er fühlte sich einsam und fremd in Aicken, was ihn sehr bedrückte. Seit seiner Jugend war das hier sein Zuhause gewesen. Beatrice und er bildeten einst eine verschworene Gemeinschaft. *Was ist davon übrig geblieben? Verlorene Illusionen und eine unerwiderte Liebe,* dachte Arved bitter.

Der Schnee knirschte unter seinen Stiefeln. Er zog die Pelzmütze tiefer ins Gesicht und schlug den Biberkragen seines Mantels hoch. Ein scharfer Wind blies und ließ sein Gesicht erstarren. Arved lenkte seine Schritte durch den Park zum Ufer des Mondsees, der seit wenigen Tagen zugefroren war. Schlittschuhwetter!

Hauslehrer Friedrichs und Mademoiselle de Pradesse hatten am Leichenschmaus nicht teilgenommen und das Mittagessen in ihren Zimmern serviert bekommen.

In warmer Kleidung, mit Stiefeln, Pelzmütze und Muff, verließ Mademoiselle de Pradesse nach dem Essen ihr Zimmer. Trotz des kalten Wetters freute sich die junge Französin auf einen Spaziergang. Am Ausgang des Parks erblickte sie eine Gestalt, nicht weit entfernt. An seinem typischen Gang erkannte sie Baron Arved. Der drehte sich in diesem Moment um, als hätte er ihre Schritte gehört. Er wartete, bis sie näher kam, und lächelte kurz. Florentine de Pradesse strahlte ihn an und hoffte, daß sich dadurch der ernste und trübsinnige Ausdruck auf seinem Gesicht ein wenig entspannen würde. Wie fast jeder im Schloss kannte sie den

Grund für den Seelenzustand des Reckendorff'schen Ziehsohns. Er tat ihr Leid, wenn auch ihre größere Sympathie dem Grafen Alexander Eisenstetten gehörte.

»Wollen wir ein Stück zusammen gehen?« fragte Arved.

»Sehr gern! Mir macht die Kälte nichts aus.«

»Obwohl sie aus einem wärmeren Land kommen, Mademoiselle?«

»Oh! In meiner Heimat gibt es durchaus schneereiche Winter und strengen Frost. In den Alpen zum Beispiel, in der Auvergne und in den Pyrenäen.«

Sie schwiegen eine Weile und hingen ihren Gedanken nach. Wehmütig dachte Arved an den letzten Winter, als er mit Beatrice ausgedehnte Schlittenfahrten unternommen hatte. Wie glücklich war er da gewesen! Wie sehr hatte er sich eine Zukunft mit Beatrice ausgemalt! Sie erreichten das Badehäuschen am See-ufer. Verlassen lag es da.

»Ich freue mich schon auf die erste Schlittschuhpartie!« meine Mademoiselle fröhlich.

Auf der Bank neben der Eingangstür lag fest gefrorener Schnee. Gleich daneben stritten sich zwei Krähen um die Reste eines er-starrten Vogelkadavers.

Neugierig näherte sich Mademoiselle dem Fenster des Häus-chens, um einen Blick ins Innere zu werfen. Hatten die Haus-knechte schon die Schlittschuhe der Schlossbewohner hierher geschafft? Gegen die tief stehende Sonne legte sie schützend die Hand vor die Stirn und spähte durch die Fensterscheibe. Augen-blicklich erstarrte sie und drehte sich sogleich heftig weg. Arved sah, daß alle Farbe aus ihrem Gesicht gewichen war. Sie packte ihn am Arm und flüsterte mit erregter Stimme:

»Kommen Sie, gehen wir weiter!«

Arved stutzte und löste ihre Hand. Mit zwei Schritten war er am Fenster und blickte in den kleinen Raum. Was er sah, ließ ihn sogleich zurück zucken. Doch er wollte sich noch einmal vergewissern. Abrupt wich er zurück, griff unsanft nach Mademoiselles Arm und zog sie eilig fort. Erst nach einer Weile blieb er stehen und ließ den Arm der jungen Frau los. Diese blickte ihn ebenso hilflos wie erschrocken an. Dann senkte sie den Kopf. Röte stieg ihr ins Gesicht, und sie wandte sich zum Gehen.

Erneut griff Arved nach ihrem Arm.

»Das hier,« sagte er mit erregter Stimme und deutete auf das Badehäuschen. »Das müssen Sie sofort vergessen, Mademoiselle de Pradesse! Kann ich mich auf Ihr Schweigen und Ihre Diskretion verlassen?«

Die junge Frau nickte heftig und flüsterte:

»Absolument, Monsieur le Baron. Das ist doch selbstverständlich!«

Mit raschen Schritten ging sie durch den Park zum Schloss.

Langsam folgte ihr Arved und drehte sich noch einige Mal nach dem Badehäuschen um. Es lag da wie zuvor, einsam im dahin schwindenden Winterlicht.

# 30

Am nächsten Morgen erwachte Beatrice früher als gewöhnlich. Es war noch dunkel draußen, doch ein kalter Mond warf sein Licht auf den Park. Von ihrem Fenster aus sah Beatrice bis zum Mondsee. Dort, weit vom Ufer entfernt, tummelten sich mehrere Gestalten mit Fackeln. Unruhig tanzte ihr Lichtschein in der Dunkelheit, wie kleine, aufflackernde Feuer. Das mußten die Fischer sein, und es bedeutete, daß der Mondsee mit einer dicken Eisschicht bedeckt war. Zeit für die lettischen Pächter, erste Vorbereitungen für das winterliche Eisfischen zu treffen. In den kommenden Stunden würden mit Äxten und Sägen Löcher ins Eis getrieben und die Netze und Angelschnüre ausgelegt. Beatrice sprang aus dem Bett. Kurz darauf klingelte sie nach der Kammerzofe Sofia, die ihr beim Ankleiden helfen sollte. Für den heutigen Tag und das, was Beatrice vorhatte, kam warme, doch bequeme Kleidung infrage. Sofia legte einen Rock aus dickem, englischen Wollstoff bereit, die hüftlange Rotfuchsjacke sowie ein Paar gefütterte Schnürstiefel.

Im Frühstückszimmer saßen Charlotte, Tante Meggie und ein verschlafen wirkender Alexander. Die beiden Frauen hatten soeben ihre Mahlzeit beendet und verließen den Raum. Graf Moritz war schon sehr früh mit Constantin und dem Jagdaufseher zu einer Pirsch aufgebrochen.

Beatrice und Alexander befanden sich nun allein im Raum. Rasch nahm Sascha die Hand seiner Cousine und küßte sie leidenschaftlich. Beatrice schloss einen Moment die Augen und wünschte sich nichts sehnlicher, als mit Sascha endlich allein zu sein. Doch bisher hatte sich keine Gelegenheit dazu geboten. Der Trubel anläßlich der Beerdigung des Großvaters, ihre Pflichten als Tochter des Hauses – es war unmöglich gewesen. Heute ergab sich endlich eine Möglichkeit.

In dem Moment betraten Arved und Tatjana Kropotkin das Frühstückszimmer. Sie hatten sich zufällig in der Halle getroffen. Tatjana wollte noch vor dem Lunch nach Petersburg zurück reisen. Beide setzten sich zu Beatrice und Alexander an den Tisch, und Beatrice bemerkte sogleich eine Veränderung im Verhalten von Arved. Er schien selbstsicher, souverän und plauderte mit Tatjana über dies und jenes. Hin und wieder bezog er Alexander und Beatrice ins Gespräch mit ein. Kurzum – er schien wie ausgewechselt. Seine Augen blickten lebhaft, und sein Gesicht wirkte entspannt. So hatte Beatrice ihn seit dem Sommer nicht mehr erlebt. Woher kam diese plötzliche Verwandlung? Bevor sie sich weitere Fragen stellen konnte, sagte Arved:

»Wer hat Lust, heute Vormittag Schlittschuh zu laufen? Der Mondsee ist komplett zugefroren.« Erwartungsvoll blickte er Beatrice an. Und so, als wäre er Alexanders bester Freund, lächelte er diesem aufmunternd zu. »Na, was ist, Sascha? Bist du mit von der Partie?«

Alexander und Beatrice tauschten einen erstaunten Blick, während Tatjana das Gespräch mit einem nichts sagenden Lächeln verfolgte. Beatrice zeigte sich wenig begeistert von Arveds Vorschlag. Sie wollte allein mit Alexander Schlittschuh laufen, das hatten sie verabredet. Wieso besaß Arved so wenig Feingefühl und drängte sich auf? Sie ließ sich ihren Unwillen nicht anmerken und fragte Alexander:

»Hast du überhaupt Lust, heute aufs Eis zu gehen?« Sie hoffte auf eine ablehnende Antwort. Doch stattdessen erwiderte Sascha:

»Warum nicht? Das könnte doch ganz lustig werden mit dir,

Arved!« Es klang provozierend, was Arved durchaus registrierte. Doch er ging darüber hinweg und setzte sein charmantestes Lächeln auf.

»Also abgemacht! Um elf Uhr unten am Badehäuschen.«

Wenig später verabschiedete sich Tatjana, und alle wünschten ihr eine gute Rückreise nach St. Petersburg.

.

Auf dem Eis war eine große, quadratische Fläche vom Schnee frei geräumt worden. Während Alexander bereits erste Kreise drehte, bemühten sich Beatrice und Arved noch, ihre Schlittschuhe festzuschnallen.

»He, was macht ihr denn so lange?!« rief Alexander und winkte ungeduldig. Als die beiden aufs Eis kamen, fuhr er in rasantem Tempo auf sie zu und bremste kühn.

»Na, Arved, du bist ja plötzlich so gesellig und aufgekratzt! Wie soll man das deuten?«

»Deute es, wie du willst.« Mit kräftigen Schritten fuhr Arved davon. Alexander nahm Beatrices Hand und beide folgten ihm.

»Warte, Arved,« rief er. »Ich erzähle dir mal eine Geschichte!«

»Da bin ich aber gespannt! Eine deiner üblichen Angebergeschichten?«

Beatrice schaltete sich ein.

»Sei doch nicht so unfreundlich, Arved! – Was für eine Geschichte, Sascha?«

Arved fuhr wieder heran.

»Ja, was für eine Geschichte?«

»Eine, die dir vielleicht nicht gefallen wird.«

»So? Solche Geschichten kenne ich umgekehrt auch.«

Sascha breitete die Arme aus und begann mit theatralischer Stimme.

»Also, stellt euch vor: *Dieser See hier ist die Newa in St.*

Petersburg. Es ist ein sonniger, klarer Wintertag, so wie heute. Auf dem Fluß herrscht buntes Treiben, die ganze Stadt ist auf den Beinen.«

»Wie romantisch!« warf Beatrice ein. Alexander legte die Hand auf seine Brust.

»Ein junger Hauptmann aus dem Chevalier-Garderegiment hat soeben die Schlittschuhe angeschnallt. Da sieht er sie, eine betörende junge Dame, zweifellos die Schönste auf dem Eis. Sie ist in Begleitung eines jungen, hübschen, aber sehr langweilig wirkenden Zivilisten, der sie vergeblich anschmachtet.« Die letzten Worte waren an Arved gerichtet.

Beatrice lachte und warf Arved einen Blick über die Schulter zu. Dieser lachte ebenfalls und hob die Hand, als wollte er sagen: schon gut, schon gut, ich habe die Anspielung verstanden! Sascha entfernte sich einige Meter, vollzog eine Art Pirouette und kam zurück.

»Der Hauptmann fühlt eine ungestüme Leidenschaft in seinem Herzen. Tollkühn fährt er zu seiner Angebeteten, die ihm von fern schon ihr Lächeln geschenkt hat.« Vor Beatrice sinkt Sascha auf die Knie.

»Er fällt vor ihr auf die Knie, schaut ihr tief in die Augen und sagt voller Leidenschaft: »Ich liebe Sie und kann ohne Sie nicht leben!« Hingebungsvoll berührt er den Saum ihres Mantels.«

Alexander küßte den Saum der Rotfuchsjacke. Beatrice, fasziniert und amüsiert zugleich von dieser galanten Liebeserklärung, reichte ihm die Hand. Sascha erhob sich, seine Stimme wurde dramatisch.

»Von fern beobachtet der junge, langweilige Zivilist die Szene. Schäumend vor Wut und Eifersucht räumt er das Feld.«

Spöttisch blickte Alexander jetzt zu Arved. Dieser meinte jedoch nur trocken:

»War's das, Sascha? Ich kenne diese Geschichte aber ganz anders!«

Provozierend legte Sascha seinen Arm um Beatrice.

»So, wie denn?«

»Sie ist allerdings nur auf den ersten Blick romantisch.«

»Aber wahrscheinlich viel langweiliger, Arved! Deshalb interessiert sie mich ehrlich gesagt nicht,« meinte Beatrice ungeduldig. Sie löste sich von Sascha und fuhr hinaus auf den See.

»Warte noch einen Moment, Bea!« rief Arved. »Hör dir die Geschichte doch einfach an.«

Widerstrebend kehrte Beatrice zurück.

»Stellt euch vor,« begann Arved. »*Die Newa in Petersburg wäre der Mondsee in Aicken. Es ist ein klarer, sonniger Wintertag. Kein buntes Treiben auf dem See, nur zwei einsame Gestalten ziehen eng umschlungen ihre Kreise auf dem Eis. Eine von ihnen ist ein junger Hauptmann aus dem Chevalier-Garderegiment. Die andere ist eine reife Frau, deren Schönheit einst legendär war. Da niemand sonst zu sehen ist, ist sie zweifellos die Schönste auf dem Eis. Vom Alter her könnte sie die Mutter des Hauptmanns sein. Er fällt vor ihr auf die Knie und gesteht ihr seine Liebe. Schon viele Mal zuvor ist er vor der Schönen auf die Knie gefallen, und nicht nur vor ihr. Sie reicht ihm die Hand, und innig umschlungen fahren sie zum Seeufer. Dort, in einem kleinen Badehäuschen, erwartet sie im Schein heimeliger Kerzen ein Lager aus warmen Bärenfellen sowie eine Flasche Champagner.*«

Arved steckte die Hände in die Manteltaschen und grinste breit.

»Soll ich weiter erzählen, Sascha?«

Einen Moment lang schien Alexander irritiert, dann fing er sich und meinte betont nonchalant:

»Ach Arved, das ist wirklich sehr komisch.«

Beatrice fand es weniger komisch als ungehörig. Empört rief sie:

»Was soll dieser Unsinn, Arved! Das ist einfach geschmacklos!«

Sie ergriff Saschas Hand. »Laß uns das hier beenden. Keine Ahnung, was in Arved gefahren ist!«

»Nur noch eine kleine Bemerkung zum Schluß meiner Geschichte. *Die Schöne auf der Newa in Petersburg, das heißt auf dem Mondsee in Aicken, ist eine bekannte Petersburger Schriftstellerin schwülstiger Liebesromane und zudem die Patentante einer gewissen baltischen Comtesse.*«

Mit einem Sprung war Alexander bei Arved und packte ihn am Kragen.

»Hör mal zu, mein Lieber,« zischte er. »Ich habe ja viel Sinn für Humor. Aber das hier geht eindeutig zu weit!«

»Tja, Sascha, ihr hättet euch gestern Nachmittag ein verschwiegeneres Plätzchen suchen sollen als das Badehaus!«

Einen Moment stand Beatrice wie versteinert da. Hilflos und entsetzt wandte sie sich an Alexander.

»Sag etwas, Sascha!« flüsterte sie mit erloschener Stimme. »Sag, daß das nicht stimmt!«

»Natürlich stimmt es nicht!« fauchte Sascha. Seine Augen blitzten zornig. »Arved ist krank vor Eifersucht, weiter nichts. Sich eine derartige Geschichte auszudenken, pfui Teufel! Was für ein schlechter Verlierer ...« Seine Stimme triefte vor Verachtung. »Mit dir bin ich fertig, Arved! - Komm, Bea.« Er nahm ihre Hand.

Gleichsam wütend und enttäuscht wandte Beatrice sich an Arved.

»Ich bin entsetzt! Und ich erwarte, daß du dich bei Sascha entschuldigst!«

»Wofür? Weil ich die Wahrheit gesagt habe? Wenn du mir nicht glaubst, frag doch Mademoiselle!«

Beatrice stutzte einen Moment, schüttelte dann unwillig den Kopf.

»Mach es nicht noch schlimmer, Arved!«

Sie fuhren davon, und Arved blickte ihnen nach. Er kannte Beatrice gut genug, um zu vermuten, daß sie seine Geschichte nicht so schnell vergessen und einfach zur Tagesordnung übergehen würde. Er hatte den Stachel gesetzt, und das mit voller Absicht. Daß es bereits heute geschehen konnte, war ein glücklicher Zufall. Sascha hatte ihn selbst ausgelöst, als er Arved so offensichtlich provozieren und kränken wollte.

Vielleicht war für ihn nichts gewonnen. Vielleicht hatte er Beatrice nun für immer gegen sich aufgebracht. Vielleicht aber war ihr Mißtrauen gegenüber Alexander geweckt. Damit wäre schon viel erreicht. In jedem Fall fühlte Arved sich befreit wie selten zuvor und beschloss, gleich am nächsten Morgen zurück nach Dorpat zu fahren.

# 31

Die darauf folgenden Tage waren für Beatrice eine unruhige Zeit voller Zweifel und Ängste. Sie ging Sascha aus dem Weg, obwohl er sie weiterhin beschworen hatte, ihr zu glauben.

Hin und her gerissen zwischen der unglaublichen Geschichte, die Arved erzählt hatte, und Saschas hartnäckigem Leugnen, dachte Beatrice darüber nach, ob sie Arveds Hinweis folgen sollte. Er hatte Mademoiselle de Pradesse erwähnt. Was war damit gemeint? Konnte sie bezeugen, was Arved behauptete? Daß ihr geliebter Sascha tatsächlich mit Patentante Tatjana eine Affäre hatte? Stets stockten ihre Gedanken an dieser Stelle. Es wäre zu ungeheuerlich! Gleichzeitig wußte Beatrice, daß sie Mademoiselle nie fragen würde. Es schickte sich nicht, eine Angestellte in eine derart delikate Sache zu verwickeln und so in eine peinliche Situation zu bringen. Zudem würde sie dadurch einer Fremden gegenüber Saschas Ehre und Glaubwürdigkeit anzweifeln. Das wollte sie keinesfalls. Andererseits – wenn es tatsächlich stimmte, so absurd es ihr auch erschien? Sie fand keine Lösung des Problems und keine Seelenruhe. So beschloss sie, sich Tante Meggie anzuvertrauen.

Ohne sie auch nur einmal zu unterbrechen, hörte sich Meggie am Abend an, was Beatrice ihr erzählte. Sie saßen allein in der Bibliothek, und zum Schluß brach Beatrice in Tränen aus. Tante Meggie trank eine Schluck Rotwein und schwieg zunächst. Als Beatrice sich etwas beruhigt hatte, sagte sie:

»Das ist ziemlich starker Tobak, Bea! Wobei ich natürlich nicht weiß, wer von den beiden jungen Herren nun die Wahrheit sagt. Wenn ich annehme, daß Arved tatsächlich einen solchen

Vorfall beobachtet hat, dann wäre bei Sascha allerdings höchste Vorsicht geboten, falls du ernsthaft Pläne haben solltest, ihn einmal zu heiraten. Und Tatjana – nun ja, ich kenne ihre Romane.« Meggies Stimme klang so, als hielte sie nicht viel von der Schreiberei der Fürstin. »Von Onkel Kolja weiß ich außerdem, daß sie in ihrem Privatleben kein Kind von Traurigkeit ist. Also möglich wäre es schon, was Arved erzählt hat.«

»Und Mademoiselle?« meinte Beatrice angstvoll. »Ich will mir gar nicht vorstellen …«

Meggie unterbrach sie.

»Mademoiselle lassen wir aus dem Spiel. Man kann sie ja schlecht fragen.«

»Was soll ich dann tun? Ich weiß weder ein noch aus, Tante Meggie.«

»Erst einmal abwarten. Laß ein bißchen Gras über die Sache wachsen. Meines Erachtens gibt es nur einen Weg, Klarheit in dieser Angelegenheit zu bekommen: beobachte Mademoiselle in den nächsten Wochen. Falls sie zufällig Zeugin einer solch unappetitlichen Geschichte gewesen sein sollte, wird sich ihr Verhalten dir gegenüber ändern.«

»Inwiefern?«

»Da jeder im Schloss inzwischen von deinen Gefühlen für Alexander Kenntnis haben dürfte, wird Mademoiselle unsicher sein, wenn sie dich trifft und mit dir redet. Vielleicht peinlich berührt. Oder sie schenkt dir mitleidige Blicke. Etwas in der Art. Halt einfach die Augen offen!«

Beatrice war dankbar für den Rat ihrer Tante und wollte ihn beherzigen. Doch dazu kam es nicht, denn Mademoiselle setzte alles daran, Beatrice aus dem Weg zu gehen. Bei den gemeinsamen Mahlzeiten war es nicht zu vermeiden. Da fiel es Beatrice auf, daß die Französin ihrem Blick auswich und sich ihr gegenüber unsicher verhielt.

Wenig später kündigte Mademoiselle dann überraschenderweise zum Jahresende und reiste vorzeitig ab. Gräfin Charlotte wollte den Grund für die plötzliche Kündigung wissen, doch Mademoiselle sagte lediglich, die strengen Winter in Livland machten ihr zu schaffen und sie sehnte sich nach einem südlichen Klima. Durch Vermittlung von Alessandra Helmer hatte sie eine Stelle als Französischlehrerin in einem florentinischen Adelshaus in Aussicht.

Tante Meggie, die den wahren Grund für die Abreise der jungen Französin ahnte, besprach dies mit Beatrice. Obwohl sie nun beinahe überzeugt war, daß Arveds Beobachtung seinerzeit im Badehäuschen am Mondsee der Wahrheit entsprach, mußte Beatrice sich eingestehen: sie liebte Sascha, und sie litt an ihrer inneren Zerrissenheit. Um dem ein Ende zu bereiten, beschloss sie, zunächst einen Schlußstrich unter die Angelegenheit zu ziehen. In zehn Tagen war Weihnachten, und bald begann ein neues Jahr. Die Familie würde vollständig versammelt sein, und danach würde man weitersehen.

Sascha fuhr zurück zu seinem Regiment. Das war gut, denn Beatrice brauchte zunächst Abstand zu ihm. Mit Unsicherheit und gemischten Gefühlen war sie ihm seit der Schlittschuhpartie begegnet. Die Festtage würde er bei seinem Vater und den Geschwistern auf dem Familiensitz in Kurland verbringen. Er schrieb ihr weiterhin glühende Liebesbriefe, doch Beatrice reagierte nicht darauf.


Mit Beginn der Adventszeit wurde in der großen Schlossküche gebacken. Allerlei Kekse und Plätzchen, Printen, diverse Lebkuchen und Stollen lagerten danach in großen Blechdosen und wurden bis in den Januar hinein während der täglichen Teestunde gereicht. Der Geruch nach exotischen Gewürzen, nach Mandeln und Nüssen erfüllte das ganze Haus. Alle freuten sich auf das schönste Fest des Jahres.

In der geräumigen Halle des Schlosses, von wo aus die Freitreppe in die oberen Etage führte, stand ein großer, festlich geschmückter Tannenbaum. Darunter war ein Krippenspiel aufgebaut, das schon seit Generationen jedes Jahr zu Weihnachten seinen gewohnten Platz dort fand. Daneben stapelten sich die Päckchen, die Gräfin Charlotte, Tante Meggie und Beatrice zur Bescherung des Personals gepackt hatten. Traditionell wurde am Heiligabend zuerst die Dienerschaft beschert, bevor sich die Familie ihre Geschenke überreichte.

Im warmen Glanz erstrahlten die Kerzen. Sämtliche Dienstboten waren in der Halle angetreten: das Haus- und Küchenpersonal, das Stall- und Hofpersonal, die Gärtner. Angeführt von Butler Johann, der Hausdame Fräulein Kleinschmidt und Stallmeister Gulbe waren alle festlich gekleidet. Rot glänzten die Gesichter der Hofleute. Die Livrée der Dienerschaft, in den Farben blau und gelb, war kürzlich erneuert worden. Das weibliche Personal trug schwarze Kleider und weiße, gestärkte Schürzen.

Die Reckendorffs waren vollständig versammelt: Graf Moritz, Gräfin Charlotte, Tante Meggie, Beatrice, Constantin, Arved und Großmutter Elisabeth aus Riga. Hauslehrer Friedrichs war über Weihnachten und Neujahr zu seinen Eltern nach Berlin gereist und würde erst nach dem Dreikönigstag zurückkehren.

Seit Arveds Ankunft vor zwei Tagen verhielt sich Beatrice ihm gegenüber zwar höflich, doch distanziert. Sie war froh, daß Alexander über die Festtage nicht nach Aicken gekommen war. So würde es wenigstens keine Spannungen geben.

In der Halle wurde das Lied »Oh Tannenbaum« angestimmt, und alle sangen kräftig mit. Danach gab Gräfin Charlotte den Auftakt zu einem vielstimmigen »Fröhliche Weihnachten!«

Charlotte und Meggie verteilten die Geschenke an das Personal. Arved und Graf Moritz schenkten eiskalten Wodka in bereitstehende Gläser und reichten sie den männlichen Bediensteten.

Es herrschte eine ebenso feierliche wie gelöste Stimmung. Etwas später verließen die Bediensteten die Halle, und die Familie war unter sich. Nach dem festlichen Diner wurden die Pferdeschlitten angespannt. Die Familie fuhr zur Christmesse in die Dorfkirche, die bis zum letzten Platz gefüllt war.

# 32

*Paris, 31. Oktober 1923, am Nachmittag*

Antiquitätenhändler Antoine Dubois hatte inzwischen die Schaufensterbeleuchtung seines Ladens eingeschaltet und ging in die Küche, um frischen Tee aufzubrühen. Beatrice stand am Fenster und blickte hinaus auf die regennasse Straße. Im gelben Schein der Straßenlaternen huschten Gestalten vorüber. Niemand blieb stehen, um die Auslagen zu betrachten, das ungemütliche Herbstwetter trieb die Menschen nach Hause. Welch ein Gegensatz zwischen der Tristesse dieses Viertels, in dem sie nun lebte, und den glanzvollen Tagen in ihrer alten Heimat Aicken! Als Dubois mit der Teekanne den Raum betrat, setzte sie sich wieder an den Tisch, wo Dubois den Tee einschenkte.

»Im Küchenschrank habe ich noch einige Kekse gefunden« sagte er und stellte ein Tellerchen in die Mitte des Tisches. »Ich hoffe, sie sind nicht zu trocken!«

Beatrice nickte vage.

»Ja, Weihnachten,« meinte Dubois wehmütig und knüpfte an Beatrices Erzählung an. »Es war der einzige Tag im Jahr, wo ich mit meiner Familie nicht die Messe hier im Viertel besucht habe, sondern in der Kathedrale Notre Dame. Für meine Frau war das immer der Höhepunkt des Jahres.«

»Das kann ich gut verstehen! Auch für mich ist die Kathedrale ein besonderer Ort, obwohl ich nicht katholisch bin,« erwiderte Beatrice. »Ich zünde dort Kerzen an, in Gedenken an all die Menschen, die ich verloren habe.« Sie trank einen Schluck Tee und biß in einen der Kekse. Er schmeckte staubig, doch sie hatte Hunger. Seit dem Morgen hatte sie nichts mehr gegessen. Jetzt nahm sie den Faden ihrer Erinnerungen wieder auf.

»Um Mitternacht setzte damals am Heiligabend leichter Schneefall ein, und die Temperaturen sanken weiter. Sie können sich nicht vorstellen, Monsieur, wie kalt die Winter bei uns waren!«

Dubois nickte.

»Das hat auch Kaiser Napoleon seinerzeit zu spüren bekommen, als seine Armee kurz vor Moskau umkehren mußte und während des Rückmarsches in Schnee und Eis den Tod fand.«

»Ich weiß,« erwiderte Beatrice. »Mein Urgroßvater hat damals gegen Napoleon gekämpft. Ja, der russische Winter ... Aber wenn ich heute an meine Heimat denke, fehlen mir die trockene Kälte und der Schnee, die Stille in der Natur. Alles war so, als hätte Gott das Rad des Lebens für einen Moment angehalten. Es war immer eine schöne Zeit. Wochen, manchmal Monate der Ruhe und Muße. Natürlich galt das nicht für alle Menschen! Meine Familie war privilegiert. Das Volk, die einfachen Leute mußten harte Entbehrungen auf sich nehmen. Seit ich Livland verlassen habe, weiß ich, was das heißt. Auch ich habe Hunger und Kälte kennengelernt und Momente großer Armut und Verzweiflung erlebt.«

Ein bitterer Zug legte sich um ihre Lippen. Dubois sah, daß sie mit den Tränen kämpfte. Schnell wollte er sie ablenken.

»Wie geht es weiter, Comtesse? Bitte verstehen Sie mich nicht falsch. Ich frage nicht aus Neugier. Doch Sie erzählen so lebendig. Ihre Geschichte ist so fesselnd, daß ich die Fortsetzung kaum erwarten kann!«

Beatrice trank den Rest Tee und lehnte sich zurück.

»Niemand in meiner Familie ahnte in dieser Heiligen Nacht, daß es in Livland nie wieder ein so friedliches Weihnachtsfest geben sollte.«

# III

## Livland 1914

# 33

Der Winter umklammerte das Land mit gewaltiger Faust. Am Neujahrstag brachte ein heftiger Schneesturm alles zum Erliegen. Temperaturen von minus achtundzwanzig Grad, gepaart mit einem tyrannischen Nordostwind und tagelangen, heftigen Schneefällen, unterzogen Mensch und Tier einer harten Prüfung.

Auf Gut Rübswald erfroren die ersten Kälber in den Ställen. Auch im Sägewerk hielten die Maschinen den eisigen Temperaturen nicht stand. Dorf Aicken war, wie auch die gräflichen Gutsbetriebe, durch Schnee- und Windbrüche zunächst von der Außenwelt abgeschnitten. In den Wäldern stürzten ganze Schneisen Bäume um, geschwächt vom grimmigen Frost. Waldarbeiter und Forstgehilfen kämpften Tag und Nacht gegen die Schneemassen. Die Telefonmasten der Leitung von Wolmar nach Schloss Aicken hatten gegen Frost und Sturm keine Chance, so daß es keine Verbindung nach außen gab. In den Pferdeställen des Schlosses installierten Stallmeister Gulbe und die Stallburschen Kanonenöfen, damit die zwanzig Reit-, Kutsch- und Zuchtpferde, zusätzlich versorgt mit Decken, geschützt waren. Niemand auf Schloss Aicken konnte sich entsinnen, je einen solchen Jahresbeginn erlebt zu haben. Als Waldhüter berichteten, daß aus den unzugänglichen und entfernten Wäldern Wölfe in die Nähe von Dörfern kamen, waren die Menschen alarmiert.

Aus Riga, St. Petersburg und anderen Städten sickerten erschreckende Berichte durch. In den urbanen Elendsquartieren erfroren viele Menschen. Suppenküchen wurden eingerichtet, doch sie linderten nur geringfügig die Not. Beatrice empfand tiefes Mitleid mit diesen Menschen, hatte sie doch vor wenigen Wochen in Riga sehen können, in welcher Armut die Bevölkerung dort lebte. Auch die Versorgungslage im Land gestaltete sich aufgrund abgeschnittener Nachschubwege katastrophal. Die Ostsee war in Teilen zugefroren, die Schifffahrt kam zum Erliegen. In einigen Fabriken ruhte die Arbeit. Kälte und defekte Maschinen forderten ihren Tribut. Ein Streik der Arbeiter in St. Petersburg tat ein Übriges und wurde blutig niedergeschlagen.

Im Schloss lief die Holz-Zentralheizung in den unteren Räumen auf Hochtouren. Unermüdlich schaffte der Ofenknecht zudem Nachschub für die Kaminfeuer heran. Man wärmte sich an den Flammen und mit Wodka, um der eisigen Zeit zu trotzen.

Nur kurzzeitig wurde es in diesen Januartagen hell, als hätte sich die Sonne in einen dicken, flauschigen Pelz gehüllt. Die Schlossbewohner vertrieben sich die Zeit mit Hausmusik, Patience-Legen und gemütlichen Bridge-Runden. Graf Moritz reinigte seine Jagdgewehre, nahm Eintragungen ins Jagd-Tagebuch vor und überprüfte die Geschäftsbücher. Jeden Abend las Beatrice im Kreis ihrer Familie, die sich im Katharinenzimmer versammelte, aus einem Buch vor. Sie wählte deutsche, russische und französische Romane und Gedichte aus und las jeweil in der Originalsprache. Auf diese Weise wurde die Mehrsprachigkeit in der Familie immer wieder gepflegt.

Die alte Grafenwitwe Elisabeth konnte vorerst nicht nach Riga zurück. Sie beschäftigte sich hauptsächlich mit diversen Strick- und Häkelarbeiten. Häufig zog sie sich ins Musikzimmer zurück, um dem meisterlichen Spiel ihrer Tochter Meggie zu lauschen. Nur Constantin langweilte sich oft. Er war keine Leseratte, und an den Hauskonzerten nahm er ohne große Begeisterung teil. Sein Geigenspiel hatte er in letzter Zeit vernachlässigt, weil der

Geigenlehrer seine Stellung gekündigt hatte und erst Ersatz gesucht werden mußte.

Nach zehn Tagen ließen die Schneefälle nach, und die Temperaturen stiegen. Minus acht Grad, ein azurblauer Himmel und prickelnde Winterluft. Schloss Aicken erwachte aus seinem Kälteschlaf. Die Telefonleitung wurde repariert, die ungepflasterten Straßen und Fahrtwege geräumt. Es gab wieder Zugverbindungen, und die Mutter des Grafen konnte sich nun auf den Rückweg nach Riga begeben. Auch der Hauslehrer kehrte von seinem Urlaubsaufenthalt bei seinen Eltern aus Berlin zurück.

Im Schloss trafen wieder Zeitungen und Post ein. Darunter ein Brief von Alexander, der für Mitte Januar seinen Besuch ankündigte. Beatrice nahm dies mit gemischten Gefühlen zur Kenntnis. Ihre Freude auf ein Wiedersehen mit dem Cousin wurde getrübt durch das Mißtrauen, das sie Alexander seit den Vorfällen auf dem Mondsee entgegenbrachte. Niemand würde ihr helfen, diesen Konflikt zu lösen, ganz allein mußte sie ihren Weg finden.

Arved, der bereits am Zweiten Weihnachtstag zurück nach Dorpat gefahren war, hatte ebenfalls geschrieben; einen allgemein gehaltenen Brief an die ganze Familie. In der darauf folgenden Nacht träumte Beatrice von ihm. *Sie befindet sich allein in einem fremden, brennenden Haus, wo sie in einem Zimmer eingeschlossen ist. Schon züngeln die Flammen unter der Tür, und ein Fenster, durch das sie entfliehen könnte, gibt es nicht. In ihrer Todesangst will sie nach Hilfe rufen, doch kein Laut entweicht ihrem Mund. In dem Moment wird die Tür aufgebrochen, und Arved kommt hereingestürmt. Er reißt Beatrice an sich, hält sie in seinen starken Armen und schreitet furchtlos mit ihr durch das Flammemeer, ohne daß das Feuer ihnen etwas anhaben kann.* Schweiß gebadet erwachte Beatrice und sann lange darüber nach, was dieser Traum bedeuten sollte.

Seit drei Tagen weilte Alexander nun auf Aicken. Beatrice hielt Distanz zu ihm, gleichwohl er mit allen Mitteln versuchte, sie wiede in seinen Bann zu ziehen.

Es war noch dunkel, als er mit Moritz und Constantin mit dem Pferdeschlitten nach Breitensee fuhr, um auf die Pirsch zu gehen. Waldarbeiter hatten dort Elche gesichtet. Vor Ort trafen sie Jagdaufseher Elramm, und zu Fuß machten sie sich auf den Weg. Niemand sprach ein Wort. Sie mochten eine gute halbe Stunde gegangen sein, als Graf Moritz plötzlich die Hand hob. Keine hundert Meter entfernt erblickte er einen Elch, der an den verschneiten Ästen einer Krüppelkiefer knabberte. Als Constantin sein Jagdglas ansetzte, fiel plötzlich ein Schuß. Der Elch brach zusammen.

Alexander reagierte als Erster.

»Sieh mal einer an!« flüsterte er grimmig. »Wir erwischen sie auf frischer Tat!«

Während Constantin sich hinter einem Baum in Sicherheit brachte, schlichen die Männer zur Lichtung, die Gewehre im Anschlag. Dort lag der getroffene Elch. Im Todeskampf hob er verzweifelt seinen Kopf, der immer wieder zurück in den blutigen Schnee fiel. Aus dem Unterholz sprang eine Gestalt und machte sich an dem Tier zu schaffen. Graf Moritz hob das Gewehr und rief:

»Keine Bewegung! Aufstehen, aber ein bißchen plötzlich!«

Der Mann war vollkommen überrascht. wollte schnell nach seiner Flinte greifen. Moritz zerrte ihn hoch.

Es war Jännis Simbergs Vater, der Säufer.

Schon hatten Alexander und der Jagdaufseher ihn gepackt. Rasch banden sie seine Hände mit einem Strick auf dem Rücken zusammen. Der alte Simberg zitterte vor Angst und wollte etwas sagen. Alexander versetzte ihm einen Schlag.

»Halt's Maul!« zischte er. »Du weißt doch, was man mit Wilddieben macht?!«

Immer noch zuckte der Elch im Todeskampf. Blutiger Schaum quoll aus seinem Maul. Er hatte den Kopf seitwärts gedreht, die Geweihschaufel versunken im Schnee. Graf Moritz hob sein Gewehr und gab dem Tier den Fangschuß. Voller Wut und Verachtung wandte er sich dem Wilddieb zu.

»Du elender Stümper! Wenigstens hättest du richtig treffen können, statt das Tier so leiden zu lassen!«

»Vorwärts!« befahl Alexander und stieß den Mann brutal nach vorn. Er fiel in den Schnee und hatte Mühe, wieder auf die Beine zu kommen.

Langsam fuhr der Pferdeschlitten die Straße entlang. Der tote Elch war auf die Gepäckablage gewuchtet worden, am Schlitten angebunden lief der alte Simberg. Aus den Holzhütten in Dorf Aicken, vor denen sich Berge von Schnee türmten, kamen zögernd einige Bewohner und sahen dem Schauspiel zu. Niemand sprach ein Wort. Alle ahnten, daß sich Andris Simberg in eine gefährliche Lage manövriert hatte.

Soeben verließ Jännis, der Sohn des Wilddiebs, die elterliche Hütte am Dorfende, dicht gefolgt von seiner besorgten Mutter Inna. Dahinter drängte die Kinderschar ins Freie. Inna Simberg unterdrückte nur mit Mühe einen lauten Aufschrei und stürzte auf ihren Mann zu.

»Andris!!! Um Gottes Willen …« Sie umklammerte seinen Arm, lief neben ihm her und begann laut zu schluchzen. Sofort fingen die kleineren Kinder der Simbergs ebenfalls an zu weinen. Alexander, der den Schlitten lenkte, schlug der Frau mit dem Knauf seiner Peitsche auf die Hände.

»Weg da!« befahl er gebieterisch.

Doch Inna ließ den Arm ihres Mannes nicht los. Voller Panik wandte sie sich an Graf Moritz.

»Gnade, Exzellenz, Gnade!«

Moritz reagierte nicht und blickte starr geradeaus. Jännis versuchte Ruhe zu bewahren. Doch in seinem Herzen brodelte der Haß. Mit festem Griff löste er die Hand seiner Mutter und flüsterte:

»Ruhig Blut, Mutter, ganz ruhig!«

»Sie werden ihn erschießen, Jännis!

Jännis hielt seine Mutter im Arm und erwiderte kaum hörbar:

»Nein, erschießen werden sie ihn nicht.«

In dem Moment gab Alexander dem Pferd die Peitsche, und Andris Simberg hatte große Mühe, mitzulaufen. Ehefrau und ältester Sohn des Gefangenen eilten dem Schlitten nach, der bald entschwand.

# 35

Auf dem letzten Abschnitt vom Mondsee bis in den Schlosshof ritten Gräfin Charlotte und Beatrice im Schritt. Es war der erste, kurze Ausritt nach dem Schneesturm gewesen. Erschöpft schnaubten die Pferde. Beide Frauen hatten vor Kälte gerötete Gesichter. In den weichen Lederhandschuhen spürte Beatrice kaum noch ihre Finger. Bevor sie von den Pferden stiegen, um diese den Stallknechten zu überlassen, erblickten sie den Gefangenen. Man hatte ihn neben einer der Stalltüren an einen Pferdering gebunden. Gesicht und Hände waren blau angelaufen, ein Bild des Jammers.

Beatrice, aufs Höchste erschrocken, schlug die Hand vor den Mund.

»Mama«, stammelte sie. »Was hat das zu bedeuten?«

Bevor Charlotte antworten konnte, stürmte Constantin auf den Schlosshof und rief:

»Das ist der Wilddieb! Wir haben ihn vorhin in flagranti erwischt!«

Beatrice sah, daß der Mann zitterte. Voller Empörung wandte sie sich an ihre Mutter.

»Du meine Güte, Mama! Es ist mindestens sieben Grad unter null!«

Charlotte antwortete nicht und ging mit raschen Schritten durch den Hintereingang ins Schloss.

Im blauen Salon prasselte das Feuer im Kamin. Graf Moritz und Alexander standen dicht davor und rieben ihre kalten Hände.

Meggie, die in einem Sessel saß und bis vor wenigen Augenblicken in einem Buch gelesen hatte, erhob sich jetzt.

»Ist das wirklich dein Ernst?« sagte sie mit fester Stimme und blickte ihren Bruder streng an. Der griff jetzt nach einem Glas Wodka, das Butler Johann auf einem Tablett bereit hielt.

»Ja, Margarethe! Es muß sein.«

Alexander nahm ebenfalls ein Glas und kippte den Inhalt hektisch herunter.

»Früher hat man Dieben gleich die Hand abgeschlagen!« Mit einem Knall stellte er das Glas auf den Kaminsims.

Beatrice, die in diesem Moment mit ihrer Mutter den Salon betrat, hatte dies vernommen. Sofort erfaßte sie die Situation.

»Bist du verrückt, Sascha?« rief sie empört und auf ihre Stirn legte sich eine Zornesfalte. »Die Zeit der Leibeigenschaft ist vorbei!«

»Ja, leider! Dann würde man mit solchen Elementen kurzen Prozeß machen.«

Beatrice war sprachlos und blickte Hilfe suchend zu Tante Meggie. Die schüttelte nur verständnislos den Kopf.

»Die Gendarmen werden bald hier sein,« meinte Graf Moritz. »Alles Weitere geht seinen ordentlichen und rechtmäßigen Gang.«

Vorsichtig versuchte Charlotte zu intervenieren.

»Wegen solch einer Bagatelle, Moritz? Du willst doch nicht ernsthaft behaupten, daß dadurch dein Wildbestand entscheidend reduziert wird?!«

»Bagatelle? Erlaube mal! Es geht's ums Prinzip.«

Meggie empörte sich nun zunehmend..

»Es ist bitterkalter Winter! Du weißt, was geschieht, wenn du ihn den Gendarmen übergibst. Ich frage mich, wie du das mit deinem Gewissen verantworten kannst!«

Jetzt platzte ihrem Bruder der Kragen.

»Ich wäre dir dankbar, wenn du nicht immer meine Entscheidungen infrage stellen würdest, Margarethe! Herr auf Aicken bin immer noch ich!«

Wortlos verließ Meggie den Raum.

Gegen Mittag ritten zwei Gendarmen in den Schlosshof. Starker Schneefall hatte eingesetzt. Im Hof waren inzwischen auch Jännis und seine Mutter eingetroffen. Stallmeister Gulbe sorgte dafür, daß sie dem Gefangenen nicht zu nah kamen. Inna Simberg weinte hemmungslos, ihr Sohn versuchte sie zu trösten. Trotz der Kälte war sein Gesicht kalkweiß. Als Beatrice, Alexander und Moritz den Hof betraten, rief Inna verzweifelt:

»Gnade, Exzellenz, wir bitten um Gnade!«

»Unser Lohn reicht nicht aus,« fügte Jännis hinzu. »Die Kleinen hatten Hunger!«

Scharf erwiderte Graf Moritz:

»Ist das ein Grund, mich zu bestehlen?«

Jännis ging einige Schritte auf den Grafen zu.

»Er darf nicht verurteilt werden!«

»Es bleibt bei meiner Entscheidung!« Moritz gab den Gendarmen einen Wink. »Es wird einen Prozeß geben. Und dann wird über seine Strafe entschieden.«

Verzweifelt versuchte Beatrice noch einmal, ihren Vater umzustimmen.

»Papa, da sind kleine Kinder, die jetzt ohne Vater bleiben! Kannst du nicht noch einmal Gnade vor Recht ergehen lassen?«

»Glaube mir, ich tue es nur ungern.«

Alexander mischte sich jetzt ein. Provozierend stand er vor Jännis und musterte ihn verächtlich.

»Das wird euch hoffentlich eine Lehre sein, Simberg! Das nächste Mal holen wir die Kosaken. Du bist ja ohnehin ein ganz scharfer Bursche, ein Saboteur und Aufrührer gegen deinen Brotherrn. Denk nicht, daß ich das nicht weiß.«

Heftig packt Beatrice ihn am Arm.

»Hör auf, Sascha! Wenn Menschen am Boden liegen, tritt man nicht noch auf sie ein!«

»Ach was, Bea!« Alexander lachte. »Ein Taugenichts weniger! Am liebsten würde ich ihn eigenhändig auspeitschen! Die ganze Sippe gehört ins Straflager. «

Ehe er sich versah, gab Beatrice ihm eine schallende Ohrfeige. Dann beugte sie sich zu ihm und sagte leise:

»Du widerst mich an! Ich hätte nie gedacht, daß du so gemein und gefühllos sein kannst.«

Sie drehte sich zu Jännis, der ihre Worte sehr wohl vernommen hatte.

»Es tut mir Leid, Simberg. Ich habe getan, was ich konnte.«

Jännis nickte. Mit raschen Schritten ging Beatrice zurück ins Schloss. Verblüfft und sprachlos starrten ihr die anderen nach. Alexanders Gesicht glühte, nicht nur wegen der Ohrfeige. Nach einer Weile meinte Constantin unbekümmert:

»Mach dir nichts draus, Sascha. Das ist der Einfluß von Tante Meggie.«

Einer der Gendarmen band den Gefangenen an sein Pferd, und in zügigem Tempo verließen Reiter und Wilddieb Aicken.

# 36

Nachdem alle den Schlosshof verlassen hatten, befand sich Alexander allein dort. Er war es nicht gewohnt von einer Frau geohrfeigt zu werden, noch dazu vor dem Stallpersonal und den Kretins aus dem Dorf! Beatrice hatte sich gegen ihn gestellt und ihn vor allen blamiert. Warum diese heftige Reaktion? Wußte sie nicht, daß man Leuten von der Sorte der Simbergs keinen Millimeter nachgeben durfte? Stand sie unter dem Einfluß von Tante Meggie, wie Constantin behauptet hatte? Seit seiner Ankunft auf Aicken zeigte sie sich ihm gegenüber kühl und distanziert. Vergeblich hatte er versucht, ihr Vertrauen wieder zu gewinnen und ihr gegenüber Arveds Erzählung auf dem Eis als Hirngespinst abgetan. Sie glaubte ihm nicht, das wurde ihm immer deutlicher bewußt.

Ebenso wütend wie zutiefst in seiner Ehre gekränkt war er ratlos, wie er sich nun verhalten sollte. Zunächst mußte er sich auf die eine oder andere Weise abreagieren. Er befahl einem der Stallburschen, ein frisches Pferd vor den Schlitten zu spannen. Eingepackt in Felldecken und mit einer Flasche Wodka bewaffnet, lenkte er das Gefährt in scharfem Tempo auf die Eichenallee, hinaus in die verschneite Landschaft. Immer wieder schlug er mit der Peitsche auf den Wallach ein und stärkte sich zwischendurch mit einem Schluck aus der Flasche.

Nach einer wilden Fahrt über Waldwege und verschneite Hochmoore fuhr Alexanders Schlitten bei Einbruch der Dämmerung langsam durch Dorf Aicken. Das Pferd sah abgehetzt aus, Schaum quoll aus dem Maul. Sascha hatte sich inzwischen beruhigt und einige klare Gedanken gefaßt. Morgen würde er Aicken verlassen.

Jetzt bemerkte er, wie eine schmale Gestalt die letzte Hütte des Dorfes verließ. Es war Marie, eines der Küchenmädchen, ein junges, hübsches Ding. In der Hand hielt sie einen großen Korb. Als sie Alexander sah, zögerte sie erschrocken, und ging dann mit schnellen Schritten über die Dorfstraße.

Alexander grinste und ahnte sogleich, warum er das Mädchen ausgerechnet hier mit einem Korb in der Hand antraf. Wenig später, nachdem Onkel Moritz den Wilddieb seiner gerechten Strafe zugeführt hatte! Er gab dem Pferd die Peitsche und fuhr so nah an Marie vorbei, daß sie sich nur mit einem Sprung zur Seite vor den Schlittenkufen retten konnte.

Wenig später war die Dunkelheit hereingebrochen. Außer Atem vom Laufen betrat Marie den Schlosshof. Dort stand der Pferdeschlitten des jungen Grafen, und Stallbursche Päkka führte soeben den Wallach in den Stall. Aus dem Schatten löste sich eine Gestalt, schnitt Marie den Weg zum Kücheneingang ab und drängte sie gegen die Hauswand. Alexanders Gesicht kam ganz nah, sein Atem stank nach Schnaps. Mit seinen Augen, noch schwärzer als die Dunkelheit, erschreckte er Marie zu Tode. Nur allzu gut wußte sie seine Blicke zu deuten. Viele Male hatte die Köchin Anna ihren Küchenmädchen eingeschärft, sich vor dem jungen Grafen in Acht zu nehmen. Vor einigen Jahren hatte er bereits ein Küchenmädchen geschwängert. Die Unglückliche wurde vom Schloss entfernt, sie und Ihre Familie bekamen ein größeres Geldgeschenk. Später erlitt sie eine Fehlgeburt und wurde somit davor bewahrt, ihr Leben mit einem gräflichen Bastard zu ruinieren. Graf Moritz hatte seinen Neffen seinerzeit hart ins Gebet genommen, sein Fehlverhalten jedoch auf dessen Jugend und ungezügeltes Temperament zurückgeführt. Innerhalb der

Familie wurde der Vorfall vertuscht. Weder Alexanders Familie in Kurland noch Beatrice und Arved hatten je davon erfahren.

Marie zitterte vor Angst.

»Na, was meinst du, wenn ich seiner Exzellenz erzählen würde, woher du gerade kommst?« raunte Alexander.

Marie antwortete nicht. Ihr Mund war trocken, ihr Herz raste.

»Es sei denn, wir finden eine bessere Lösung ...« Besitzergreifend legte Alexander seine Hand auf ihre Brust. Marie wollte sich wegdrehen, doch Alexander packte sie am Arm.

»Komm, macht kein Theater! Sonst bist du deine Stellung im Schloss los.«

»Bitte nicht, gnädiger Herr!« flüsterte das Mädchen. Tränen schossen ihr in die Augen.

Alexander zog sie zum dunklen Eingang in eines der Nebengebäude. Hier wurden Heu, Stroh und Futtermittel gelagert. In dem Moment verließ Stallmeister Gulbe die Wagenremise. Er bemerkte zwei Gestalten am Nebengebäude und stutzte kurz.

»Ist da jemand?« rief er.

Alexander hielt inne. Marie nutzte den Augenblick, riß sich los und rettete sich mit dem Korb in der Hand zum Kücheneingang. Verdutzt blickte Gulbe ihr nach. Dann ging er einige Schritte über den Hof und spähte in die Dunkelheit.

»Bist du das, Päkka? Was hast du da zu suchen?!«

Es ertönte die scharfe Stimme des jungen Grafen.

»Was spionierst du hier herum, Gulbe?«

Respektvoll straffte der Mann seine Gestalt und erwiderte:

»Verzeihung, Gnädiger Herr! Ich wußte nicht ...«

»Ja ja, schon gut!« Alexander klang ärgerlich. »Kümmere dich demnächst um deine eigenen Angelegenheiten.«

»Sehr wohl, gnädiger Herr.«

Gulbe ging zurück in die Wagenremise, während Alexander mit zorniger Miene auf den hinteren Schlosseingang zusteuerte.

# 37

Gräfin Charlotte saß am Schreibtisch in ihrem Boudoir und schrieb einen Brief. Nach einem kurzen Anklopfen betrat ihr Mann den Raum. Unumwunden kam er zur Sache.

»Wie kommst du dazu, hinter meinem Rücken etwas Derartiges zu veranlassen?« Seine Augen blitzten vor Wut. »Sascha hat mir vorhin erzählt, wie Marie im Dorf mit einem leeren Korb das Haus der Simbergs verlassen hat. Als ich sie eben zu mir kommen ließ und sie zur Rede stellte, fing sie an zu flennen und hat alles gestanden!«

Langsam hob Charlotte den Kopf und blickte ihren Mann ruhig und gelassen an.

»Es war ein Gebot der Nächstenliebe, Moritz, weiter nichts.«

»Du hast meine Autorität untergraben!«

»Wir dürfen niemanden ausschließen, der unserer Fürsorge anvertraut ist.«

»Belehre mich nicht über meine Pflichten als Majoratsherr, Charlotte!«

»Und meine Pflicht als Herrin von Schloss Aicken gebietet mir, Frau Simberg und ihren Kindern zu helfen. Du hast ihnen den Mann und Vater genommen, ich hatte daher etwas gut zu machen.«

»Etwas gut zu machen?!«

Einen Moment sah er sie entgeistert an und verließ wortlos das Boudoir. Mit einem Knall fiel die Tür ins Schloss.

Charlotte seufzte, erhob sich und ging ans Fenster. Über dem Schlosspark war der Himmel übersät von Sternen. Eine Nacht so klar wie Kristall.

Wann hatte es je ernsthafte Differenzen zwischen ihr und ihrem Mann gegeben? Charlotte konnte sich nicht entsinnen. Die heftige Auseinandersetzung mit ihm stimmte sie traurig, doch sie war überzeugt davon, richtig gehandelt zu haben. Moritz würde sich beruhigen. So streng und unnachgiebig er sein konnte – sein Zorn verflog meistens rasch, und er war nicht nachtragend.

Plötzlich überfiel sie ein heftiger Hustenanfall. Charlotte krümmte sich vor Schmerzen und taumelte in einen Sessel nahe dem Fenster. Nach eine Weile ließ der Anfall nach.

Wenn doch erst das Frühjahr käme! Sie sehnte sich nach Sonne und Wärme. Die Reise an die Riviera war für Ende Februar geplant. Moritz würde seine Frau dieses Jahr nicht in den Süden begleiten. Für die Meierei war ein Erweiterungsbau vorgesehen, und in der Ziegelei mußten aufwändige Reparaturen durchgeführt werden. Die Torfstecherei in den Mooren sollte für den Sommer vom Handbetrieb auf maschinelle Produktion umgestellt werden. Hinzu kam, daß der Februar die beste Zeit für die Auerhahnjagd war, und die wollte sich Graf Moritz keinesfalls entgehen lassen.

Stattdessen sollte Tante Meggie Charlotte in den Süden begleiten. Als Alessandra Helmer von den Plänen erfuhr wollte sie sich anschließen. Nach kurzer Diskussion mit ihrem Mann, der sich ohnehin häufiger bei seiner Geliebten in Riga als auf dem heimischen Schloss Blankenburg aufhielt, gab Rudolph Helmer seine Zustimmung.

✳✳✳✳

Zurück in St. Petersburg suchte Alexander wenig später Tatjana Kropotkin auf. In einem langen Gespräch machte diese ihm klar, daß er seine Ambitionen auf Beatrice unbedingt vergessen müßte.

»Sie ist zu schade für dich, mein Lieber,« meinte Tatjana.

173

»Als meine Patentochter habe ich eine gewisse Verantwortung und möchte sie vor einer großen Enttäuschung bewahren. Da sie durch Arveds Indiskretion nun Kenntnis von unserer Liaison hat, wird sie sich hoffentlich zurückziehen. Ich kann es ihr nur wünschen.«

»Du bist doch nicht etwa eifersüchtig?!«

»Etwas Besseres fällt dir nicht ein?« Tatjana zeigte sich erstaunt. »Das Zusammensein mit dir gehört zu den angenehmen Seiten, die mir das Leben zu bieten hat. Aber wie du weißt, liebe ich dich nicht. Also, warum sollte ich eifersüchtig sein?«

*Weil sie jünger ist als du,* dachte Alexander. *Und weil deine Zeit als Geliebte jüngerer Männer sehr bald abläuft.*

Als ahnte Tatjana seine Gedanken, lächelte sie amüsiert.

»Ach komm, Sascha, bitte keine trüben Gedanken. Noch gehört der Augenblick uns beiden! Ich denke nie über den Tag hinaus.«

Sie nahm sein Gesicht in beide Hände und küßte ihn leidenschaftlich.

# 38

Im Schloss wurden Reisevorbereitungen getroffen. In großen Schrankkoffern hing Kleidung für alle Gelegenheiten. Wäschetruhen und zahlreiche Hutschachteln stapelten sich kurz vor der Abfahrt in der Schlosshalle. Vier Dienstboten sollten Charlotte und Meggie nach Monte Carlo begleiten; darunter auch die Kammerzofe Sofia. Aus Riga war eine neue Zofe für Beatrice eingestellt worden. Sie hieß Lilija und würde auf Aicken bleiben, um Sofia zu entlasten. Moritz wollte die Frauen mit dem Zug von Riga nach Berlin bringen. Von dort aus waren mehrere Eisenbahnabteile bis nach Genua reserviert. In Monte Carlo würden sie in derselben Villa an der Strandpromenade wohnen, die den Reckendorffs dort schon seit Jahren als komfortable Unterkunft diente.

Charlotte führte ein längeres Gespräch mit ihrer Tochter. Während der Abwesenheit der Mutter würde Beatrice zum ersten Mal als Hausherrin die Verantwortung für sämtliche innerhäuslichen Belange im Schloss übernehmen. Eine Aufgabe, die sie herausforderte und bei der sie sich bewähren wollte.

Am Tag der Abreise begleiteten Beatrice und Constantin die Reisenden zum Bahnhof nach Wolmar. Aus geschäftlichen Gründen blieb Moritz eine Woche in Berlin, um den Kauf der neuen Torfstechmaschinen zu veranlassen. Damit sollte im großen Stil nicht nur Brenntorf gestochen werden, sondern vor allem Streutorf. Vermischt mir Stroh erwies sich dieser als idealer Unterstreu für die Viehställe auf dem Schloss und den Gütern.

****

Ab Mitte März wurden die Temperaturen wärmer, und der Frühling kündigte sich an. Erste Vogelzüge überquerten das Land auf dem Flug nach Norden. Tagelang erklangen die kehligen Schreie der Wildgänse und Kraniche. An den Bachufern blauten die Veilchen. Weidenkätzchen und Schlüsselblumen wagten sich zaghaft hervor. Auf den Hochmooren blühte das Wollgras. Als weißer Flockenteppich bedeckte es die sumpfigen Böden. Hin und wieder trug der Wind weiße Blütenfetzen davon. Wie Schneegestöber wirbelten sie durch die milde Frühlingsluft. Munteres Vogelgezwitscher erfüllte die Luft, und die ersten Schwalben bezogen ihre Nester in den Stallungen.

Eines Nachts wurde Beatrice von einem starken Getöse wach. Ein Bersten und Knacken, ein Ächzen und dumpfes Dröhnen, als befände sich die Natur in einer großen Anstrengung. Die geschlossene Eisdecke auf dem Mondsee brach auf. Ein sichereres Zeichen, daß der Winter sich nun endgültig verabschiedete. Eine Woche zuvor hatten Arbeiter und Knechte noch große Blöcke Eis ausgesägt und in den Eiskeller des Schlosses geschafft. Dieser befand sich in vier Metern Tiefe hinter dem Waschhaus und kühlte Lebensmittel und Vorräte bis in den Herbst.

Mit dem Tauwetter kam die Zeit der Überschwemmungen der Felder und Wiesen, der Verschlammung der Wege. Graf Moritz begann mit der jährlichen Revidierung der Hoflagen und Pachtobjekte der Bauern, die Hofland bewirtschafteten. Da gab es stets viel zu regeln. Es mußte entschieden werden, welche Winterschäden an den bäuerlichen Wohnstätten und Geräteschuppen vom Grundherrn geregelt und bezahlt wurden, und welche nicht. An den Wochenenden begleitete Constantin seinen Vater auf den Ritten zu den Höfen der Pächter. Auf diese Weise wurde er auf seine spätere Aufgabe als Majoratsherr vorbereitet. Meistens war auch Verwalter Schröder mit dabei. Der Neubau der Meierei verzögerte sich aufgrund des vom Frost aufgetauten, nassen

Erdreichs. In der Brauerei und der Ziegelei dagegen konnte die Produktion Stück für Stück erhöht werden. Im Schloss stand Fräulein Kleinschmidt Beatrice mit Rat und Tat zur Seite. Sie mochte die Tochter des Hauses, die sich als wißbegierig und praktisch veranlagt zeigte und die Kenntnisse und Fähigkeiten der Hausdame zu schätzen wußte.

Alle sechs bis acht Tage kamen Briefe aus Monte Carlo. Dort zeigten sich die Temperaturen beinahe sommerlich. Gräfin Charlotte erholte sich und klang optimistisch. Tante Meggie und Alessandra Helmer besuchten regelmäßig das Spielcasino. Während Meggie als vorsichtige Spielerin allenfalls kleine Gewinne und Verluste verbuchte, verhielt sich Alessandra eher gegensätzlich. Als leidenschaftliche Spielerin verlor sie hohe Summen, hatte aber auch Glück und glich die Verluste oft wieder aus. Charlotte schrieb, daß Alessandra wie aufgeblüht und kaum wiederzuerkennen sei. Die Nachrichten von der Riviera beruhigten die Familie. Von zu Hause gab es auch nur Gutes zu berichten, und Beatrice war eine eifrige Briefeschreiberin.

Die Osterwoche im April begann mit dem Färben der Eier. Zum Fest kamen auf Beatrices Einladung hin erneut Gäste nach Aicken. Graf Helmer und dessen Tochter Eleonore hatten zugesagt. Auch die alte Gräfin Elisabeth kam aus Riga sowie Baron Peter Sanderan. Onkel Kolja kehrte von seinem Winteraufenthalt in Rom zurück und machte auf dem Weg nach St. Petersburg in Aicken Zwischenstation. Arved wurde ebenfalls über die Ostertage erwartet, während Beatrice Alexander nicht einladen wollte. Peters Erzählung auf dem Eis und Saschas Verhalten dem alten Simberg gegenüber hatten deutliche Spuren bei ihr hinterlassen. Liebte sie ihn noch? Sie hätte es nicht sagen können. Hin und wieder, wie eine zuckende Flamme, ereilten sie heftige Erinnerungen an das, was ihr Cousin in ihr ausgelöst hatte. Wie Traumsplitter, nach denen man greift und die doch zu entschwinden drohen. Fest stand für Beatrice nur, daß sie Sascha vorerst nicht wiedersehen wollte.

Die Berghs hatten sich wie stets mehr oder weniger selbst eingeladen. Emily konnte es kaum abwarten, da sie wußte, daß sie ihren Schwarm Peter Sanderan wiedersehen würde. Daß Alessandra Helmer sich weit weg im Süden aufhielt, erfüllte Emily mit großer Hoffnung, wenn sie auch nicht hätte sagen können, worauf sie hoffte? Mit vierzehn Jahren war sie noch zu jung um ans Heiraten zu denken.

Beatrice plante das Ostermenu. Am Karfreitag gab es diverse Fischgerichte, am Ostersonntag Lammbraten mit Dörrpflaumen, Rote Beete Salat und Pommes Dauphine. Dazu wurde ein Chianti gereicht, von dem Onkel Kolja aus Italien eine Kiste als Gastgeschenk mitgebracht hatte. Beim Nachtisch folgte Beatrice der Tradition: es gab Pasha, die russische Osterquark-Speise. Vor dem Essen fuhren alle zum Dorf Aicken in die Kirche. Als Beatrice in einer der hinteren Bänke Inna Simberg mit ihren Kindern sah (Jännis war nicht dabei), empfand sie erneut großes Mitleid. Graf Moritz zeigte sich am Schluß des Gottesdienstes großzügig und steckte Inna Simberg einen Geldbetrag zu. Sie nahm ihn ohne Dank und legte die Rubelscheine sogleich in den Klingelbeutel. Die gräfliche Familie würdigte sie mit keinem Blick. Moritz murmelte etwas von Undank und schüttelte den Kopf. Beschämt verließ Beatrice die Kirche.

Am Nachmittag wurden die Spieltische im Katharinen-Zimmer für das Eierrollen beiseite geräumt, einem traditionellen Osterbrauch. Jeder Spieler bekam zehn bunte Eier. Der große Teppich diente als Spielfeld. Wie eine Boccia-Kugel ließen die Spieler je ein Ei bis zum Ende des Teppichs rollen. Dann durften alle mit ihren weiteren Eiern die Eier der Mitspieler »abschießen« und die Beute behalten. Jeder war mit viel Freude und Ehrgeiz bei der Sache. Am Ende hatte Constantin die meisten

Ostereier gewonnen. Großzügig teilte er sie mit Emily, die nicht so erfolgreich und deshalb enttäuscht war. Weniger enttäuscht war sie zunächst vom Wiedersehen mit Peter Sanderan. Aufmerksam und freundlich, wie er sich stets ihr gegenüber zeigte, ritt er manchmal mit ihr aus. Emilys Mutter sah dies mit großem Wohlwollen. Als Emily dann zufällig hörte, wie Peter Onkel Moritz anbot, anläßlich einer Geschäftsreise in die Schweiz die drei Damen in einigen Wochen aus Monte Carlo abzuholen, durchschaute sie sofort diesen Plan. Natürlich, Gräfin Helmer war ja auch dort! Kein Zweifel, was Peter Sanderan sich erhoffte. Verbittert und enttäuscht zog sich Emily zurück.

Arved blieb noch eine Woche länger auf Aicken. Graf Moritz besprach mit ihm viele landwirtschaftliche Belange, als hätte sich seit dem letzten Sommer nichts geändert. Noch immer erhoffte er sich Arved als Schwiegersohn. Dieser packte tüchtig mit an, überwachte den Neubau der Meierei, der nun zügiger voranging. In seiner Freizeit saß er am Kaminfeuer in der Bibliothek und las Fachliteratur über Agrarwissenschaft, die in mehreren europäischen Sprachen reichlich vorhanden war. Manchmal, wenn es ihre Zeit erlaubte, gesellte Beatrice sich zu ihm. Sie hatte sich von Tante Meggie den Roman »Die Mutter« von Maxim Gorki ausgeliehen und achtete darauf, daß ihr Vater nichts davon erfuhr. Eine aufwühlende Lektüre! Ging es doch um das Schicksal einer einfachen Frau aus dem Volk, um die Armut in Russland und die revolutionären Bestrebungen, dem Elend ein Ende zu bereiten. Das Verhältnis zwischen Arved und ihr hatte sich inzwischen gebessert. Nie erwähnten beide die Vorfälle des Winters. Zaghafte Vertrautheit stellte sich ein, ein langsames Abtasten, wie die Suche nach etwas Verlorenem, das man gern zurückholen würde und behutsam den Weg dazu sucht. Beatrice spürte, wie Arveds Gegenwart ihr gut tat. Mit seiner ruhigen, rücksichtsvollen Art, dem sachlichen Ernst und dem ihm eigenen Humor gelang es ihm, eine entspannte Atmosphäre zu schaffen. Sie entdeckten wieder Dinge, die beiden im gegenseitigen Umgang von Kindheit an vertraut waren. Beatrice fand ihr unbekümmertes Lachen wieder, das Arved so an ihr vermißt hatte. Er liebte sie, und würde sie immer lieben. Doch er verschloss dieses Gefühl vorerst im tiefsten Innern seiner Seele. Einen Menschen zu lieben, heißt das nicht auch, daß man verzichtet, vielleicht für immer? Wahre Liebe verlangt keine Gegenliebe. Auch wenn das ein hehrer und edler Gedanke schien, wußte Arved nicht, ob er wirklich der Mann wäre, der danach handeln und auf Dauer Verzicht üben könnte.

Von Stallmeister Gulbe hatte er gleich nach seiner Ankunft vor Ostern in Erfahrung gebracht, was mit dem Wilddieb geschehen war und wie Beatrice ihren Cousin geohrfeigt hatte. Vielleicht hatte dieser Vorfall ihr ein weiteres Mal die Augen über den wahren Charakter ihres Cousins geöffnet?! Als Arveds Osterferien dem Ende zugingen, fuhr er frohen Mutes nach Dorpat zurück.

# 39

In der letzten Aprilwoche fiel noch einmal etwas Schnee. Eher unlustig als verträumt tanzten die Flocken durch die windstille Luft, als erfüllten sie nur eine lästige Pflicht. Der trügerische Zauber hielt nur einen Tag an, dann schmolz die dünne, weiße Schicht binnen Stunden in der kräftigen Frühjahrssonne.

Unter der Aufsicht von Fräulein Kleinschmidt wurden vom Kammerdiener des Grafen und der neuen Kammerzofe Lilija die Woll- und Pelzsachen in großen Truhen eingemottet. Die Sommerkleidung des letzten Jahres wurde herausgesucht, hergerichtet und geplättet oder aussortiert. Gleich nach der Rückkehr von Gräfin Charlotte und Tante Meggie würde die Hausschneiderin aus Riga mit ihren Hilfskräften ins Schloss kommen, um neue Sommergarderobe anzufertigen.

An einem Sonntag Mitte Mai begaben sich Graf Moritz und Beatrice auf Einladung von Graf Helmer zu einem Besuch auf das Nachbarschloss. Helmers einzige Tochter Eleonore, die auch beim Osterbesuch auf Aicken dabei war, wollte wenige Tage später zurück zu ihrem Mann und den Kindern nach Astrachan fahren. Dort besaß die Familie ihres Mannes, der beinahe zwanzig Jahre älter war als sie, große Fischerei-Kontore. Hauptsächlich wurde mit Kaviar gehandelt. Das schwarze Gold wurde über die Wolga ins russische Reich transportiert und von dort aus ins westliche Europa geliefert. Nur sehr selten war Eleonore in den letzten Jahren nach Livland zurückgekehrt. Mit ihrer Stiefmutter Alessandra verstand sie sich nicht, und der Vater war ihr zunehmend fremd geworden. Sieben Jahre älter als Beatrice, kannten die beiden jungen Frauen sich nur flüchtig. Doch die Einladung zu den Helmers erschien Beatrice und ihrem Vater eine schöne Abwechsung, während Constantin zu Hause bleiben wollte.

Bei Sonnenschein und milden Temperaturen fuhren Moritz und Beatrice zeitig am Morgen los. Karol, einer der ‚Stallburschen, lenkte den zweispännigen Jagdwagen. Überall duftete es nach frischer Erde. Am Wegesrand und auf den Wiesen kündigten sich Ringelblumen, Frauenmantel und wilde Minze an. In Dorf Aicken waren die ersten Storchennester wieder besetzt. Tausende von Staren boten mit ihren wirbelnden Formationen ein faszinierendes Schauspiel am wolkenlosen Himmel.

Der Tag gestaltete sich als angenehm und erholsam. Das Helmer'sche Schloss Blankenburg war etwas kleiner als Aicken, jedoch ebenso komfortabel und großzügig ausgestattet. Nach einem deftigen Mittagessen ritten Graf Moritz und der Gastgeber zu einem der Helmer'schen Außengüter. Dort stand seit wenigen Tagen Helmers neuer Holsteiner Zuchtbulle, ein Prachtexemplar seiner Rasse. Helmers Verwalter Jost Alewin begleitete die beiden Männer. Er pries die Vorzüge des Bullen und prognostizierte erstklassige Ergebnisse für die Rinderzucht.

Währenddessen verbrachten Beatrice und Eleonore einige unbeschwerte Stunden bei Spaziergängen im Park und Gesprächen am Kamin. Eleonore erzählte von ihrem Leben am Kaspischen Meer, von der kargen Steppenlandschaft und den zahlreichen Schiffsreisen, die sie bis nach Persien geführt hatten. Ihr Heimweh nach Blankenburg hielt sich in Grenzen, fühlte sie sich doch in der Ferne heimisch und empfand ihre Ehe als glücklich. Mit ihren Geschwistern, von denen niemand mehr in Blankenburg wohnte, hatte sie regen Briefkontakt. Philipp, der ältere der Brüder und Erbe von Blankenburg, studierte in Jena Agrarwissenschaft. Der jüngere Bruder Leo befand sich seit dem frühen Tod der Mutter im Internat in Reval.

Gegen Abend verabschiedeten sich Beatrice und er, um nicht zu spät zurück auf Aicken zu sein. Mit leichter Hand führte der Stallbursche die beiden Braunen. In zügigem Tempo rollte der Jagdwagen über die sandigen Wege. Die Dämmerung brach herein, und eine mondlose Nacht kündigte sich an. Ein kühler Luftzug ließ Beatrice frösteln. Sie schlug eine Wolldecke um ihre Beine.

Etwa drei Werst von Schloss Aicken entfernt, doch bereits auf Reckendorff'schem Gebiet, führte der Weg durch einen Mischwald aus altem Baumbestand. Der Kutscher drosselte das Tempo, denn die Pferde witterten die Nähe des heimischen Stalles und wurden zu schnell.

Schon kam der Saum des Waldes in Sicht, als plötzlich dicht aufeinander zwei Schüsse fielen. Einer traf den Kutscher, der andere Graf Moritz. Beatrice schrie auf und duckte sich instinktiv. Ihr Vater brach im Jagdwagen zusammen und hielt sich die Schulter. Der Kutscher lag zusammengesunken auf dem schmalen Tritt zwischen Kutschbock und Deichsel. Die Pferde, durch die Schüsse aufgeschreckt, stiegen hoch und der Wagen drohte zu kippen. Gleich darauf fielen die Braunen in einen hektischen Galopp.

Wie in Zeitlupe nahm Beatrice das Geschehen wahr. Später hätte sie nicht sagen können wie es ihr gelang, die Zügel aus den schlaffen Händen des Kutschers zu greifen. Sie zog sie straff an, zurrte sie an der Bremskurbel fest und sprach beruhigend auf die Pferde ein.

»Ganz ruhig, ho ho!« Doch die Gäule verschärften das Tempo.

Beatrice beugte sich zu ihrem Vater.

»Papa!« flüsterte sie mit gebrochener Stimme.

Er war bei Bewußtsein, stöhnte jedoch heftig und preßte seine Hand an die Schulter. Beatrice sah, daß sie stark blutete. Vor Schmerzen gekrümmt rutschte Moritz vom Sitz.

Die Pferde galoppierten nun über freies Feld. Voller Panik blickte Beatrice sich um. Niemand war zu sehen. Aus welcher Richtung waren die Schüsse gekommen? Alles in ihrem Kopf drehte sich, und ihr Herz klopfte zum Zerspringen. Beherzt nahm sie die Zügel in die Hand, um der halsbrecherischen Fahrt Einhalt zu gebieten. Sie brauchte alle Kraft, damit die Tiere in Trab fielen. Als der Wagen auf die Eichenallee einbog, die zum Schloss führte, atmete Beatrice auf. Im Schlosshof parierte sie das Gespann durch. Mit einem heftigen Ruck kam der Wagen zum Stehen und schaukelte bedrohlich. Sogleich erschienen Stallmeister Gulbe und zwei Pferdeknechte.

Lautstark gab Beatrice Anweisungen.

»Gulbe! Wir wurden beschossen! Holen Sie Willuk! Wir müssen nach Wolmar zum Arzt fahren. Mein Vater und der Kutscher sind verletzt. Nun machen Sie schon!«

Durch den Lärm herbeigerufen, füllte sich rasch der Schlosshof. Constantin rannte zum Jagdwagen.

»Bea, was ist passiert?«

Stallmeister Gulbe zog ihn zurück.

»Es ist geschossen worden, junger Herr. Bleiben Sie zurück, Exzellenz ist verletzt.«

Hilflos schlug Constantin die Hand vor den Mund und stand bewegungslos neben dem Fahrzeug, bei dem soeben die Pferde ausgeschirrt wurden. Voller Entsetzen betrachtete er seinen Vater.

Fräulein Kleinschmidt kam aus der Küche gelaufen und erfaßte sogleich die Situation. Wenig später legte sie dem Grafen einen Notverband an, die Wunde an der Schulter blutete stark. Um den Kutscher kümmerten sich Gulbe und ein Stallbursche. Doch der Mann lebte nicht mehr. Eine Kugel hatte ihm den Kopf zerschmettert. Noch nie hatte Constantin einen toten Menschen zu Gesicht bekommen. Karol war nicht älter als zwanzig Jahre. Die blutige Masse seines Kopfes schockierte den Jungen so stark, daß er sich übergeben mußte.

In Windeseile manövrierte Chauffeur Willuk das Automobil aus der Wagenremise. Auf der Rückbank wurden mehrere Decken ausgebreitet, und helfende Hände legten den verletzten Grafen vorsichig dorthin. Der Platz war eng, doch Beatrice hockte sich neben ihren Vater, hielt dessen Hand und sprach beruhigend auf ihn ein. Moritz war bei Bewußtsein, durch den hohen Blutverlust jedoch geschwächt. Beatrice rief dem Stallmeister zu:

»Rufen Sie den Posten in Wolmar an, Gulbe. Die sollen sofort Gendarmen schicken. Bis dahin stellen Sie Wachen auf!« Sie gab Willuk das Zeichen zur Abfahrt.

»Ich will mit!« rief Constantin und rannte zur Beifahrertür. In scharfem Ton erwiderte Beatrice:

»Auf keinen Fall!« Als sie sah, daß Constantin Tränen der Angst und Enttäuschung in den Augen standen, fuhr sie leise fort:

»Einer von uns muß hierbleiben. Du mußt die Stellung halten, Consti. Du trägst jetzt Verantwortung, hörst du?«

Constantin nickte heftig und straffte seine Gestalt. Ja, er mußte die Stellung halten! Tränen waren deshalb fehl am Platz. Rasch wischte er sich über die Augen.

# 40

Bei dem feigen Überfall hatte Graf Moritz einen Durchschuß der linken Schulter erlitten. Der Blutverlust war erheblich. Doch Dr. Landmann zeigte sich optimistisch, die Wunde würde gut heilen. Noch in der Nacht des Überfalls hatten die herbei gerufenen Gendarmen das Waldstück durchkämmt. Ohne Ergebnis. Von dem Mörder fehlte jede Spur.

In dieser Zeit wich Beatrice nicht von der Seite ihres Vaters. In einem langen Telefonat mit ihrer Großmutter Elisabeth in Riga hatte sie sich Rat geholt, wie nun weiter zu verfahren sei. Sollten ihre Mutter und Tante Meggie in Monte Carlo benachrichtigt werden? Elisabeth riet, damit noch etwas zu warten. Moritz schwebte nicht in Lebensgefahr, es mußten also nicht unbedingt *die Pferde scheu gemacht werden,* wie die Großmutter sich ausdrückte.

Die Geschehnisse versetzten Beatrice, ihren Vater und das Schlosspersonal in große Unruhe. Woher hatte der Schütze gewußt, daß beide an diesem Tag nach Blankenburg fuhren? Hatte jemand vom Schlosspersonal dem Attentäter einen Tipp gegeben, so daß er ihnen auflauern konnte? Daß Graf Moritz nicht tödlich getroffen und Beatrice völlig unverletzt geblieben war, verdankten beide nur einem glücklichen Zufall. Das Ausschalten des Kutschers diente dazu, den Jagdwagen manövierunfähig zu machen, damit die Gäule durchgingen und der Wagen zu Bruch kam. Beides war durch Beatrices reaktionsschnelles und beherztes Eingreifen mißlungen. Moritz war sehr stolz auf seine Tochter.

Nach fünf Tagen kehrten er und Beatrice zurück aufs Schloss.

Der Graf war noch schwach und mußte sich schonen. Eine Krankenschwester und sein Kammerdiener Arto kümmerten sich um ihn. Umgehend bestellte er den Verwalter Schröder zu einem langen Gespräch und erörterte mit ihm die Lage. Die Frühjahrs-Aussaat stand bevor. Die Arbeit in den gräflichen Betrieben mußte weitergehen. Lieferverpflichtungen für das Sägewerk und die Ziegelei standen an. Es gab eine Menge Arbeit, und Graf Moritz würde fehlen.

In dieser Situation benachrichtigte Beatrice Arved. Nur er konnte ihren Vater während dessen Rekonvaleszenz ersetzen und für geordnete Abläufe in den Betrieben sorgen. Zwei Tage später war Arved zur Stelle und stürzte sich sogleich in die Arbeit.

Der Mörder wurde nie gefunden. Es blieb ein Rätsel, wer die Schüsse abgefeuert hatte. Dies verstärkte die Unsicherheit bei den Schlossbewohnern, die ab jetzt in ängstlicher Erwartung lebten, was wohl als Nächstes geschehen mochte.

Erst, nachdem es dem Vater besser ging, hatte Beatrice ihrer Mutter in Monte Carlo ein Telegramm geschickt. Die Rückreise der drei Damen und ihrer Entourage war ohnehin für Mitte Mai geplant. Eine weitere Person sollte mit nach Aicken kommen. Auf Vermittlung von Freunden in Nizza hatte Gräfin Charlotte eine junge Frau namens Geneviève Morin engagiert. Sie kam aus der französischen Schweiz und würde Mademoiselle de Pradesse als Französischlehrerin für Constantin ersetzen.

✳✳✳✳

Bis ans Ende ihrer Tage würde Alessandra Helmer nicht den Augenblick vergessen, als ihr Leben sich mit einem Schlag veränderte. Ein beinahe sommerlicher Sonntag, fünfzehn Uhr, ein Tennisplatz ...

Die Nachricht, daß Peter Sanderan für eine Woche nach

187

Monte Carlo kommen würde, um sie und die Reckendorffs anschließend zurück nach Livland zu begleiten, hatte ein prickelndes Gefühl bei Alessandra ausgelöst. Die wenigen Begegnungen mit ihm auf Schloss Aicken waren ihr in lebhafter Erinnerung. Der Baron sah zwar nicht besonders gut aus, abgesehen von seinem schönen, sinnlichen Mund. Alessandra überragte ihn um einige Zentimeter. Dies empfand sie jedoch als zweitrangig, besaß er doch die Eigenschaften, die sie bei ihrem Mann Rudolph so schmerzlich vermißte. Er war charmant, voller Galanterie und Rücksichtnahme. Mit seinen amüsanten Anekdoten und Erzählungen brachte er sie zum Lachen. In seiner Gegenwart spürte sie eine Leichtigkeit, die sie nur aus der Zeit in ihrer Heimat kannte. Waren beide allein, sprachen sie Italienisch, Alessandras Muttersprache, die Peter gut beherrschte. Als junger Mann hatte er sich während der sogenannten »Grand Tour«, der Kavalierstour adeliger Sprößlinge quer durch Europa, längere Zeit in Rom aufgehalten. Ja, der Baron war so ganz untypisch für das Land, in dem Alessandra seit ihrer Heirat lebte. Er brachte ihr Herz in Schwingung, vertrieb trübe Gedanken und versüßte den Augenblick.

Ungeduldig vor Vorfreude erwartete sie Peters Ankunft an der Riviera. Gleich am ersten Tag verabredeten sich beide zu einem Tennismatch. Der rote Ascheplatz befand sich im hinteren Teil des Parks, der zur gemieteten Villa gehörte. Während Gräfin Charlotte auf der Terrasse mit Meerblick ein Buch las und ihre Schwägerin Meggie bei weit geöffneten Fenstern auf dem Flügel eine Brahmssonate spielte, schlugen Alessandra und Peter voller Verve und Engagement die Bälle. Dabei hatten sie viel Spaß, zumal Alessandra ihren Partner von einer Ecke des Platzes in die nächste trieb, was beiden großes Vergnügen bereitete. Danach saßen sie erschöpft und erhitzt auf einer Bank. Eine verlegene Stille trat ein. Alessandras Hände zitterten, ihre Wangen glühten.

Als sich beide plötzlich einander zuwandten, ahnte Alessandra, daß es um sie geschehen war. Wie selbstverständlich, als wäre es schon immer vorherbestimmt gewesen, beugte sich Peter zu ihr, und Alessandra bot ihm ihren Mund. Ein Schauer fuhr durch ihren Körper, und sie wußte, daß es danach kein Zurück mehr geben würde. Schwer atmend lösten sie sich voneinander, um sich gleich darauf erneut leidenschaftlich zu küssen. Niemand konnte sie von der Villa aus sehen.

»Laß uns zurück gehen.« Alessandra taumelte leicht, als sie sich erhob. »In einer halben Stunde wird der Tee serviert. Ich muß mich frisch machen.«

Langsam schlenderten sie durch den Park zur Terrasse. Alessandras Hände zitterten und ihr Herz flatterte wie ein Vogel im Käfig. Charlotte hob nur kurz den Kopf von ihrer Lektüre und fragte höflichkeitshalber, doch ohne großes Interesse:

»Nun, wer hat gewonnen?«

Peter verbeugte sich leicht und lächelte.

»Natürlich die Gräfin. Sie ist eben ein Naturtalent!«

Sie begaben sich ins Haus, wo Tante Meggies Spiel durch alle Korridore brauste.

Als sie zwei Wochen später zurück fuhren, hatte sich die Verliebtheit zwischen Alessandra und Peter in eine leidenschaftliche Liebe verwandelt. Von Monte Carlo aus leitete Peter alles in die Wege, damit er und Alessandra auf der Rückfahrt noch einige ungestörte Tage in Riga verbringen konnten. Ihrem Mann gegenüber erfand Alessandra eine Ausrede, und so nahmen sie und ihr Liebhaber die gute Gelegenheit wahr, ihr leidenschaftliches Verhältnis an einem verschwiegenen Ort fortzusetzen. Über die Zukunft und einen möglichen Skandal machten sich beide wenig Gedanken. Entscheidend schien die Gegenwart, und die wollten beide bis zur Neige auskosten.

# 41

Schneller als erwartet erholte sich Graf Moritz von seiner Verletzung. Glücklicherweise hatte seine Schulter keinen weiteren Schaden erlitten. Beim Begräbnis des Stallburschen Karol hielt er die Trauerrede, und die Familie bekam ein großzügiges Geldgeschenk. Als Konsequenz aus den Geschehnissen wurde beschlossen, daß die weiblichen Familienmitglieder vorerst nicht mehr allein ausreiten sollten. Stets würde eine bewaffnete, männliche Begleitperson dabei sein. Dafür infrage kamen Arved, der Graf selbst, Verwalter Schröder sowie Stallmeister Gulbe, der zu diesem Zweck einen Revolver aus dem Waffenarsenal des Grafen bei sich führen durfte. Trotz dieser Maßnahme und einer nächtlichen Bewachung des Schlosses durch zwei angeforderte Gendarmen lebten die Schlossbewohner von nun an in einer ständigen Unsicherheit. Die Unbeschwertheit der letzten Jahre schien dahin.

Oft führte Beatrice darüber Gespräche mit Arved. Er versuchte sie zu beruhigen, was nur halbwegs gelang, zumal Tante Meggie sich besonders pessimistisch äußerte. Mit ihren düsteren Prognosen für die Zukunft des Landes trug sie wenig dazu bei, daß Angst und Sorge den Alltag der Familie nicht übermäßig beeinträchtigten. Arved beschloss, den Rest seines Semesters sausen zu lassen und Graf Moritz weiterhin zur Seite zu stehen.

Erst allmählich fand das Leben auf dem Schloss wieder seinen gewohnten Rhythmus. Die Angst vor weiteren Überfällen und Sabotageakten trat mehr und mehr in den Hintergrund.

****

Der Sommer brach herein, ungestüm und eigentlich zu früh. Die Frühjahrsregenfälle waren spärlich ausgefallen. Zeitiger als in anderen Jahren stellten sich Hitze und Trockenheit ein. Ab Anfang Juni erreichten die Temperaturen ungewöhnliche Höhen. Dies hatte Folgen für die Heu-, Klee-, und Getreideernte.

Wie stets zu Saisonbeginn kam Familie Bergh nach Aicken. Auch Onkel Kolja, Der Fliegende Schinken, wollte wieder einige Wochen bei den Reckendorffs verbringen. Ihm setzte die Hitze besonders zu. Er stöhnte und keuchte, sobald er sich in Bewegung setzte, und der Schweiß lief ihm in Strömen übers Gesicht. Einer der Diener stand immer in seiner Nähe, bewaffnet mit frischen Taschentüchern. Trotz all dieser Beschwerlichkeiten erfreute sich Onkel Kolja bester Laune und sorgte für amüsante Unterhaltungen.

Mitte Juni begann die Krebssaison. Eine Tradition, die auf Aicken zu den beliebten Sommervergnügungen gehörte. In den lauen Sommernächten gab es genug Frösche als Köder für die Schalentiere, die sich zuhauf in den Flüssen und Flüsschen tummelten. Wenige Tage nach Koljas Ankunft war es soweit. Arved hatte zwei Studienfreunde aus Dorpat nach Aicken eingeladen. Von Schloss Blankenburg kam Alessandra Helmer. Auch Peter Sanderan wurde erwartet. Hauslehrer Friedrichs und Mademoiselle Morin durften ebenfalls teilnehmen. Letztere hatte sich im Schloss gut eingelebt. Von Beginn an hatte sie sich dem Hauslehrer angeschlossen, und beide unternahmen in ihrer Freizeit oft lange Spaziergänge. Dies führte beim Schlosspersonal zu allerlei Spekulationen. Constantin konnte die neue Mademoiselle nicht besonders gut leiden. Sie rieche aus dem Mund, hatte er Beatrice einmal anvertraut. Doch ihre energische Art und ihr straffes Unterrichtsprogramm führten dazu, daß sich die Französischkenntnisse des Jungen erheblich verbesserten.

Emily war zu einem hübschen jungem Mädchen

herangewachsen. Mit sicherem Blick erkannte sie, was sich zwischen ihrem Schwarm Peter Sanderan und Alessandra Helmer angebahnt hatte. Wütend und enttäuscht litt sie eine Weile vor sich hin. Als jedoch Arved zwei Studienfreunde nach Aicken eingeladen hatte, wich ihre Eifersucht einer neuen Schwärmerei. Beide Studenten waren bestens situierte junge Männer in Arveds Alter. Besonders gefiel Emily der junge Baron Fabian von Lüttich. Als ältester Sohn eines pommerschen Großgrundbesitzers würde er einmal ein großes Erbe antreten. Dies hatte sogleich das Interesse von Emilys Mutter Amalie geweckt. Hoch aufgeschossen, mit schwarzen, lockigen Haaren, grünbraunen Augen und, wie Emily fand, edlem Gesichtsschnitt, ließ er sie den faden, fischäugigen Baron Peter vergessen. Gleich zu Beginn ritt sie mit ihm aus. Sie war glücklich und stolz, daß er sie begleitete.

Der zweite Student, ein langjähriger Freund von Arved, trug den fremdländischen Namen Hiroto Watanabe und stammte aus Japan. Seit drei Jahren studierte er in Dorpat Medizin und teilte sich mit Arved die Studentenbude. Als Sohn einer deutschen Mutter sprach er neben Japanisch auch gut Deutsch; zudem auch Englisch und Russisch. Letzteres war unumgänglich, da seit Ende des vergangenen Jahrhunderts im Zuge der Russifizierung des Baltikums an der zuvor rein deutschsprachigen Universität Dorpat nun hauptsächlich in russsicher Sprache gelehrt und geforscht wurde. Hirotos Familie besaß in Nagasaki eine große Werft sowie eine Reederei. Man war spezialisiert auf die Seeschifffahrt, und die Watanabe-Flotte transportierte Handelsgüter rund um den Globus. Hiroto, als jüngster Sohn, wollte nicht im Familienunternehmen mitarbeiten sondern Arzt werden. Auf Aicken, wo man Asiaten allenfalls von Abbildungen aus Büchern kannte, wirkte Hiroto exotisch. Das Personal betrachtete ihn mit großer Neugier, und die Reckendorffs bekundeten reges Interesse an Hirotos Erzählungen aus seiner Heimat. Eines Tages zeigte er Constantin und Emily, wie man in Japan Speisen ißt. Aus dünnem Holz schnitzte er mit flinker Hand lange Eßstäbchen. Constantin hatte von der Köchin Anna einen Teller mit Brotwürfeln erbeten und Hiroto zeigte den jungen Leuten, wie es ging. Am geschicktesten stellte sich Emily an; Constantin gab bald entnervt auf. Aber Spaß hatte es doch gemacht! Hiroto, in beiden Kulturen erzogen, beherrschte mit großer Selbstverständlichkeit auch die europäischen Tischsitten.

Für die nächtliche Krebspartie gab es entsprechende Vorbereitungen. In der Küche packten die Köchin und ihre Mädchen große Körbe mit allerlei Köstlichkeiten für das nächtliche Picknick. Zwei Hausknechte schleppten Zinkwannen voll Eis ans Ufer des kleinen Flusses Berim, der in den Mondsee mündete. Darin wurden Flaschen mit Schnaps und französischem Weißwein gekühlt.

Am frühen Abend brachen alle auf. Die Hitze hatte kaum nachgelassen, eine perfekte Sommernacht erwartete die Picknickgäste. Am Flußufer war ein großes Feuer entfacht worden. Man lagerte auf Decken zu ebener Erde. Nur für Onkel Kolja, der sich wegen seiner Körperfülle außerstande dazu sah, wurde ein breiter Sessel herangeschafft. Als Schutz vor den zahlreichen Mücken trug er ein Stück Gardine als eine Art Mückenschleier, den er sich über den Kopf gestülpt hatte. Er sah komisch damit aus, und die anderen konnten sich nur mit Mühe das Lachen verkneifen. Butler Johann und zwei Serviermädchen versorgten die Gesellschaft zunächst mit Getränken und einer Sakuska, bestehend aus Speckpiroggen, geräuchertem Stör und kaltem Braten.

In der Zwischenzeit hatten Buschwächter und Forstgehilfen genügend Frösche am Flußufer erschlagen. Sie dienten als Köder für die Krebse. Am unteren Teil von langen Leinen, die an feste Stöcke gebunden waren, befestigten sie jeweils kleine, netzartige

Säcke. Darüber waren in Kreuzform zwei Stäbchen angebracht. Darauf band man jeweils einen toten Frosch. Die Stöcke wurden unter den Gästen verteilt. In Abständen von einigen Metern steckte jeder seinen Stock am Ufer ein, während die Schnur mit dem Netz daran in den Fluß gesenkt wurde. Auf diese Weise wurden die Krebse angelockt und plumpsten ins Netz. Dann sammelte jeder seinen Fang in einem Säckchen.

Nachdem in einem großen Kupferkessel Wasser zum Kochen gebracht worden war, warf man die Schalentiere ins siedende Wasser. Gleich vor Ort wurden sie serviert und verspeist. Im Schein des Lagerfeuers und dem weißen Licht der Junisommernacht, in Gesellschaft von Freunden und Verwandten, wurde geschmaust, getrunken und gelacht. Etwas abseits hatten die Forstgehilfen und Buschwächter Platz genommen, Schnapsflaschen kreisten. Einer der Männer spielte auf seiner Balalaika. Ihr wehmütiger Klang vermischte sich mit dem Schlagen der Schnarrwachtel und dem viel tausendfachen Gequake der Frösche an See- und Flußufer.

Wieder einmal war Der Fliegende Schinken in seinem Element und unterhielt die ganze Gesellschaft.

»Habe ich euch schon die Geschichte von Antoine erzählt, meinem revolutionären Urahn? Nein?«

Beatrice schmunzelte.

»Doch, aber wir hören sie immer wieder gern, Onkel Kolja!«

»*Ich* kenne sie noch nicht!« log Constantin mit unschuldiger Miene und grinste verstohlen. Mit großer Geste verscheuchte Der Fliegende Schinken die Mücken, die seinen provisorischen Mückenschutz belagerten, und begann zu erzählen.

»Antoine de Charleville war der französische Großonkel zweiten Grades meiner Cousine Liliana. Als 1790 die Revolutionshorden sein Schloss in der Charente stürmten, was tat dieser Antoine?«

Der Fliegende Schinken legte eine Kunstpause ein und ließ bedeutungsvoll seine Blicke kreisen.

»Nicht etwa, daß er alles daran setzte, das Schloss und die Seinen zu verteidigen! Im Gegenteil – als der Pöbel in den Schlosshof stürmte, verteilte Antoine das Silber, das kostbare Porzellan, und den gesamten Familienschmuck an die Banditen!«

Emily, die die Geschichte tatsächlich noch nicht kannte, rief entsetzt:

»Nein!!!«

Tante Meggie beugte sich zu ihr und flüsterte:

»Ach was! Glaub ihm kein Wort.«

Kolja hatte dies gehört, ging jedoch souverän darüber hinweg.

»Ihr fragt euch nun sicher, wie Antoines Gemahlin Annabella darauf reagiert hat?«

»Sie war bestimmt außer sich!« meinte Emily, die buchstäblich an Koljas Lippen hing. Dieser nickte vehement und fuhr fort.

»Als spanische Marquesa aus altem Geschlecht hatte sie ein kostbares Diadem aus der Zeit Karls des Fünften mit in die Ehe gebracht. Nachdem Antoine nun die Brillanten und Smaragde aus diesem Diadem herausgebrochen und dem Pöbel vor die Füße geworfen hatte, besaß Annabella die Geistesgegenwart, ihre sechs Kinder in die nächstbeste Kutsche zu packen und sich zu Verwandten nach Aragonien durchzuschlagen.«

Entsetzt blickte Emily zu Tante Meggie.

»Warum tat er das? War er geistesgestört?«

Alle brachen in schallendes Gelächter aus. Baronin Bergh wandte sich an ihre Tochter.

»Es ist nur eine Anekdote, Emily!«

»Aber sie ist hundertprozentig wahr!« meinte Onkel Kolja schmunzelnd. »Nur der Rest der Geschichte ist leider nicht überliefert. Doch ich vermute, daß Antoine dem aufgebrachten Volk auch sein gesamtes Anwesen überließ, sich in Paris dem

Verbrecher Robespierre anschloss und später selbst auf der Guillotine gelandet ist.«

»Wie auch immer,« meine Graf Moritz gut gelaunt. »Laßt uns einfach diese herrliche Nacht genießen!«

Lange nach Mitternacht trat die Picknickgesellschaft in heiterer, beinahe ausgelassener Stimmung den Rückweg zum Schloss an. Emily verstand es so einzurichten, daß sie neben Fabian Lüttich ging. Er zeigte sich aufmerksam und zugewandt. Mehrmals warf das Mädchen Peter Sanderan und Alessandra einen triumphierenden Blick zu, doch diese bemerkten es nicht. Etwas abseits von den anderen waren sie ins Gespräch vertieft, wobei Peter der Gräfin vertraulich die Hand auf den Arm legte.

# 42

Der achtzehnte Geburtstag von Beatrice an Johanni wurde in diesem Jahr nur im kleinen Kreis gefeiert. Onkel Kolja war inzwischen nach St. Petersburg weitergereist. Während Arved noch blieb, hatten seine Studienfreunde Fabian und Hiroto Aicken verlassen. Mit vielen Verbeugungen und großen Dankesbekundungen hatte Hiroto sich verabschiedet. An alle Reckendorffs erging die herzliche Einladung, ihn in seinem Heimatland zu besuchen, sollte sich einmal die Gelegenheit dazu bieten.

Familie Bergh hielt sich noch immer auf Aicken auf, wobei Emily ihren neuen Schwarm Fabian von Lüttich schmerzlich vermißte. Ihre romantischen Gedanken und Gefühle notierte sie in ihrem Tagebuch. Damit ihre Mutter, die gern in Emilys Sachen herumschnüffelte, es nicht fand, versteckte sie es unter einer gelockerten Diele in ihrem Zimmer.

Constantin befand sich nun mitten im Stimmbruch. Zarter Flaum auf Oberlippe und Kinn hatten sein Aussehen bereits verändert. Seit dem Frühjahr war er in die Höhe geschossen und überragte Emily inzwischen beinahe um Kopfeslänge. Mehrmals am Tag schwamm er im Mondsee, doch das lauwarme Wasser verschaffte keine Abkühlung.

Hauslehrer Friedrichs, der im August zu seinen Eltern nach Berlin fahren wollte, hatte Mademoiselle Morin das Schachspiel beigebracht. Stundenlang saßen beide an den freien Nachmittagen an einem schattigen Plätzchen im Park und bestritten ihre Partien. Sie waren ein ansehnliches Paar: der 29-jährige Friedrichs, groß und schlank, mit braunen Haaren und Milchkaffe farbenen

Augen, und die vier Jahre jüngere Genievieve Morin, mit üppiger roter Haarpracht und zierlicher Gestalt, die so gar nicht zu ihrer resoluten Art passen wollte.

Die täglichen Ausritte der Familie fanden nun bereits sehr früh am Morgen statt. Staubig und verschwitzt kehrten Reiter und Pferde zurück. Hin und wieder kam Alessandra Helmer auf ihrem temperamentvollen Araberhengst nach Aicken. Wie Beatrice ritt sie im Herrensattel und lehnte jede Begleitung ab, obgleich dies den Reckendorffs als tollkühn und leichtsinnig erschien.

»Mein *Abdul* läuft jedem Schuß davon!« meinte sie lachend. »Außerdem bin ich von Natur aus nicht ängstlich. Wie pflegte doch einer meiner päpstlichen Vorfahren zu sagen? *Wer fällt, landet unweigerlich in Gottes Hand.*«

Sie blieb einen oder zwei Tage auf dem Schloss. Sowohl Charlotte, als auch Tante Meggie und Beatrice waren immer wieder erstaunt, wie jugendlich und verändert sie im Vergleich zum letzten Sommer wirkte! Meggie machte sich ihre eigenen Gedanken. Schließlich hatte sie in Monte Carlo sehr wohl beobachten können, wie Peter Sanderan und Alessandra sich näher gekommen waren, vermutlich zu nah. Doch ihre gute Erziehung und ihre tiefe Mißbilligung gegen jede Art von Klasch verboten es Meggie, mit irgendjemandem darüber zu sprechen. Sollte Alessandra tatsächlich eine Affäre begonnen haben, wäre dies nur zu verständlich. Sie sehnte sich nach Liebe und Zuneigung, und Rudolph Helmer hatte es sich selbst zuzuschreiben, wenn seine Frau ihn betrog. Er ging ja mit gutem Beispiel voran.


Der heiße und trockene Sommer stellte Graf Moritz vor viele Probleme. Seit Wochen hatte es nicht geregnet. Der Pegelstand der Flüsse und Seen war so niedrig wie nie. An den Ufern trieben tote Fische an, und auf den Feldern verdorrte die Getreideernte.

Bereits die Heu- und Klee-Ernte, als Futter für die Milchkühe auf Gut Rübswald von großer Bedeutung, hatte knapp fünfzig Prozent weniger Ertrag gebracht als noch im letzten Jahr.

Arved arbeitete vom Morgen bis in die Nachtstunden. Ihm oblag die Produktionsüberwachung im Sägewerk, in der Ziegelei nahe Gut Wingen und in der Brauerei in Karlshof, einem ehemaligen Fabrikgebäude, nur eine Werst vom Schloss entfernt. Hier lief die Produktion auf vollen Touren. Mit Pferdefuhrwerken transportierte man die abgefüllten Fässer zur Bahnstation Wolmar. Dort wurden sie verladen und in die umliegenden Sprengel und Städtchen geliefert. Für dieses Jahr gab es noch genug Gerste und Hopfen. Die Gerste baute man selbst auf Aicken an, der Hopfen kam jedes Jahr aus Polen. Beide Grundzutaten des Aicken'schen Bieres wären aufgrund der außergewöhnlichen Trockenheit im nächsten Jahr Mangelware.

An einem drückenden, schwülen Sonntag saß die Familie beim Mittagessen. Es war der 28. Juni. Charlotte hatte in der Küche angeordnet, während der heißen Jahreszeit nur leichte Speisen zu reichen. An diesem Tag servierte Butler Johann eine kalte Rote Beete Suppe, danach Luft getrockneten Schinken aus eigener Herstellung mit Gurkensalat in Sauerrahmsauce, und als süße Speise eingemachte Sauerkirschen mit Schmand. Alle Anwesenden trugen leichte, sommerliche Kleidung. Arved jedoch fehlte. Bei seinem Ritt von Gut Breitensee würde er sich verspäten

Im Speisesaal war es angenehm kühl. Von draußen prallte die Hitze gegen die Scheiben, und der Butler hatte die Vorhänge ein wenig zugezogen. Gräfin Charlotte wandte sich an Mademoiselle.

»Wie sehen Ihre Pläne für die nächsten Wochen aus, Mademoiselle Morin? Verbringen Sie ihre Ferien im August bei Ihrer Familie in Lausanne?«

Die junge Frau tupfte sich mit der Serviette den Mund ab.

»Nein, die Reise ist mir zu weit und bei den Temperaturen auch zu anstrengend.«

»Dann bleiben Sie hier auf Aicken?«

Mademoiselle errötete und warf einen schnellen Blick zu Hauslehrer Friedrichs. Der räusperte sich und meinte etwas umständlich:

»Nun ja, wie soll ich sagen, Mademoiselle und ich ...wir, wir fahren in einigen Wochen gemeinsam nach Berlin. Ich möchte Mademoiselle meinen Eltern vorstellen.«

Überrascht sah Moritz von seinem Teller auf.

»Soll das heißen, daß bei Ihnen demnächst eine Verlobung ansteht?«

Friedrichs lächelte verlegen, dann erwiderte er mit fester Stimme.

»Ja, Herr Graf, so könnte man es sagen.«

Tante Meggie blickte voller Wohlwollen..

»Na, dann herzlichen Glückwunsch, und Gottes Segen!«

Beatrice und die anderen gratulierten ebenfalls.

»Für wann ist denn die Hochzeit geplant?« wollte Charlotte wissen.

»Wir wollen noch mindestens ein Jahr damit warten,« erwiderte Friedrichs.

»Dann können wir also weiter mit Ihnen für Constantins Unterricht rechnen?«

Friedrichs nickte.

»Ja, das können Sie, Frau Gräfin. Das heißt – natürlich nur, wenn Sie es wünschen.«

Moritz winkte dem Butler.

»Johann, bringen Sie eine Flasche Champagner. Darauf muß gebührend angestoßen werden!«

In dem Moment betrat Arved den Speisesaal. Mit staubiger

Reitkleidung, aufgerollten Hemdsärmeln, die Haare Schweiß verklebt, war er völlig außer Atem.

»Soeben kam ein Anruf von Onkel Kolja. Er hat es direkt aus dem Außenministerium erfahren: heute wurden in Sarajewo der österreichische Thronfolger Franz-Ferdinand und seine Gemahlin von einem serbischen Nationalisten ermordet!«

Seine Worte klangen, als wäre ein Gottesurteil gesprochen worden. Alle im Raum verstummten. Mit spontaner Geste griff Friedrichs nach der Hand seiner Verlobten. Butler Johann war mit einer Champagnerflasche und Gläsern zurückgekehrt und blieb wie angewurzelt stehen. Graf Moritz durchbrach als Erster die beklemmende Stille. Seine Stimme klang ernst und voller Sorge.

»Das bedeutet Krieg in Europa! Die Kaiser von Österreich und Deutschland werden gemeinsame Sache gegen Russland machen.«

Arved, verschwitzt und verstaubt wie er war, vergaß seine guten Manieren, ließ sich auf einen Stuhl fallen und streckte die Beine aus. Niemand nahm in einem solchen Augenblick Anstoß daran. Er strich sich eine Strähne aus der Stirn und sagte:

»Ja, weil Russland Serbien unterstützen wird, das schon lange nach Eigenständigkeit strebt.«

»Das fürchte ich auch,« seufzte Moritz.

»Der Balkan galt schon immer als Unruheherd,« meinte Tante Meggie. »Und die panslawistischen Bestrebungen des Zaren gießen noch Öl ins Feuer.«

Beatrice war blaß geworden und sah ihren Vater bestürzt an. Dessen Gesicht schien plötzlich um Jahre gealtert.

»Sind wir hier in ernsthafter Gefahr, Papa?«

»Ich weiß es nicht, Bea. Im Grunde genommen steht unser Land allein da, wenn es zum Krieg kommt. Unsere Verbündeten Frankreich und England sind schwach. Und unsere Armee …Sie ist den Deutschen und Österreichern kaum gewachsen. Eines sollte uns völlig klar sein: die Russifizierung unserer Heimat wird sich verschärfen und vor allem gegen uns Deutschbalten gerichtet sein. Ich kann nur sagen: Gnade uns Gott!«

# 43

Die deutsche Kriegserklärung an Russland vom 1. August 1914, von vielen bereits befürchtet, traf das Land weitgehend unvorbereitet. Drei Tage zuvor war die allgemeine Mobilmachung angeordnet worden. Sechs Tage später erklärte auch Deutschlands Verbündeter Österreich Russland den Krieg. Um ein erstes Zeichen gegen den deutschsprachigen Feind zu setzen wurde St. Petersburg in Petrograd umbenannt.

Der Kriegsausbruch hatte für die Reckendorffs, ihre deutschbaltischen Verwandten und Freunde weitreichende Konsequenzen. In ganz Russland und bei der einheimischen livländischen Bevölkerung entstand bald eine zutiefst antideutsche Haltung. Sie ging oftmals bis zu unverhohlenen Anfeindungen und Bedrohungen. Als Konsequenz dessen wurden die deutschen Schulen im Baltikum geschlossen, und die deutsche Sprache durfte in der Öffentlichkeit nicht mehr gesprochen werden. Nun wurde Russisch auch in Livland die offizielle Amtssprache. Die von Zar Peter dem Großen verbrieften Sonderrechte für die baltischen Staaten waren dadurch hinfällig geworden. Dies erschien umso schockierender, als die dort ansässigen deutsch-stämmigen Balten, vor allem die Mitglieder des Adels, den russischen Zaren seit Jahrhunderten treu gedient hatten. Auch jetzt würden manche von ihnen freiwillig als Offiziere für ihre russische Heimat gegen Deutschland in den Krieg ziehen. Gleichwohl sollte dies oftmals zu starken Konflikten führen. Man empfand sich als loyale Untertanen des Zaren, und doch gab es prägende kulturelle, sprachliche und historische Verbindungen zu Deutschland. Was würde geschehen, wenn die deutschen Truppen ins Baltikum vorrückten?

Mit Kriegsbeginn änderte sich das Leben auf Schloss Aicken grundlegend. Gleich Anfang August wurde das Automobil von Graf Moritz als kriegswichtiges Fahrzeug requiriert. Bald schon mußten insbesondere das Sägewerk, die Brauerei und die Meierei einen Teil ihrer Erträge an die Armee liefern. Aus den Stallungen holte das Militär gegen Entgeld den Großteil der Reit-, Kutsch-, Arbeits- und Zuchtpferde sowie alle dreijährigen Fohlen. Als ihr Wallach Rasboi auf der Liste stand, wehrte sich Beatrice heftig gegen diese Maßnahme. Sie hatte Glück. Auch der Trakehnerhengst des Grafen sowie zehn weitere Reit- und Kutschpferde durften zunächst zum persönlichen Gebrauch der Familie auf Aicken bleiben. Graf Moritz sah die Notwendigkeit all dieser Maßnahmen ein und unterstützte sie insofern noch, indem er für einhunderttausend Rubel russische Kriegsanleihen zeichnete. Eine solch hohe Summe zur Verteidigung und Stärkung seiner Heimat erschien ihm selbstverständlich.

Obwohl es keine Wehrpflicht für die männliche lettische Bevölkerung gab, wollten sich Jännis Simberg und der Stallbursche Päkka freiwillig der kämpfenden Truppe anschließen. Dies mißlang, denn die zaristische Arme nahm zunächst keine Letten in ihren Reihen auf. Statt jedoch nach Aicken zurückzukehren, tauchten die beiden jungen Männer unter, von ihnen fehlte seither jede Spur.

Als Angehöriger eines russischen Elite-Regiments hatte man Sascha gleich zu Kriegsbeginn an die russische Westfront abkommandiert. Philipp Helmer, der Stiefsohn von Alessandra, der als Student in Jena lebte, wurde als russischer Staatsbürger aus dem deutschen Reich ausgewiesen. Unter abenteuerlichen Umständen gelangte er zurück nach Livland und meldete sich als Reserve - Fähnrich freiwillig an die Front. Auch sein jüngerer

Bruder Leo kehrte nach Hause zurück, da sein deutsches Internat in Reval geschlossen worden war.

Für die noch in Russland weilenden Ausländer, insbesondere die Deutschen, wurde die Situation ebenfalls kritisch. Dies betraf zunächst Hauslehrer Friedrichs und seine Verlobte, Mademoiselle Morin. In aller Eile packten beide ihre Sachen. Niemand wußte, ob sie sicher und unbehelligt das russische Reich verlassen konnten. Auf den Straßen und Bahnhöfen herrschten infolge der Truppentransporte nach Westen und Süden chaotische Zustände. Vielerorts gingen Gerüchte, daß deutsche Staatsangehörige verhaftet und nach Sibirien geschickt wurden. Erst Ende September erfuhren die Reckendorffs, daß der Hauslehrer und seine Verlobte unter großen Strapazen und Gefahren endlich in Berlin angekommen waren. Dort ließ sich das Brautpaar in aller Eile trauen, bevor Friedrichs als einfacher Gefreiter zu den deutschen Truppen abkommandiert wurde.

Obgleich Japan an der Seite Russlands kämpfte, verließ Arveds Freund Hiroto Watanabe ebenfalls das Land. Die Universität in Dorpat würde schließen, und in Japan erwartete ihn möglicherweise der Militärdienst. Auch Arveds Kommilitone Fabian Lüttich mußte Livland fluchtartig verlassen. Sein sofortiger Fronteinsatz versetzte Emily in große Bestürzung. Hatte sie doch in den letzten Wochen mit dem jungen Baron regelmäßig Briefe gewechselt. Sie liebte es zu schreiben, und wartete sehnsüchtig auf Antwort. Der Inhalt ihres Briefwechsels war mehr oder weniger belanglos. In blumigen Worten berichtete Emily vom Leben auf Aicken und wie sehr sie die Gespräche mit ihm vermißte. Fabian, mit einer Schwäche für die schönen Künste versehen, zitierte in seinen Briefen oft romantische Gedichte, in denen Emily sich in ihrer schwärmerischen Art wiederzufinden glaubte. Nun bangte sie um sein Leben.

Graf Moritz und Gräfin Charlotte hatten der Familie Bergh

zu verstehen gegeben, daß sie ihren Aufenthalt auf Aicken nun beenden müßten. In der zweiten Kriegswoche reisten sie ab. Für Emily war dies ein harter Einschnitt. In der bescheidenen Wohnung ihrer Eltern in Dorpat würde sie das herrschaftliche Ambiente in Aicken, den Klavierunterricht bei Tante Meggie und die Reitstunden schmerzlich vermissen.

Auf Wunsch der Familie und zu ihrer Sicherheit sollte die Mutter von Moritz, die alte Gräfin Elisabeth, von Riga nach Aicken übersiedeln. Doch Elisabeth weigerte sich. Sie habe keine Angst, meinte sie. In ihrem Stadthaus, im Kreis ihrer treuen Dienerschaft, fühle sie sich sicher. Außerdem würde sie ihre Freunde und Bridgepartner und das städtische Leben, die Theater- und Konzertbesuche vermissen. Niemand konnte sie überreden, ihre Entscheidung zu überdenken.

Große Sorgen machten sich die Reckendorffs um Bianca, die jüngste Schwester von Moritz und Meggie. Sie lebte in der Nähe von Dresden, im Land des Feindes. Ihr Mann Boris diente als Leutnant im deutschen Heer und wurde in der ersten Kriegswoche an die russische Front abkommandiert. Der Gedanke, daß er gegen ihre Heimat kämpfen mußte und möglicherweise sein Leben dort verlor, ließ Bianca beinahe verzweifeln. In ihren Briefen versuchten Meggie und Gräfin Charlotte, ihr Trost zuzusprechen. Die beiden anderen Schwestern hatten Russland nie verlassen. Nathalia, die Zweitälteste, lebte seit vielen Jahren in Sewastopol. Ihr russischer Ehemann Andrej hatte dort den Posten eines hohen Verwaltungsbeamten inne. Einen ganz anderen Lebensweg hatte Madeleine eingeschlagen. Zwei Jahre älter als Bianca, war sie bereits in jungen Jahren sehr religiös. Dies ging so weit, daß sie, noch nicht volljährig, zum russisch-orthodoxen Glauben konvertierte und wenig später als Nonne im Martha-Maria-Kloster in Moskau lebte. Im Krankenhaus des Klosters wurden Bedürftige kostenlos behandelt. Madeleine stand in seltenem Briefkontakt mit ihrer Familie. Seit sie Livland verlassen hatte, war sie nie nach Aicken zurück gekehrt. Nun erhielt ihre Familie eine kurze Mitteilung, daß Madeleine und einige ihrer Mitschwestern in einem Feldlazarett an der Front Verwundete versorgten.

Auf dem Weg zur Westfront durchquerten starke russische Truppenverbände auch die Ländereien von Schloss Aicken. Anfang September richteten Gräfin Charlotte, Tante Meggie und Beatrice auf Gut Wingen ein Feldlazarett für die leichter verwundeten Soldaten ein. Dr. Landmann aus Wolmar, eine russische Krankenschwester, ein Sanitäter sowie einige junge Frauen aus Dorf Aicken halfen dabei. Moritz bestellte auf eigene Kosten mobile Krankenbetten, Bettwäsche und Decken. Verköstigt wurden Lazaretthelfer und Verwundete von der Gesindeküche in Wingen. Es sollte sich herausstellen, daß die meisten Soldaten keineswegs leichte Verwundungen davon getragen hatten und ihre Versorgung somit problematisch war.

In einer Art Schnellkurs wies Dr. Landmann Charlotte, Meggie und Beatrice in die Grundbegriffe medizinischer Hilfe ein. Beatrice lernte Wunden zu reinigen, Verbände anzulegen und den verwundeten Soldaten Trost zuzusprechen. Vor allem lernte sie, ihren Ekel vor Blut, Eiter, Dreck und elendig Sterbenden zu überwinden. Schwerverwundete überlebten nur selten. In der großen Scheune in Wingen, die nun als provisorisches Feldlazarett diente, war der Gestank aus Schweiß, Verwesung und Tod allgegenwärtig. Viele der oft blutjungen Soldaten stammten aus den entfernten Provinzen des russischen Reiches, zumeist arme Bauernsöhne. Ohne entsprechende Ausrüstung, oft nur mit rudimentären militärischen Grundkenntnissen versehen, hatten die zaristischen Offiziere sie an die Front geschickt. Entsprechend hoch waren die Verluste. Zu Zehntausenden fielen diese Soldaten bereits in den ersten Wochen des Krieges. Die Anzahl der Deserteure stieg beständig. Wer erwischt wurde, den erwartete das Standgericht.

Beatrice durchlief in dieser Zeit eine harte Schule. Wie weit zurück lag die Zeit der unbeschwerten Tage, des Müßiggangs, der nichtigen Sorgen? Die Gefühle von Glück, Verliebtheit und deren unschönes Ende? Hatte sie wirklich vorgehabt, im kommenden Jahr in Dorpat zu studieren? Dieser Plan war in weite Ferne gerückt. Der Krieg würde lange dauern, soviel schien sicher. Ihr Verhältnis zu Arved hatte sich nicht verändert. Sie wußte um seine Liebe für sie, doch sie konnte sie nicht erwidern. Sie empfand Freundschaft und Zuneigung, schätzte und achtete ihn. Wie ein ruhiger Fluß verlief das Leben in seiner Gegenwart. Angenehm, ohne Probleme, aber auch ohne Höhepunkte. Das, was Sascha in ihr ausgelöst hatte, konnte sie für Arved nicht empfinden. Dieses Rauschhafte, Atemlose, das Gefühl der einzigen und allumfassenden Liebe. In solchen Momenten, wenn sie darüber nachdachte, fiel sie in eine tiefe Traurigkeit. Es schmerzte, daß es mit Sascha so enden mußte! Hatten ihr Stolz und ihre Verletzheit über ihre Liebe gesiegt? Hätte sie ihm verzeihen müssen? Diesen Gedanken verwarf sie immer wieder. Zu deutlich hatte Alexander Charaktereigenschaften gezeigt, die Beatrice zutiefst ablehnte. Würde ein Mann wie er sich je ändern? Wäre sie die Frau, die dieses Wagnis eingehen könnte? Gerade in diesen ersten Kriegswochen, da Sascha an der Front sein Leben riskierte, fochten ihre zwiespältigen Gefühle einen ständigen Kampf miteinander aus.

Todmüde kamen sie, ihre Mutter und Tante Meggie abends von Gut Wingen zurück aufs Schloss. Oft gab es für die Frauen auch Nachtwachen, und das Sterben und Elend im Lazarett hörten nicht auf.

# 44

Bald schon häuften sich die Hiobsbotschaften. Der Blutzoll der russischen Armee in der Schlacht bei Tannenberg war gewaltig. In der Schlacht an den Masurischen Seen fielen dreimal mehr russische Soldaten als deutsche. So setzte es sich im Lauf der ersten Kriegsmonate fort.

Von Seiten der Verwandtschaft der Reckendorffs gab es vorerst keine Schreckensnachrichten. Biancas Ehemann Boris hatte an der Schlacht um Lemberg teilgenommen und wurde anschließend an die deutsche Westfront abkommandiert. Graf Helmers Familie hingegen wurde vom Schicksal hart getroffen. Der älteste Sohn, Philipp, der sich freiwillig der Armee angeschlossen hatte, verlor in Galizien beide Beine. Nach wochenlangem Lazarettaufenthalt kehrte er kurz vor Heiligabend zurück in sein Elternhaus. Obgleich Alessandras Verhältnis zu ihrem Stiefsohn eher ein distanziertes war, kümmerte sie sich fürsorglich um ihn. Nie mehr würde der junge Graf laufen, reiten oder jagen können, geschweige denn einmal die Gutsbetriebe seines Vaters leiten. Dieser nahm daher eine Änderung in der Erbfolge vor. Nun sollte der jüngere Sohn Leo einmal Herr auf Blankenburg werden. Sein verkrüppelter Bruder konnte sich nicht mit seinem Schicksal abfinden. Er wurde schwermütig und verbittert. Eines Tages, Ende Januar 1915, verriegelte er seine Zimmertür. Ein Schuß nur trennte ihn von der ewigen Stille.

Die Eheleute Helmer, die über Philipps Freitod sehr erschüttert waren, lebten gleichwohl ihr bisheriges, zumeist getrenntes Leben weiter. Helmer verbrachte viele Wochen in Riga bei seiner Geliebten. In dieser Zeit traf sich Alessandra mit Peter Sanderan, dessen Besitz etwa zehn Werst von Blankenburg entfernt lag. Ihre leidenschaftliche Beziehung vertiefte sich, doch würde sie stets nur im Geheimen stattfinden können? Bald hatte Rudolph Helmer Kenntnis vom Verhältnis seiner Frau mit dem jungen Baron. Alessandras geschwätzige Kammerzofe hatte es dem Grafen gesteckt. Niemand wäre auf die Idee gekommen, daß ein Mann wie Helmer dies einfach hinnehmen würde. Doch es war ihm gleichgültig, denn er liebte seine Frau schon lange nicht mehr. Auf diese Weise war sie wenigstens abgelenkt und weniger unzufrieden. Damit war allen geholfen. Nur eines verlangte er von ihr: absolute Diskretion. Deshalb kündigte er der Kammerzofe und sorgte dafür, daß sie weit weg eine neue Stelle bekam.

Eines Tages erreichte Beatrice die Nachricht, daß ihre alte Schulfreundin Irina von Sanderan in Moskau bei der Geburt ihres ersten Kindes gestorben war. Deren russischer Ehemann hatte bereits im zweiten Kriegsmonat sein Leben an der Front verloren. Nun war die junge Familie ausgelöscht. Ein altes Schulfoto zeigte Beatrice und Irina am Tag ihres Abiturs: zwei ernsthaft blickende junge Frauen in der Blüte ihrer Jugend. *Wie lange scheint das her zu sein!* dachte Beatrice und ließ ihren Tränen freien Lauf. Seit dem Fest zu Johanni hatten sich die beiden Freundinnen nicht wiedergesehen, nur durch Briefwechsel Kontakt gehalten. Die Reise zu Irinas Begräbnis nach Moskau erschien Beatrice nicht nur zu strapaziös sondern vor allem unsicher und gefährlich. So fuhr Irinas Bruder Peter allein um seiner Schwester die letzte Ehre zu erweisen.

In unregelmäßigen Abständen kamen Feldpostbriefe von Alexander nach Aicken. Nach der verlorenen Schlacht bei Tannenberg, die er mit Glück überlebt hatte, war er in den Generalstab versetzt worden. Auf diesem Posten gab es zunächst keine direkte

Feindberührung und es ging ihm den Umständen entsprechend gut. Durch ihn erfuhren die Reckendorfs von der mangelhaften Ausrüstung der russischen Armee, der immer weiter schwindenden Kampfmoral der Soldaten und den vielen Fahnenflüchtigen. Abends, wenn die Familie einmal vollständig beim Essen saß, las Moritz die Briefe seines Neffen vor. In diesen Momenten spürte Beatrice mehr und mehr, wie sie sich Sorgen um Sascha machte und Sehnsucht nach ihm verspürte. Die Gedanken an ihn begleiteten sie oft bis in den Traum. In ihrem nicht enden wollenden Zwiespalt hinsichtlich ihrer Gefühle für ihn wehrte sie sich dagegen, doch es gelang ihr immer weniger. Dennoch nahm sie davon Abstand, ihm an die Front zu schreiben. Dies erledigte zumeist Charlotte.

Arved, der ein feines Gespür für Stimmungsschwankungen und Veränderungen im Verhalten von Beatrice besaß, beobachtete sie mit zunehmendem Argwohn. Bei der Lektüre von Saschas Briefen wirkte sie nervös und angespannt. Ihre Augen flackerten unruhig, und sie vermied den Blickkontakt mit Arved. Sollte sich jetzt wieder eine Flamme entzünden, die er inzwischen erloschen glaubte? In jedem Fall würde er wachsam sein und gab sich Mühe, bei Alexanders Schilderungen Interesse und Anteilnahme zu zeigen. Manchmal, in stillen Momenten, wünschte er, daß der Krieg das Problem endgültig lösen würde.

Mitte November wurde ein neuer Hauslehrer für Constantin eingestellt, ein älterer, vom Kriegsdienst befreiter Russe namens Igor Choltev aus Moskau. Vermittelt durch Onkel Kolja, erwies sich der Mann als Glücksfall. Endlich konnte Constantin seine Russischkenntnisse weiter verbessern. Bei der fortschreitenden Russifizierung des Baltikums schien das für die Zukunft des Jungen ein großer Vorteil. Zudem unterrichtete Choltev auch Französisch und alle anderen Fächer. So war der Verlust von Friedrichs und Mademoiselle Morin besser zu verkraften als gedacht.

Der Winter brach früh herein. Dunkle Wolkenketten, am fahlen Himmel wie in einer anderen Zeit gemalt, verhießen Schnee und strengen Frost. Dies verschärfte die Situation im Feldlazarett Wingen. In den vergangenen Monaten hatten Charlotte, Beatrice und Tante Meggie ihr Bestes gegeben. Doch die Verwundeten-Transporte häuften sich, und die Kapazitäten im Lazarett reichten bei weitem nicht aus. Ein zweites Feldlazarett auf gräflichem Boden wurde eingerichtet. In einem großen Nebengebäude der Ziegelei, unweit von Wingen, standen nun weitere Feldbetten, und es gab eine behelfsmäßige Großküche. Die hygienischen Zustände in diesem Lazarett erwiesen sich bald als katastrophal. Schnee und Eis taten ihr Übriges, und viele Soldaten starben ebenso oft an Kälte und Entbehrung wie an ihren Verwundungen.

Das Weihnachtsfest ging vorüber, überschattet vom Krieg. An Neujahr fiel ein heftiger Eisregen, der bald darauf in starken Schneefall überging. Mit bangen Gedanken erwartete man die politischen und militärischen Ereignisse, die noch kommen mochten. Ständig verschoben sich die Fronten, und die russische Armee mußte weitere herbe Niederlagen hinnehmen.

# 45



*Paris, 31. Oktober 1923, später Abend*

Schon lange war die Nacht hereingebrochen. Körniger Regen prasselte gegen die Fensterscheiben. Im flackernden Licht der Straßenlaternen ratterte eine Kutsche über das schummrig glänzende Kopfsteinpflaster. Das einsame Klappern der Pferdehufe und das metallene Geräusch Eisen beschlagener Räder verloren sich in einer plötzlichen Windbö.

Im Antiquitätenladen von Antoine Dubois war das Licht gelöscht. Es schien, als sei der Besitzer längst zu Bett gegangen. Doch der Schein trog. Dubois saß mit der geheimnisvollen jungen Frau in seiner Küche, wo das Ofenfeuer heimelige Wärme verströmte. Viele Stunden waren vergangen, seit Beatrice den Laden des Alten betreten hatte. Welch glückliche Fügung, daß sie ihren Siegelring im Schaufenster seines Ladens entdeckt hatte! Es war Beatrice ein Rätsel, wie das Schmuckstück so viele Jahre nach den Ereignissen von damals nach Paris gekommen war. Mußte sie doch den Ring seinerzeit zurücklassen, weil alles so schnell gegangen war.

Die Fremde erschien Dubois nun nicht mehr so fremd und geheimnisvoll, hatte sie doch begonnen, ihm ihre Geschichte zu erzählen. Mit ungeteilter Aufmerksamkeit lauschte der alte Mann ihren Worten. Er war ein guter Zuhörer, dies erleichterte Beatrice, sich ihm anzuvertrauen. Vor kurzem hatte Dubois einen großen Topf Pot-eu-Feu aus der Speisekammer geholt. Die kräftige Gemüsesuppe mit Rindfleisch war vom Vortag. Dazu gab es ein knuspriges Baguette, das der Alte mittags gekauft hatte.

"

Seit langem hatte Beatrice keine so köstliche Mahlzeit zu sich genommen, lebte sie doch im Pariser Exil unter äußerst kargen Bedingungen. Der Wein, den Dubois entkorkt hatte, kam aus Burgund. Nach Kirschen und Johannisbeeren duftend, hatte er Beatrices Wangen gerötet, ihre Zunge gelöst und alle Erinnerungen an die frühere Zeit in Livland wie aus einem Füllhorn fließen lassen. Immer noch trug sie den Wappenring, der einmal ihr gehört und den Dubois ihr überlassen hatte.

»So ging das erste Kriegsjahr zuende, Monsieur. Das unbeschwerte Leben auf Aicken gehörte mehr und mehr der Vergangenheit an. Doch niemand von uns ahnte, auf welche Weise die kommenden Jahre die endgültige Zeitenwende bringen würden. Daß große Not im Land ausbrechen sollte, mit ungeahnten Folgen für unsere Familie. Darauf waren wir nicht vorbereitet.«

»Ja, das grauenvolle Jahr 1914, als alles anfing,« sagte Dubois jetzt leise und schickte seinen Blick in eine unbekannte Ferne. »*La Grande Guerre*«. Gleich Ende August ist mein Sohn in der Schlacht bei St. Quentin gefallen.«

Mit einer spontanen Geste ergriff Beatrice seine Hand.

»Das tut mir sehr Leid, Monsieur. Welch schrecklicher Verlust!«

»Unser einziges Kind, Comtesse. Meine Frau ist nie darüber hinweggekommen. Aber wir waren nicht allein in unserem Schmerz. Viele Menschen hatte es getroffen. In manchen Familien fielen drei, vier Söhne. Dazu noch der Ehemann, und vielleicht ein Bruder oder Vater. Ein schrecklicher Blutzoll für unser Land. Ach, was sage ich! Für alle Länder, die ihre Jugend in dieses Gemetzel geschickt haben.«

Sie schwiegen einen Moment. Dann lächelte Beatrice zaghaft.

»Ich sollte vielleicht gehen, Monsieur. Es ist schon so spät!«

»Sind Sie denn müde? Ich habe nicht den Eindruck.«

»Wie könnte ich müde sein! Es ist, als würde ich noch einmal eintauchen in alle Geschehnisse von damals. Viel Schönes ist mir im Leben widerfahren, aber auch viel Schmerzliches.«

»Wenn Sie wollen, können Sie noch bleiben, Comtesse. Ein alter Mann wie ich ist ohnehin schlaflos. Der Rest an Leben, der mir bleibt, ist viel zu kostbar um ihn im Schlaf zu vergeuden. Im Übrigen, wenn Sie irgendwann doch erschöpft sein sollten – ich habe eine Besuchercouch!«

»Danke für Ihre Fürsorge, Monsieur. Aber dies wäre nicht die erste Nacht in meinem Leben, die ich durchwacht hätte.«

»Gut! Aber vielleicht stärken wir uns erst einmal mit einer Tasse Tee. Ich weiß ja inzwischen, daß Sie ihn sehr stark mögen.«

»Ja, und mit viel Zucker! Wie in meiner Heimat. In Livland sagten wir *Chai*.«

Mühsam erhob sich Dubois und machte sich am Herd zu schaffen. Aus dem Salon schlug die Uhr zwölf Mal. Mitternacht. Beatrice stieß einen tiefen Seufzer aus, bevor sie in ihrer Erzählung fortfuhr.

# Zweites Buch

Zeitenwende

# IV

## Livland 1915

# 46

Es war Krieg.

Die zaristischen Truppen des Russischen Reiches kämpften gegen Deutschland und Österreich. Zar Nikolaus II hatte diesen Krieg nicht gewollt, doch nach der deutschen Kriegserklärung im Sommer des letzten Jahres und Bündnisverpflichtungen mit Frankreich und England blieb keine andere Wahl. Bald schon wurde klar, daß Russland dem Feind nicht viel entgegenzusetzen hatte. Ende Februar 1915, nach der verlorenen Winterschlacht in Masuren, zog sich die russische Armee aus Ostpreussen zurück.

Im Feldlazarett auf Gut Wingen und in der Ziegelei wurden weiterhin verwundete russische Soldaten versorgt. Charlotte, Beatrice und Tante Meggie waren dort bis zur Erschöpfung im Einsatz. Durch die starken Verluste an der Westfront nahmen die Verwundetentransporte weiter zu, und die Kapazitäten in beiden Einrichtungen gerieten an ihre Grenzen.

Durch ihre Tätigkeit dort hatte die Gesundheit von Charlotte stark gelitten. Sie fühlte sich schwach, und ihre Hustenanfälle, die seit dem letzten Aufenthalt an der Riviera nur noch sporadisch aufgetreten waren, nahmen wieder zu. Nun lag sie mit einer schweren Lungenentzündung auf Leben und Tod wochenlang im Bett. Dr. Landmann, der mit den Verwundeten im Lararett schon alle Hände voll zu tun hatte, kümmerte sich dennoch voller Fürsorge um die Gräfin. Eine Blutuntersuchung auf Tuberkulose ergab keinen klaren Befund. Alessandra Helmer kam von Schloss Blankenburg und verbrachte viele Tage auf Aicken, um der Freundin Trost zuzusprechen, ihr vorzulesen oder Geschichten aus ihrer toskanischen Heimat zu erzählen. Beatrice und Tante Meggie fühlten sich dadurch beruhigt, und Charlotte war dankbar für die Aufmerksamkeit der Freundin. Dr. Landmann riet seiner Patientin erneut den Lungenspezialisten Professor Wilms in Riga zu konsultieren.

Meggie verfügte über eine robustere Gesundheit als ihre Schwägerin. Mit ihren neunundvierzig Jahren war sie nie ernsthaft krank gewesen. Sie führte dies vor allem auf die Reckendorff'schen Erbanlagen und auf ihre gesunde Lebensweise zurück. Sie aß und trank in Maßen, und das Rauchen von Zigaretten, wie es jetzt für Frauen in Mode kam, lehnte sie ab. Grundsätzlich wusch sie sich mit kaltem Wasser, und auch in den strengsten Wintern schlief sie im ungeheizten Schlafzimmer. Von Kindheit an abgehärtet und gestählt, versah sie weiterhin mit voller Kraft ihre Tätigkeit im Lazarett, genau wie Beatrice.

In den frühen Morgenstunden eines kalten Märztages traf ein neuer, einhundert Mann starker Verwundeten-Transport in Wingen ein. Die Soldaten sahen erbarmungswürdig aus. Mit unzureichender Winterkleidung versehen, völlig demoralisiert und mit zum Teil schwersten Verwundungen hatten die meisten von ihnen kaum eine Überlebenschance. Begleitet wurden sie lediglich von einem jungen Militärarzt, drei älteren Pflegern und einer Krankenschwester. Dr. Landmann, der seit zweiundsiebzig Stunden keine Pause gehabt hatte, teilte die Verwundeten je nach Schweregrad zur Versorgung ein.

Beatrice und Meggie, die soeben von der Nachtschicht zurück aufs Schloss fahren wollten, mußten angesichts der Lage im Lazarett bleiben. Unter abenteuerlichen Bedingungen wurde operiert, amputiert, Bauchschüsse und Gesichtsverwundungen versorgt. Es gab nur noch wenig Verbandsmaterial, und es fehlte an Äther zur Betäubung bei den Operationen. Viele Soldaten schrien vor

Schmerzen. Mancher von ihnen griff in seiner Verzweiflung nach Beatrices Hand und flehte um einen raschen Tod. Beatrice fühlte sich am Ende ihrer Kräfte, doch sie wußte, daß sie durchhalten mußte. Daß so viele junge Männer auf so grausame Weise starben, lastete schwer auf ihrer Seele.

Tante Meggie sprach ihr immer wieder Mut zu. In einem Blut bespritzten, weißen Kittel und einer weißen Schwesternhaube auf den vollen, dunklen Haaren arbeitete sie ohne Unterbrechung. Weil Feldbetten und Strohsäcke schon lange nicht mehr ausreichten, hatte sie veranlaßt, Streutorf aus den gräflichen Stallvorräten heran zu schaffen. Die Verwundeten lagen nun auf dieser notdürftigen Unterlage zu ebener Erde.

Als eine der Gutsmägde mit einer großen Kanne heißen *Chai* in die Scheune kam, nahm sich Meggie einen Moment Zeit, um sich zu stärken. Zwei Frauen aus dem Dorf verteilten dann den Tee unter denjenigen Verwundeten, die den Becher noch halten konnten. Begierig trank Meggie das heiße, süße Getränk. Sie schloss die Augen, um sich zu sammeln, damit sie gleich darauf mit frischer Kraft weitermachen konnte.

Plötzlich ertönte hinter ihr eine leise Stimme.

»Margarethe?«

Meggie drehte sich um. Vor ihr stand ein alter Mann. Sein graubärtiges, mit scharfen Furchen durchzogenes Gesicht wurde beherrscht von zwei hellen Augen. Die schütteren weißen Haare zeigten über der Stirn kahle Stellen. Er trug einen schmuddeligen Pflegerkittel. Meggie stutzte. Sie hatte den Mann zuvor noch nie gesehen. Wieso erdreistete er sich, sie mit ihrem Vornamen anzusprechen?

»Was erlauben Sie sich!?« Ihre Stimme klang schneidend.

»Erkennst du mich nicht, Margarethe?« Der Mann blickte sie durchdringend an und lächelte. Einer der Schneidezähne fehlte. Doch seine Augen blitzten beinahe wie damals.

Jetzt begann Meggies Herz zu rasen. Trotz der beißenden Kälte brach ihr der Schweiß aus. Ihre Gedanken überschlugen sich. Wie lange war das jetzt her? Dreißig Jahre. Dreißig Jahre Einsamkeit, dreißig Jahre zielloser Sehnsucht. Und nun war das eingetreten, was sie insgeheim in all den Jahren ebenso gehofft wie auch befürchtet hatte: daß er eines Tage vor ihr stehen könnte als Fremder, der nichts mit dem Bild des Mannes mehr gemein hatte, der einmal ihr Geliebter war. Panik stieg in ihr hoch, der drängende Wunsch zu entfliehen, diesen Augenblick ungeschehen zu machen. Sie schwankte, alles drehte sich in ihrem Kopf. Mit letzter Kraft lehnte sie sich an die Bretterwand der Scheune. Tränen schossen ihr in die Augen, und eine unsagbare Traurigkeit bemächtigte sich ihrer. Noch nie hatte sie sich so schwach und haltlos gefühlt. Die Erinnerung, an die sie sich so viele Jahre geklammert hatte, bot nun plötzlich keinen Halt mehr. Wie aus einem törichten Traum wurde sie brutal in die Wirklichkeit gestoßen. Nun, da sie ihm gegenüber stand, erkannte sie die Wahrheit. Wo war ihre Liebe geblieben, die sie in all den Jahren wie ein Kleinod gehütet hatte? Eine Schimäre, eine Illusion, plötzlich entschwunden wie ein Vogel, der seine Freiheit sucht. Sie fühlte sich hilflos und verloren.

»Mischa …« Ihre Stimme brach.

Er trat einen Schritt auf sie zu und nahm sie fest in die Arme. Sein heißer, übel riechender Atem sieß sie ab, die Nähe zu ihm empfand sie als unangenehm. Vehement befreite sie sich aus der Umarmung. Sie fühlte sich überrumpelt, überfordert mit der Situation, in die er sie gebracht hatte.

»Können wir irgendwo miteinander reden, Margarethe?«

»Wozu, Mischa, wozu?«

»Oder laß uns später treffen, ganz gleich, wo! Ich komme, wohin du willst!« sagte er beschwörend.

Sie schüttelte den Kopf.

Verstummt schien das Stöhnen der Verwundeten ringsum, verflogen der Gestank nach Exkrementen, Tod und Verwesung. Es war, als hätte die Welt aufgehört zu existieren. In Meggies Seele tobte ein erbarmungsloser Kampf. Von einer Sekunde zur anderen waren ihre kostbaren Erinnerungen an der Wirklichkeit zerschellt. Da stand er vor ihr, den sie einst so geliebt hatte. Ein alter Mann, kaum wiederzuerkennen. In ihre unsagbare Enttäuschung und den Verlust ihrer Gefühle mischte sich ein Anflug von Mitleid. Wie hatte das Leben ihn gebrandmarkt! Gleichzeitig mußte sie entsetzt feststellen, daß ihr Mitleid einem Fremden galt.

Mischa nahm jetzt ihren Arm und zog sie Richtung Scheunenausgang. Entschieden schob Meggie seine Hand beiseite und ging mit schnellen Schritten nach draußen. Mischa folgte ihr und wollte sie eneut umarmen. Sie ließ es nicht zu, und wie zur Verteidigung schlang sie die Arme eng um ihren Körper. Seine Augen flackerten, als er ihre Abwehr spürte.

»Ich habe es so eingerichtet, daß ich diesem Verwundetentransport zugeteilt wurde, der für Aicken bestimmt war, denn ich hatte gehofft, dich wiederzusehen.«

Ein Schatten des Schmerzes fiel über Meggies Gesicht.

»Warum? Warum jetzt, nach so vielen Jahren?!«

»Es gab vorher keine Gelegenheit, Margarethe. Hast du denn meine Briefe nicht erhalten?«

»Nein. Es ist nie ein Brief angekommen.«

»Ich schrieb dir, daß ich nach fünfzehn Jahren Verbannung noch in Sibirien geblieben bin. Danach hat es mich hierhin und dorthin verschlagen. In meinen Briefen habe ich dich gebeten, auf mich zu warten. Daß es so lange dauern würde, bis ich wiederkommen konnte, wußte ich damals nicht. Bei Kriegsausbruch habe ich mich freiwillig für den Sanitätsdienst gemeldet.«

Meggie sah ihm geradewegs in die Augen. Sagte er die Wahrheit? Sie wußte es nicht. Selbst wenn – es war zu spät.

»Ich habe dich nie vergessen!« Mischas Stimme klang leidenschaftlich. »Immer an dich gedacht, und ich war verzweifelt, was man unserer Liebe angetan hatte.«

»Ich weiß, Mischa,« erwiderte Meggie. »Mir ging es damals ebenso. Meine Jugend war vergeudet, doch wofür?«

Mischa vernahm den aufgewühlten Ton in ihrer Stimme und fühlte sich ermutigt.

»Wahre Liebe fragt nie wofür! Jetzt ist vielleicht die Zeit, das Ruder herumzureißen. Wir könnten neu anfangen und vieles nachholen!«

Voller Bitterkeit lachte sie auf.

»Nachholen?«

»Warum nicht?«

»Was um Gottes Willen gibt es jetzt noch nachzuholen?« Er sah ihren abweisenden Blick, auch die Verletztheit darin.

»Es kann doch nicht alles umsonst gewesen sein!« erwiderte er erregt und fordernd zugleich. »Russland wird diesen Krieg verlieren, und dann bricht eine neue Zeit an. Eine Zeit der Gleichheit, der Gerechtigkeit, des Fortschritts – unsere Zeit!«

Vehement schüttelte Meggie den Kopf.

»Ich möchte, daß du gehst, Mischa.« Ihre Stimme war nun klar und beherrscht. Sie strich sich eine Haarsträhne aus der Stirn, die sich unter der weißen Schwesternhaube hervor gestohlen hatte.

»Ich liebe dich, Margarethe. Ein alter, vom Leben gezeichneter, doch ungebrochener Mann liebt dich immer noch, hat nie aufgehört, dich zu lieben! Nun will er den Rest seines Lebens mit der Frau verbringen, die auch ihn einmal geliebt hat.«

Meggie schwieg.

»Russland braucht grundlegende Veränderungen, und du könntest tatkräftig dabei mithelfen! Du warst doch immer auf meiner Seite, auf der Seite des Volkes! Oder hast du deine Einstellung geändert?«

»Nein.«

»Warum zögerst du dann? Die Standesunterschiede zwischen uns wird es ohnehin bald nicht mehr geben. Dann sind wir frei. Doch wenn du dein Leben so weiter lebst, könnte es eines Tages zu spät für dich sein.«

»Zu spät wofür, Mischa?«

»Dein Leben zu retten!«

»Für uns beide kommt das alles zu spät. Das Schicksal hat gegen uns entschieden.«

Ungläubig sah Mischa sie an.

»Ist das deine endgültige Entscheidung?«

»Ja,« sagte sie mit fester Stimme. »Jetzt hätte ich gewünscht, du wärst nicht nach all den Jahren zurück gekommen.«

»Das heißt also, du liebst mich nicht mehr?« Es klang weniger ungläubig als gekränkt.

Meggie nahm ihre ganze Kraft zusammen.

»Bitte geh, Mischa. Verlaß noch in dieser Stunde unsere Ländereien. Verzeih mir, aber ich kann nicht anders. Damals hatte ich nicht den Mut, mit dir zu gehen. Doch die Zeit dreht sich niemals zurück. Leb wohl, und Gott schütze dich!«

Ohne noch einmal zurück zu blicken ging sie zum Haupteingang von Gut Wingen. Mischa folgte ihr. An der Eingangstür packte er ihre Hand und sagte mit fordernder Stimme:

»Du mußt uns eine Chance geben, Margarethe! Du kannst nicht ...«

Brüsk unterbrach sie ihn.

»Doch, ich kann und ich will!«

Sie riß sich los und ließ ihn stehen.

In der Eingangshalle des Gutes verließ Meggie alle Kraft. Überwältigt von ihrer Seelenqual sank sie auf eine hölzerne Bank und weinte, wie sie noch nie in ihrem Leben geweint hatte. Eine große

Todessehnsucht bemächtigte sich ihrer. Wie sollte sie weiterleben mit der Erkenntnis, ihr Leben hingeschenkt, es einer schwärmerischen Hoffnung geopfert zu haben? Viele Jahre ihres Lebens hatte sie sich eingehüllt in einen Kokon aus schwülstiger Liebe, die den Stürmen der Zeit nicht standhalten konnte. Wie viele Männer hatten seinerzeit, nachdem Mischa in die Verbannung geschickt worden war, um ihre Hand angehalten?! Vielleicht wäre sie mit einem von ihnen glücklich geworden. Doch an ein solches Glück wollte sie damals nicht glauben. Nun stand sie vor den Trümmern ihres Lebens. Briefe hatte er ihr geschrieben ...vielleicht waren sie unterwegs verloren gegangen, vielleicht hatten ihr Vater und später ihr Bruder sie abgefangen. Jetzt spielte es keine Rolle mehr. Ebensowenig wie die Tatsache, daß sie damals ein totes Kind zur Welt gebracht hatte. Mischa würde es nie erfahren.

Warum war er zurück gekommen? Warum hatte er ihr das angetan und ihr Inneres in Aufruhr gebracht? Würde ihre Seele jemals wieder Frieden finden?

# 47

Beatrice hatte Tante Meggies Gespräch mit dem russischen Krankenpfleger vor der Scheune zufällig von fern beobachten können, ohne Ursache und Sinn dieser Begegnung zu ahnen. Einem Gefühl von Sorge folgend ging sie rasch in die Gutshalle. Dort fand sie Meggie, die bitterlich weinte und völlig aufgelöst schien. Als Beatrice behutsam ihren Arm berührte, zuckte Meggie zusammen, als hätte ein glühendes Eisen sie gestreift.

»Ich bin es, Tante Meggie.« Beatrice zögerte einen Moment, aus Scheu und Respekt. Dann nahm sie sie in ihre Arme. Meggie ließ es geschehen, und erneut schluchzte sie bitterlich. Selten hatte Beatrice erlebt, daß Meggie die Contenance verloren oder starke Gefühle und innere Aufgewühltheit gezeigt hätte. Eine Welle von Mitgefühl und Liebe durchströmte Beatrice. Hier war ein Mensch in höchster seelischer Not, der Beistand brauchte. Erst nach einer Weile beruhigte sich Meggie. Beatrice tupfte ihr mit einem Taschentuch die Tränen ab. Dann fragte sie vorsichtig:

»Kann ich irgend etwas für dich tun?«

Meggie schüttelte den Kopf.

»Nein, da kann niemand etwas für mich tun.«

Beatrice wartete einen Augenblick, bevor sie fortfuhr.

»Wer war dieser Mann? Was wollte er von dir? Kanntest du ihn?«

»Ja, ich kannte ihn,« erwiderte Meggie leise. »Doch das ist lange her. Und ich hoffe, ihm in meinem Leben nie wieder zu begegnen.«

»Er ist keiner der Pfleger, hab ich Recht?«

Meggie erwiderte nichts.

Beatrice wagte nicht weiter zu fragen. Sie nahm den Arm ihrer Tante und half ihr beim Aufstehen.

»Komm, ich sage dem Kutscher, er soll dich nach Hause bringen. Du bist erschöpft und mußt dich erst einmal ausruhen.«

Als Meggie eine halbe Stunde später im Jagdwagen das Schloss erreichte, führte einer der Stallburschen soeben Alessandra Helmers Araberhengst Abdul aus dem Stall. Sie hatte die Nacht auf Aicken verbracht und wollte zurück nach Blankenburg reiten. Als sie Meggies bleiches, abwesendes Gesicht sah, grüßte sie zunächst und fragte dann besorgt:

»Geht es Ihnen nicht gut, Margarethe? Sie sehen krank aus, wenn ich das sagen darf.«

Meggie sah sie nur flüchtig an.

»Es ist nichts, Alessandra. Ich bin lediglich müde. Die viele Arbeit im Lazarett, Sie wissen schon.«

Sie stieg aus dem Wagen und ging mit schnellen Schritten zum Hintereingang. Erstaunt blickte Alessandra ihr nach. So kannte sie die Schwester des Grafen nicht! Sie hatte nicht einmal ihren Gruß erwidert.

Abdul scharrte unruhig mit den Hufen, und der Stallbursche hatte Mühe, ihn am Zügel zu halten. Behend bestieg Alessandra das Pferd und preschte davon. Stallmeister Gulbe, der ganz in der Nähe stand, rief ihr nach:

»Seien Sie vorsichtig, Exzellenz! In den Wäldern wimmelt es von zwielichtigen Gestalten!«

Doch die Gräfin hatte den Schlosshof bereits verlassen. Mehr zu sich selbst sagte Gulbe:

»Soldaten, die keine Disziplin mehr kennen. Feige Deserteure, Plünderer, Wegelagerer ...was soll aus diesem Land noch werden?!«

Als er bemerkte, daß der Stallbursche seinen Worten lauschte, schnauzte er ihn an.

»Was gaffst du so! Schirr' lieber den Gaul aus!«

In ihrem Boudoir angekommen, zögerte Meggie nicht lange. Aus dem Geheimfach ihres Sekretärs holte sie Mischas Fotografie, die einzige, die sie besaß. Darauf war ein junger, außergewöhnlich gut aussehender Mann zu sehen. Sein kühner Blick, sein glatt rasiertes Gesicht mit dem tiefen Grübchen im Kinn drückten Stolz aus und den Willen, das Leben mit beiden Händen zu greifen. Meggie betrachtete es lange. Nur die hellen Augen erinnerten vage an den Mann, dem sie heute im Lazarett begegnet war.

Mit einer heftigen Geste warf sie die Fotografie ins niedrig brennende Kaminfeuer. Sie starrte in die Flammen, die die spärlichen Zeugnisse ihrer einzigen Liebe zu einem Häuflein Asche verbrannten. Auf seltsame Weise fühlte sie sich danach wie von einer Bürde befreit. Doch gleichzeitig wußte sie, daß dieser Zustand brüchig war. Enttäuschung und das Wissen um ihre Selbsttäuschung würden sie immer wieder heimsuchen. Aus einer Kristallkaraffe schenkte sie sich ein Glas Wasser ein und trank es in einem Zug leer. Dann verließ sie ihr Boudoir und begab sich ins Musikzimmer. Wenig später erklangen die ersten Töne der Apassionata. Erst am späten Nachmittag beendete sie ihr Spiel.

# 48

Das Osterfest war vorüber, nur im engsten Familienkreis war es begangen worden. Arved hatte sein Studium endgültig aufgegeben und lebte nun ausschließlich auf Aicken. Als rechte Hand von Graf Moritz übernahm er viele Aufgaben in der Landwirtschaft. Sein Verhältnis zu Beatrice glich in dieser Zeit einer Art Status quo. Sie lebten unter einem Dach, sahen sich zu den Mahlzeiten oder unternahmen gelegentlich gemeinsame Ausritte. Doch es fehlte die tiefe Vertrautheit früherer Jahre.

Von Alexander gab es weiterhin nur sporadische Nachrichten. Im Auf und Ab der russischen Siege und Niederlagen war er in seinem Stab unabkömmlich und hatte bisher nur dreimal Urlaub bekommen. Diese Tage verbrachte er jeweils in St. Petersburg, wo er auch seinen Vater Donatus und seine drei Schwestern besuchte. Graf Donatus Eisenstetten, Charlottes Bruder, lebte inzwischen mit seiner Familie in der Stadt an der Newa. Seine Güter in Kurland waren aufgrund der Kriegsereignisse gefährdet, und er wollte seine Familie zunächst in Sicherheit wissen. Nur der älteste Sohn und Erbe, Heinrich, war in Kurland geblieben und kümmerte sich um Schloss Franzensruh und die anderen Familiengüter. Nun stand der Feind vor den Toren der kurländischen Stadt Libau, die dann Anfang Mai von den Deutschen erobert und besetzt wurde.

Erst Mitte April fühlte Charlotte sich stark genug, die Reise nach Riga zu Professor Wilms anzutreten. Beatrice begleitete sie. Unverzüglich begab sich Charlotte in die Privatklinik des Professors, wo sie einige Tage zur Beobachtung bleiben sollte. In Riga verbrachte Beatrice viel Zeit mit ihrer Großmutter Elisabeth. Sie war froh und erleichtert, dem anstrengenden Alltag im Lazarett für einige Zeit entkommen zu sein. Sie genoß das Leben in der Stadt, die kulturellen Ereignisse wie Opern- und Theaterbesuche und wunderbare Ballettaufführungen.

Trotz aller Zerstreuungen streifte sie immer wieder, wie der Flügelschlag eines Adlers, die Erinnerung an Meggies seelischen Zusammenbruch in Wingen, nachdem jener Fremde mit ihr gesprochen hatte. Eines Abends begann Beatrice mit ihrer Großmutter ein Gespräch, nachdem sie lange überlegt hatte, wie sie es anstellen sollte. Sie beschrieb die tägliche Arbeit im Lazarett und fügte hinzu:

»Tante Meggie arbeitet dort bis zur Erschöpfung.«

»Ja, das kann ich mir vorstellen. Wenn sie einmal etwas angefangen hat, führt sie es zu Ende. Ohne Rücksicht auf sich selbst. Glaub mir, Bea, auch um sie mache ich mir große Sorgen.«

Beatrice wartete einen Moment, bis sie fortfuhr.

»Ich denke, sie stürzt sich so in die Arbeit, weil sie im Grunde sehr unglücklich ist. Warum hat sie eigentlich nie geheiratet?«

Prüfend sah Elisabeth ihre Enkelin an. Einen Moment lang hatte Beatrice den Eindruck, als wäre ihre Großmutter auf der Hut. Dann war der Augenblick vorüber, und Elisabeth lächelte.

»Sie hat sich eben nie verliebt. Ihre große Liebe ist die Musik, das weißt du doch.«

»Vor einigen Wochen ist es dann zu einem merkwürdigen Zwischenfall im Lazarett gekommen.«

Elisabeth runzelte die Stirn.

»Ach ja? In welcher Weise?«

»Ein alter Mann hat sie dort angesprochen, angeblich war er Sanitäter. Aber ich hatte ihn vorher noch nie gesehen. Und er verschwand auch am gleichen Tag wieder. Nach dem Gespräch war Tante Meggie vollkommen aufgelöst. Sie weinte schrecklich, und Willuk mußte sie nach Hause fahren.«

Aufmerksam hörte Elisabeth zu.

»Als ich sie fragte, ob sie den Mann kennt, sagte sie: Ja, vor langer Zeit hätte sie ihn gekannt.«

»Oh mein Gott!« Spontan schlug Elisabeth die Hand vor den Mund. Gleich darauf faßte sie sich. Doch Beatrice hörte Besorgnis in ihrer Stimme.

»Ich ahne schon, wer der Mann gewesen sein könnte …« Sie blickte ihre Enkelin an, als wollte sie prüfen, was sie ihr anvertrauen könnte. Dann meinte sie entschlossen:

»Du bist jetzt alt genug, Bea, daß ich dir etwas aus Meggies Vergangenheit erzählen kann. Aber es muß unter uns bleiben. Meggie darf nie erfahren, daß du es weißt!«

»Versprochen, Großmama.«

In wenigen Worten erzählte Elisabeth, was vor vielen Jahrzehnten auf Aicken geschehen war: von Meggies standeswidriger Liaison mit ihrem Hauslehrer Mischa, von dessen Verbannung nach Sibirien. Daß Meggie infolge dieser verbotenen Liebe ein totes Kind zur Welt gebracht hatte, verschwieg Elisabeth. Zum Schluß fügte sie hinzu:

»Sag deinen Eltern nicht, daß dieser Mann auf Aicken gewesen ist. Sie würden sich nur unnötig aufregen. Außerdem bin ich sicher, daß Meggie sich schon seit vielen Jahren innerlich von ihm gelöst hat.«

Noch lange dachte Beatrice an die tragische Liebesgeschichte ihrer Tante, die deren Leben geprägt und in gewisser Weise auch zerstört hatte. Doch darüber waren Jahrzehnte vergangen. Sie gab ihrer Großmutter Recht. Unmöglich konnte Meggie jetzt noch Liebe zu diesem Menschen empfinden: einem herunter gekommenen Landstreichertyp, der plötzlich im Lazarett aufgetaucht war.

∗∗∗∗

Constantin war in den letzten Monaten noch einmal in die Höhe geschossen und überragte seine Schwester beinahe um Haupteslänge. Mit seinem neuen Hauslehrer Igor Choltev kam er gut zurecht. Nach dem Unterricht blieb ihm genügend Zeit, um seinem Vater und Arved zur Hand zu gehen. Er interessierte sich besonders für die Forstwirtschaft und verbrachte die Wochenenden meist in Begleitung des Försters und Jagdaufsehers. Auch im Sägewerk fand er sich häufig ein, wo er sich vom Verwalter Schröder die Abläufe und Arbeitsschritte erklären ließ. Graf Moritz war überzeugt, daß sein Sohn sich zu einem tüchtigen Gutsherrn entwickelte und sich des Erbes eines großen Besitzes als würdig erweisen würde.

Das Frühjahr verging, und ab Juni stellte sich eine lethargische Sommerhitze ein. Wie betrunken taumelten die Tage in die schwülen Nächte. Schwere Gewitter verschafften nur kurzzeitig angenehmere Temperaturen. Gräfin Charlottes Husten war zurück gegangen, doch an eine endgültige Genesung mochte sie, trotz der guten medizinischen Versorgung durch Professor Wilms, nicht glauben. Ihre Arbeit im Lazarett hatte ihr der Professor verboten, und Charlotte hielt sich daran. Stattdessen versorgte sie, zusammen mit zwei Küchenmädchen, die Bewohner in Dorf Aicken mittels einer Suppenküche. Täglich wurden einfache Speisen auf dem Pferdewagen zu den Bewohnern geschafft. Auch die Familie des verurteilten Simberg nahm die Mahlzeiten in Anspruch. Der Alte, der seine Haftstrafe wegen Wilddieberei abgesessen hatte, war zurück gekehrt. Wegen fortschreitender Trunkenheit fehlte er immer öfter bei seiner Arbeit in der Ziegelei. Wenig später starb er an seiner Alkoholsucht. Nun war Inna Simberg mit ihren vielen Kindern auf sich allerin gestellt, denn von Jännis gab es bisher kein Lebenszeichen.

Manchmal half Alessandra Helmer ihrer Freundin in der Suppenküche. Gern hätte sie in Blankenburg etwas Ähnliches eingerichtet. Doch ihr Mann Rudolph hatte Derartiges untersagt, was die einheimische Bevölkerung zunehmend verbitterte.

Mangels ausreichender Pflegekräfte, Medikamente und Verbandszeug mußte das Lazarett in der Ziegelei aufgegeben werden. Beatrice und Meggie arbeiteten jedoch weiterhin im Wingener Lazarett. Auch dort mangelte es an Vielem, und Dr. Landmann wirkte zunehmend resigniert. Der Blutzoll der russischen Armee schien endlos zu sein. Nur wenige glaubten noch an eine glückliche Wendung und an ein rasches Ende des Krieges.

Meggie arbeitete bis zur Erschöpfung, weswegen Charlotte sich Sorgen um sie machte. Sie hatte an Gewicht verloren. Es schien, als würde sie sich immer mehr in ihr Inneres zurückziehen. Sie gab sich wortkarg und wirkte schwermütig. Vorbei die oftmals heftigen politischen Diskussionen mit ihrem Bruder Moritz, entschwunden ihre streitbare, kompromißlose Art. In ihrer Freizeit verließ sie kaum das Musikzimmer. Ihr herrliches Spiel stand in krassem Gegensatz zu ihrem verschlossenen, oft abwesenden Gesichtsausdruck. Die Verwandlung ihrer Schwägerin konnte sich Charlotte nicht erklären. In einem Gespräch mit Beatrice dachte diese an die Worte ihrer Großmutter und stellte sich ahnungslos.


Zum ersten Mal seit Kriegsausbruch kündigte sich Familie Bergh an. Wie immer erwartete man sie mit gemischten Gefühlen. Gemeinsam mit der fünfzehnjährigen Tochter Emily erreichten sie kurz vor Johanni Schloss Aicken. In ihrer Begleitung befand sich ein Mädchen in Emilys Alter, eine Schulfreundin aus dem Lyzeum in Dorpat. Sie hieß Maria und stammte aus einer adeligen Kaufmannsfamilie. Constantin war augenblicklich von ihr angetan. Amüsiert registrierte Emily, daß er auf direktem Weg war, sich in die hübsche, hellblonde Maria mit ihren Augen, die wie königsblauer Samt schimmerten, zu verlieben. Sein Interesse für sie fiel auf fruchtbaren Boden. Marie fand sein Aussehen *umwerfend*, seine ebenso schüchterne wie wohlerzogene und charmante Art *entzückend*. Sie konnte Emily nicht genug davon vorschwärmen. In der Schlaflosigkeit der Weißen Nächte blühten Phantasie und junge Mädchenträume. *Wie wundervoll muß es sein, für immer in diesem schönen Schloss zu wohnen,* dachte Maria voller Sehnsucht. Schon malte sie sich eine romantische Zukunft als Schlossherrin aus.

Emily fühlte sich reifer als Maria, und die Phase ihrer Schwärmerei für ältere Männer war vorüber. Ihre Gefühle für Fabian von Lüttich aus Pommern, dem früheren Studienfreund von Arved, hatten sich intensiviert. Jeden Abend betete sie, daß Gott ihn in diesem Krieg beschützen möge. In unregelmäßigen Abständen und mit großer Verspätung trafen Briefe von ihm ein. Er kämpfte an der deutschen Westfront, und täglich hing sein Leben an einem seidenen Faden. Je länger sie getrennt waren, desto inniger wurden ihre gegenseitigen Liebesbeteuerungen.

Von Beatrices neunzehntem Geburtstag wurde wenig Notiz genommen. Niemandem in der Familie stand der Sinn nach einer fröhlichen Feier. Alexander hatte ihr einen langen Brief geschrieben, in dem er die Ereignsse in der Johanninacht vor zwei Jahren erwähnte. Zum Schluß schrieb er: *Ich habe dich sehr geliebt, Bea, doch du hast meine Liebe mit Füßen getreten. Ohne Groll, und in wehmütiger Erinnerung, immer Dein Sascha.*

In der Nacht lag Beatrice lange wach und dachte über diese Zeilen nach. In einem Winkel ihres Herzens regte sich ein Hauch von Sehnsucht und brachte ihre Gedanken und Gefühle in Aufruhr. Wie lange lag ihr siebzehnter Geburtstag zurück, und was war seitdem geschehen! Erneut durchströmten sie Wehmut und Trauer. Wie gern wäre sie mit ihm glücklich geworden, doch sein schwieriger Charakter hätte eine gemeinsame Zukunft immer überschattet. Sie vertraute ihm nicht mehr, und wo es kein Vertrauen gibt, steht die Liebe auf tönernen Füßen. Daran würde auch die Sehnsucht nach Sascha, die sie in dieser Nacht heimsuchte, nichts ändern.

# 49

Tatjana Kropotkin, Charlottes Freundin aus Jugendtagen, trank gerade ihre zweite Tasse Tee als ein Diener an die Tür ihres Arbeitszimmers klopfte.

»Seine Exzellenz, Graf Eisenstetten wünscht Durchlaucht zu sprechen.«

Tatjana stutzte. *Sascha?* dachte sie. *Hat er schon wieder Urlaub bekommen? Und wieso läßt er sich plötzlich anmelden?*

Irritiert schüttelte Tatjana den Kopf und ging über die Freitreppe in die Halle. Dort stand ein eleganter, älterer Herr. Es war Alexanders Vater Donatus. Tatjana kannte Charlottes Bruder und weitere Mitglieder der Familie Eisenstetten seit ihrer Jugendzeit.

»Graf Eisenstetten!« rief sie erstaunt. »Was verschafft mir die Ehre Ihres Besuchs?«

Donatus Eisenstetten war ein gut aussehender Mann, dessen Ähnlichkeit mit seinem Sohn Alexander ins Auge stach. Er küßte Tatjana die Hand und betonte mit ernster Miene:

»Ich bitte tausendmal um Entschuldigung, Fürstin, daß ich hier so überraschend aufkreuze. Es wäre nicht geschehen, wenn es nicht einen handfesten Grund gäbe.«

Sofort war Tatjana alarmiert. War Sascha verwundet worden, oder gar gefallen? Sie bat den Besucher in den Spanischen Salon, dessen Fensterfront zum Newski Prospekt lag. Einem Diener trug sie auf, Tee zu servieren. Ihr Herz klopfte stark in Erwartung dessen, was der Graf ihr mitzuteilen hatte. Dieser hielt sich nicht lange mit gefälliger Konversation auf, sondern kam gleich zur Sache.

»Gehe ich richtig in der Annahme, daß zu ihrem näheren Freundeskreis auch die Familie des Fürsten Golowin gehört?«

Tatjana zeigte sich erstaunt.

»Ja, wieso fragen Sie danach?«

»Anastasia, die jüngste Tochter des Fürsten, ist offenbar regelmäßig Gast bei Ihren Bällen und Gesellschaften. «

Tatjana nickte. Worauf wollte der Graf hinaus?

»Nun, es ist ein sehr unangenehmes Ereignis eingetreten.« Der Graf lehnte sich im Sessel zurück. »Vor einigen Tagen hat mir der Vater der jungen Dame einen Besuch abgestattet. Seine Tochter ist, wie soll ich sagen ...« Er räusperte sich verlegen. »...guter Hoffnung.«

Tatjanas Miene verriet keine Regung.

»Mein Sohn Alexander soll der Vater sein,« fuhr Donatus fort. »Fürst Golowin ist außer sich und besteht auf einer raschen Heirat zwischen seiner Tochter und Sascha. Das Problem ist nur, daß Sascha sich weigert.«

In Tatjanas Kopf jagden sich die Gedanken. Doch sie blieb ruhig und beherrscht.

»In welchem Monat ist Anastasia Golowina?«

»Der Arzt vermutet, in der zwölften Woche. Man sieht ihr noch nichts an.«

Rasch überschlug Tatjana die Ereignisse der letzten Monate. Ihr großer Frühlingsball Ende März ...Nur da konnte es passiert sein. Sascha war auf Fronturlaub gewesen. Er und Anastasia hatten sich bereits letztes Jahr bei einem von Tatjanas Sommerbällen in Sotschi kennengelernt. Dabei war ihr keineswegs entgangen, wie sehr Sascha sich um die junge Fürstentochter bemüht hatte. Und beim Frühlingsball ...beide tanzten bis zum Morgengrauen und verschwanden dann gemeinsam. Alles ergab einen Sinn.

Tatjana lächelte.

»Und wie kann *ich* Ihnen in dieser Angelegenheit behilflich sein, lieber Graf?«

»Ich weiß, daß Sie mit Sascha befreundet sind. Wie gut und wie eng – das hat mich nicht zu interessieren. Ich habe schon immer die Auffassung vertreten, daß adelige Söhne beizeiten Erfahrung sammeln müssen, damit sie später gute Ehemänner und Väter werden.«

Er blickte Tatjana an, als erwartete er eine Antwort. Wußte er von ihrem Verhältnis mit seinem Sohn? Tatjana war es gleichgültig. Dennoch empfand sie seine unverblümte Anspielung und den etwas abschätzigen Blick als Affront.

»Sascha hat keine Mutter mehr, und auf mich hört er nicht. Es gibt auch keine enge, besser gesagt: ältere und reife Vertraute,« fuhr der Graf fort. »Meine Schwester Charlotte und andere Damen aus der Familie möchte ich aus dieser Angelegenheit heraushalten.«

»Was ich verstehen kann.« Tatjana blieb liebenswürdig und gelassen. »Ich kenne Charlotte gut genug, um zu wissen, wie sie über diese Sache denken würde.«

»Eben! Ich möchte, daß *Sie* Sascha überzeugen, die junge Golowina zu heiraten. Sollte dies nicht gelingen, gibt es einen Skandal, das wissen Sie und ich. Golowins Stellung und Einfluß bei Hof, Saschas militärische Karriere, der Ruf unserer Familie – mehr brauche ich wohl nicht zu sagen.«

Es trat einen Moment Stille ein. Tatjana unterbrach sie als Erste.

»Ich denke, Sie überschätzen meinen Einfluß auf Ihren Sohn, Graf. Ich kenne Saschas Einstellung zur Ehe und befürchte, daß er nur schwer zu überzeugen sein wird. Dennoch will ich es versuchen.«

»Ich danke Ihnen, Fürstin.«

Tatjana lächelte.

»Was halten Sie davon, wenn ich zunächst mit Anastasia ein Gespräch führe? Um ganz sicher zu gehen, daß Sascha tatsächlich verantwortlich für ihren Zustand ist?«

»Daran besteht wohl kein Zweifel. Sie hat es hoch und heilig geschworen!«

»Dennoch – als Frau habe ich andere Möglichkeiten, mit der jungen Dame zu reden. Mir vertraut sie vielleicht mehr an als ihrer eigenen Mutter, die als extrem religiös gilt.«

»Wozu soll das gut sein? Hier geht es doch darum, die Ehre des Mädchens zu retten und meinen Sohn dazu zu bewegen, sich seiner Verantwortung zu stellen!«

»Sehr richtig. Aber vielleicht ist es doch anders, als Anastasia es geschildert hat? Auf meine Bällen kommen stets viele junge Offiziere, und das Mädchen hat nicht nur mit Sascha geflirtet.«

Der Graf schüttelte vehement den Kopf.

»Bitte verstehen Sie mich: ich will keinen Skandal, und eine bessere Partie als in die Golowin-Familie einzuheiraten könnte mein Sohn sich gar nicht wünschen! Jetzt muß der störrischen Esel nur auf Trab gebracht werden!«

Tatjana lächelte und erhob sich. Sie reichte die Hand zum Kuß und meinte charmant:

»Ich bemühe mich nach Kräften, Graf. Das verspreche ich Ihnen. Doch wie kann ich mich so schnell mit Sascha in Verbindung setzen? Er kämpft an der Westfront.«

»Fürst Golowin hat alle Hebel in Bewegung gesetzt, daß ihm für einige Tage Sonderurlaub bewilligt wird. Er müßte heute oder Morgen hier eintreffen.«

Nachdem der Graf den Salon verlassen hatte, schickte Tatjana einen Diener mit einem Billett zum Palais des Fürsten Golowin. Darin meldete sie ihren Besuch für den nächsten Vormittag an. Sie hegte keinen Zweifel, daß Wladimir Golowin sie empfangen würde, hatte sie doch vor vielen Jahren nach dem Tod ihre Mannes eine leidenschaftliche Affäre mit Golowin gehabt.

Noch am selben Abend traf Sascha in St. Petersburg ein. Wie Tatjana bereits geahnt hatte, weigerte er sich beharrlich, die junge Golowina zu heiraten.

»Ich liebe sie nicht, Tatjana! Und ich bin viel zu jung, um mich jetzt schon zu binden!«

»Dann sehe ich nur eine Lösung, Sascha.«

# 50

Anfang August kam unangekündigter Besuch nach Aicken. Alexander hatte drei Tage Urlaub; zu wenig, damit sich die Reise nach St. Petersburg in immer volleren Transportzügen mit immer längeren Verspätungen gelohnt hätte.

Die plötzliche Nachricht von Saschas Ankunft erreichte Beatrice im Lazarett. Wie elektrisiert, und ohne lange zu überlegen, fuhr sie sofort nach Aicken. Zum ersten Mal nach langer Zeit würden sie sich wieder begegnen! Beatrices Herz klopfte zum Zerspringen. Es war, als erwachte sie aus einer langen Zwischenzeit, in der alle Gefühle in eine Art Winterschlaf versunken waren.

Am Mittag, auf dem Weg in den Speisesaal, trafen sie sich auf der Galerie im Westflügel. Alexander sah älter und reifer aus, was ihm eine ernsthafte und noch männlichere Aura verlieh. Er trug nun einen Oberlippenbart nach Husarenart, und sein Haarschnitt war militärisch kurz. Einen Moment standen sie sich stumm gegenüber. In diesem Augenblick wußte Beatrice, daß sie verloren war. Sie verspürte eine unbändige Sehnsucht, ihm nahe zu sein. All ihre Vorbehalte, ihre Kritik an ihm und die zwanghafte Abwehr ihrer Gefühle schmolzen dahin. Sie liebte ihn noch immer, und diese Gewißheit erfaßte sie auf raschen Schwingen.

In die Stille hinein ertönten vom anderen Ende der Galerie her Schritte und fröhliches Lachen. Constantin, Emily und deren Freundin Maria stürmten herbei, um sich in letzter Minute fürs Mittagessen umzuziehen. Beatrice faßte sich, wandte sich von Sascha ab und lächelte den jungen Leuten zu. Sie fühlte, wie ihr

Gesicht glühte. Gleich darauf gingen sie und Sascha Seite an Seite, ohne ein Wort miteinander zu wechseln, zur Freitreppe. Beatrice spürte Saschas Nähe wie ein Versprechen, das endlich eingelöst werden würde.

Während des Mittagessens, bei dem Arved nicht anwesend war, drehten sich die Gespräche nur um das Thema Krieg. Sascha hatte viel zu erzählen.

»In Warschau konnten unsere Verbände dem Ansturm nicht standhalten. Als der Feind immer weiter nach Osten vordrang, mußten wir Warschau räumen. Genau wie Litauen und auch erhebliche Teilen Kurlands. Mitau ist auch schon besetzt. Es gibt bereits staatliche Evakuierungen. Propaganda und Gerüchte jagen einander. Von Gräueltaten der Deutschen an der Zivilbevölkerung ist die Rede. Die Leute glauben das und fliehen in Scharen. «

»Eine Katastrophe!« sagte Graf Moritz. »Ich habe vor einigen Tagen mit deinem Vater in Petersburg telefoniert. Er macht sich Sorgen um euren Besitz. «

»Heinrich ist ja in Franzensruh vor Ort,« erwiderte Sascha. »Bisher verhalten sich die Deutschen zivilisiert. Sie requirieren Nahrungs- und Futtermittel, vor allem aber Pferde. Die Offiziere haben sich im Herrenhaus einquartiert..«

»Gott sei Dank, daß es deinem Bruder bisher gut geht! Ich hatte schon die größten Befürchtungen. Es gibt ja keine telefonische Verbindung mehr nach Franzensruh. Überall herrscht Chaos. «

Beatrice, die bisher nicht aktiv am Gespräch teilgenommen hatte, bemerkte jetzt, ohne Sascha anzusehen:

»Ich dachte immer, unsere Armeen sind den Deutschen und Österreichern zahlenmäßig weit überlegen?«

»Das sind sie auch.« Sascha leerte sein Weinglas. »Aber

unsere Verluste sind auch entsprechend hoch. Und die Moral der Truppe – die ist praktisch ins Bodenlose gesunken.«

»Große Sorgen machen Moritz und ich uns um unsere Schwester Madeleine,« meinte Tante Meggie mit ernster Miene. »Sie und ihre Mitschwestern befinden sich mit ihrem Lazarett in vorderster Front. Seit fünf Monaten haben wir nichts von ihr gehört.«

Graf Moritz räusperte sich.

»Wir wollen hoffen, daß Gott seine schützende Hand über sie und die anderen Schwestern des Ordens hält.«

»Was meinst du, Sascha, wann werden die Deutschen auch hier einmarschieren?« wollte Tante Meggie wissen.

Bedenklich wiegte Sascha den Kopf.

»Das hängt davon ab, ob wir sie zurück schlagen können. Ich brauche euch ja nicht zu sagen, daß es von Mitau nur ein Katzensprung bis nach Riga ist. Der Hafen ist strategisch von großer Bedeutung für den Nachschub der Deutschen. Wird Riga erobert, ist der Weg nach Osten frei.«

Zum ersten Mal ergriff Baron Bergh das Wort.

»Die Deutschen hoffen vermutlich auf Unterstützung von uns Deutschbalten, wenn sie hier einmarschieren. Tatsächlich verbinden uns Herkunft und Kultur mehr mit Deutschland als mit dem rückständigen Russland oder Livland.«

»Schon möglich.« Graf Moritz trank einen kräftigen Schluck Eiswasser und sah Adam Bergh scharf an. »Es gibt ja einige Landsleute, die damit liebäugeln, daß die baltischen Provinzen Teil des deutschen Kaiserreichs werden sollten. Aber eines ist für mich und auch hoffentlich für alle hier am Tisch klar: trotz unserer deutschen Vorfahren stehen wir fest zu unserem Zaren, zu unserer Armee. Russland ist unsere Heimat. Alles andere wäre Verrat.«

»Wir können treu zum Zarenreich stehen,« bemerkte Tante

Meggie. »Doch machen wir uns nichts vor: die einheimische Bevölkerung, die Letten und Esten, sie hassen nicht nur die Deutschen und die Russen – auch uns Baltendeutsche. Für sie sind wir, ebenso wir für die Panslawisten, Ausbeuter und Kollaborateure.«

# 51

»Bei dieser Hitze wollt ihr ausreiten?« Graf Moritz wunderte sich. Er hatte soeben mit dem Verwalter Schröder sein Arbeitszimmer verlassen, als Beatrice und Alexander in Reitkleidung die Freitreppe hinunter eilten.

»Es wird ein Gewitter geben, Herr Graf,« sagte Schröder zu Alexander.

»Bis dahin sind wir sicher zurück!« erwiderte dieser leichthin. Moritz blieb dennoch skeptisch.

»Es wäre mir lieber, ihr würdet darauf verzichten. Im übrigen dachte ich, daß du dich vielleicht ein wenig ausruhen solltest, Sascha, bevor du wieder an die Front mußt.«

»Ach was, Onkel Moritz! Ich will die kurze Zeit hier genießen. Und in den Wäldern ist es ja schattig.«

»Und du, Beatrice? Wieso bist du nicht mit Tante Meggie ins Lazarett gefahren?«

»Ich brauche mal eine Pause. Im Übrigen: keine Angst, Papa.« Beatrice gab ihren Vater einen flüchtigen Kuß. »Wir sind sicher rechtzeitig zurück, falls ein Gewitter aufzieht.«

Graf Moritz nickte vage. Als sie mit raschen Schritten Richtung Schlosshof gingen, sagte er zu seinem Verwalter:

»Was soll man da machen? Meine Tochter hatte schon immer ihren eigenen Kopf.«

»Hatten wir den nicht auch, als wir jung waren?« erwiderte dieser.

Moritz lachte etwas gequält und klopfte Schröder auf die Schulter.

Zum ersten Mal seit vielen Monaten waren Beatrice und Alexander länger allein. Bedeckt von heißem, hellem Staub lagen die Wege wie ausgedörrt. Ihr Vater hatte Recht - welch verrückte Idee, bei dieser Schwüle auszureiten! Dennoch hätte Beatrice jubilieren können. Wie lange hatte sie sich nicht mehr so frei, so kühn und so lebendig gefühlt? Vergessen die tägliche Plackerei im Lazarett, die Hiobsbotschaften von den Fronten und die trübe Stimmung, die sich nun oftmals im Schloss verbreitete. Sascha war an ihrer Seite, der Mann, den sie liebte. Gleichgültig, was in der Vergangenheit geschehen war und wie ihre Eltern und andere über Sascha dachten - ihrem Herzen würde niemand Vorschriften machen können! Im Hier und Jetzt leben, sich nur dem Augenblick hingeben, das war alles, was zählte. Morgen schon konnte es zu spät sein, wenn Sascha wieder sein Leben an der Fromt riskierte.

Wie flüssige Lava ergoß sich die Hitze über das Land. Sie ritten über ein Hochmoor, wo es kürzlich gebrannt hatte. Schwarz duckten sich die stumpfen Skelette der Sträucher und Büsche unter der milchigen Sonne, die in der flirrenden Luft zerrann. Kein Windhauch wehte, die Vögel schwiegen. Die Natur hielt den Atem an, als wartete sie auf Erlösung. Beiden Reitern standen Schweißperlen auf der Stirn. Sie parierten die Pferde, sobald sie das nahe Waldstück erreichten. Die Flanken der Tiere glänzen vor Schweiß. Schaumflocken wehten aus ihren Mäulern auf die Hosen und Stiefel der Reiter. Im Wald warteten Schwärme von Mücken, um sich auf die neue Beute zu stürzen. Doch Beatrice und Sascha hatten ihre Gesichter und Hände mit einem bewährten Hausmittel eingerieben. Es bestand aus ätherischen Ölen, roch nach Eukalyptus, Nelke und Minze, und erwies sich als äußerst wirkungsvoll.

»Laß uns einen Moment Rast machen,« schlug Sascha vor und sprang aus dem Sattel. Sogleich trat er dicht an Rasboi heran, legte seine Hände um Beatrices Taille und hob sie mit spielerischer Leichtigkeit vom Pferd. Die Berührung war fordernd und ließ Beatrice trotz der bleiernen Hitze erschauern. Auf einem Stück bemoosten Waldbodens unter einer großen Birke legte er Beatrice nieder und beugte sich über sie. Sogleich schlang sie ihre Arme um seinen Hals und zog Sascha zu sich. Sie küßten sich, und Beatrices ganzer Körper brannte vor Sehnsucht. Sie wollte mehr, und Sascha wußte das. Er knöpfte ihre Bluse auf, und zum ersten Mal spürte sie die Liebkosung eines Mannes auf ihren festen, runden Brüsten. Erneut küßten sie sich, leidenschaftlicher als zuvor.

Ein lauter Donnerschlag ließ beide zusammenzucken. Wie aus dem Nichts waren dunkle Wolken aufgezogen. Die ersten Blitze zuckten. Die Pferde, die ganz in der Nähe im Schatten einer Steineiche standen, träge in der Glut des Nachmittags, wurden unruhig. Beatrice, jäh aus dem Strudel ihrer Leidenschaft herausgerissen, löste sich abrupt aus der Umarmung. Mit einem besorgten Blick auf die dunklen Wolkenfetzen zwischen den Baumwipfeln sagte sie:

»Komm, Sascha! Gleich fängt es an zu schütten. Wir müssen sehen, ob wir uns irgendwo unterstellen können.«

Inzwischen war der Himmel so schwarz, daß ihre Gestalten beinahe schattenhaft wirkten. Immer drohender wurden die Donnerschläge, Blitz auf Blitz folgte. Sie bestiegen die Pferde. Rasboi tänzelte nervös, und Beatrice hatte Mühe, ihn ruhig zu halten. Sascha blickte sich um.

»Hier ist doch weit und breit nichts, was uns Schutz bieten könnte.«

»Mal sehen! Vielleicht doch.«

Als sie sich auf den Weg machten, fielen die ersten schweren Regentropfen.

# 52

Im Arbeitszimmer des Grafen läutete das Telefon.

»Moritz? Hier ist Donatus.«

»Donatus! Ich kann dich leider schlecht hören. Die Verbindung nach Petersburg ist anscheinend gestört.«

»Ich rufe nicht aus Petersburg an. Ich war einige Tage in Riga. Nun bin ich auf dem Rückweg und habe die Bahnfahrt in Wolmar unterbrochen. Dort habe ich ein Pferd gemietet, und in einer Dreiviertelstunde kann ich bei euch sein.«

Charlottes Bruder war nicht für spontane Besuche bekannt, und Moritz wunderte sich.

»Welch eine Überraschung! Wir haben uns ja eine Weile nicht gesehen. Aber wie schön, daß du kommst. Hoffentlich schaffst du es noch vor dem Gewitter. Sascha und Beatrice sind nicht da, aber sie müßten bald zurückkommen.«

»Sascha ist bei euch?« Die Stimme des Schwagers klang überrascht. »Ich wußte nicht, daß er Urlaub hat!«

»Er kann nur ein paar Tage bleiben. Wie freuen uns auf dich, Donatus. Ich sage gleich Charlotte Bescheid.«

Wenig später erreichte Donatus Aicken. Völlig durchnäßt vom sintflutatigen Regen, war er froh, endlich im Trockenen zu sein. Moritz' Kammerdiener Arto brachte ihm frische Kleidung ins Gästezimmer. Kurz darauf saß er mit seiner Schwester und seinem Schwager bei einer Tasse Chai im Blauen Salon.

Rechtzeitig zum Abendessen kamen auch Arved und Tante Meggie zurück aufs Schloss. Das Gewitter war weitergezogen. Durch die Fenster im Speisesaal strömte frische, würzige Luft herein. Charlotte zeigte sich inzwischen sehr beunruhigt. Dennoch beschloss sie, mit dem Abendessen nicht auf Beatrice und Sascha zu warten.

»Ich verstehe gar nicht, wo sie bleiben?« meinte sie erneut, als Constantin das Tischgebet gesprochen hatte. »Hoffentlich ist nichts passiert!«

»Was soll denn passiert sein?« sagte Tante Meggie. »Sie werden irgendwo Schutz gesucht haben. In dieser Situation sicher das Vernünftigste.«

»Vielleicht sind sie in der Jagdhütte?« warf Constantin ein.

»Wieso in der Jagdhütte?« Arved stutzte und runzelte die Stirn. »Keiner von beiden war doch je dort, oder irre ich mich?«

»Vielleicht sind sie zufällig in diese Richtung geritten?« meinte Constantin. »Nachdem wir mit Papa letztes Mal dort übernachtet hatten, habe ich Bea erzählt, wo die Hütte liegt.« Er saß zwischen Emily und Maria und fühlte sich wie der Hahn im Korb.

»Tatsächlich?« Arved spürte plötzlich einen Kloß im Hals.

»Sie sind doch erwachsen und wissen sich zu helfen.« Baron Bergh trank einen Schluck Wein. »Ich würde das etwas gelassener sehen, Charlotte.«


In der Nacht sattelte Arved seine Stute. Niemand vom Stallpersonal bemerkte es.

Die Sichel des zunehmenden Mondes verblaßte im Licht der Weißen Nächte. Jetzt, im Hochsommer, war es noch immer so hell, daß Arved den Weg gut erkennen konnte. Er trieb sein Pferd an. Von den Bäumen und Sträuchern perlten noch vereinzelte Tropfen des Gewitterregens. Die Nachtluft strich angenehm kühl über Gesicht und Haare, doch bereits morgen würde es wieder ein heißer Tag werden.

In einiger Entfernung von der Jagdhütte band er das Tier an den Ast einer Lärche und ging zu Fuß weiter. Kaum gelangte die Hütte in sein Blickfeld, hörte er aus dem Unterstand das Wiehern eines Pferdes. Leise schlich Arved sich heran. Ein schlechtes Gewissen, sich hier mitten in der Nacht heimlich herumzutreiben, plagte ihn nicht. Seit Saschas Ankunft hatte er die Veränderung bei Beatrice bemerkt. Grund genug, aufs Höchste alarmiert zu sein! In der Nähe rief ein Käuzchen. Ein zweites, etwas entfernt, antwortete. So ging das eine Weile hin und her. Inzwischen machte Arved einen Bogen um die Hütte. Im Unterstand sah er Rasboi, der den Kopf zu ihm drehte und schnaubte. Daneben stand Saschas Pferd.

Er näherte sich der Südseite, wo der Schlafraum lag. Das Fenster dort stand offen. Heftige Geräusche drangen nach draußen, leidenschaftliches Stöhnen, lange Seufzer. Unwillkürlich hielt Arved den Atem an. Vorsichtig spähte er ins Innere. Auf einer der Schlafpritschen, direkt in seinem Blickfeld, bewegten sich zwei halb entblößte, ineinander verschlungene Gestalten. Das, was sie trieben, war eindeutig, und Arved zuckte zurück. Wie versteinert stand er im Schutz der Mauer. Etwas Dumpfes überrollte ihn. Nun war das Spiel aus, er hatte Beatrice für immer verloren. Wie Treibsand, der mit der zurück weichenden Welle ins Meer gespült wird, wich all seine Hoffnung dahin. Vor Seelenqual, Wut und Enttäuschung hätte er laut schreien können. Doch was würde das ändern? Wie betäubt schlich er davon.

Warum starben so viele andere junge Männer im Krieg? Söhne aus der großen, russischen Völkerfamilie ebenso wie die Sprösslinge alter, aristokratischer Familien. *Nur er nicht! Warum zum Teufel muß **er** alle überleben?! Und warum habe ich Idiot ihm damals beim Waldbrand das Leben gerettet?*

Auf dem Rückweg zum Schloss ließ er sich Zeit. Beinahe von selbst fand die Stute den Weg. Arveds Gedanken drehten sich im Kreis und landeten immer wieder beim Blick durchs Fenster der Jagdhütte. Beatrices entrücktes Gesicht, ihre aufgelösten Haare auf dem Bettzeug wie die dunklen Fläche eines Sees. Ihre lustvollen Laute. Saschas breiter Rücken, der im Dämmerlicht glänzte. Ihre Arme, die seinen Hals umklammerten. Die Körper im gleichen Rhythmus ...Wie qualvoll und erbarmugslos war die Wahrheit! Sie zerschnitt Arveds Seele wie mit tausend Klingen. Je weiter er sich von der Hütte entfernte, desto stärker wuchs die Trauer über das, was er einmal für sich gewünscht hatte und was ihm jetzt von einem anderem genommen worden war. Doch sollte er Beatrice von Schuld freisprechen? Er hatte gesehen, daß sie nicht das Opfer eines raffinierten Verführers war, sondern aktiv Beteiligte an diesem Spiel. Sie liebte Sascha, sonst hätte sie sich nie dazu hinreißen lassen, sich ihm ganz hinzugeben. Diese Erkenntnis trieb Arved die Tränen in die Augen. Er legte sein Gesicht auf die Kruppe des Pferdes und schlang seine Arme um dessen Hals, als suchte er Schutz und Trost. Er weinte, wie er seit dem Tod seiner Eltern nicht mehr geweint hatte.

# 53

Ein Sonnenstrahl weckte Beatrice. Er kitzelte auf ihrer Stirn. Im Halbschlaf wischte sie mit der Hand darüber in der Annahme, es sei ein lästiges Insekt. Dann war sie mit einem Schlag wach. Nur mit ihrer Unterwäsche bekleidet lag sie unter der Decke, die etwas kratzte. Durch das geöffnete Fenster ertönte das Morgenkonzert der Vögel, während in der Ferne ein Adler schrie, vielleicht auch eine Kornweihe.

Wohlig streckte Beatrice sich und seufzte tief. Was für eine Nacht! So hatte sie es sich nicht vorgestellt. Ihre verheiratete Freundin Irina von Sanderan, mit der sie in Briefkontakt gestanden hatte, hatte ihr wenig Prosaisches über die erste Nacht einer Frau mit einem Mann berichtet. Dies konnte Beatrice für sich nicht bestätigen. Sascha war rücksichtsvoll und sehr einfühlsam gewesen. Sie hatte sich entspannt und das Liebesspiel genossen. An diesem Morgen fühlte sie sich ermattet, doch voller Lebendigkeit und Glück.

Wenig später kam Sascha herein, und Beatrice spürte einen Stich in ihrer Brust. Sogleich sehnte sie sich nach ihm. Er nahm sie in seine Arme, küßte sie zärtlich, dann immer leidenschaftlicher. Erneut fühlte sich Beatrice magisch zu ihm hingezogen. Doch dann gewannen Verstand und Vernunft die Oberhand.

»Du meine Güte, Sascha, wir müssen zurück! Alle werden sich Sorgen um uns machen.«

»Ja, wir reiten gleich los. Zum Frühstück gibt es leider nichts. Aber ich habe frisches Brunnenwasser geholt. Die Pferde sind auch schon getränkt und gesattelt.«

Er küßte sie ein letztes Mal und half ihr aus dem Bett. Eilig zog Beatrice ihre Reitkleidung an. Die Leidenschaft dieser Liebesnacht, das völlige Vergessen von Zeit und Raum, ihre unbedingte Hingabe – all dies wich plötzlich einer starken Unruhe. Ihr Vater würde beiden eine gehörige Standpauke halten, zumal er von dem Ausritt kurz vor dem Gewitter abgeraten hatte. Doch Beatrice bereute nichts. Sascha und sie hatten sich endgültig gefunden. Im Strudel der Gefühle hatten sie sich in der Nacht ewige Liebe geschworen.

»Warum bis zur Hochzeitsnacht warten?« hatte Sascha ihr zugeraunt, als er sie entkleidete. »Wir lieben uns, und wir feiern heute Nacht unsere Verlobung. Du willst es doch auch!«

Beatrice hatte nicht gezögert. Ja, sie wollte es mit allen Sinnen! Ihn spüren, ihn nie mehr loslassen. Eine Verlobung ist ein Heiratsversprechen. Sascha und sie würden heiraten, auch gegen den Willen der Familie. Sie verdrängte den Gedanken an ihre Eltern für einen Augenblick und verlor sich träumerisch in die Geschehnisse der Nacht. Gierig trank sie das kalte Brunnenwasser, wusch sich flüchtig das Gesicht. Nachdem Sascha die Hütte verschlossen und den Schlüssel unter eine Schindel des niedrigen Dachs gelegt hatte, ritten sie los.

Die Sonne stand noch nicht hoch, doch schon war die Luft schwül. Auf dem Hochmoor dampften sommerliche Dunstschwaden. Ein Dachs flitzte durch die Büsche und verschwand in seinem Bau. Tief im Wald hämmerte ein Specht. Mit einer seltsamen Mischung aus Jubel, Hochgefühl und banger Sorge vor dem, was sie auf Aicken erwarten mochte, hing Beatrice ihren Gedanken nach. Dann wandte sie sich zu Sascha. Ihre Stimme klang entschlossen.

»Noch heute teile ich Papa und Mama mit, daß wir uns verlobt haben.«

Sascha warf ihr einen kurzen Blick zu, runzelte die Stirn und meinte:

»Hältst du das für eine gute Idee, Bea?«

»Wir müssen kein Geheimnis daraus machen. Wir lieben uns, das brauchen wir nicht zu verbergen!«

»Na ja, ich weiß nicht …« Skeptisch schüttelte er den Kopf. »Vielleicht wartest du lieber noch damit.«

»Warum? Stehst du plötzlich nicht mehr dazu?« Beatrice klang unsicher.

»Doch, doch, natürlich!« Sascha lachte. Er streckte seine starke Hand nach ihr aus, und augenblicklich war Beatrice besänftigt. Wie liebte sie sein Lachen, seine dunklen, geheimnisvollen Augen, die so viel verrieten und dennoch wenig preisgaben … Wie hatte sie seine Liebkosungen genossen, die Art, wie er sie geliebt hatte! Nichts und niemand durfte sich zwischen sie stellen. Sie lächelte und gab Rasboi die Schenkel. Ihr loses Haar flatterte in der Morgenbrise. Stark und gewappnet fühlte sie sich, allen Widrigkeiten zu trotzen, die kommen mochten.


Eine Stunde später betraten sie verschwitzt und in staubiger Kleidung das Frühstückszimmer. Dort saßen die meisten Familienmitglieder beim Frühstück. Darunter Beatrices Eltern, Saschas Vater, Arved und die drei jungen Leute.

»Da seid ihr ja endlich!« rief Constantin unbekümmert. »Wart ihr in der Jagdhütte?«

Niemand reagierte.

Dann entdeckte Sascha seinen Vater.

»Papa!? Du bist hier? Ist irgendetwas passiert?« Vage schüttelte Donatus den Kopf und nahm den Begrüßungskuss seines Sohnes kühl und steif entgegen. Mit einem freundlichen Lächeln und einer Umarmung begrüßte er hingegen Beatrice. Sogleich wandte sich Sascha an Graf Moritz.

»Entschuldige bitte, Onkel Moritz. Aber wir wurden vom Gewitter überrascht und mußten in der Jagdhütte übernachten.«

Beatrice lächelte.

»Es tut mir Leid, wenn ihr euch Sorgen gemacht habt, Papa.«

»Das haben wir allerdings, Beatrice!« Gräfin Charlotte erhob sich. Sie blickte ihre Tochter forschend an und Beatrice fragte sich, ob man ihr die Liebesnacht etwa ansah? Sie wußte genau, wie ihre Mutter darüber denken würde und spürte, wie sie schuldbewußt errötete.

Jetzt stand auch Moritz auf und ergriff das Wort.

»Nun frühstückt erst einmal. Und danach möchten dein Vater und ich mit dir ein Gespräch führen, Sascha. In meinem Arbeitszimmer. Und du, Beatrice, wirst mit dabei sein!«

Charlotte, Moritz und Donatus verließen das Frühstückszimmer. Arved Schloss sich ihnen an. Er warf Beatrice nur einen kurzen Blick zu. Sie bemerkte, daß er übernächtigt aussah und fahrig wirkte. Es war ihr gleichgültig. Ihre Augen suchten Sascha, doch der bediente sich bereits am Buffet.


Nachdem sie ein Bad genommen und sich angekleidet hatte, machte sich Beatrice auf den Weg zum Jagd- und Arbeitszimmer ihres Vaters. Auf der Galerie traf sie Arved und konnte sich des Eindrucks nicht erwehren, daß er sie abgepaßt hatte. Ohne langes Zögern kam er zur Sache.

»Ich möchte dir nur sagen, daß ich Bescheid weiß, Bea.«

Beatrice blieb stehen und verschränkte die Arme über der Brust.

»Bescheid? Was meinst du damit?«

»Spiel bloß nicht das Unschuldslamm! Ich habe mit eigenen Augen gesehen, was heute Nacht in der Jagdhütte passiert ist.«

Beatrice starrte ihn empört an.

»Wie bitte?« Ihre Augen blitzten vor Zorn. »Was fällt dir ein! Spionierst du mir jetzt nach?«

»Ich wollte endlich Gewißheit haben. Wenigstens streitest du es nicht ab.«

»Ah, ich verstehe! Du hast es sicher gleich Papa und Onkel Donatus gesteckt. Aber damit erreichst du gar nichts.«

»Nein, nein!« Beschwörend legte Arved seine Hand auf ihren Arm. »Ich versichere dir, ich habe niemandem etwas erzählt!«

»Jetzt lüg doch nicht!« Sie stieß seine Hand weg. »Ich habe immer gedacht, du wärst ein Gentleman und fairer Verlierer!«

»Bitte, glaub mir!«

Doch Beatrice hatte sich abgewandt und steuerte auf die Freitreppe zu. Ihr Herz flog vor Zorn. Es würde in dem bevorstehenden Gespräch um mehr gehen als den Ausritt und die späte Rückkehr. Vermutlich wußten ihre Eltern über alles Bescheid.


Sie kam als Letzte. Auch ihre Mutter war anwesend. Während Moritz hinter seinem Schreibtisch saß, hatten die anderen in den englischen Ledersesseln Platz genommen.

»Setz dich bitte, Beatrice. Es geht hier zwar nicht direkt um dich, aber es wird dich interessieren, was wir zu sagen haben. Wir wissen, daß du Sascha sehr zugewandt bist und ...«

Vehement unterbrach Beatrice ihn.

»Wir lieben uns, Papa, und wir wollen heiraten.« Aus den Augenwinkeln sah sie, wie ihre Mutter sich kerzengerade aufsetzte und ruckartig den Kopf zum Fenster drehte.

»Nun ja,« mischte sich Graf Donatus ein. »Das tut hier jetzt nichts zur Sache.« Er faßte seinen Sohn scharf ins Auge, dann wanderte sein Blick zu Beatrice.

»Ich will es kurz machen. Im Frühjahr hat Sascha in St. Petersburg ein junges Mädchen verführt. Dabei handelt es sich nicht um irgendein Mädchen, sondern um eine junge Fürstentochter aus allerhöchsten Kreisen. Der Name spielt hier keine Rolle. Sascha weiß, um wen es sich handelt. Aufgrund dieses Vorfalls kam das Mädchen, nun, wie soll ich sagen: in andere Umstände.«

Graf Moritz hatte die Hände auf der Schreibtischplatte gefaltet und beobachtete die Reaktion seiner Tochter. Aus deren Gesicht war alle Farbe gewichen, ihre Lippen bebten. Hektisch suchte sie den Blickkontakt zu Sascha, der so tat, als bemerkte er es nicht.

»Sowohl der Vater der jungen Dame als auch ich haben darauf gedrungen, daß Sascha sich als Ehrenmann erweist und in eine sofortige Heirat einwillgt,« fuhr Donatus fort. »Zumal es sich um ein äußerst hübsches und gebildetes Mädchen handelt, das zudem in Sascha verliebt war. Doch bedauerlicherweise hat sich mein Sohn geweigert, sie zu heiraten. Die Ehre des Mädchens und der drohende Skandal für ihre und unsere Familie waren ihm gleichgültig.«

Zum ersten Mal zeigte Sascha eine Reaktion.

»Ich liebe sie nicht, Papa. Und eine Frau, die ich nicht liebe ...«

Brüsk unterbrach ihn Graf Moritz.

»Du hast sie nicht nur verführt und dann schnöde sitzen gelassen. Du hast sogar eine Lösung des Problems arrangiert, die ich nur als äußerst sündhaft und schändlich bezeichnen kann!«

Hilflos und mit einer Mischung aus Ungläubigkeit und Furcht blickte Beatrice ihren Cousin an, der den Kopf gleichgültig beiseite drehte. Alle Kraft schien aus ihr gewichen. Nur mit Mühe behielt sie die Fassung.

»Stimmt das alles Sascha?« Die Frage kam nur stockend. »Was für eine Lösung war das?«

»Darüber bin ich niemandem Rechenschaft schuldig.«

»Oh doch, Sascha, ich glaube schon!« Charlottes Stimme klang ungewohnt schneidend. »Denn es ist etwas geschehen, was du noch nicht weißt.«

»Was denn, Tante Charlotte? Sie ist nach Tiflis gefahren, damit das Problem aus der Welt geschafft würde. Zum Wohl aller Beteiligten.«

»Zu *deinem* Wohl, meinst du.« Donatus nahm ein

Taschentuch aus seiner Rocktasche und tupfte sich die Stirn ab. »Leider ist es nicht so gekommen, wie du dachtest.«

Er beugte sich vor. Seine Stimme klang gefährlich leise.

»Bevor dieser zwielichtige Arzt in Tiflis zur Tat schreiten konnte, ist die Unglückliche Hals über Kopf allein in die Berge geritten und hat sich dort in eine tiefe Schlucht gestürzt. Selbstmord, Sascha! Der Brief, den sie hinterlassen hat, ist eindeutig. Sein Inhalt hat bereits hohe Wellen geschlagen. Ich brauche dir nicht zu sagen, was das für einen Skandal ausgelöst hat. Die Sache wird sich nicht vertuschen lassen.«

Sascha war aufgesprungen.

»Was kann ich dafür? Sie hätte sich eben nicht ...«

»Mit dir einlassen sollen?« sagte Graf Moritz scharf. »Ja, das kann man jeder unschuldigen jungen Frau nur raten! Niemand wird dir die Wahrheit ersparen, Sascha! Du trägst die Schuld an ihrem Tod.«

Wie vor den Kopf geschlagen saß Beatrice in ihrem Sessel. Sie konnte nicht glauben, was sie soeben gehört hatte. Ein Problem aus der Welt schaffen ...zwielichtiger Arzt ...Selbstmord ...War ihr Geliebter so ein gewissenloser Schuft?

»Sag etwas, Sascha!« rief sie verzweifelt. »Ist das alles wahr? Daß sie ein Kind von dir erwartet hat?«

»Das hat sie lediglich behauptet! Keine Ahnung, ob es stimmt. Ich war nur einer von vielen. Wie heißt es doch so schön? *Pater semper incertus est.*«

Er grinste, ließ sich zurück in den Sessel fallen und zündete sich scheinbar gelassen eine Zigarette an.

Voller Verachtung musterte ihn sein Vater.

»Ich hätte nie gedacht, daß mein Sohn so ein ehrloser Kerl ist. Ohne Skrupel, ohne Respekt vor dem tragischen Schicksal einer jungen Frau, die er zudem noch unverblümt als leichtfertige Person bezeichnet!« Sein Gesicht war rot angelaufen. »Ich bin in erster Linie hierher gekommen, um Beatrice zu warnen. Ich hoffe nicht, daß der Zeitpunkt dafür schon zu spät ist.«

Diese Bemerkung traf Beatrice bis in die Tiefe ihres Herzens. Voller Scham blickte sie zu Boden. Wie Dolchstöße spürte sie die Blicke der anderen. Ihr Mund war trocken, sie konnte kaum atmen, und ihr Puls raste. Tränen liefen ihr über die Wangen. Sie war nahe daran, die Fassung zu verlieren. Überstürzt verließ sie den Raum. Ihre Mutter folgte ihr.

Es herrschte einen Moment Schweigen. Dann sagte Moritz:

»Pack bitte deine Sachen, Sascha. Ich möchte dich hier auf Aicken nicht mehr sehen. Dein Vater und deine Familie tun mir Leid. Wenn du mein Sohn wärst ...«

Resigniert hob Donatus die Hand.

»Er ist zu alt, um ihm ordentlich den Hosenboden zu versohlen. Doch seine Geschwister und ich werden ebenfalls Konsequenzen aus dieser Sache ziehen. Ich bitte dich und Charlotte nochmals um Verzeihung, daß ich euch mit dieser unappetitlichen Angelegenheit belästigen mußte. Aber es ging mir dabei vor allem um Beatrice, denn ich weiß, daß Sascha ihr den Hof macht. Wie sagte einmal mein Großvater mütterlicherseits: *In nahezu jeder Generation gibt es einen Sohn, der komplett aus der Art schlägt.*«


Eine halbe Stunde später verließ Alexander Aicken. Er verabschiedete sich weder von Beatrice noch von anderen Familienmitgliedern. Zurück an der Front wäre die unangenehme Geschichte bald vergessen. Wie über alles im Leben würde auch über diese Sache Gras wachsen. Die Liebesnacht mit Beatrice hatte er genossen wie ein exzellentes Mahl. Man weiß es zu schätzen, doch schon morgen werden sich neue Gelegenheiten ergeben.

# 54

Wie erstarrt lag Beatrice auf ihrem Bett. Mechanisch drückte sie eine kalte Kompresse auf ihre Stirn, um die unerträglichen Kopfschmerzen zu bekämpfen. Nie im Leben hatte sie so eine Scham, Leere und Verzweiflung gespürt. Sie konnte nicht glauben, was Sascha getan hatte, und doch mußte es wahr sein. Erneut begann sie zu schluchzen. Vorhin war ihre Mutter ihr gefolgt, doch Beatrice hatte beinahe hysterisch reagiert und sich in ihrem Zimmer eingeschlossen.

Ein Mädchen aus bester Familie, verführt und dann mit dem werdenden Leben in ihrem Leib sitzen gelassen. Als Lösung hatte Sascha eine Maßnahme in die Wege geleitet, von der Beatrice nur eine vage Ahnung beschlich. Immerhin wußte sie, daß auf diese Weise Geburten verhindert wurden und viele Frauen an einem derartigen Eingriff sterben konnten. Die junge Fürstentochter hatte sich dieser Prozedur entzogen und ihrem Leben freiwillig ein Ende gesetzt. In welcher Verzweiflung mußte sie sich befunden haben, daß sie das als einzigen Ausweg sah! Ehe Beatrice diese Gedanken weiterverfolgen konnte, wurde sie starr vor Schrecken. Was wäre, wenn auch sie ...Sie schlug die Hand vor den Mund. Nein, bloß das nicht! Wie würde sie die kommenden Wochen überstehen, bis sie Gewißheit hätte? Die Folgen der vergangenen Nacht lagen im Bereich des Möglichen, wie bei allen jungen Frauen, die sich einem Mann hingegeben hatten. Allein der Gedanke daran schnürte ihr die Kehle zu.

Mit wem sollte sie reden, wem sich anvertrauen? Die Reaktion ihrer Mutter konnte sie sich gut ausmalen, und ihr Vater ...würde er sie vestoßen? Übrig blieb Tante Meggie. Keine gute Idee, denn auch sie hatte sie vor Alexander gewarnt. Zum dritten Mal hatte er gegen Ehre und Anstand verstoßen. Die Affäre seinerzeit mit Patentante Tatjana im Badehäuschen, die er Beatrice gegenüber nie eingestehen wollte, konnte sie ihm letztendlich verzeihen. Sein verächtliches Verhalten dem Wilddieb gegenüber hatte sie mit seinem aufbrausenden Temperament entschuldigt. Doch jetzt – Enttäuschung und Abscheu tobten in ihrer Seele. Sie vermischten sich zu einem Schmerz, dem sie sich hilflos ausgeliefert fühlte. Sie hatte hoch gespielt, alles riskiert für ihre Liebe zu Sascha. Doch er hatte nicht mitgespielt. Von Anfang an ein Falschspieler! Seine Liebesbeteuerungen in der Nacht – lauter Lügen. Die Verlobung, die er beschworen hatte, die Heiratspläne – eine schnöde Täuschung. Keine Entschuldigung oder Erklärung bei dem Gespräch im Jagdzimmer. Feige hatte er sich herausgeredet. Die Erkenntnis all dessen und das Gefühl, daß er sie nur benutzt hatte, waren so schmerzlich, daß Beatrice fürchtete, innerlich daran zu zerbrechen.

Es klopfte an der Tür.

»Bitte, mach auf, Bea!«

»Ich möchte allein sein, Mama. Ich kann jetzt mit niemandem reden.«

»Es würde dir aber guttun, wenn du dich mir anvertraust.«

Beatrice schüttelte den Kopf und begann erneut zu schluchzen. Mit erstickter Stimme rief sie:

»Laß mich, Mama! Ich möchte nicht mit dir reden.« Leise fügte sie hinzu. »Heute nicht, und vielleicht nie.«

»Nun gut. Du weißt, wo du mich finden kannst. Ich bin jederzeit für dich da. Ich verstehe, daß du von Saschas Verhalten zutiefst enttäuscht und getroffen bist. Aber du wirst darüber hinwegkommen, da bin ich sicher.«

Charlottes Schritte entfernten sich.

Beatrice barg ihr Gesicht im Kissen und weinte noch heftiger. Irgendwann fiel sie in einen tiefen Schlaf.

****

Am Abend desselben Tages saßen Alessandra Helmer und ihr Mann Rudolph auf der Terrasse des Herrenhauses in Blankenburg. Im Park schlugen die Nachtigallen, und von den Jasminbüschen wehte der insentive Duft des Sommers. Die laue Nachtluft liebkoste Alessandras Gesicht. Lieber hätte sie diesen Abend mit Peter Sanderan verbracht. Doch sie konnte das Gespräch mit ihrem Mann nicht länger aufschieben.

Rudolph hatte sich eine Zigarre angezündet und ließ genüßlich den Rotwein in seinem Glas kreisen. Alessandra betrachtete sein Profil. Die scharf gebogene Nase, die markante Linie seines Mundes, den kaum zu bändigenden silbergrauen Haarschopf. Zweifellos war Rudolph Helmer mit seiner Größe von über zwei Metern eine imposante Erscheinung. Sein launischer Charakter, seine oft unbeherrschte Art waren so manches Mal ein Problem in ihrer Ehe gewesen. Es hatte jedoch nie zu körperlicher Gewaltanwendung gegen seine Frau geführt. Irgendwann war er ihrer überdrüssig geworden und hatte Affären mit anderen Frauen begonnen. Sein Talent als Liebhaber war von Beginn an eher bescheiden gewesen. Ebenso wie sein Interesse an den schönen Künsten, an Musik und anregenden Gesprächen. Alles Dinge, die Alessandra während ihrer fünfjährigen Ehe vermißt hatte. Warum waren ihr erst später die Augen geöffnet worden?

Seit geraumer Zeit hatte Rudolph Schloss Blankenburg nicht mehr verlassen, um nach Riga zu fahren. Alessandra vermutete, daß er seiner Geliebten den Laufpaß gegeben haben könnte. Das wäre ihr überhaupt nicht recht! Jahrelang hatte sie unter seiner Untreue gelitten und mehr und mehr bereut, mit ihm in dieses

Land gezogen zu sein. Doch nun hatte sich ihre Situation geändert. Sie war Peter Sanderan begegnet. Sie liebte ihn, und er erwiderte diese Gefühle. Rudolph, selbst anderweitig engagiert, hatte ihr die Freiheit dieser Liebschaft gewährt. Diese Großzügigkeit würde sie ihm immer hoch anrechnen.

Schon im Lauf des Tages hatte sie überlegt, wie sie das abendliche Gespräch beginnen sollte. Jetzt schien der Augenblick dafür gekommen. Ihr Mann beugte sich soeben vor und schenkte seiner Frau ein neues Glas Portwein ein. Als kleine Zugabe gönnte er ihr ein nichtssagendes Lächeln. Alessandra räusperte sich. Sie trank einen Schluck, um sich Mut zu machen.

»Was hältst du eigentlich davon, wenn wir uns scheiden lassen?« Sie sagte es leichthin, als handele es sich um eine unbedeutende, alltägliche Angelegenheit.

Verblüfft blickte er sie an, dann lachte er dröhnend.

»Scheiden lassen?! Das ist doch wohl nicht dein Ernst, meine Liebe!«

»Doch, Rudolph. Es ist mein voller Ernst.«

»Warum? Du hast doch hier alles. Ich lasse dir deine Freiheit, was willst du denn noch?«

»Ich will ganz frei sein.«

»Für ihn? Einen Mann, der wesentlich jünger ist als du?« Er schlug sich mit seiner schweren Hand auf den Schenkel. »Das ist das Absurdeste, was ich je gehört habe.«

Alessandra schwieg einen Moment. Eine hektische Röte überzog ihr Gesicht. So hatte sie sich das Gespräch mit ihm nicht vorgestellt. Stieß sie jetzt an die Grenzen seiner Großzügigkeit? Er liebte sie doch schon lange nicht mehr, also konnte eine Trennung ihm nur recht sein!

»Ich verstehe dich nicht, Rudolph. Wir haben uns auseinander gelebt, gehen schon lange getrennte Wege. Mein Verhältnis zu Peter hattest du akzeptiert. Wollen wir wirklich für den Rest unseres Lebens in dieser Situation verharren? Nach einer Scheidung wärst auch du wieder frei für eine neue Verbindung.«

»Darauf lege ich keinen Wert. Du bist meine Frau, und du bleibst es auch. Basta.«

»Du weißt, daß du mich nicht zwingen kannst!«

»Das nicht. Aber wenn du eine juristische Trennung durchsetzen willst, dann gehst du ohne alles. Ich bin nicht verpflichtet, dir die Mitgift deiner Familie oder auch nur einen Teil davon auszuzahlen.«

»Damit hätte ich sowieso nicht gerechnet.« Ihre Stimme klang sarkastisch. »Das ist für euch Männer immer ein probates Mittel: eine Frau finanziell in Abhängigkeit zu halten. Doch das schreckt mich nicht. Peter ist gut situiert.«

»Ich weiß, Alessandra. Aber ich warne dich: Gib dich keinen Illusionen hin! Ob er wirklich mit dir vor den Altar treten würde – das steht auf einem anderen Blatt. Vielleicht würde es ein böses Erwachen geben.«

Alessandra trank ihr Glas in einem Zug leer und erhob sich.

»Ich habe bereits mit einem Rechtsanwalt in Dorpat Kontakt aufgenommen. Wenn wir beide uns gütlich einigen, könnte alles sehr geräuschlos über die Bühne gehen.«

»Nur über meine Leiche! Schlag dir das aus dem Kopf.«

»Gut, wie du willst, Rudolph. Ich hatte gedacht, daß wir das wie erwachsene Menschen regeln und dabei Freunde bleiben könnten. Doch da habe ich mich offenbar getäuscht.«

»Die Rolle des sitzengelassenen Ehemannes werde ich nicht spielen. Das ist mein letztes Wort.«

»Und mein letztes Wort ist, daß ich morgen Blankenburg verlasse. Der Skandal ist sicher größer, als wenn wir die Sache vernünftig regeln würden.«

»Willst du mich erpressen, Alessandra?«

»Nein. Ich will nur ein Leben führen, in dem ich glücklich bin und mich wohl fühle.«

»Mit einem blutleeren Jüngelchen wie Sanderan! Daß ich nicht lache.« Er lachte. Ein überhebliches, wegwerfendes Lachen.

Alessandra verließ die Terrasse und ging in ihr Boudoir. Nachdem ihre Kammerfrau ihr beim Auskleiden behilflich gewesen war, verschloss Alessandra zum ersten Mal in ihrer Ehe die Tür ihres Schlafzimmers. Rudolph Helmer war ein aufbrausender Mensch, und in seinem Jagdzimmer lagerte ein ganzes Arsenal an Waffen. Wer konnte wissen, ob er die Situation nicht auf dieses Weise bereinigen würde? Bevor sie sich schlafen legte, warf sie einen Blick durchs Fenster. Bewegungslos saß Rudolph auf der Terrasse, die Hände hinter dem Kopf verschränkt. Was mochte wohl in ihm vorgehen? Mit gemischten Gefühlen legte sich Alessandra ins Bett und blieb noch lange wach.

# 55

Der Skandal um Alessandra Helmer sprach sich schnell herum. Hals über Kopf war sie zu Peter Sanderan auf Gut Silkau gezogen. Rudolph Helmer hatte dies nicht verhindern können. In seiner Ohnmacht und einem Anfall von Rachsucht hatte er Alessandras Araberhengst Abdul vor deren Augen erschossen. Er wußte, daß er sie mit nichts hätte stärker treffen können als mit der Tötung ihres geliebten Pferdes. Auf Aicken fand man diese Geste des gehörnten Ehemannes zwar verständlich, doch äußerst kleinlich. Gleichwohl war entschieden worden, Peter Sanderan und seine Geliebte in nächster Zeit nicht nach Aicken einzuladen. Doch Charlotte ließ ihre langjährige Freundin nicht einfach fallen. Hin und wieder tauschten sie Briefe oder telefonierten miteinander. So erfuhr Charlotte im Herbst, daß Alessandra im zarten Alter von einundvierzig Jahren zum ersten Mal Mutter werden würde.

Die Monate reihten sich aneinander, der Sommer verabschiedete sich. Bald glühten die Birkenwälder in gelben Farbtönen, und endlose Vogelzüge strebten in südliche Gefilde.

Schon seit geraumer Zeit hatte Graf Moritz das Gefühl, daß eine Zeitenwende eingetreten war. Nicht nur aufgrund der Kriegsumstände und durch die Bedrohung der Heimat durch die deutsch-österreichischen Truppen. Jenseits der politischen Erreignisse, der immer häufiger auftretenden Revolten der einheimischen Bevölkerung und des Elends in den besetzten baltischen Gebieten, sah Moritz die Auflösung aller Werte, die für ihn und seine Vorfahren jahrhundertelang gegolten hatten.

An vorderster Stelle stand hier das moralische Verhalten seiner Tochter Beatrice. In langen Gesprächen mit ihr hatte Charlotte inzwischen die Wahrheit erfahren. Beatrice hatte die Werte und Tugenden einer jungen Frau ihres Standes mit Füßen getreten. Glücklicherweise war die Nacht in der Jagdhütte ohne entsprechende Folgen geblieben! Das konnte als das einzig Positive in dieser Angelegenheit verbucht werden. Sonst wäre sie nach Meggie die Zweite gewesen, die der Familie Schande bereitet hätte. Der Kollatoralschaden von Beatrices Fehlverhalten hingegen war nicht unerheblich. Einen Tag nach der Abreise von Sascha hatte Arved Moritz um ein Gespräch gebeten.

»Ich werde Aicken sofort verlassen,« sagte er.

Moritz hatte seinen Ohren nicht getraut.

»Darf ich fragen, warum?«

»Ich bin Leutnant der Reserve. Ich melde mich freiwillig an die Front.«

»Ja? Wegen deiner deutsch-baltischen Herkunft nehmen sie dich doch ohnehin nicht.«

»Das werde ich sehen.«

Skeptisch hatte Graf Moritz den Kopf geschüttelt.

»Das hört sich für mich nach Ausrede an, Arved. Also, was ist der wahre Grund?«

Arved hatte einen Moment gezögert und Moritz fest in die Augen geblickt.

»Es ist wegen Beatrice. Ich kann nicht länger mit ihr unter einem Dach leben.«

»So. Und aus welchem Grund kannst du das nicht?«

»Weil ich über sie und Sascha Bescheid weiß. Frag mich nicht, woher. Aber ich weiß es. Ich ertrage ihre Gegenwart nicht mehr. Du weißt, daß ich Beatrice liebe und gern zur Frau genommen hätte. Dieser Weg ist nun für immer versperrt.«

Langsam hatte Moritz genickt und gleichzeitig daran gedacht, welch katastrophale Auswirkungen Arveds Entscheidung für die Arbeit auf den Gutsbetrieben nach sich ziehen würde.

»Also läßt du mich allein mit all der Arbeit hier. Ich hatte auf dich gezählt, Arved!«

»Ich weiß, Onkel Moritz. Bitte verzeih mir. Aber ich kann nicht anders.«

Tief enttäuscht von Arveds Entscheidung hatte Moritz an diesem Abend mit seiner Frau allein in der Bibliothek gesessen. Nie hatte Charlotte ihren Mann so verletzt, so niedergeschlagen und so kraftlos erlebt. Auch als Charlotte noch einmal mit Arved geredet hatte, blieb dieser bei seinem Entschluß.

*Alles driftet auseinander, alles löst sich auf. Überall Chaos und Verlust*, dachte Moritz mit einem Anflug von Bitterkeit und Resignation.

An einem milden Spätherbsttag, als Moritz allein in seinen Wäldern auf Pilzsuche war (es gab in diesem Jahr besonders viele Steinpilze), gingen ihm noch andere Gedanken durch den Kopf. Er erinnerte sich an seine Jugend. Wie oft war er damals mit seinem Vater auf Pilzsuche gewesen! Von ihm hatte er alles über die Flora und Fauna seiner Heimat und die Kunst des waidmannsgerechten Jagens gelernt. Moritz war kein Mann, der sich Sentimentalitäten hingab. Doch jetzt ergriff ihn der wehmütge Gedanke, wie endgültig und für immer verloren die Abschnitte des menschlichen Lebens sind. Hinabgestoßen in die Tiefe der Zeit, die keine Gegenwart, sondern nur Vergangenheit und Zukunft kennt.

Vorbei die Jahre der unbeschwerten Jugend, als die Welt noch in Ordnung war und er, der zukünftige Erbe des Majorats, voller Stolz und Elan in eine solide Zukunft blicken konnte! Geborgen in der Tradition seiner Väter, sah er sich und sein Leben als kleines, aber nicht unwichtiges Mosaiksteinchen im großen

Völkergemisch des russischen Reiches. Dann sein Werben um die junge und schöne Comtesse Charlotte von Eisenstetten, Tochter eines hohen Beamten am Zarenhof. Ihr war die Ehre zuteil geworden, der Zarin Maria Fjodorowna als Hoffräulein dienen zu dürfen. Dadurch, und aufgrund der Stellung seines Schwiegervaters, hatte der junge Bräutigam damals Zugang zu diversen Festlichkeiten am Hof. Wie würde es weitergehen in seiner Heimat? Der Krieg nahm kein Ende, und die lettische und estnische Bevölkerung geriet zunehmend in Aufruhr und strebte nach Unabhägigkeit.

Mit einem Korb voller Steinpilze kehrte Moritz nach Aicken zurück. Im Schlosshof ließ Constantin soeben sein Pferd satteln. Ein wohlwollendes Lächeln glitt über das Gesicht des Grafen. Was für ein wunderbarer, viel versprechender Sohn! Hoch gewachsen, mit einem dunkel schimmernden, zaghaften Oberlippenbärtchen, war Constantin der ganze Stolz seines Vaters. Nach Arveds Weggang hatte er Pflicht bewußt einen Teil von dessen Arbeit übernommen. Inzwischen zeigte er sich in vielen Dingen der Landwirtschaft so versiert, daß Moritz ihn manches selbständig entscheiden ließ. Die Arbeiter in den Betrieben und die Bauern respektierten ihn. Er besaß ein feines Gespür im Umgang mit den einfachen Menschen. Immer freundlich, doch niemals zu leutselig, wußte er sie zu motivieren und schätzte ihre diversen Fähigkeiten. Auch sparte er nicht mit Lob und Kritik, wo es angebracht war. Sorgen machte Moritz sich hingegen um Beatrice. Seit der unseligen Liebesgeschichte mit Alexander hatte sie sich verändert. Vorbei ihre fröhliche und humorvolle Art, entschwunden ihr selbstbewußtes, oftmals rebellisches Auftreten. Sie ritt kaum noch aus. Den Dienst im Lazarett versah sie nur widerstrebend. In ihrer Freizeit saß sie in ihrem Zimmer oder in der Bibliothek und las. Aus einer Buchhandlung in Riga ließ sie sich auf Anregung von Tante Meggie regelmäßig Bücher schicken. Mit Meggie führte sie oft lange Gespräche. Moritz wußte nicht, worüber sie redeten. Auch spielten beide häufig vierhändig Klavier. *Da haben sich zwei von der Liebe Enttäuschte gefunden,* dachte er manchmal. Doch seine Frau meinte, Beatrice brauche eben noch eine Weile, um mit den Geschehnissen fertig zu werden. Sicher wäre sie bald schon wieder die alte.

# 56

Im August 1915 verließ Arved Aicken. Das Herz war ihm schwer und er wußte nicht, ob er je zurückkehren würde. Von Riga aus nahm er den Zug nach St. Petersburg. Dort wollte er sich zunächst mit Onkel Kolja beraten. Möglicherweise konnte Der Fliegende Schinken, der über gute Verbindungen verfügte, sich für ihn verwenden? Vielleicht gab es eine Möglichkeit, eine Ausnahme von der Regel, daß er an der Seite der zaristischen Armee kämpfen konnte. Dies wünschte er sich mit aller Macht und im vollen Bewußtsein des möglichen Todes an der Front. Nach allem, was geschehen war, erschien ihm sein Dasein nunmehr als sinnlos. *Das Leben ist nichts als ein langer Verlust dessen, was man liebt* ...Irgendwo hatte Arved diese Zeilen einmal gelesen.

Auf dem Baltischen Bahnhof in Riga wimmelte es von Menschen. Soldaten warteten auf ihren Transport an die Westfront. Überall sah Arved Polizei und Miliz. Auch Agenten der zaristischen Geheimpolizei Ochrana waren an ihrem Verhalten unschwer als solche zu erkennen. Mit seinem Gepäck steuerte Arved auf den Ausgang zu. Plötzlich traten zwei Männer auf ihn zu und fragten nach seinen Papieren. Als sie seinen deutschen Namen lasen packten sie Arved fest an beiden Armen.

»Mitkommen,« sagte einer der beiden Männer.

»Warum?« wollte Arved wissen?«

Eine Antwort blieb aus. Sie führten ihn zu einem Nebenausgang. Als Arved vehement protestierte, wurde er so brutal nach vorn gestoßen, daß er beinahe gefallen wäre. Ein Wagen brachte ihn ins Hauptgebäude der Geheimpolizei, wo man ihn in eine

Zelle sperrte. Dort befanden sich weitere Gefangene, die meisten waren Russen. Arved wirkte zunächst wie betäubt, unfähig, einen klaren Gedanken zu fassen.. Was hatte das alles zu bedeuten? In welchen Albtraum war er hineingeraten? Seine Papiere und sein Gepäck hatte man ihm abgenommen. Den Grund seiner Verhaftung kannte er nicht. Die Zelle war hoffnunglos überfüllt. Es stank nach Männerschweiß und Fäkalien. Einige der Mitgefangenen starrten ihn feindselig an. Mit seiner hellen, teuer wirkenden Sommerkleidung, der Krawattennadel mit dem Mondstein und seiner goldenen Armbanduhr fiel er auf. Dicht gedrängt standen alle beieinander. Einige rauchten, und der beißende Machorka-Qualm brannte in Arveds Augen. Neben ihm lehnte ein junge Russe an der Wand, die mit Namen und Jahresdaten, mit Sprüchen und obszönen Kritzelein beschmiert war. Der Mann hieß Dmitri Mitrovski und stammte aus Moskau.. Auf seiner Stirn sah Arved eine frische Wunde.

»Hat man Sie geschlagen?«

Dmitri zuckte mit den Schultern.

»Das ist nicht das Schlimmste. Viel schlimmer ist die Ungewißheit.«

»Warum wurden Sie verhaftet?«

»Sie sagen, ich sei ein deutscher Spion. Sowas Lächerliches!« Er schlug mit der Faust gegen die Wand. »Wahrscheinlich werfen sie mir vor, daß meine Mutter ursprünglich aus Deutschland kommt. Sie war Lehrerin an einer Moskauer Schule und ist schon lange russische Staatsbürgerin. Gleich zu Kriegsbeginn ist sie nach Deutschland gereist. Weil sie ahnte, wie es den Deutschen hier nach der Kriegserklärung ergehen würde.- Und Sie? Wissen *Sie*, warum Sie hier sind?«

»Nein,« sagte Arved und spürte, wie ihm erste Schweißperlen übear den Rücken liefen. »Ich bin Baltendeutscher, aber ich bin hier im Land geboren.«

»Das spielt sicher keine Rolle,« meinte Dmitri. »Die Behörden erklären jetzt jeden, der nur irgend eine vage Verbindung zu Deutschland oder zur deutschen Sprache hat, zum feindlichen Spion.«

Die Nacht brach herein, und die Luft in der Zelle wurde unerträglich. Schon lange hatte Arved sich seines Jacketts entledigt und die Hemdsärmel aufgerollt. Große Schweißflecken hatten sich unter den Achseln gebildet. An Schlaf war nicht zu denken. Von fern waren hin und wieder Schreie und lautes Schlagen von Eisentüren zu hören.

Am nächsten Morgen holte man Arved aus der Zelle und brachte ihn in ein Verhörzimmer. Dort saß ein Geheimdienstoffizier der Ochrana und teilte ihm mit, daß man ihn zu fünf Jahren Arbeitslager verurteilt hatte.

»Aus welchem Grund, Herr Major?« fragte Arved und unterdrückte nur mit Mühe seine Erregung.

»Konspiration mit dem Feind, Geheimnisverrat und Defätismus. Das genügt ja wohl.«

»Ich bestehe darauf, daß Sie ...« Einer der Wachleute rammte Arved den Gewehrkolben in den Rücken. Arved krümmte sich vor Schmerzen, und alles drehte sich vor seinen Augen.

»Sie bestehen hier auf gar nichts,« sagte der Offizier und blickte Arved abschätzend an. »Seien Sie froh, daß ich Sie nicht meinen Leuten überlasse. Die würden in Nullkommanichts herausfinden, was Sie hier in Petrograd zu suchen haben. Aber wir brauchen Ihr Geständnis gar nicht, die Fakten sprechen für sich. Mit deutschen Spionen machen wir kurzen Prozeß. Fünf Jahre, und da haben Sie noch richtig Glück!«

Mit einem Schwung stempelte er ein Stück Papier ab und überreichte es einem der Wärter.

»Abführen!«

Zunächst brachte man Arved in ein Lager außerhalb der Stadt.

Dort traf er Dmitri wieder. Beide wußten, daß das Lager nur als Zwischenaufenthalt diente. Sie sollten weiter nach Sibirien verbracht werden, doch es war ungewiß, wann dies geschehen würde. Man verwehrte ihn jeden Kontakt zu Verwandten und Freunden, und Briefe zu schreiben war verboten. Arved traf andere Baltendeutsche, auch sie hatte man als angebliche feindliche Spione verhaftet.

Nachts, wenn er keinen Schlaf auf der Pritsche in der stickigen und stinkenden Baracke fand, eilten seine Gedanken zurück zu den Geschehnissen in Aicken. All das schien bereits in weiter Ferne zu liegen. Ein anderes Leben hatte sich dazwischen gedrängt, das unterschiedlicher zu seinem früheren Leben auf dem Schloss nicht hätte sein können. Nicht, daß die Erinnerung an Beatrice und die Vorkommnisse in der Jagdhütte verblaßten, im Gegenteil. In den Nächten schälte sich die Wahrheit umso schärfer heraus. Arved hatte gekämpft und endgültig verloren. Seine Liebe zu Beatrice würde ihm niemals Erfüllung bringen. Fünf Jahre Sibirien ...eine unvorstellbar lange Zeit. Auf Dmitri wartete in Moskau ein Mädchen, Studentin wie er. Sie liebten sich und wollten heiraten, sobald Dmitri zurückkam. Für ihn gab es Hoffnung auf eine Zukunft, die Arved verwehrt war, denn seine Sehnsucht nach Beatrice hatte kein Ziel. Sie wartete nicht auf ihn, bangte nicht um sein Leben. Seine Liebe war nicht erloschen, doch sie schmerzte stärker als je zuvor.

Mit Respekt und großer Verbundenheit dachte er an Graf Moritz und die anderen Familienmitglieder. Wie mochte es ihnen inzwischen auf Aicken ergangen sein? Daß er Moritz im Stich gelassen hatte, lastete auf seiner Seele. Doch er hätte nicht anders handeln können. Und Beatrice – war die Hochzeit mit Alexander bereits geplant? Er würde es vielleicht niemals erfahren.

Immer wieder quälte ihn die Frage, wieso die Geheimpolizei

ihn gleich am Bahnhof abgefangen hatte? War er denunziert worden? War es reiner Zufall gewesen? Wenn Arved dann am frühen Morgen für ein oder zwei Stunden erschöpft einschlief, suchten ihn düstere Träume heim, deren verworrene Handlung er beim Aufwachen vergessen hatte.

So vergingen die Monate, es wurde Herbst.

✳✳✳✳

Es war ein stürmischer Oktobermorgen mit tief hängenden Wolken und erstem Schneefall. In der ungeheizten Gefangenenbaracke roch es nach menschlichen Ausdünstungen, kaltem Machorkaqualm, klammen Decken und feuchten Strohsäcken. Noch war das Signal zum Wecken nicht erfolgt. Als vier Wärter die Tür aufrissen und im Schein ihrer starken Karbidlampten die Schlafplätze absuchten, schreckten Arved und seine Kameraden hoch. Schon ertönte eine scharfe Stimme.

»Von Stolkenberg und Mitrowski?« bellte einer von ihnen. »Sofort aufstehen!«

Erschrocken sprang Arved vom Strohsack. Dmitri, der nicht ganz so schnell reagierte, verspürte den heftigen Stoß eines Gewehrkolbens.

»Los, raus, raus!«

Draußen biß ihnen der eisige Wind ins Gesicht. Eine dichte Schneeschicht bedeckte den Boden. Man brachte Arved und Dmitri zur Bahnstation. In einer mehrwöchigen, chaotischen Fahrt unter ständiger Bewachung wurden sie im eisigen Viehwaggon quer durch das Land transportiert. Völlig erschöpft, ausgehungert und halb erfroren, erreichten sie am 20. November 1915 zunächst Tobolsk im westsibirischen Tiefland. Die alte Hauptstadt Sibiriens lag östlich des Urals am Rand der Taiga. Zusammen mit anderen Verurteilten brachte man Arved und

278

Dmitri ins dortige Zentrale Zuchthaus, einer Art Durchgangsgefängnis. In einer dreckigen und verlausten Zelle, zusammengefercht mit einem Dutzend Verbrechern, Deserteuren, politischen Häftlingen, baltischen Landsleuten, mußten sie zwei Tage lang ausharren. Dann hatte das Tobolsker Verbannungsamt über ihr weiteres Schicksal entschieden. Man händigte ihnen jeweils einen Schaffellmantel sowie Filzstiefel und Galoschen aus. Über Omsk, Nowosibirsk bis Irkutsk erfolgte der Transport zunächst mit der Transsibirischen Eisenbahn. Danach wurden Pferdeschlitten eingesetzt. Große Teilstücke der Strecke in den Nordosten Sibiriens mußten jedoch in endlosen Fußmärschen bewältigt werden. Halbtot von Kälte und nach unsäglichen Strapazen erreichten sie im Januar 1916 ihr Ziel. Während Arved keine bleibenden Schäden davontrug, waren bei Dmitri drei Zehen und zwei Finger abgefroren. In letzter Minute amputierte der Lagerarzt die Gliedmaßen, bevor die Gewebezerstörung Dmitris sicherern Tod bedeutet hätte.

# 57

Seit Wochen belagerte große Kälte das Land. Die Dicke der Eisdecke auf dem Mondsee erreichte ein selten gekanntes Ausmaß. Tagelang kauerten fette Wolkenwände am Himmel, gefüllt mit der Last des mitgeführten Schnees. Nach ausgiebigen Schneefällen, die Aicken und Umgebung zeitweise erneut von der Außenwelt abschnitten, beruhigte sich das Wetter. Oft zeigte sich der Himmel während der wenigen Stunden Tageslicht klar und türkisblau.

Beim Weihnachtsfest war keine rechte Freude aufgekommen. Unter abenteuerlichen Umständen hatte Onkel Kolja wenige Tage vor dem Fest Aicken erreicht. Er war der einzige Besucher zum Jahresende. Die Neuigkeiten, die er aus St. Petersburg zu berichten wußte, klangen nicht sehr hoffnungsvoll. Seit der Zar im September selbst das Oberkommando über die russischen Truppen übernommen hatte, hielt er sich in seinem Hauptquartier an der Westfront auf. Dadurch vernachlässigte er die Regierungsgeschäfte. Mehr und mehr mischte sich seine Frau Alexandra Fjodorowna in politische Entscheidungen ein. Beeinflußt von dem zwielichtigen Mönch Rasputin, übte sie Druck auf die Minister aus. Dies schürte gegen die deutschblütige Zarin noch den Haß in großen Teilen des russischen Volkes und der Intelligenzia.

In der Silvesternacht saß die gräfliche Familie nach dem Abendessen in der Bibliothek. Das Feuer im Kamin prasselte, und Moritz hatte einige seiner besten Flaschen Burgunder aus dem Weinkeller holen lassen. Dazu servierte Butler Johann warme

Pilzpiroggen. Dennoch wollte keine rechte Stimmung aufkommen. Mit banger Sorge erwartete man das Jahr 1916. Noch immer tobte der Krieg. Was würde das neue Jahr dem Land, der Familie, der baltischen Heimat bringen? Die Deutschen standen vor den Toren Rigas. Wann würden sie dort einmarschieren?

Mit großer Geste und einem tiefen Schnaufer beendete Onkel Kolja die trübsinnigen Gespräche.

»Schluß jetzt, meine Lieben! Morgen beginnt ein neues Jahr, und vielleicht wendet sich dann doch noch das Blatt. Optimismus! Das ist meine Lebensdevise.«

Dröhnend lachte er und trank einen großen Schluck Wein.

»Habe ich euch schon einmal die Geschichte von der unglücklichen Braut erzählt?«

Unwillkürlich mußten alle schmunzeln. Natürlich kannte man beinahe sämtliche Anekdoten des Fliegenden Schinken! Beatrice, für jede Ablenkung in diesen düsteren Zeiten dankbar, legte die Wollsocke beiseite, an der sie lustlos und mit wenig Talent strickte. Mit einem breiten Lächeln (wann hatte man sie das letzte Mal so lächeln sehen?) sagte sie:

»Ich kann mich gar nicht erinnern, Onkel Kolja. Erzähl doch mal!«

Constantin, der mit einem Buch über die Trockenlegung von Sümpfen und Mooren etwas abseits am großen Tisch saß, blickte amüsiert von der Lektüre auf.

»Ja genau, Onkel Kolja. Wir sind alle schon gespannt!«

Kolja nickte und rückte mühevoll seinen massigen Körper im Sessel zurecht.

»Als die Großfürstin Anna vor dreißig Jahren in St. Petersburg verheiratet wurde, und zwar mit dem etwas debilen zweiten Sohn eines unbedeutenden deutschen Fürstengeschlechts, geschah etwas Furchtbares. Kurz vor Mitternacht, das Hochzeitsfest war in vollem Gang, wurde der jungen Braut plötzlich übel und sie befand sich am Rand einer Ohnmacht. Die Brautmutter ging sofort in ihr Boudoir, nahm ein Pülverchen, löste es in einem Becher Wasser auf und brachte es ihrer Tochter. Diese lag in einem Nebenraum in den hilflosen Armen ihres Bräutigams, also jenes beschränkten Fürstensohnes. Dieser war insbesondere über die Ereignisse bestürzt, sah er doch seine Felle für den eigentlich interessanten Teil der Hochzeitsnacht davonschwimmen.«

Während Onkel Kolja tief Luft holte, ließ er seinen Blick bedeutungsvoll in die Runde wandern.

»Ihr wißt sicher, was ich damit meine, so daß ich nicht ins Detail gehen muß.«

»Auf keinen Fall, Kolja!« meinte Graf Moritz und schmunzelte.

»Kurz und gut,« fuhr Der Fliegende Schinken fort. »Die junge Braut führte also den Becher an ihre Lippen und trank ihn in einem Zug aus. Noch bevor sie das Gefäß wieder absetzen konnte, fiel sie tot aus den Armen des Bräutigams.«

»Gift!« rief Constantin dramatisch und verkniff sich nur mit Mühe ein Lachen.

»Ganz genau, mein Lieber. Aber was niemand ahnen konnte ...«

In diesem Moment wurde heftig an die Tür geklopft. Jost Alewin, der Verwalter von Schloss Blankenburg, stand völlig außer Atem auf der Schwelle.

»Verzeihen Sie, Herr Graf,« begann der Mann und rang nach Luft. »Es ist etwas Schreckliches passiert. Aufständische Letten haben Blankenburg überfallen und alles in Brand gesteckt.« Sein Blick flackerte, die nackte Angst lag darin.

Einen Moment herrschte lähmende Stille.

»Und Graf Helmer?« fragte Moritz mit tonloser Stimme.

Mit einer hilflosen Geste hob der Verwalter die Hände.

»Sie haben ihn umgebracht.«

»Oh mein Gott!« Charlotte schlug die Hand vor den Mund.

»Und den jungen Herrn ebenfalls.« Der Verwalter wischte sich die Stirn.

»Leo?! Er war gerade dreizehn Jahre alt!« Moritz zwang sich, die Fassung zu bewahren. »Was waren das für Leute, Alewin?«

»Die meisten kannte ich nicht. Aber zwei Arbeiter aus unseren Rinderstallungen waren auch dabei. Ich habe sie genau gesehen. Einige Bedienstete vom Schlosspersonal hat der Mob ebenfalls massakriert. Ich hatte Glück und konnte mich rechtzeitig retten. Vorher hatte ich noch versucht, per Telefon Hilfe zu holen. Doch die Leitung war tot.«

Alle waren aufgestanden. Voller Entsetzen griff Charlotte nach der Hand ihrer Tochter. Aus Tante Meggies Gesicht war alle Farbe gewichen, ihre Hände zitterten. Constantin stellte sich neben seinen Vater. Dieser wandte sich an seine Frau.

»Laß dem Mann etwas zu essen bringen. Ich trommele ein paar Leute zusammen und reite rüber nach Blankenburg.«

»Zu spät, Herr Graf!« Die Stimme des Blankenburg-Verwalters klang verzweifelt. »Die Verbrecherbande hat bereits ganze Arbeit geleistet. Man sieht den Feuerschein bis hierher!«

Graf Moritz ging zum Fenster und überzeugte sich selbst.

»Tatsächlich ...« Er ballte die Faust. »Na schön. Aber wir müssen wenigstens verhindern, daß sie weiterziehen und möglicherweise auch hierher kommen. Dafür werden wir gewappnet sein. Constantin, du weckst das Stallpersonal und die anderen, vor allem Verwalter Schröder. Er soll einen seiner halbwüchsigen Söhne sofort zu Peter Sanderan nach Silkau schicken. Damit sie dort gewarnt sind. Wer weiß, was die Bande noch vorhat!«

Eilig verließ Constantin die Bibliothek.

»Die Frauen gehen bitte hinauf in dein Boudoir, Charlotte. Und du Kolja, gesellst dich zu ihnen. Das Schießen hast du ja sicher nicht verlernt. Ich sorge dafür, daß alle weiblichen Bediensteten ebenfalls in Sicherheit sind.«

Zunächst versuchte Graf Moritz den Gendarmerieposten in Wolmar telefonisch zu erreichen. Erst nach mehreren Versuchen gelang die Verbindung. Moritz forderte, die nahe gelegene Kaserne zu alarmieren, damit umgehend eine Abteilung Kosaken zum Schutz nach Aicken geschickt wurde

Wenig später versammelten sich alle Männer in der Halle des Schlosses. Die Stallburschen und die Hausdiener bewaffneten sich mit Knüppeln, Äxten und Eisenstangen. An die übrigen Männer verteilte Graf Moritz Gewehre und Flinten aus seinem Waffenarsenal. Im Schloss gab es genügend Munition um einen Überfall für eine Weile abzuwehren. An strategisch wichtigen Stellen bezogen die Männer Posten. Alle Lichter im Herrenhaus und den Nebengebäuden wurden gelöscht. Wie verlassen lag Aicken im Licht des weißen Wintermondes.

Es war zwei Stunden nach Mitternacht. Unbeachtet von allen Bewohnern war das Jahr 1916 angebrochen.

# 58

Mit einem schmuddeligen Sonnenlicht kam die Morgendämmerung. Der Feuerschein von Schloss Blankenburg war inzwischen einer dünnen Rauchsäule gewichen, ein Mahnmahl am windlosen Himmel. Nichts war geschehen, die Aufständischen hatten sich nicht blicken lassen. Auch in Wingen und Rübswald, im Sägewerk und in der Meierei waren sie nicht erschienen, ebenso wenig wie in Silkau. Das hatten die Telefonanrufe dorthin ergeben.

Graf Moritz, der von einem Fenster im ersten Stock einen weiten Blick auf die Eichenallee hatte, sah jetzt eine Schar Reiter kommen, eingehüllt in eine Wolke aus Pulverschnee. Bald war zu erkennen, daß es sich um die angeforderten Kosaken handelte. Moritz schäumte.

»Eine Unverschämtheit!« sagte er zum Verwalter Alewin, der an einem der anderen Fenster des Raumes stand. »Die haben sich ja Zeit gelassen!«

Er empfing die Soldaten im Schlosshof. Die Pferde der Männer tänzelten, niemand machte Anstalten, abzusitzen. Ärgerlich wandte sich Moritz an den kommandierenden Unteroffizier.

»Ihre Leute kommen spät. Wieso? Ich hatte doch geschildert, was in Blankenburg passiert ist. Und ...«

Patzig unterbrach ihn der Unteroffizier.

»*Ihnen* ist ja nichts passiert, wie man sieht.« Seine Stimme klang kühl, sein Blick war abweisend. »Zudem möchte ich bemerken, daß wir nur ungern den Grundbesitzern hier zu Hilfe kommen. Tut mir Leid.«

»Weshalb nicht?«

»Wir glauben, wie auch Teile der Bevölkerung, daß ihr Deutschen mit dem Feind paktiert.«

»Was erlauben Sie sich, Mann?! Wir sind keine Deutschen, sondern treue und loyale Untertanen unseres Zaren! Und Graf Helmer in Blankenburg …«

Erneut schnitt der Mann ihm das Wort ab.

»Wir haben Anweisung! Es gibt genug Beispiele, daß sich in euren Reihen Kolaborateure befinden. Wir sind jedoch bereit, nach Blankenburg zu reiten, um zu versuchen, die Brandstifter dingfest zu machen.« Es klang wenig überzeugend. »Dann schreiben wir einen Bericht, und das war's.«

»Die Banditen müssen noch irgendwo in der Gegend sein,« erwiderte Moritz. »Ich reite mit Ihnen. Graf Helmer war ein Nachbar und Freund. Er und sein Sohn und andere im Schloss wurden feige ermordet.«

»Wie Sie wünschen.« Ein abfälliges Lächeln spielte um seine Lippen. »Aber nochmals zur Einnerung: Sie müssen ab jetzt allein für Ihren Schutz sorgen. Für Grundbesitzer rühren wir keinen Finger mehr.«

Er hob die Hand und gab das Zeichen zum Aufbruch. In wildem Galopp sprengten die Kosaken vom Schlosshof. Zusammen mit Verwalter Alewin folgte Graf Moritz ihnen kurz darauf. Schwer bewaffnet ritten sie davon. Das Kommando auf Aicken hatte Moritz seinem Verwalter Schröder übergeben.

Als Moritz und sein Begleiter Blankenburg erreichten, waren die Kosaken längst vor Ort. Zudem hatten sich drei Gendarmen aus Wolmar eingefunden. Durch Moritz' Anruf in der Nacht alarmiert, wollten sie sich bei Tageslicht ein Bild von den Verwüstungen machen. Der Anblick der geschwärzten Ruinen verschlug Moritz die Sprache. Bis auf die ockergelben Fassade des Herrenhauses lag alles in Trümmern. Schon vor der Brandlegung hatten die Aufständischen in blinder Wut alles zerstört. Der Weinkeller war geplündert worden. Die Flaschen, die die Marodeure nicht mitschleppen konnten, hatten sie zerschlagen. Es mußten Hunderte gewesen sein. Wie bizarre Figuren ragten die Glassplitter und Flaschenhälse aus der blutroten Weinlache, die den gesamten Kellerboden überschwemmte. Drei Bedienstete hatten sich in letzter Minute noch verstecken können. Das, was sie berichteten, klang entsetzlich. Rudolph Helmer war im Schlafgewand von den Aufständischen überrascht worden. Sie hatten ihn aus dem Bett gezerrt, mit Knüppeln und Gewehrkolben halbtot geschlagen und anschließend erschossen. Seinen Sohn Leo, der fliehen wollte, hatten die Banditen im Park abgefangen und ebenfalls erschossen. In den unteren und oberen Etagen fand man die Reste von mehreren verkohlten Leichen. Unmöglich, eine von ihnen zu identifizieren.

Die Kosaken stolzierten in den Trümmern herum, als befänden sie sich auf einer Besichtigungstour. Als einer von ihnen mit einer kleinen, goldenen Statue nach draußen eilte, brüllte der Unteroffizier ihn an.

»Geplündert wird nicht!« Er versetzte dem Mann einen heftigen Stoß. Der ließ die Statue fallen und schlich sich davon.

Verwalter Alewin wandte sich an den Unteroffizier.

»Ich habe Leute aus unserem Dorf gesehen, die auch dabei waren. Ich kann sie identifizieren.«

»Dann machen Sie das und bringen Sie sie hierher.« Er gab zwei Soldaten einen Wink damit sie Alewin zum Dorf Blankenburg begleiteten. Unverrichteter Dinge kamen sie zurück.

»Sie sind dort nicht aufzufinden,« sagte Alewin resigniert.

»Gut! Dann können wir hier nichts mehr ausrichten.« Der Unteroffizier strich sich über seinen Oberlippenbart und gab seinen Leuten das Zeichen zum Aufbruch. Im Ruinengemäuer des Schlosses hallte das Pferdegetrappel noch eine Weile nach. Dann senkte sich eine unheimliche Stille über den Ort des Schreckens.

Verwalter Alewin, ein Junggeselle, der keine Angst um eine Familie haben mußte, wollte bleiben.

»Ich muß zu unseren Gutsbetrieben reiten, Exzellenz. Wer weiß, was mich da erwartet.«

»Danke, daß Sie mich gewarnt haben, Alewin. Wenn Sie nicht in Blankenburg bleiben wollen – Sie können bei mir anfangen. So, wie die Dinge stehen, kann ich jeden guten Mann gebrauchen.«

»Verbindlichsten Dank, Herr Graf. Ich werde es mir überlegen.«

Mit einem festen Händedruck verabschiedeten sich die beiden Männer. Als Moritz sein Pferd besteigen wollte, kam einer der Wolmarer Gendarmen zu ihm. Moritz kannte ihn gut. Nach dem Anschlag in der Wagenremise während der Jagdsaison 1913 war der Mann zur temporären Bewachung nach Aicken abkommandiert worden. Als er nach einigen Wochen das Schloss wieder verließ, hatte Graf Moritz ihn zum Dank mit einem großzügigen Geldgeschenk bedacht. Der Gendarm beugte sich zu Moritz und raunte:

»Ich habe Kenntnis davon, daß dieser aufständische Haufen weitere Güter hier in der Gegend ins Visier nehmen will. Ganz oben auf der Liste soll Aicken stehen.«

»Woher wissen Sie das?«

»Mein Schwager ist Schankwirt in einer Kneipe in Wolmar. Er hat die Kerle zufällig belauscht, als sie sich dort vor einigen Tagen versammelt hatten. Ich wollte Sie nur warnen.«

»Danke, Wachtmeister. Das werde ich Ihnen nie vergessen.«


Während des Heimritts reifte in Graf Moritz ein Gedanke, der immer mehr Form annahm. Auf die Kosaken konnte er nicht mehr zählen, und die lokalen Polizeikräfte waren zu schwach und unterbesetzt. Wenn doch Arved wenigstens geblieben wäre!

Stattdessen kämpfte er irgendwo an der Front einen Kampf, der zunehmend aussichtslos erschien. Falls er überhaupt noch lebte! Doch die Dinge waren so, wie sie waren. Als Moritz in Aicken ankam, stand sein Entschluß fest.

Im Schloss schien inzwischen alles seinen gewohnten Gang zu gehen. Friedlich lag das Herrenhaus im milchigen Licht des Spätvormittags. Doch Moritz wußte, daß es eine trügerische Normalität war. Im Frühstückszimmer hatte sich die Familie versammelt und auf die Rückkehr des Grafen gewartet. Ermattet und unrasiert ließ sich Moritz vom Butler seine übliche Portion Spiegeleier mit Toast und eine starke Tasse Tee servieren. Nachdem er den ersten Hunger gestillt hatte, erzählte er, was in Blankenburg geschehen war. Niemand sagte ein Wort. Doch angesichts der schrecklichen Schilderungen schien bei allen Anwesenden die Angst zum Greifen nah.

»Wir werden Aicken eine Weile verlassen«, sagte Moritz zum Schluß. »Bis sich hier alles beruhigt hat.«

»Einfach weggehen?« Constantin blickte seinen Vater verständnislos an. »Wer kümmert sich dann um alles hier?«

»Verwalter Schröder. Er bekommt weitreichende Vollmachten von mir. Die Betriebe müssen weitergehen. Die Kosaken habe es ja deutlich durchblicken lassen: Grundbesitzer, also wir, werden nicht länger geschützt. Und die Warnung des Gendarmen nehme ich sehr ernst. Seit Jahren hat es ja alle möglichen Vorboten gegeben. Wenn wir eine Weile abwesend sind, verlieren die Aufständischen vielleicht das Interesse, hier aufzutauchen.

»Und wenn nicht?« bemerkte Tante Meggie.

»Im Moment geht das Leben der Familie vor, Margarethe. Im Übrigen möchte ich darauf hinweisen, daß du ja stets viel Verständnis für revolutionäre Elemente hattest.«

»Laß doch, Papa,« sagte Beatrice leise und legte beschwichtigend die Hand auf den Arm ihres Vaters. »Das bringt jetzt nichts mehr.«

Meggies Miene zeigte keine Regung. Mit zitternder Hand nippte sie an ihrer Teetasse.

»Bist du wirklich sicher, Moritz, daß wir Aicken verlassen sollen?« begann Gräfin Charlotte vorsichtig. »Wenn du mich fragst …«

»Ich frage dich aber nicht, Charlotte.« Moritz' Stimme klang ungewohnt scharf. Gleich darauf fügte er beschwichtigend hinzu: »Entschuldige bitte, meine Liebe. Aber meine Nerven liegen inzwischen blank.«

»Wohin sollen wir denn gehen?« fragte Beatrice.

»Nach St. Petersburg. Da sind wir zunächst einmal aus der direkten Schußlinie und weit weg von der Front. Die Aufständischen werden sich in der Zwischenzeit beruhigen. Wichtig ist nur, daß wir zunächst in Sicherheit sind.« Er tupfte sich mit der Serviette den Mund ab und wandte sich an seine Frau. »Ruf bitte deinen Bruder an. In eurem Petersburger Stadthaus ist genügend Platz. Ich denke, daß wir auf ihn zählen können. – Was meinst du, Kolja: könnte Constantin bei dir wohnen? Es geht ja nur um einige Wochen, höchstens bis zum Frühjahr.«

Der Fliegende Schinken hob die Hand zum Einverständnis.

»Natürlich! Wir beide mischen dann St. Petersburg auf, was Consti?« Er schaufelte ein riesiges Stück Apfelpfannkuchen in den Mund. Constantin lächelte gequält. Lieber würde er hierbleiben, das sah man ihm an.

»Was ist eigentlich mit Mutter in Riga?« Meggie blickte ihren Bruder besorgt an.

»Du weißt, daß sie ihr Haus nicht verlassen will. Aber du kannst ja noch einmal versuchen, sie umzustimmen.«

»Wenn sie sich weiterhin weigert, werde ich zu ihr fahren. In solchen Zeiten können wir sie nicht allein in Riga lassen.«

Moritz und Charlotte wechselten einen Blick.

»Das ist keine gute Idee, Margarethe.« Skeptisch wiegte Charlotte den Kopf. »Versuche doch lieber …«

Meggie unterbrach sie.

»Sie hat einen sturen Kopf, das weißt du. Ich richte mich darauf ein, nach Riga zu fahren.«

»Gut,« erwiderte Moritz zögerlich und schob seinen Stuhl zurück. »Wie du willst. Dann an die Arbeit! Es gibt eine Menge zu organisieren und zu packen. Die beiden Zofen kommen mit. Ebenso mein Kammerdiener und Hauslehrer Choltev. Alle übrigen Bediensteten bleiben hier und halten die Stellung.«

# 59



*Paris, 1. November 1923, früher Morgen*

Die Stunden waren wie im Flug vergangen. Von der Kirche Notre-Dame-de-Lorette schlug die Glocke fünf Uhr. Schwach erklang ihr Ton, beinahe wie gedämpft. Immer noch prasselte der Regen gegen die Fensterscheiben des Antiquitätengeschäfts, wo Antoine Dubois und Beatrice von Reckendorff in der Küche saßen. Beatrice hatte sich vorgenommen, dem alten Mann in dieser Nacht die ganze Geschichte zu erzählen.

Nun ging sie einige Schritte in der kleinen Küche hin und her, um ihre steifen Glieder zu bewegen. Draußen hupte ein Lieferwagen; Pferdgetrappel war zu hören, laute Rufe. Das Viertel erwachte. Nichts wartete an diesem Tag auf Beatrice. Keine Arbeit, keine Verpflichtungen. Nur ein kaltes Mansardenzimmer und die Eintönigkeit ihrer kargen Existenz in der Fremde.

Es war Sonntag; Allerheiligen, ein trübseliger Feiertag.

Voller Interesse hatte der alte Dubois ihren Erzählungen gelauscht. Eine andere Zeit, ein anderes Land, ein anderes Schicksal …Er war fasziniert von den Ereignissen in diesem so fremden, riesigen Reich im Osten, das im Strudel von Krieg, Aufruhr und Anarchie untergegangen war. Nun wartete er gespannt, wie die Geschichte weiter ging.

»St. Petersburg muß eine schöne Stadt sein, Comtesse. Ich habe darüber gelesen und Fotografien gesehen.«

»Ja, es ist eine wundervolle Stadt. Seit der Revolution und schon davor wurde sie leider in Petrograd umbenannt. Das war infolge der Slawisierung. Wie schon erwähnt: kurz vor dem Krieg galt alles Deutsche und Deutschstämmige im Zarenreich als gefährlich und wurde unterdrückt und verboten. Wie die deutsche Sprache. Aber für mich wird diese Stadt immer St. Petersburg bleiben! Als wir uns in jenem Winter für eine gewissen Zeit dorthin in Sicherheit brachten, war das mein erster Besuch.«

»Es war bestimmt sehr beeindruckend.«

»Allerdings! Die eleganten Stadtvillen, das Winterpalais, die Eremitage, die Peter - und Paul Festung ... Man sagte, daß kein Haus in St, Petersburg höher gebaut werden durfte als die Eremitage. Alle Gebäude waren durchgängig nur etwa dreißig Meter hoch. Dies ergab ein einheitliches und ästhetisches Stadtbild.«

»Das wußte ich nicht!«

»Als wir dort ankamen, lag tiefer Schnee. Abends glitzerte das Licht der Laternen auf den weißen Boulevards. Einfach märchenhaft! Fröhliches Glockengebimmel begleitete die Pferdeschlitten. Doch all das konnte nicht darüber hinwegtäuschen, daß es hinter der glanzvollen Fassade viel Elend und unvorstellbare Armut gab. Mir wurde klar, daß die Volksmassen sich bald ein Ventil suchen würden. Es gibt eine Grenze dessen, was Menschen ertragen können. Und in Russland war sie damals erreicht. «

# Drittes Buch

## Auf Leben und Tod

# V

## St. Petersburg, Livland, Sibirien und Sewastopol 1916

# 60

An Dreikönig fuhren die Reckendorffs mitsamt dem notwendigen Personal und Gepäck in zwei Pferdeschlitten zunächst nach Wolmar, von da aus mit dem Zug nach Riga. Dort verließ Tante Meggie die Familie, um bei Ihrer Mutter Elisabeth zu bleiben.

Danach ging es im Ersterklasse-Abteil nach Petrograd, das innerhalb der Familie weiterhin St. Petersburg genannt wurde. Während der endlos langen Bahnfahrt sprach man untereinander nur Russisch. Den Bediensteten, die in separaten Abteilen untergebracht waren, hatte Graf Moritz eingeschärft, sich bei allen Kontrollen unauffällig zu verhalten. Die Abteile der zweiten Klasse belegten russische Offizieren auf Heimaturlaub. Froh, dem Gemetzel und Elend an der Front einige Tage zu entkommen, stärkten sie sich mit Unmengen von Wodka und vergnügten sich beim Kartenspiel. Entsprechend laut ging es in den Waggons zeitweilig zu. Hin und wieder ertönten sehnsüchtige Melodien einer Mundharmonika. Manchmal brandete auch Gesang auf. In der dritten und vierten Klasse des völlig überfüllten Zuges drängten sich Soldaten und Leichtverwundete.

Es war bitter kalt. Auf den Fensterscheiben des Abteils erblühten immer neue Eisblumen, und die Reisenden hatten sich in Pelze und Decken gehüllt. Gräfin Charlotte trug ihren herrlichen Zobelmantel, ein Geschenk der Zarenmutter, als Charlotte den Dienst bei Hofe quittierte. Dennoch fror sie, und alle sorgten sich um ihre Gesundheit. Im Bedienstetenabteil hielt Butler Johann den Samowar ständig in Betrieb. Der heiße Tee wärmte ein wenig, doch die Kälte kroch allen in die Glieder. Hinzu kam der scharfe Wind, der sich gegen die undichten Fenster warf und eisige Luft in die Abteile blies.

Nur schleppend ging die Fahrt voran. Hohe Schneewehen und willkürlicher Halt auf freier Streckte forderten Geduld und Gelassenheit. Um die Reise kurzweiliger zu gestalten, gab Onkel Kolja gleich am ersten Tag wieder einmal eine Anekdote zum Besten. Nachdem er genüßlich an seinem heißen, stark gesüßten Chai genippt hatte, holte er tief Luft und begann.

»Als der österreichische Thronfolger Rudolph sich und seine Geliebte im Januar 1889 auf JagdSchloss Meyerling erschossen hatte, gab es in ganz Europa ihm zu Ehren entsprechendes Gedenken. Eine der bizarrsten Gedenkfeiern ereignete sich Ende Februar desselben Jahres in St. Petersburg. Die damalige Zarin, Maria Fjodorowna, lud zu einem großen Ball ein. Der normale Dresscode – die Herren im Frack, Smoking, Uniform undsoweiter, die Damen in betörenden, farbigen Roben – sollte diesmal entfallen. Die Zarin ordnete an, daß zum Gedenken an Erzherzog Rudolph alle Gäste in schwarzer Kleidung erscheinen mußten. So geschah es. Auf den schwarzen Roben der Damen glitzerten in allen Farben erlesene Edelsteine. Selten hatte man so viel kostbaren Schmuck so prächtig und auffällig präsentiert gesehen! Der Ball fand in einem schneeweißen Saal mit blutroten Vorhängen statt. Das makabre Ereignis ging als »Bal noir«, schwarzer Zarenball, in die Geschichte ein. Manche haben danach behauptet, daß diesem Abend eine gewisse Dekadenz nicht abzusprechen war. Was aber als eigentlicher Skandal galt: eine junge, bildschöne Fürstentochter hielt sich nicht an die Regel. Statt schwarz trug sie eine rote Seidenchiffonrobe mit gleichfarbigen Handschuhen und Ballschuhen, sowie ein kolossales Halsdiadem aus Rubinen und Brillanten. Könnt ihr euch denken, was dann geschah?« Effekt heischend blickte Kolja in die Runde.

»Vermutlich hat sie alle Blicke auf sich gezogen,« meinte Beatrice.

»Das natürlich zuallererst! Aber sie blieb keine fünf Minuten im Saal. Die Zarin war so zornig, daß sie die ungehorsame Fürstentochter und deren Familie hart strafte. Ihr Vater, ein hohes Tier bei Hofe, wurde auf einen bedeutungslosen Posten ins äußerste Sibirien versetzt. Dort verlor sich die Spur der jungen Fürstentochter, die den Befehl der Zarin ignoriert hatte und auf so eitle Weise die Aufmerksamkeit einer ganzen Ballgesellschaft auf sich ziehen wollte.«

Gräfin Charlotte, die sich in ihren Zobel gekuschelt hatte, lächelte.

»Die Geschichte vom schwarzen Zarenball kenne ich natürlich! Allerdings ohne den Zusatz der aufmüpfigen Fürstentochter. Kompliment für deine blühende Phantasie, Kolja!«

Dröhnend lachte der Fliegende Schinken.

»Dafür sind Anekdoten doch da, liebe Charlotte! Sie müssen nicht in allem der Wahrheit entsprechen. Das Entscheidende ist, daß die Zuhörer gefesselt sind und sich amüsieren.«

Auf dem Baltischen Bahnhof in St. Petersburg herrschten chaotische Zustände. Erst nach einer Weile entdeckten die Reckendorffs Chalottes Bruder Donatus, der sie abholte. Nun teilte sich die Familie auf. Constantin und Hauslehrer Choltev wohnten in Onkel Koljas Stadtpalais. Für die anderen war der gesamte zweite Stock im Haus der Familie Eisenstetten als Gästetrakt hergerichtet worden.

Auf der Bahnfahrt, während eines Gesprächs auf dem Waggon-Korridor, hatte Constantin mit Onkel Kolja ein Komplott geschmiedet.

»Kannst du nicht auch die Berghs mit Emily und Maria einladen? Ich langweile mich sonst, Onkel Kolja. Emily und Maria könnten mit mir am Unterricht teilnehmen. Ich wäre dann mehr unter Gleichaltrigen.«

Kolja, der den wahren Zweck von Constantins Bitte erahnte, erwiderte:

»Mal sehen, was sich machen läßt! Aber du weißt, Tante Amalie und Onkel Adam sind für mich nur schwer erträglich.«

Es ergab sich dann, daß Baronin Bergh mit Grippe im Bett lag und unmöglich verreisen konnte. Emilys Vater würde die beiden Mädchen nach St. Petersburg begleiten und gleich zurück nach Dorpat fahren. Es war klar, daß Emilys Eltern auf keinen Fall die Gelegenheit versäumen wollten, ihre Tochter in die Petersburger Gesellschaft einzuführen. Marias Eltern dachten wohl dasselbe.

## 61

Nur wenige Male hatte Beatrice die Familie ihres Onkels Donatus getroffen. Als Zwölfjährige war sie einmal mit ihren Eltern auf dem Stammsitz Franzensruh in Kurland gewesen. Damals lebte ihre Großmutter mütterlicherseits noch, eine strenge Frau, die mit Kindern nichts anfangen konnte. Beatrice hatte Angst vor ihr. Auch Gräfin Charlotte und ihre Geschwister hatten als Kinder ebenfalls Angst vor ihrer Mutter.

Von den fünf Kindern ihres Onkels Donatus war nur Alexander Beatrice vertraut. Als Einziger hatte er schon früh den Kontakt zu den Reckendorffs gesucht. Charlotte war seine Lieblingstante, und auf Aicken hatte Sascha sich immer heimischer gefühlt als zu Hause im kurländischen Franzensruh. An die anderen Cousins und Cousinen erinnerte Beatrice sich kaum. Nun traf sie drei von ihnen in Petersburg wieder.

Cosima, die älteste Schwester, war siebenunddreißig Jahre alt und unverheiratet. Von der Natur nicht mit Schönheit und einem anmutigen Wesen verwöhnt, wirkte sie altbacken und eigenbrötlerisch. Die beiden anderen Schwestern gaben sich kühl und wenig zugewandt. Franziska, fünf Jahre jünger als Cosima, war kinderlos und seit zwei Jahren Witwe. Ihr Mann Viktor hatte sich erschossen. In der Familie hielt sich hartnäckig das Gerücht, daß Viktor homosexuell gewesen sein soll. Ein schreckliches Vergehen! Nun zeigten sich alle erleichtert, daß der Ehemann auf diese Weise seinem *schändlichen Tun* und dem Getratsche ein Ende bereitet hatte. Die jüngste Tochter Veronika, verehelicht mit einem Gutsbesitzer in Kurland, lebte mit ihrem vierjährigen

Sohn seit wenigen Monaten im Stadthaus ihres Vaters. Die Situation in der von den Deutschen besetzten Heimat erschien ihrem Mann Heinrich zu instabil. In Petersburg wäre sie in Sicherheit. Er selbst war auf dem Gut geblieben, um die Entwicklung abzuwarten.

Gleich in den ersten Tagen spielte Onkel Donatus den Fremdenführer. Beatrice war überwältigt von der Pracht der Zarenpaläste, den Residenzen der Hocharistokratie, den breiten Straßen und den eleganten Geschäften. Auf der Newa und den zugefrorenen Kanälen, die die Stadt durchzogen, tummelten sich die Schlittschuhläufer. Beatrice mußte an die unsägliche Schlittschuhpartie auf dem Mondsee denken. An die Folgen, die daraus entstanden waren, und sie verspürte einen Stich in ihrer Brust. Daß sie sich so in Sascha getäuscht hatte, nagte immer noch an ihr. Sie schämte sich ihrer Naivität und bereute zutiefst, sich ihm in der Jagdhütte hingegeben zu haben. Der Gedanke an ihn schien wie eine tiefe Wunde, die nur langsam verheilte. Hoffentlich kreuzte er nie wieder ihren Lebensweg!

Es folgten Einladungen und Gesellschaften, Empfänge und Teestunden in fremden Salons. Welch unbeschwertes Leben führten die Standesgenossen ihrer Familie! Oft beschlich Beatrice ein Gefühl der Scham, wenn sie all den Glanz und die Pracht sah. Wußte sie doch, daß Reichtum und Prunk nur durch die harte Arbeit (Tante Meggie würde es als Ausbeutung bezeichnen) des einfachen Volkes möglich waren. Abseits der glanzvollen Fassaden sah sie in den Seitengassen zerlumpte Bettler. Männer, Frauen und Kinder, auch viele Alte und Kriegsversehrte. Immer wieder wurden sie von Ordnungskräften vertrieben. Ihre ausgemergelten Gestalten, der Hunger in ihren Augen, oft auch der Haß – erneut war Beatrice zutiefst betroffen und aufgewühlt. Onkel Donatus gab diesen

Menschen ein paar Kopeken, und sie küßten ihm dankbar die Hand. Hier in St. Petersburg stach das Elend noch mehr ins Auge als seinerzeit in Riga. Lebten doch die notleidenden Menschen im Schatten der prachtvollen Kirchen mit ihren verschwenderisch goldenen Kuppeln. In unmittelbarer Nähe der Paläste, wo gepraßt und gevöllt wurde, während manche Kinder vor Hunger Schnee aßen.

Einmal sprach Beatrice mit Cousine Veronika über die Lage des Volkes in Russland. Wie lange würden die unzufriedenen und unterdrückten Massen noch stillhalten? Veronika reagierte befremdet und ohne Verständnis.

»Die Leute kennen es nicht anders,« meinte sie arrogant. »Die einfache Bevölkerung ist ungebildet, roh.«

»Man kann ihnen doch nicht vorwerfen, daß sie in Unwissenheit gehalten werden!«

»Diese Menschen sind mit ihrem Los zufrieden.«

»Woher weißt du das? Sie haben ja keine andere Wahl!«

»Wer arbeiten will, kann arbeiten! Als Dienstbote in einem großen Haushalt, oder auf den Gutshöfen. Da können sie ihr Auskommen haben.«

»Wenn sie mit ihrem Los glücklich wären, gäbe es keine Aufstände und Revolten. Ich glaube, wir sitzen auf einem Pulverfaß. In Aicken und auf Nachbargütern haben wir erlebt, wie schnell sich das Blatt wenden kann. «

»Wir befinden uns im Krieg, Bea. Jetzt ist es wichtig, daß alle zusammen halten. Anarchisten und Revolutionäre, die das Volk aufwiegeln, spielen nur dem Feind in die Hände.«

»Ich finde, du machst es dir zu einfach.«

»Ach was! Bloß keine trüben Gedanken! Genieße die Zeit hier. Morgen Abend ist der große Ball bei Kolja. Ich sage dir: es wird ein rauschendes Fest!«

In diesem Punkt sollte Veronika Recht behalten.

# 62

Der Fliegende Schinken hatte den Ball als »Verspäteten Silvester-
ball« deklariert. Die umfangreiche Gästeliste umfaßte viele große
Namen der Petersburger Gesellschaft. Trotz ihrer jungen Jahre
durften Constantin, Emily und Maria am Fest teilnehmen.

Der Ballsaal im ersten Stock des Palais erstrahlte im Licht der
Kronleuchter. An den Wandseiten standen Meter hohe, fünfar-
mige silberne Kerzenhalter. Ihr Licht spiegelte sich auf dem
kunstvoll eingelegten, mehrfarbigen Marmorfußboden, der an
die Böden in venezianischen Palästen erinnerte. Lakaien in Livree reichten Champagner, als die Gäste gegen achtzehn Uhr
eintrafen. Onkel Donatus kam mit den Reckendorffs und seiner
jüngsten Tochter Veronika. Deren Schwester Cosima besuchte
grundsätzlich keine Ballgesellschaften. Franziska war ebenfalls zu
Hause geblieben. Fürchtete sie doch, daß die inzwischen stadt-
bekannte Homosexualität ihres verstorbenen Mannes ihr immer
noch wie ein Makel anhaften könnte.

Mit weit ausholenden Gesten begrüßte Der Fliegende Schinken die Gäste. In seinem übergroßen Frack, mit geröteten Wangen und einem weißen Seidentaschentuch in der linken Hand,
um die Stirn abzutupfen, wirbelte er durch den Saal. Hier ein
galantes Wort, dort eine scherzhafte Bemerkung – er zeigte sich
als blendender Gastgeber und Unterhalter.

Charlotte kannte noch einige Gäste aus ihrer Zeit am Hof.
Hände wurden geküßt, die Damen umarmten sich dezent. Kurze,
freundliche Worte, Komplimente für Beatrices smaragdgrünes
Ballkleid mit dem Spitzenausschnitt. Dann begrüßte man die

306

Nächsten. Graf Moritz, ins Gespräch vertieft mit einem Vizeadmiral der Marine über die Lage an den Fronten, hielt sich etwas abseits.

Mit einem Glas Champagner in der Hand stand Tatjana Kropotkin in einer Gruppe junger Offiziere. Sie wirkte gelöst und bester Laune und begrüßte ihre Freunde aus Aicken aufs Herzlichste. Beatrice fand, daß sie wunderschön aussah. Zu ihrer mit kleinen Saphiren bestickten, hellblauen Satinrobe trug sie alten Familienschmuck.

»Wie wundervoll, euch zu sehen!« meinte Tatjana und betrachtete voller Wohlwollen ihre Patentochter. »Du siehst einfach hinreißend aus!«

Verlegen lächelte Beatrice, bedankte sich dann jedoch für das Kompliment. Sie zwang sich, den Gedanken an das intime Verhältnis zwischen Tatjana und Sascha zu verdrängen und spürte, wie sie unwillkürlich errötete. Dann bemerkte sie die bewundernden Blicke der umstehenden jungen Männer.

»Meine Patentochter, Comtesse von Reckendorff,« stellte Tatjana sie vor. »Mir ist bekannt, daß sie gern und auch hervorragend tanzt!«

Die Offiziere verbeugten sich und überboten sich darin, Beatrice um den ersten Tanz zu bitten. Sie reichte ihre Tanzkarte herum, damit die Kandidaten sich eintragen konnten. Als sie mit ihrer Mutter weiter ging, drehte sie sich noch einmal nach den Offizieren um, allesamt in der Blüte ihrer Jugend. Wieso kämpften sie nicht an der Front, sondern standen an diesem Abend in Scharen Spalier, als befände man sich mitten in Friedenszeiten? Egal. Beatrice wollte den Abend genießen. Für kritische oder skeptische Gedanken blieb später noch Zeit.

Jetzt erblickte sie ihren Bruder und die beiden Mädchen. Lebhaft plauderten sie in einer Gruppe von jüngeren Leuten. Stolz blickte Beatrice auf Constantin. In seinem Maß geschneiderten

Smoking sah er phantastisch aus. Kein Wunder, daß Maria aus Dorpat kaum die Augen von ihm ließ! In einigen Jahren würde ihm die Damenwelt zu Füßen liegen.

Emily hatte sich in ihrer Kleidung zurück gehalten. Sie trug ein türkisfarbenes, schlichtes Ballkleid. Ihr Verlobter Fabian – als solchen bezeichnete sie ihn bereits heimlich – kämpfte an der Front, wenn auch auf der falschen Seite, was Emily tunlichst für sich behielt. Sie wollte sich nicht großartig amüsieren, wenn der Geliebte täglich dem Tode nah war. Für den Abend hatte sie sich vorgenommen, nur einmal mit Cousin Constantin zu tanzen. Alle anderen Kavaliere würde sie höflich abweisen.

Es wurde eine rauschende und unvergeßliche Ballnacht. Beinahe ohne Unterbrechung sah man Beatrice auf der Tanzfläche. Ein junger Husarenleutnant, der sich gleich mehrfach auf ihrer Karte eingetragen hatte, zeigte sich als exzellenter Walzertänzer. Elegant führte er Beatrice über den Marmorboden. In dieser Nacht konnte sie zum ersten Mal den Kummer der letzten Monate und die Schmach ihrer Liebesnacht mit Sascha für einen Moment vergessen.

Constantin absolvierte seinen Tanz mit Emily, die sich danach an einen der Stehtische begab und von drei jungen Offizieren umschwärmen ließ. Champagner trank sie in Maßen und im Bewußtsein, niemals ihr gutes Benehmen zu vergessen. Obwohl sie Fabian von Lüttich schmerzlich vermißte, mußte sie sich eingestehen, daß sie gern öfter tanzen würde. An ein Versprechen gebunden, das sie nur sich selbst gegeben hatte, verzichtete sie schweren Herzens darauf.

Maria und Constantin redeten wenig miteinander. Dafür schwangen sie voller Begeisterung und Ausdauer das Tanzbein. Dabei drückte Maria häufig Constantins Arm, und ihre samtblauen Augen blickten träumerisch. All dies verstand Constantin

als Aufforderung, Maria ein wenig fester im Arm zu halten, um
ihre zarte, biegsame Gestalt ganz nah zu spüren. Wenn sie die
Tanzfläche für einen Moment verließen, um sich mit einem kleinen Schluck Champagner zu stärken, wirkten sie wie ein Paar,
das zusammen gehört. Zu fortgeschrittener Stunde begaben
sie sich auf den kleinen Balkon eines Nebenzimmers. Die Luft
kühlte ihre erhitzten Gesichter. Schneeflocken wirbelten durch
die winterliche Nacht. Vor dem Eingang des Palais standen die
Pferdeschlitten der Gäste entlang der Straße. Die Kutscher schlugen gegen die Kälte die Arme um den Körper. Viele stärkten sich
mit einem Schluck aus der Schnapsflasche.

Als Maria zu frösteln begann, legte Constantin seinen Arm
um ihre Schultern. Sofort schmiegte sie sich an ihn. Sein Herz
klopfte so stark, daß er befürchtete, man könnte es bis auf die
Straße hören. Zum ersten Mal in seinem Leben fühlte er sich
körperlich zu einem Mädchen hingezogen. Ohne weiter darüber nachzudenken, beugte er sich zu Maria und küßte sie zart
auf den Mund. Er war erstaunt, wie willig sie es geschehen ließ!
Dadurch ermutigt, küßte er sie noch einmal, diesmal lange und
mit aufkeimender Leidenschaft. Maria schlang die Arme um
seinen Hals, und ihre Lippen fanden sich erneut. Dann löste
sie sich von ihm, plötzlich puterrot im Gesicht und schwer
atmend.

»Laß uns wieder hinein gehen, Consti,« sagte sie verlegen.
»Ich kann das nicht zulassen, obwohl …« Energisch, aber auch
enttäuscht, schüttelte sie den Kopf und verließ den Balkon.
Constantin folgte ihr. Er wußte nicht viel über das weibliche
Geschlecht. Doch immerhin soviel, daß es nach einem sehr in-
nigen Kuß noch mehr geben könnte, sehr viel mehr. All das, was
ihm ein wohl erzogenes und anständiges Mädchen vor der Ehe
nicht gewähren durfte.

Um Mitternacht wurde ein Abendessen serviert. Es gab Kaviar,

Wachtelbrüstchen und Lachs. Der Champagner floß in Strömen, auch reichlich Wodka war im Angebot.

Erst gegen zwei Uhr brachen die Gäste auf. Von unstillbaren, körperlichen Sehnsüchten geplagt konnte Constantin lange nicht einschlafen. Im Nebenzimmer lag Maria ebenfalls noch wach, während Emily mit Fabians Fotografie in der Hand längst eingeschlafen war.

# 63

Am selben Abend fand in einem düsteren Stadtteil St. Petersburgs ein Treffen höchst unterschiedlicher Menschen statt. Verbunden durch einen gemeinsamen, heißen Glauben verfolgten alle nur ein Ziel: die Beendigung des Krieges und die Abschaffung der Autokratie in Russland. In kleineren und größeren Sabotageaktionen erprobt, stets in Furcht vor Gefängnis und Verbannung, konnten sie einander hundertprozentig vertrauen. Ständig wechselten die Treffpunkte der Gruppe, und mehr als einmal hatten sie in letzter Minute der Razzia durch die Ochrana entkommen können.

Wassilij, der Mieter der schäbigen Wohnung in einer heruntergekommenen Mietskaserne, war Färber in einer Petersburger Textilfabrik. Unter der dortigen Arbeiterschaft gärte es gewaltig. Die Fabrikhallen wurden kaum geheizt, die Vorarbeiter regierten mit harter Hand und trieben die Leute gnadenlos an. Lohnauszahlungen erfolgten unregelmäßig. In seiner Freizeit baute Wassilij Bomben und Sprengsätze. Seine Frau Svetlana hatte mehrfach an Protestmärschen der Arbeiterfrauen teilgenommen und bereits im Gefängnis gesessen. Mit der Organisation einer Suppenküche für die armen Nachbarn hatte sie sich deren Respekt gesichert. Ihr Wort galt Einiges im Viertel. Die Eheleute waren Genossen der ersten Stunde, und Sergej kannte sie seit Jahren.

Er und Jännis Simberg klopften soeben leise an die Tür. Mit vor Kälte geröteten Gesichtern und Schnee bedeckten Pelzmützen schlüpften sie in die Wärme der ärmlichen Wohn- und Schlafküche. Als alle Genossen beisammen waren, schenkte Svetlana starken, heißen Tee ein. Dazu gab es Schwarzbrot, Zwiebeln, Salz und ein Stück geräucherten Hering, das gerecht geteilt wurde. Beinahe Kostbarkeiten in Zeiten von Hunger und der kriegsbedingten Rationierung von Lebensmitteln.

Die Gruppe bestand aus sechs Genossen. Neben Sergej, Jännis und den Eheleuten saßen noch Warwara und Nikolai mit am Tisch. Letzterer war Anfang dreißig, hatte ebenso wie Jännis desertiert und lebte seitdem im Untergrund. Er kam aus Odessa, wo er Schiffszimmermann gelernt hatte. Als vor zehn Jahren die Matrosen des Panzerkreuzers Potemkin im Hafen von Odessa meuterten, Schloss Nikolai sich den Sozialisten an und radikalisierte sich zunehmend. Hier in Petersburg sorgte er dafür, daß Flugblätter gedruckt und verteilt wurden.

Die einundzwanzigjährige Literaturstudentin Warwara stammte aus einer gut bürgerlichen Moskauer Familie und lebte seit einem Jahr im Untergrund. Sie und Sergej verfaßten die Flugblätter und galten als die Intellektuellen der Gruppe. Vertraut mit den Schriften von Marx und Lenin, glaubte Warwara fest an die Möglichkeit einer besseren und gerechteren Gesellschaftsordnung.

Nachdem Sergej das Essen beendet hatte und sich eine Machorka-Zigarette drehte, wandte er sich an Wassilij.

»Glaubst du, daß die Arbeiter in eurer Fabrik bei einem neuen Streik mitmachen?«

Wassilij nickte.

»Wir haben zwar überall Polizeispitzel. Du weißt also nicht, wem du trauen kannst. Jetzt aber könnte die Gelegenheit günstig sein. Es gab Lohnkürzungen. Die Brotrationen stillen nicht einmal den größten Hunger. Die meisten Arbeiter haben kleine Kinder, viele sind bereits krank«

»Ich stelle mich abends ans Fabriktor,« sagte Warwara. »Mich kennt man da nicht, und ich versuche, die Flugblätter loszuwerden.« Ernst blickte sie in die Runde. Ein hübsches Mädchen, das man selten lächeln sah. Jederzeit bereit, ihr Leben zu opfern, hatte sie sich der gemeinsamen Sache verschrieben. Jännis bewunderte ihre Klugheit und ihren Mut.

Jetzt meldete er sich zu Wort. Der Haß auf Grundbesitzer, Kapitalisten und Adelige brannte zwar immer noch in seinem Herzen. In der Zusammenarbeit mit Sergej hatte er jedoch gelernt, diese Gefühle zu beherrschen und in kühle Strategien umzumünzen. Während der letzten Wochen und Monate, die er und Sergej im Untergrund in Petersburg tätig waren, konnte die Gruppe mehr als einmal davon profitieren. Wie ein Aal verstand es Jännis, sich aus brenzeligen Situationen heraus zu winden. Auf sein Konto gingen inzwischen mehrere Attentate. Einem ranghohen Gardeoffizier und dessen Frau lauerte er an einem regnerischen Novemberabend vor der Haustür auf und tötete beide mit gezielten Schüssen. Ein anderes Mal plazierte er eine Bombe unter dem Automobil eines hohen zaristischen Beamten. Sie explodierte jedoch zu früh und zerstörte nur das Auto und tötete den wartenden Chauffeur.

Sergej und die anderen Genossen wußten, daß solche kleinen Nadelstiche nicht grundsätzlich etwas ändern würden. Größere und effektivere Aktionen mußten geplant werden! Das dritte Kriegsjahr hatte begonnen. Die Menschen wurden zunehmend unzufrieden und rebellisch. Die Zeit schien überreif zu sein für Veränderungen, für eine Revolution.

Svetlana wandte sich an Sergej und Warwara.

»Ich finde die Flugblätter noch viel zu harmlos! Sie müßten wesentlich kämpferischer klingen.«

»Du hast Recht,« erwiderte Sergej. »Die Bevölkerung ist am Ende. Unsere Soldaten sterben wir die Fliegen. Der Zar gehört endlich abgesetzt, und nicht nur das! Wir drucken es auf die Flugblätter: *Schluß mit dem Krieg! Tod dem Zaren, zerschlagt die Herrschaft der Blutsauger* oder so ähnlich.«

»Das ist ziemlich radikal und könnte manchen Arbeiter abschrecken,« gab Wassilij zu bedenken.

»Das glaube ich nicht.« Warwaras Wangen glühten. »Unsere Forderungen können gar nicht radikal genug sein! Die Menschen müssen begreifen, daß das Land unter der Zarenherrschaft und durch den unseligen Krieg ruiniert ist! Es muß endlich einen Generalstreik geben! Die Bonzen sollen spüren, wo die wahre Macht liegt!«

»Wir brauchen mehr Material für die Bomben,« murmelte Jännis. »Ein großes Ministerium, ein Fürsten-Palais - solche Ziele müssen wir ins Auge fassen.«

»Ministerien und Adelspaläste sind gut bewacht,« gab Wassilij zu bedenken.

»Erst muß genügend Sprengstoff vorhanden sein, dann denken wir an die Bewachung!« erwiderte Nikolai und seine Augen funkelten fanatisch. Heftig strich er eine Strähne seines ungebändigten, dunkelbraunen Haarschopfes aus der Stirn. »Wenn uns das gelingt, werden sich weitere Genossen mit uns zusammenschließen. Nur gemeinsam sind wir stark!«

Sergej erhob sich und warf Nikolai einen anerkennenden Blick zu. Er mochte den jungen Mann und meinte für sich, daß er mit seiner absoluten Treue und Überzeugung für höhere Aufgaben geeignet wäre.

»Gut,« erwiderte er. »Ich kümmere mich um den Sprengstoff. In vier Wochen wollen wir losschlagen. Jännis, Nikolai und ich werden anschließend sofort nach Riga aufbrechen. Dort haben Päkka und die anderen Genossen bereits mehrere Aktionen geplant und durchgeführt, zumeist im ländlichen Raum.«

Mit zweiminütigem Abstand verließen sie nacheinander die Wohnung. Leise schlichen sie durch den dunklen Flur, wo es nach Kohl, Urin und Schnaps stank. In einem oberen Stockwerk plärrte ein Säugling. Vom Hinterhof ertönte das Pfeifen der Ratten.

Draußen war inzwischen ein eisiger Wind aufgekommen. In einem zugigen Hauseingang zitterte eine Dirne vor sich hin in der Hoffnung, doch noch ein paar Kopeken zu verdienen. Aus einer Schänke torkelte ein Betrunkener und blieb wie tot liegen.

Im Schutz der Nacht und des dichten Schneegestöbers eilten Sergej, Jännis und die anderen in ihren jeweiligen Unterschlupf, den sie aus Sicherheitsgründen alle zwei Tage wechselten.

# 64

Am selben Abend, einige hundert Werst südwestlich von St.Petersburg, hatten Alessandra Helmer und Peter Sanderan es sich vor dem prasselnden Kamin im Rauchzimmer von Schloss Silkau gemütlich gemacht. Früh am Nachmittag war die Nacht herabgefallen wie ein schwerer Vorhang. Seitdem hatte es nicht aufgehört zu schneien. Nun zerrte der Ostwind an Fenstern und Türen, als verlangte er ungestüm Einlaß.

Peter erhob sich aus dem Ohrensessel und warf zwei Birkenscheite in die Flammen. Er schenkte sich einen weiteren Cognac ein und zündete eine Zigarette an.

Seit dem Sommer lebte Alessandra nun mit ihrem Geliebten zusammen. Der schreckliche Tod ihres Mannes an Silvester und die Zerstörung von Schloss Blankenburg hatten sie schwer erschüttert. Ein solches Schicksal hatte Rudolph nicht verdient! Nach Erhalt der Schreckensbotschaft empfand sie starke Schuldgefühle. Als gläubige Katholikin, als die sie sich trotz der Konvertierung zum lutherischen Glauben in der Tiefe ihres Herzens immer noch empfand, sah Alessandra die schrecklichen Ereignisse als eine Art Gottesurteil. Hatte *sie* den Tod ihres Mannes, dessen Sohnes Leo und den Verlust des Schlosses zu verantworten? Wäre alles anders gekommen, wenn sie Rudolph nicht verlassen hätte? Vielleicht wären sie dann in der Silvesternacht gar nicht in Blankenburg gewesen, sondern hätten bei Freunden oder Nachbarn das Neue Jahr begrüßt? Von diesen Überlegungen, die ihr das Herz schwer machten, nahm sie jedoch bald Abstand. Mehr und mehr überwog die Erleichterung, durch ihren Umzug zu

Peter nach Silkau das eigene Leben gerettet zu haben. Dankbar für das Glück, daß ihr Rudolphs Schicksal erspart geblieben war, griff Alessandra ohne Skrupel nach der Zukunft.

Obgleich sie ihren Mann verlassen hatte, war sie dennoch seine Gattin geblieben. Zum Zeitpunkt von Rudolphs Tod gab es noch keinen amtlichen Bescheid hinsichtlich der Scheidung. So galt Alessandra vor dem Gesetz als Rudolphs Witwe. Seine Tochter Eleonore, die sofort aus Astrachan anreiste, regelte das Erbe. An das Begräbnis erinnerte sich Alessandra nur ungern. Das Mahnmal der verkohlten Mauerreste schien wie ein Fluch, der über ganz Livland lastete. Viele Trauergäste hatten Helmer die letzte Ehre erwiesen. Der ehebrecherischen Gattin gegenüber verhielten sich fast alle distanziert. Während auch Graf Moritz sich kühl zeigte, begegneten Charlotte, Meggie und Beatrice der Witwe unbefangen und freundschaftlich.

Als hätte Rudolphs schrecklicher Tod sie noch mehr zusammen geschweißt, wuchs die Liebe zwischen Peter und Alessandra im Lauf der Zeit wie eine Pflanze, die immer mehr das Licht sucht. Das Fundament einer heftigen Leidenschaft schien stabil. Bald wären sie eine richtige Familie, denn Alessandra erwartete ein Kind. Durch das tägliche Zusammenleben vertiefte sich auch die geistig-künstlerische Ebene, die Alessandra in ihrer Ehe vermißt hatte. Schon in ihrem Elternhaus in der Toskana waren oft Künstler zu Gast gewesen: Dichter, Musiker, Maler. Im Zusammensein mit Peter konnte sie den Erinnerungen an ihre Jugend träumerisch und voller romantischer Sehnsucht Ausdruck verleihen. Als Bewunderer der Renaissancekunst zeigte Peter sich als interessierter, kenntnisreicher Gesprächspartner. Oft musizierten beide zusammen. Früher spielte Alessandra Klavier, die Musik hatte sie nach der Hochzeit mit Helmer jedoch stark vernachlässigt. Seit sie auf Schloss Silkau wohnte, übte sie nun täglich auf dem Flügel. Peter spielte recht gut Cello, und sie übten Sonaten für

Piano und Cello ein. Kurzum – Alessandra führte ein glückliches und erfülltes Leben.

Getrübt wurde dies jedoch von den politischen und gesellschaftlichen Verhältnissen im Land. Nicht nur der Krieg hatte das Leben der baltischen Gutsbesitzer verändert. Als ebenso bedrohlich empfanden Peter und Alessandra die Gefahr, die von der aufrührerischen einheimischen Bevölkerug ausging. Über dem von Liebe und Vertrauen geprägten privaten Glück schwebte auch die Angst, und die Ereignisse in Blankenburg sah man als deutliche Warnung. Sollten sie warten, bis der nächste Überfall ihnen galt? Wie konnte man Peters Gutsbetriebe und das Schloss schützen? Die Grundherrn waren auf sich allein gestellt, das wußte Peter.

Alessandra trank einen Schluck Portwein und lehnte sich im Sessel zurück. Alkohol nahm sie nur noch in sehr kleinen Mengen zu sich. Sie wollte vorsichtig sein. Ihre Schwangerschaft ging in den vierten Monat, und bisher war sie von Beschwerden weitgehend verschont geblieben. Im Sommer würde das Kind zur Welt kommen. Peter konnte es kaum erwarten, zum ersten Mal Vater zu werden. Natürlich wünschte er sich einen Sohn! Voller Rücksicht und Besorgnis kümmerte er sich um Alessandra. Oft mußte sie ihm Einhalt gebieten und meinte spöttisch:

»Schwangerschaft ist keine Krankheit! Ich fühle mich gesund und gut, du brauchst dir wirklich keine Sorgen zu machen.«


Es war Peter, der das Gespräch an diesem Abend erneut auf das Thema brachte, das beide seit Wochen beschäftigte.

»In einigen Tagen treffe ich mich mit James Vestis. Er ist ernsthaft interessiert. Einen Teil der Summe würde er mit der Mitgift seiner Frau aufbringen, den anderen Teil will er durch Anleihen bei seiner Bank finanzieren. Dort steht jedoch eine positive Antwort noch aus.«

Baron James Vestis, ein Gutsbesitzer von der Insel Oesel in Estland, suchte schon lange in Livland nach einem großen Grundbesitz auf dem baltischen Festland. Im Unterschied zu anderen Grundbesitzern bagatellisierte er die Gefahr einer Revolte und hätte nicht im Traum daran gedacht, die Heimat zu verlassen.

Alessandra blickte ihren Geliebten ernst an.

»Sei ehrlich, Peter, es würde dir sehr schwer fallen, hier alles aufzugeben. Wenn dem so ist, dann sollten wir es lieber sein lassen!«

»Auf keinen Fall! Natürlich ist es hart, einen sehr alten Familienbesitz zu verkaufen und irgendwo neu anzufangen. Aber hier werden wir unseres Lebens wahrscheinlich nie mehr froh. Ich sehe den Sturm der Veränderung, der durchs Land fegt. Unser Kind soll nicht in solcher Unsicherheit heranwachsen.«

Alessandra nickte. Schon lange hatte sie den Wunsch, dieses rauhe Land zu verlassen, das nur in den Sommermonaten seine volle Schönheit und den Reichtum seiner Natur entfaltet. Die dunklen Herbst- und Wintermonate und das feuchte Frühjahr hatten im Lauf der Jahre bei ihr zu Depressionen geführt. Erst durch die Liebe zu Peter fühlte sie sich davon befreit. Nun drohten andere Gefahren, die man ernst nehmen mußte.

»Wenn alles glatt geht, sollte der Verkauf mit allem Drum und Dran bis zum Frühjahr abgewickelt sein,« fuhr Peter fort. »Danach ist ja auch die beste Reisezeit.«

Schon lange hatten sie einen Plan. Vorausgesetzt, Frontverlauf und Kriegsumstände kämen ihnen nicht in die Quere, würden sie für die Ausreise den Weg übers Schwarze Meer nach Istanbul wählen. Von dort gab es Schiffsverbindungen zu diversen italienischen Hafenstädten. Italien – das Land ihrer Kindheit und Jugend, das Alessandra erst vor neun Jahren verlassen hatte! Doch immer noch schien es ihr auch am heutigen Abend, als hätte sie den größten Teil ihres Lebens in einem Land kalter Winter, mit endlosen Abenden vor dem Kamin und in größter Langeweile verbracht.

Alessandra erhob sich.

»Ich bin müde, Liebster. Bleibst du noch ein Weilchen?« Sie beugte sich zu ihm und küßte ihn. »Aber laß mich nicht zu lange warten! Ohne dich kann ich nicht einschlafen.« Sie lachte kokett und schlenderte aus dem Raum.

Peter seufzte und lächelte. Er schenkte sich einen letzten Cognac ein und blickte in das niederbrennende Feuer. Die Heimat verlassen – nie hätte er gedacht, daß er das einmal fertig bringen würde! In jungen Jahren hatten er und seine Schwester Irina beide Eltern durch Typhus verloren. Viel zu früh mußte er die alleinige Verantwortung für den großen Besitz seiner Vorfahren übernehmen. Doch mit Hilfe des alten Verwalters hatte er diese Aufgabe gut gemeistert. Nun sollte er Abschied nehmen. Nie mehr würde er in seinen Wäldern jagen, nie mehr die alten Freunde und Nachbarn besuchen! Wenn er und Alessandra Silkau verließen, würden sie nichts mitnehmen. Nur persönliche Dinge wie Kleidung, Erinnerungsstücke und den alten, wertvollen Familienschmuck. Bereits im Oktober hatte Peter durch seinen Finanzverwalter einen beträchtlichen Betrag in amerikanischen Dollar sowie Schweizer Wertpapiere nach Genf transferieren lassen. Kein ungefährliches Unterfangen, wachte doch der russische Fiskus mit Argus-Augen, ob private Vermögen und Devisen ins Ausland abwanderten. Mit Blick auf die Finanzen schien die Zukunft in der Fremde mehr als gesichert. In den nächsten Wochen wollten sie heiraten.

Peter leerte sein Glas, gähnte und löschte das Licht. Wenig später betrat er in Nachtkleidung Alessandras Schlafgemach. Die Geliebte schlief bereits tief und fest im großen Himmelbett. Ihr halb geöffneter Mund mit den vollen Lippen und ihre entblößte Brust erregten ihn. Sollte er sie wecken? Lieber nicht. So strich

er ihr nur sanft eine Haarsträhne aus der Stirn und verließ leise
ihr Zimmer.

## 65

An jenem Abend, als in St. Petersburg der Adel verschwenderisch feierte, eine Handvoll Revolutionäre und ein livländischer Baron und seine Geliebte für die Zunkunft planten, gestaltete sich Tante Meggies Aufenthalt in Riga völlig anders.

Als sie an Dreikönig bei ihrer Mutter ankam, war sie zutiefst erschrocken. Gräfin Elisabeth hatte stark an Gewicht verloren. Ihre Wangen wirkten eingefallen, eine ungewöhnliche Blässe und die tief in den Höhlen liegenden Augen gaben ihr das fragile Aussehen einer kranken Greisin. Bestürzt über diese Veränderung wollte Meggie wissen, was geschehen war? Hatte ein schweres Leiden sie ereilt? Elisabeth wiegelte sofort ab, beschwichtigte ihre Tochter und verweigerte jede Diskussion. Das verstärkte noch Meggies Besorgnis. So verging die erste Woche nach ihrer Ankunft in einer angespannten Atmosphäre. Meggie fand sich schließlich damit ab, daß ihre Mutter sie nicht ins Vertrauen ziehen wollte und vermied das leidige Thema. Dennoch stellte sie immer wieder fest, daß Elisabeth oft müde und sehr schwach wirkte und länger ausruhen mußte. Auf der Récamière im Salon, mit einem Buch in der Hand, schlief sie mitten in der Lektüre ein und erwachte dann meist Schweiß gebadet und voller Unruhe. Schmerzen schien sie nicht zu verspüren. Am Nachmittag, bevor Graf Moritz und die Familie zum Ball bei Onkel Kolja aufbrachen, hatte Meggie noch mit ihrem Bruder telefoniert und ihrer Sorge um ihre Mutter Ausdruck verliehen. Doch Moritz bagatellisierte ihre Bedenken.

»Vielleicht übertreibst du, Margarethe. Unsere Mutter hat die robusten Erbanlagen ihrer hugenottischen Vorfahren. Wann war sie je krank im Leben?«

Es war ein ungemütlicher, stürmischer Abend mit starkem Schneefall und einem eisigen Nordwind. Nach einem einfachen Souper, bestehend aus Bortschsuppe und Blinis mit Schmand, spielte Meggie noch eine Stunde Klavier. Es war kurz nach einundzwanzig Uhr, als sie sich mit einem Buch in der Hand ins Kaminzimmer begab. Dort saß ihre Mutter, warm eingepackt in eine Wolldecke. Beinahe geistesabweisend starrte sie ins Feuer, dessen Flammen auf ihrem bleichen Antlitz als bizarre Figuren tanzten. Auf einem Beistelltisch stand eine Tasse Tee, noch unberührt. In der Hand hielt Elisabeth eine aufgeschlagene Ledermappe mit vergilbten Dokumenten. Als Meggie sich näherte, drehte sie den Kopf und blickte ihre Tochter lange an

»Wie wunderschön du wieder gespielt hast, Margarethe! Komm, setz dich zu mir.«

Meggie ließ sich in einen Sessel gleiten.

»Was sind das für Papiere, Mama? Alte Familiendokumente?«

Etwas stockend kam die Antwort.

»Ja, so könnte man sie bezeichnen.« Vorsichtig hob sie die Teetasse und trank einen Schluck. »Ach, er ist bereits kalt!«

»Soll ich Trudi Bescheid geben?«

»Nein, nein, laß nur.«

Elisabeth rückte sich im Sessel zurecht und achtete darauf, daß ihr die Mappe mit den Papieren nicht entglitt. Sie seufzte und griff nach Meggies Hand.

»Ich will dir jetzt etwas erzählen, und ich möchte, daß du mich nicht unterbrichst. – Ja, deine Sorge um mich ist nicht unberechtigt. Seit zwei Monaten weiß ich, daß ich unheilbar krank bin. Krebs in der Gebärmutter, es besteht keine Hoffnung. Die

Ärzte geben mir noch wenige Wochen. Gegen die Schmerzen bekomme ich ein starkes Mittel. Noch hilft es gut.«

Wie betäubt beugte Meggie sich vor und wollte spontan etwas sagen. Abwehrend hob Elisabeth die Hand.

»Nein, nicht! Ich bat dich, mich nicht zu unterbrechen! – In den letzten Tagen habe ich stark mit mir gerungen, ob ich dir die Wahrheit sagen und dich damit belasten kann. Nun habe ich meine Meinung geändert. Dies vor allem aus einem einzigen Grund: wer den Tod so greifbar nah spürt, hat das Bedürfnis, Ordnung in sein Leben zu bringen. Dinge zu erledigen, die immer wieder verschoben oder verleugnet wurden. Dies will ich nun tun.

Vor mehr als dreißig Jahren sind Onkel Kolja und ich mit dir ans Schwarze Meer gefahren, nach Sewastopol. Du warst schwanger mit dem Kind von deinem Hauslehrer Mischa. Dein Vater und ich wollten dir die Schmach ersparen, daß alle Welt von diesem Fehltritt Kenntnis erhielt. Die Entbindung in einer privaten Arztpraxis gestaltete sich als äußerst schwierig. Das Kind wollte und wollte nicht kommen, und du mußtest schreckliche Qualen erleiden. Gleich nach der Geburt wurdest du ohnmächtig und hast das Neugeborene nie gesehen. Der Arzt und ich haben dir gesagt, daß es tot zur Welt gekommen sei.«

Elisabeth hielt einen Moment inne, dann holte sie tief Luft, denn die folgenden Worte erforderten ihre ganze Kraft.

»Wir haben dich damals belogen, Margarethe. *Ich* habe dich belogen. Es war keine Totgeburt. Du hattest einen gesunden Jungen zur Welt gebracht.«

Meggie starrte ihre Mutter an. Ihre Hände zitterten, alle Farbe war aus ihrem Gesicht gewichen.

»Bereits vorher hatte ich mit deinem Vater abgesprochen, daß du das Kind auf keinen Fall behalten solltest.«

Völlig versteinert saß Meggie auf der Kante ihres Sessels. Sie hatte die Hände vors Gesicht geschlagen. Ein merkwürdiger Schluchzlaut, eher wie das Wimmern eines verwundeten Tieres, entwich ihren Lippen. Nach einer Weile stammelte sie mit erstickter Stimme:

»Mein Gott, welch eine Lüge! Was für ein Betrug! Und all die Jahre dein Schweigen, Papas Schweigen!«

Hilflos zuckte Elisabeth mit den Schultern.

»Wir sahen keine andere Lösung. Der Junge wurde gleich nach der Geburt einer Amme übergeben. Wenige Wochen später kam er zu einer russischen Familie, die ihn adoptierte.«

Sie deutete auf die Papiere in ihrer Hand.

»Hier sind die entsprechenen Urkunden. Es tut mir unendlich Leid, Margarethe. Aber ich will nicht von dieser Welt gehen, ehe ich reinen Tisch gemacht habe. Ich bitte dich um Vergebung, denn ich habe einen schändlichen Betrug an dir begangen. Ich hoffe, daß auch Gott mir verzeihen möge.«

Ihre Augen füllten sich mit Tränen. Sie legte die Papiere auf den Beistelltisch und klingelte nach dem Dienstmädchen Trudi.

»Ich bin müde, Margarethe. Entschuldige mich jetzt, aber ich bin so schwach, daß ich mich hinlegen muß.«


Nachdem ihre Mutter das Kaminzimmer verlassen hatte, saß Meggie noch immer regungslos da und starrte ins Feuer. Gedanken wirbelten wie Schneegestöber. Sie formten sich schemenhaft, jagden einander und endeten im Niemandsland der Verzweiflung. Zu ungeheuerlich erschien Meggie das Geständnis der Mutter. Der Schmerz über den Betrug, den ihre Eltern an ihr begangen hatten, war so groß, daß die Sorge um die Schwerkranke in den Hintergrund trat. In ihrer Jugend hatte sie einen gesunden Sohn zur Welt gebracht, keine Totgeburt, die entsorgt werden mußte! In all den Jahren war dieser Sohn herangewachsen, ohne daß sie die leiseste Ahnung davon gehabt hatte. Nun war er schon lange ein erwachsener Mann. Wie sah er aus, welchen Platz nahm er im Leben ein? Hatte man ihn an die Front geschickt?

Lange dachte sie nach, während das Feuer erloschen war und sie zu frösteln begann. Jetzt, da sie die Wahrheit kannte, ging es ihr nicht darum, daß sie dieses Kind gern bei sich behalten hätte. Sie wußte, daß dies unmöglich gewesen wäre. Die Familie hätte es nicht geduldet. Mischa, in den Augen aller der schamlose Verführer, war damals nach Sibirien verbannt worden. Als minderjährige und ledige Mutter, ohne den Rückhalt der Eltern, wäre Meggie eine armselige und schwere Zukunft beschieden gewesen. Das hätte sie niemals gewollt.

Zu der Enttäuschung und Verletztheit, jahrzehntelang belogen worden zu sein, gesellte sich noch ein Gefühl der Empörung. Wie ein dummes, unmündiges Kind hatte man sie behandelt! Als sei sie nicht fähig gewesen, mit der Wahrheit zu leben. Was hatten ihre Eltern befürchtet? Warum hatte niemand den Mut gefunden, ihr irgendwann die Wahrheit zu sagen? Erst im Angesicht des Todes war ihre Mutter bereit, das Geheimnis preis zu geben.

Mit einer heftigen Bewegung nahm Meggie den eisernen Haken und schürte das Feuer. Die letzten Funken stoben auf, doch ihr spärliches Aufblitzen versank in der Asche. Der Schürhaken glitt Meggie aus der Hand. Auf dem Steinfußboden vibrierte der Klang des Eisens nach.

Sie griff nach der Ledermappe mit den Dokumenten, die in russischer Sprache abgefaßt waren, versehen mit amtlichen Stempeln, und überflog die Zeilen. *»Kyril Iwanowitsch Solgin und seine Ehefrau Galina Petrowskaja, wohnhaft in Sewastopol. Adoption des Kindes der ledigen Mutter Margarethe G., Vater unbekannt, am 12. März 1882 ... Der Name des Kindes lautet ...*

Meggie hielt inne. *Iwan* ... Sie hatten dem Jungen einen Allerweltsnamen gegeben! Millionen russische Kinder wurden auf diesem Namen getauft. Der Name der Adoptiveltern lautete »Solgin«. Meggie ließ die Papiere sinken. Ihren eigenen Familiennamen hatte man in der Urkunde verschwiegen! »*Margarethe G.*« ... weiter nichts. Natürlich! Es durfte nicht die geringste Spur zu ihrer wahrer Identität führen. Auf ewig ausgelöscht, als wäre der Junge das Kind einer Dirne oder Gutsmagd. Meggie befürchtete, an der Gewalt ihres Schicksals zu zerbrechen. Vor nicht allzu langer Zeit das Wiedersehen mit Mischa, dem Vater des Kindes, von dem er nichts wußte und nie etwas erfahren würde. Als sie ihn aus Aicken fortschickte, sollte dies der endgültige Bruch mit der unglückseligen Vergangenheit sein. Nun das Geständnis ihrer Mutter, durch das alles wieder aufgewühlt wurde. Sie fühlte, wie jegliche Kraft aus ihrem Körper wich. Einem ersten Impuls folgend, wollte sie die Dokumente in die Glut des Feuers werfen. Doch dann besann sie sich eines Besseren. Sorgsam klappte sie die Ledermappe zu und legte sie auf den Beistelltisch.

Als sie sich erhob, unendlich müde und schwerfällig in ihrer Bewegung, dachte sie an die unheilbare Krankheit der Mutter, den Anlaß zu deren Geständnis. Merkwürdigerweise empfand Meggie in diesem Augenblick kein Mitleid für Elisabeth, nur ein apathisches Gefühl der Gleichgültigkeit. Zutiefst erschrocken darüber, begann sie hemmungslos zu schluchzen. Sie blickte in den Kristallspiegel über dem Kamin, und ihre Augen erwiderten ihren verwundeten Blick.

# 66



*Paris, 1. November 1923, am Morgen*
In der Küche des Antiquitätenladens duftete es verführerisch. Vor wenigen Minuten war Antoine Dubois von der nahen Bäckerei zurückgekehrt, wo er frische Brioches und ein Baguette gekauft hatte. Nun brühte er den Kaffee auf und stellte Butter und Johannisbeermarmelade auf den Tisch.

»Eine Stärkung können wir jetzt beide gebrauchen!« meinte er und setzte sich. Sein unrasiertes Gesicht mit den Bartstoppeln wirkte müde und eingefallen. Doch weder er noch Beatrice hatten bis jetzt den Wunsch nach Ruhe und Schlaf verspürt. Zu sehr waren beide von den damaligen Ereignissen gefangen, deren Fortsetzung Dubois mit Spannung erwartete. Eine Weile aßen beide schweigend. Draußen perlte feiner Regen von den Fensterscheiben. Allerheiligenwetter. In Livland lag zu dieser Jahreszeit meistens schon Schnee, und aus den weiten Ebenen Russlands strömte trockene Kälte ins Land.

»Das Leben Ihrer Tante Margarethe ist voller Tragik verlaufen,« begann Antoine Dubois. »Wann und wie haben Sie von ihrem Sohn erfahren, Comtesse?«

Beatrices Gesicht verdüsterte sich. Die folgenden Worte fielen ihr sichtlich schwer.

»Durch Zufall. Doch davon erzähle ich noch. Es ist eine ebenso verhängnisvolle wie dramatische Geschichte. Auch das, was mit Arved passiert ist, wußte ich damals natürlich noch nicht. Er war nicht der Einzige, der als vermeintlicher deutscher Spion nach Sibirien geschickt wurde. Andere Baltendeutsche hatten das Glück, lediglich als Verbannte auf Zeit in sibirischen Dörfern oder Kleinstädten leben zu müssen. Dort trafen sie auf weitere Landsleute, und es bildenten sich kleine, baltendeutsche Kolonien. Die Menschen versuchten, dem harten Alltag, dem Mangel an Nahrung und der barbarischen Kälte so gut es ging zu trotzen. Nicht alle kehrten nach einiger Zeit wieder zurück, wo oftmals erneut Verfolgungen und Repressionen auf sie warteten.«

Beatrice trank einen Schluck Kaffee.

»Bei Arved lagen die Dinge anders. Man hatte ihn nicht einfach nur verbannt. Auf ihn warteten Strafkolonie und Arbeitslager.«

»Haben Sie manchmal an ihn gedacht, nachdem er sich zum Militär gemeldet hatte? Ihn vielleicht sogar vermißt?«

»Ja, natürlich habe ich das. Er gehörte ja zu meiner Kindheit und Jugend! Ich muß zugeben, daß ich ihm gegenüber ein schlechtes Gewissen hatte.« Sie trank einen Schluck Kaffee. »Mir ist klar geworden, daß er zutiefst verletzt gewesen sein mußte.«

»Unerwiderte Liebe ist immer sehr enttäuschend und schmerzhaft.«

»Sie dürfen nicht vergessen, Monsieur, daß ich damals selbst enttäuscht und verletzt war. Mein Cousin Alexander hatte mich getäuscht und meine Liebe mit Füßen getreten. Ich brauchte einige Zeit, um darüber hinwegzukommen. Aber dann war es auch endgültig. Meine Gefühle für ihn waren für immer erloschen.«

»Wie ist es Sascha denn ergangen, nachdem Ihr Vater ihm Hausverbot auf Aicken erteilt hatte?«

»Ja, wie ist es Sascha ergangen ... auch das hat sich erst sehr viel später herausgestellt.«

# 67

Es war gegen sechs Uhr morgens, als er es zum ersten Mal bemerkte. Im funzeligen Schein der Petroleumlampe schärfte Alexander sein Rasiermesser und holte den kleinen Taschenspiegel hervor. Schwarze Stoppeln bedeckten Wangen und Kinn, der Husarenbart hing schlaff wie die Flügel eines toten Vogels. Da sah er das kleine, rötliche Geschwür am linken Nasenflügel. Er hielt den Spiegel näher ans Gesicht und tastete mit dem Finger über die Erhebung. Sie schmerzte nicht, doch an den Rändern fühlte sie sich verhärtet an. Nie hatte er unter Hautunreinheiten gelitten, auch nicht während der Pubertät. Doch in diesem Krieg, mit all seinem Dreck, dem Ungeziefer und den Seuchen konnte man sich allerlei einfangen. Zweimal war er in den letzten Monaten entlaust worden und hatte Glück, daß das Fleckfieber ihn verschont hatte. Noch einmal tastete er die Stelle ab, zuckte mit den Schultern und seifte sich ein.

Sein Kavallerie-Regiment lag in Weißrussland, etwa einhundert Werst südöstlich von Wilna. Schon lange war die Hauptstadt Lettlands von den Deutschen erobert worden. Im Nordwesten rückte der Feind nicht weiter vor. Riga war noch nicht besetzt. Am Frontverlauf hatte sich seit dem Herbst des letzten Jahres wenig geändert. Es schien, als hätte der Krieg eine Pause eingelegt.

Jetzt, im Februar, zog die russische Heeresleitung große Kampfverbände zusammen. Von einer geplanten Großoffensive an der Westfront war die Rede. Vor einigen Wochen hatte man Alexanders Regiment aus dem direkten Gefechtsbereich abgezogen. Nun warteten er und seine Kameraden auf weitere Verwendung.

Die Sinnlosigkeit der Kampfhandlungen und die Erkenntnis, daß die Heeresführung unfähig war, zeitgemäße taktische und effektive Konzepte zu entwickeln, hatten ihn resignieren lassen. Er wußte, daß der Krieg nicht mehr zu gewinnen war.

Hier, in dem kleinen Dorf östlich des weißrussischen Naratsch-Sees, hatten die Offiziere in einem Herrenhaus Quartier bezogen. Der Besitz gehörte einem Kleinadeligen. Die Tochter des Hauses, eine siebzehnjährige, dunkelhaarige Schönheit mit mandelförmigen schwarzen Augen, hatte sofort Alexanders Blicke auf sich gezogen. Doch seine Flirtversuche und der gezielt eingesetzte Charme verfingen nicht bei der jungen Frau. Sascha, normalerweise durch sprödes Verhalten einer Frau eher angestachelt als entmutigt, resignierte und gab weitere Eroberungsversuche auf.

Seit Beginn des Krieges hatte er regelmäßig die Frontbordelle besucht. Anders als für die Mannschaften und Unteroffiziere boten die Offiziersbordelle einen gehobeneren Standard. Die Mädchen und Frauen in diesen Einrichtungen kamen oft aus bürgerlichen oder verarmten Adelsfamilien. Aus materiellen Gründen mußten sie sich prostituieren, um ihre Kinder durchzubringen, deren Väter gefallen oder in Gefangenschaft geraten waren.

Die Rasur war beendet. Ein Blick aus dem Fenster seines Zimmers im Gutshaus zeigte ihm, daß das Wetter sich nicht verändert hatte. Es lag tiefer Schnee, und der Frost hatte auch in dieser Nacht wieder die Äste der Bäume zum Bersten gebracht. Ein Himmel wie Milchschaum ließ auf erneuten, heftigen Schneefall schließen.

Sein Bursche brachte ihm eine neue Schüssel Wasser. Sascha wusch sich. Als er sich seine lange Unterhose überzog, entdeckte er zwei weitere, rötliche Geschwüre, etwas größer als die Stelle am Nasenflügel. Sie befanden sich direkt an seinem Geschlechtsteil. Auch hier verspürte er weder Schmerz noch Juckreiz. Es sah nur unappetitlich aus und ließ ihn erneut stutzen. Tief in seinem Inneren schrillte eine Alarmglocke.

Wenige Tage später kamen weitere Geschwüre hinzu. Die dunkle Ahnung wurde zur Gewissheit, und der Militärarzt bestätigte es: Alexander hatte sich Syphilis eingefangen. Man brachte ihn in ein Lazarett wo er isoliert wurde. Die Krankheit behandelte man mit Quecksilbersalbe, doch Alexanders Zustand verschlimmerte sich zunächst. Die Lymphknoten schwollen an, und es traten Gelenk- und Muskelschmerzen auf. Die Geschwüre im Gesicht und an den Genitalien sonderten Flüssigkeit ab, sie brachen auf. Alexander verfluchte sein Schicksal und fragte sich verzweifelt, ob es nicht besser wäre, sich eine Kugel in den Kopf zu jagen? Als nach Wochen langsam eine Genesung eintrat, bewilligte man ihm eine Woche Urlaub mit der strengen Auflage, den Geschlechtsverkehr zu meiden, selbst mit einem Kondom. Schon lange wußte man in der Armee, daß diese Schutzmaßnahme oft nicht half. Alexander war nur einer von unzähligen Soldaten in allen kriegsführenden Verbänden, die von der »Franzosenkrankheit« heimgesucht worden waren.

****

Der ungewöhnlich kalte und schneereiche Winter forderte in St. Petersburg erneut viele Todesopfer unter der armen Bevölkerung. Während die Mehrheit der Einheimischen die Last des Krieges schulterte, geplagt von Hunger, Kälte und Krankheiten, prasselte in den Palästen und Stadtvillen des Adels und des reichen Bürgertums das wärmendes Feuer in Kaminen und Kachelöfen. Als gäbe es kein Morgen, wurde hier verschwenderisch getafelt, ein rauschendes Fest folgte auf das nächste.

Eines dieser Feste fand im Stadtpalais von Tatjana Kropotkin statt. Geladen waren die üblichen noblen Freunde und

332

Verwandten, unter ihnen Onkel Kolja und die Reckendorffs, die immer noch im Haus von Donatus weilten. Emily und ihre Freundin Maria hatten zu ihrem Leidwesen bereits Anfang Februar zurück nach Dorpat aufbrechen müssen. Während Maria und Constantin nach der Trennung ihre junge Liebe durch einen lebhaften Briefwechsel zu festigen suchten, hatte Emily seit längerer Zeit kein Lebenszeichen von ihrem Fabian erhalten. Sie trug die Ungewißheit mit Fassung, doch mit zunehmender Unruhe und Besorgnis.

Bereits mehrfach hatte Beatrice ihre Patentante während der Zeit in St. Petersburg besucht. Beide bemühten sich, ihre Befangenheit zu überspielen. Tatjana gelang dies besser als Beatrice. Das, was sie voneinander wußten, stand wie eine unsichtbare Wand zwischen ihnen. Keine von ihnen erwähnte je Alexanders Namen. Die Geschehnisse, die der Cousin und doppelte Liebhaber ausgelöst hatte, blieben für immer unerwähnt.


Das Fest bei Tatjana war lange beendet, und die Gäste waren abgefahren. Mit Hilfe ihrer Zofe machte sich die Hausherrin für die Nachtruhe fertig. Plötzlich klopfte ein Dienstmädchen an die Tür und meldete einen Besucher, der seinen Namen nicht nennen wollte.

»Um halb zwei Uhr morgens!?« Tatajana reagierte ungehalten. »Ganz gleich, wer es ist: um diese Zeit empfange ich keine Besucher!«

Mit einer unwirschen Handbewegung scheuchte sie das Dienstmädchen aus dem Boudoir. Wenig später erklang aus der Halle ein lautstarker Wortwechsel. Wütend erhob sich Tatjana, warf ihren Morgenmantel über und verließ den Raum. Noch bevor sie die Galerie erreichte und in die Halle blicken konnte, rief sie mit schneidender Stimme:

»Was ist hier los? Habe ich mich nicht klar und deutlich

ausgedrückt?« Voller Zorn schlug sie ihre Hand auf die Brüstung.

Dann sah sie ihn. Er stand am Treppenabsatz neben einem Lakaien, der hilflos beide Hände hob. Tatjana traute ihren Augen nicht. Erst auf den zweiten Blick erkannte sie ihn.

»Sascha?!« flüsterte sie fassungslos. »Herr im Himmel ...« Sie beendete den Satz nicht. Kein Wunder, daß das Personal ihn nicht erkannt hatte! Langsam schritt Tatjana die Treppe hinunter, unschlüssig und beinahe unter Schock stehend. Der Mann, der ihr jetzt gegenüber stand, hatte stumpfes, ausgedünntes Haar. Sein Gesicht mit den pockenartigen Narben wirkte entstellt, müde, voller Hoffnungslosigkeit. Das Feuer seiner dunklen Augen, mit dem er Tatjana von Anfang an verzaubert hatte, schien erloschen. Er trug elegante Zivilkleidung. Davon zeugte auch die Zobelmütze, die er in der Hand hielt. Doch die äußere Erscheinung paßte nicht zur depressiven und gebrochenen Haltung des Mannes. Wie ein Bild, das im falschen Rahmen steckte.

Alexander war stehen geblieben, sah Tatjana nur flüchtig an und senkte den Blick.

»Was ist geschehen? Wieso bist du hier? Ich dachte –« Mit einer Mischung aus Mitleid und Beklommenheit betrachtete sie ihn.

»Ich wurde aus der Armee entlassen. Aber nicht unehrenhaft, falls du das denken solltest.« Seine Stimme klang monoton und fremd. »Bei meiner Familie kann ich mich nicht blicken lassen, das weißt du. Nach allem ... aber lassen wir das.«

Da stand er nun vor ihr, der Geliebte, der Frauenschwarm und Verführer, der so viel Unheil angerichtet hatte. Wie sollte Tatjana sich verhalten? Sie konnte ihn nicht wegschicken, wollte es auch nicht. Zu Vieles verband sie mit Sascha, auch wenn die Erinnerung daran immer mehr in die Ferne gerückt schien. Als sie die entstellenden Narben und Saschas hohlen Blick aus der Nähe wahrnahm, ahnte sie, was mit ihm geschehen war. Erneut durchströmte sie tiefes Mitleid. Ein solches Schicksal, ausgerechnet ihm, dem Liebling der Frauen ... *Welche Tragik!* dachte sie.

»Komm«, forderte sie ihn beinahe mütterlich auf und ergriff seine Hand. »Zuerst stärkst du dich mit einem Schnaps. Ich lasse dir etwas zu essen herrichten, und dann erzählst du mir alles.«

Behutsam, wie einen Kranken, führte sie Sascha die Stufen hoch.

# 68

Es war Anfang Februar, ein klarer, kalter Tag. Hinter den goldenen Kuppeln der Stadt verlor sich die Sonne in der anbrechenden Dämmerung.

Beatrice saß in ihrem Zimmer im Haus von Onkel Donatus. Die Lampe auf dem kleinen Schreibtisch verströmte ein warmes Licht. In der Nähe läutete eine Kirchenglocke, weitere fielen in das frühabendliche Konzert ein. Auf dem Schreibtisch lag ein leerer Bogen Papier. Den Füllfederhalter in der Hand, blickte Beatrice starr auf ihr verschwommenes Spiegelbild in der Fensterscheibe. Was sollte sie schreiben? Sie spürte, daß ihr Herz überquoll von Worten. Doch Angst, Scham und ein schlechtes Gewissen ließen sie zögern.

Am Mittag war ein kurzer Brief eingetroffen, der zunächst nach Aicken geschickt worden war. Von dort hatte ihn Verwalter Schröder nach Petersburg weitergeleitet. Die Nachricht, die dieses Schreiben enthielt, hätte schockierender nicht sein können. Graf Moritz rief die Familienmitglieder zusammen.

»Endlich ein Lebenszeichen von Arved! Aber leider eine schreckliche Nachricht. Er befindet sich in einem Straflager in Sibirien.«

Zunächst sagte niemand ein Wort. Dann flüsterte Gräfin Charlotte:

»Um Gottes Willen, der arme Junge!«

»Hätte er Aicken bloß nie verlassen!« Die Stimme des Grafen klang grimmig. Beatrice spürte seinen strafenden Blick und wußte genau, was er dachte. Ja, das alles war vor allem ihre Schuld!

Nur mit Mühe konnte sie die Tränen zurückhalten. Ihretwegen hatte Arved das Schloss verlassen. Zutiefst verletzt, wußte er keinen Ausweg, als sich an die Front zu melden. Beatrice stieg die Schamesröte ins Gesicht. Sie hatte ihn gekränkt und gedemütigt, und wofür? Für eine Illusion von Liebe, für das kurze Glück mit einem gewissenlosen Frauenverführer.

»Er schreibt, daß es ihm den Umständen entsprechend gut geht,« fuhr Graf Moritz fort. »Aber wir wissen ja, was das heißt.«

»Können wir irgendetwas für ihn tun?« fragte Beatrice leise.

»Ich kann es versuchen. Doch wir wissen um die Stimmung hier im Land gegen uns Balten. Ich kenne zwar einige einflußreiche Leute, doch es ist fraglich, ob sie sich für Arved verwenden werden.«

»Auf jeden Fall werden wir ihm Lebensmittel und Kleidung schicken.« Charlotte klang entschlossen. »Daran mangelt es allen Häftlingen.«

»Hoffentlich erreichen ihn die Sachen,« meinte Moritz skeptisch. »Jetzt im Krieg kann man niemandem trauen.«

»Wir versuchen es! Und du, Beatrice, solltest ihm auf seinen Brief antworten.«

Danach war Beatrice in ihr Zimmer gegangen und hatte hemmungslos geweint. Sie hätte ihr Leben gegeben, um die Geschehnisse des vergangenen Jahres rückgängig zu machen. Wie ein böses Geschwür wuchsen die Schuldgefühle. Auch jetzt, vor dem leeren Blatt Papier, machte sie sich erneut schwere Vorwürfe. Tiefer Reue und Verzweiflung bemächtigten sich ihrer. Ihre Gedanken eilten wehmütig zurück. Der Ausritt zum Hochmoor an ihrem siebzehnten Geburtstag ...Eine Ewigkeit schien das her, doch plötzlich sah sie Arveds Blick, sein Lächeln, als wäre es gestern gewesen. Zum ersten Mal verspürte sie eine unbändige Sehnsucht nach ihm, ein Ziehen in ihrem Herzen. Wie gern hätte sie die Zeit noch einmal zurückgedreht und seine Worte gehört: *Ich liebe dich.* Wie sehr wünschte sie sich, daß er ihr verzeihen möge! Doch damit durfte sie nicht rechnen.

Sie begann zu schreiben.

✳✳✳✳

Am nächsten Morgen klingelte das Telefon. Mit gefaßter Stimme teilte Tante Meggie mit, daß Mutter Elisabeth in der Nacht an ihrem Krebsleiden verstorben sei. Die Nachricht traf die Familie unvorbereitet, und alle dachten voller Bitterkeit, daß ein Unglück selten allein kommt. Gegen Mittag bestieg die Familie den Zug nach Riga. Nur Dank eines großen Bestechungsgeldes hatte Moritz wegen der zahlreichen Truppentransporte so kurzfristig Fahrkarten bekommen können.

Tage später war der Leichnam überführt, und alle kehrten zurück nach Aicken. An Elisabeth Reckendorffs Begräbnis nahmen nur die engsten Familienangehörigen teil. Von Meggies drei Schwestern kam einzig Nathalia aus Sewastopol nach Aicken. Bianca lebte im feindlichen Dresden, Schwester Madeleine war im Frontlazarett unabkömmlich.

Ein windiger, frostiger Tag, wie seinerzeit beim Begräbnis von Großvater Sigismund, schien der passende Begleiter zur Trauer um die geliebte Mutter und Großmutter. Noch nie hatte Beatrice ihren Vater weinen sehen. Als der Sarg neben Elisabeths Gatten im Erbbegräbnis zur letzten Ruhe gebettet wurde, konnte Moritz seine Tränen nicht mehr zurückhalten. Er hatte seine Mutter geliebt und verehrt, und der Verlust traf ihn schmerzlich. Im Nachhinein machte er sich Vorwürfe, Meggies Sorge um die Mutter nicht ernst genommen zu haben. So hatte er nicht einmal Abschied von ihr nehmen können.

Gleich nach dem traurigen Wiedersehen mit Meggie war

338

Beatrice aufgefallen, daß die Tante äußerst gefaßt wirkte. Auch
jetzt, am Grab stehend, vergoß sie keine Träne. Den Blick starr
geradeaus gerichtet, schien sie mit ihren Gedanken anderswo. Ihr
harter Gesichtsaudruck erschreckte Beatrice. Sie erinnerte sich
an das, was sie von Großmutter Elisabeth über Meggies tragische
Liebe mit dem Hauslehrer erfahren hatte. Konnte die Tochter
ihrer Mutter auch im Tod nicht verzeihen, was vor vielen Jahren
mit Mischa geschehen war? Sibirien …Vom Elend der Häftlinge
und Verbannten hatte Beatrice viel gehört. Da hatte niemand
ahnen können, daß auch Arved einmal ein solches Schicksal
ereilen könnte. Inbrünstig hoffte Beatrice, daß ihr Brief ihn erreichen und daß er ihr vergeben möge.

Zum ersten Mal seit langer Zeit unternahm Beatrice mit Rasboi wieder längere Ausritte, auf denen sie Constantin oder Stallmeister Gulbe begleiteten. Letzterer hatte von Moritz Anweisung
bekommen, Beatrice Schießunterricht zu geben. Dazu bekam
sie aus dem Waffenarsenal ihres Vaters einen kleinen Revolver,
mit dem sie schon bald gut umgehen konnte. Im Schloss war
man durch die Vorfälle zum Jahreswechsel auf Schloss Blankenburg gewarnt. Jederzeit mußte damit gerechnet werden, sich zu
verteidigen. Wie Mehltau lag eine trügerische Ruhe über dem
Land. In der einheimischen Bevölkerung rumorte es weiterhin,
und immer mehr Letten und Esten sympathisierten mit den Aufständischen. Die radikalen russischen Bolschewiki arbeiteten
auch in den baltischen Provinzen und wiegelten die Bevölkerung
auf. Es war wie die Windstille vor dem Sturm.

Meggie verbrachte wie stets viele Stunden im Musikzimmer.
Gräfin Charlotte kümmerte sich um die hauswirtschaftlichen
Belange im Schloss. Ihre Hustenanfälle waren in den kalten Monaten wieder schlimmer geworden. Oft fühlte sich Charlotte
schwach und mußte ruhen. Professor Wilms war inzwischen ratlos. Südliches, mildes Klima konnte die Krankheit mildern. Doch

eine längere Reise, beispielsweise ans Schwarze Meer, wollte und konnte Charlotte sich nicht zumuten.

Constantin hatte sich zu einem ernsthaften, reifen jungen Mann entwickelt. Neben seinem Schulunterricht durch Hauslehrer Choltev half er seinem Vater regelmäßig in den Belangen der Güter. In seiner knappen Freizeit schrieb er Briefe an Maria in Dorpat und sehnte die Stunde ihres Wiedersehens herbei.


Einige Tage, nachdem Nathalia zurück nach Sewastopol gefahren war, kam unerwarteter Besuch nach Aicken. Peter Sanderan und seine Frau Alessandra wollten sich von den Reckendorffs verabschieden. In Kürze würden sie das Land verlassen. Peters Besitz war verkauft, der Übersiedlung nach Italien stand nichts mehr im Weg. Mit Erstaunen nahmen die Reckendorffs diese Neuigkeiten auf. Man verabschiedete die beiden und wünschte gutes Gelingen. Vergessen war Alessandras Fehltritt. Wer konnte ihr verhehlen, daß sie nach dem grausamen Tod ihres Mannes ihr Schicksal in die Hand genommen hatte und mit ihrem frisch angetrauten Ehegatten ein neues Leben beginnen wollte? Die Zeit eilte. Zum einen, weil Alessandras Schwangerschaft fortschritt, zum anderen, weil die alliierten Schiffsverbände es bisher nicht geschafft hatten, über die Dardanellen ins Schwarze Meer vorzustoßen und den Zugang zum Mittelmeer abzuriegeln. Dies konnte nun jederzeit geschehen, und die Halbinsel Krim und Sewastopol würden dem Feind in die Hände fallen.

Als Tante Meggie hörte, daß die Reise der beiden zunächst nach Sewastopol gehen sollte, kam ihr eine Idee. Das Wiedersehen mit Nathalia war kurz und von der Trauer um die Mutter überschattet gewesen. Warum die Schwester nicht in Sewastopol besuchen? Sich Peter Sanderan und Alessandra anschließen und zwei, drei Wochen dort verbringen? Als sie die Familie über ihre Pläne informierte, reagierte ihr Bruder Moritz zunächst abwehrend.

»In diesen Zeiten willst du allein reisen? Was für eine Schnapsidee!«

»Es wäre ja in Begleitung der Sanderans, Moritz.«

»Und die Rückfahrt? Wir haben Krieg, Margarethe! Da ist viel Gesindel unterwegs. Von den vielen Truppentransporten ganz zu schweigen! Nein, das halte ich für viel zu gefährlich.«

»Ich könnte doch mitkommen,« bemerkte Beatrice. »Mit Tante Nathalia verstehe ich mich gut, und ich würde endlich meine Cousins in Sewastopol kennenlernen! Tante Meggie müßte dann auch nicht allein reisen.«

Heftig schüttelte Moritz den Kopf.

»Auf gar keinen Fall!«

Doch seine Schwester blieb hartnäckig.

»Was mit Bea ist, müssen natürlich du und Charlotte entscheiden. Ich für meinen Teil werde diese Reise antreten. Nach Mutters Tod und den anstrengenden letzten Wochen mit ihr in Riga brauche ich einige Tage Abstand und Erholung.«

Ohne sich auf weitere Diskussionen einzulassen verließ sie den Blauen Salon. Graf Moritz, der sich nicht in der Lage sah, seiner Schwester die Reise zu untersagen, gab schließlich auch bei Beatrice nach.

In den darauffogenden Tagen wurde gepackt.

# 69

Der Mond warf eine fahle Schneise auf den Fluß. Es war so kalt, daß der Schnee bläulich schimmerte. Die Schneemassen auf dem gefrorenen Wasser umhüllten die bisher fertig gestellten Brückenpfeiler wie ein dicker, weißer Mantel. Schon längst hätte die Brücke fertig sein sollen. Durch den Ausbruch des Krieges und fehlende Lieferungen von Stahl-Bauteilen war alles in Verzug geraten. Es war fraglich, ob dieses letzte Teilstück der transsibirischen Eisenbahn über den Amur noch in diesem Jahr in Betrieb genommen werden konnte.

Vier Uhr früh. Im Lager, in der Nähe der Stadt Chabarowsk, fand die Essensausgabe statt. Kohlsuppe mit schimmeligem Schwarzbrot, eine Hungersmahlzeit wie jeden Tag.

Arved stand weit vorn in der Schlange. So konnte er hoffen, daß noch einige Stücke Fleisch in seiner Portion schwammen. Bei den Strafgefangenen ging das Gerücht, daß es Rattenfleisch war. Er stampfte mit den Füßen auf, um sich zu wärmen. Die Filzstiefel hielten nicht mehr richtig warm, denn die Gummigaloschen waren bereits rissig. Wie andere Häftlinge umwickelte er sie mit Lappen, die er nachts zum Trocknen in der Nähe des Ofens aufhängte, wo er seinen Schlafplatz ergattert hatte. Beim groben Schaffellmantel, den man ihm und Dimitri, zusammen mit den Filzstiefeln, im Durchgangsgefängnis von Tobolsk ausgehändigt hatte, platzen bereits die Nähte. Hier, im östlichen Sibirien, nahe der chinesischen Grenze, waren die Winter zwar nicht ganz so grimmig wie in anderen nördlichen Landstrichen. Doch in den kalten Monaten lagen die Temperaturen oft im zweistelligen Minusbereich.

Arveds Mitgefangener und Freund Dmitri war gestern krank geschrieben worden. Nachdem er seit einer Woche von heftigen Hustenanfallen geplagt wurde und hohes Fieber entwickelte, hatte der Lagerarzt ein Einsehen. Würde Dmitri die Krankheit überleben, oder wäre er ein weiteres Opfer von Kälte, Hunger, schwerster Arbeit? Ein Häftling der Küchenbrigade füllte Arveds Kochgeschirr. Die Suppe dampfte.

In der Dämmerung des sibirischen Wintermorgens marschierte Arveds Kolonne zur Baustelle. Inzwischen wurden Holzbohlen und Schienen auf der Ostseite der Brücke verlegt. Alles mußte von Hand erledigt werden, denn es mangelte an Maschinen, nicht jedoch an Arbeitskräften. Die Männer kamen aus allen Teilen des Reiches. Viele waren politische Häftlinge, andere Kriminelle, wieder andere Angehörigen von Minderheiten wie Wolgadeutsche, Kalmücken, Kasachen und Baltendeutsche. Vor wenigen Tagen hatten wieder Dutzenden von Zwangsarbeitern ihr Leben verloren. Ein großes Brückenteil war aufs Eis gekracht und hatte alle unter sich begraben. Der Tod macht gleichgültig. Der Gedanke daran streift vorüber wie der lautlose Flügelschlag eines Vogels. Das ungeheuer winterliche Russland, die unendlich weite Landschaft – die Tage strandeten an fernen Ufern. Manches muß der Mensch allein meistern: Geburt und Tod, Schmerzen, Schuld und Schicksal. Arved hatte sein Schicksal angenommen und den unbändigen Willen, seine Strafe von fünf Jahren zu überleben.

Jetzt, Anfang März, wurde das karge Sonnenlicht allmählich wärmer. In der kurzen Mittagspause hockte Arved sich auf einen Stapel Eisenbahnbohlen. Schon oft hatte er sich gefragt, ob dieses Holzmaterial nicht vielleicht aus den Aicken'schen Wäldern stammte und im gräflichen Sägewerk verarbeitet worden war? Welche Ironie wäre das! Langsam aß er seine Suppe und verlor sich in seinen Gedanken. Abends um acht Uhr kehrten sie in der Dunkelheit ins Lager zurück. Die Baracken waren feucht, kalt und verdreckt. In den klammen Stohsäcken tummelten sich Wanzen.

Ein Kapo verteilte die Post. Auch Arved händigte er einen Brief aus. Der erste, seit er hier war. Sein Herz schlug schneller, als er mit zitternder Hand den Umschlag aufriß.

Aicken, den 5. Februar 1916

*Lieber Arved,*

*es fällt mir unendlich schwer, Dir diese Zeilen zu schreiben. Ich weiß nicht, wie und wo ich anfangen soll. Am Besten wohl damit, daß ich inständig hoffe, daß es Dir den Umständen entsprechend gut geht, daß Du gesund bist und den Mut nicht verlierst! Fünf Jahre sind eine lange Zeit, und ich will mir nicht vorstellen, was diese schreckliche Lagerhaft für Dich bedeutet! Ich bete zu Gott, daß er Dir die Kraft gibt, das alles zu überstehen.*

*Ich möchte Dir sagen, wie Leid es mir tut, was in Aicken geschehen ist und was Du meinetwegen erlitten hast. Ich war töricht und dumm, ich war grausam in meiner Egozentrik. Dafür schäme ich mich zutiefst. Ich weiß, daß ich Schuld daran bin, daß Du nun dieses schreckliche Schicksal erleiden mußt, und es gibt keine Vergebung für mein Verhalten. Dennoch möchte ich Dich inständig um Verzeihung bitten, auch wenn ich verstehe, daß es unmöglich ist. Alles, alles würde ich geben, wenn ich es ungeschehen machen könnte!*

*Hier bei uns ist inzwischen viel geschehen. Wir hatten einige Wochen Zuflucht bei Onkel Donatus in St. Petersburg gesucht, weil die Lage auf dem Land bedrohlich wurde. Rudolph Helmer und sein Sohn sind von marodierenden Letten und Esten bestialisch ermordet worden und Blankenburg wurde in Brand gesteckt. Nun hat sich alles wieder beruhigt und wir sind zurückgekehrt. Traurigerweise ist Großmutter Elisabeth in Riga gestorben, und wir haben sie im Erbbegräbnis auf Aicken begraben.*

*In wenigen Tagen fahre ich mit Tante Meggie nach Sewastopol,
wo wir Tante Nathalia besuchen. Wir sind in Begleitung von Peter
und Alessandra, die inzwischen geheiratet haben und ins Ausland
emigrieren. Ja, alles verändert sich, alles wird brüchig. Das Ende
des Krieges ist nicht abzusehen.*

*Ich weiß nicht, wann Dich dieses Schreiben erreicht. Vielleicht
erst nach Wochen oder gar Monaten, vielleicht auch nie. Sei ver-
sichert, daß ich mit ganzem Herzen an Dich denke und für Dich
bete. Meine Mutter hat ein Paket mit warmen Sachen und Lebensmitteln an Dich schicken lassen. Hoffentlich erreicht es Dich und
lindert ein wenig Deine Not!*

*Alle in der Familie lassen Dich grüßen, sie denken ebenso innig
an Dich wie*
*Deine Beatrice*

Lange starrte Arved auf die Zeilen, bis sie im trüben Licht der
Petroleumlampe vor seinen Augen verschwammen. Wie ein
warmer Luftstrom umhüllten ihn die Worte der Frau, die er
liebte und immer lieben würde. Sie trösteten ihn, und er spürte,
wie sie ihm Kraft gaben. Und wenn er die Zeit im Lager nur
deshalb überleben wollte, um Beatrice noch einmal zu sehen,
den Blick ihrer tiefblauen Augen zu spüren und ihr Lachen zu
hören – all das Leid, das noch kommen mochte, hätte sich gelohnt.

Zehn Tage später kam das angekündigte Paket. Arved wunderte
sich, daß es so schnell gegangen war! Als größte Überraschung
entdeckte er die sorgsam versteckten Geldscheine in den Sohlen
und Schäften der gebrauchten, Pelz gefütterten Lederstiefel, die
Gräfin Charlotte mitsamt einigen Lebensmitteln und warmer
Unterwäsche sowie Arveds dickstem Winterpullover geschickt
hatte. Es waren knapp achthundert Rubel und fünfhundert

amerikanische Dollar. Eine enorme Summe, die es Arved ermöglichen konnte, Pläne zu schmieden.

Dem Paket beigefügt war auch ein Brief von Arveds japanischem Studienfreund Hiroto Watanabe. Seit Hiroto von Dorpat nach Japan zurückgekehrt war und an der chinesischen Front in einem Lazarett diente, hatten sie hin und wieder Briefe getauscht. Nun schrieb er, daß er vom Lazarett abgezogen worden sei, um zu Hause in Nagasaki im Unternehmen seiner Familie mitzuarbeiten. Die Werft Watanabe hatte von der kaiserlich-japanischen Marine einen Großauftrag zum Bau von Kriegsschiffen bekommen. Für Russland, als Verbündetem Nippons, wären japanische Flottenverbände eine willkommene Verstärkung im Seekrieg.

## 70

Seit drei Tagen weilten sie nun in Sewastopol. Das Wetter zeigte sich warm und sommerlich. Am Schwarzmeerstrand lagen die ersten Urlaubsgäste in Liegestühlen und ließen die Tage in müßigem Nichtstun an sich vorüberziehen. Als gäbe es keinen Krieg und drohende Gefahren für die Heimat, ging das Leben in den Kreisen des Adels und reichen Bürgertums wie in Friedenszeiten weiter.

Am gestrigen Tag hatten Meggie, Beatrice und Nathalia Peter und Alessandra Sanderan zum Hafen begleitet. Als das Schiff auf dem glitzernden Wasser Richtung Bosporus entschwand, winkten sie sich noch lange zu. Beatrice wußte, daß es ein Abschied für immer war.

Überwältigt von Nathalias Gastfreundschaft und dem Charme ihrer beiden 17-jährigen Zwillingscousins Karl und Igor, fühlte sich Beatrice im Haus ihrer Tante sehr wohl. Nathalias russischer Ehemann Andrej befand sich auf einer Dienstreise in Moskau und würde den Besuch der Verwandten aus Aicken verpassen. Mit den Cousins unternahm Beatrice lange Spaziergänge am Schwarzmeerstrand und lernte einige ihrer Schulfreunde kennen. Das Leben schien kurzweilig. Jeden Tag waren Gäste geladen, und Beatrice Schloss neue Freundschaften mit gleichaltrigen jungen Frauen ihres Standes. Abends schrieb sie Briefe an ihre Eltern und schwärmte von ihrem Aufenthalt am Schwarzen Meer. Jedes Mal erkundigte sie sich, ob von Arved schon ein weiteres Lebenszeichen eingetroffen war. Die Sorge um ihn und die Furcht, er könnte ihr nicht vergeben, ließen sie oft lange wachliegen. In den letzten Jahren hatte er keine große Rolle in ihrem Leben gespielt. Den Platz in ihrem Herzen hatte ein anderer eingenommen. Nun rückte Arved in ihren Gedanken immer näher. Die Vorstellung, daß sie ihn möglicherweise nie mehr wiedersehen könnte, erschien ihr unerträglich. In ihrem Tagebuch schrieb sie über ihre Gefühle, ihre Zweifel und Hoffnung. Schonungslos gestand sie sich ihre Fehler der Vergangenheit ein und sparte nicht mit Selbstkritik.

****

Meggie war nur aus einem einzigen Grund nach Sewastopol gefahren. Von Beginn an hatte sie ihren Plan akribisch vorbereitet. Mehrmals bestellte sie eine Mietdroschke und fuhr einige Stunden weg, niemand wußte wohin. Als Meggies Schwester Nathalia nachfragte, erhielt sie eine nichtssagende Antwort, die nach einer Ausrede klang. Schon bald konnte der Rechtsanwalt, der in Meggies Auftrag Recherchen anstellte, ihr die notwendigen Informationen übermitteln.

Daraufhin fuhr sie eines Vormittags mit der Droschke in einen südlichen Stadtbezirk, in ein kleinbürgerliches Handwerkerviertel. Die bescheidenen Holz- und Backsteinhäuser hatten farbig bemalte Fensterläden. In den Vorgärten blühten Sommerblumen. Durch Toreinfahrten gelangte man in Hinterhöfe und Werkstätten. Stellmacherbetriebe hatten sich hier angesiedelt, Spenglereien, Hufschmiede und Tischlerein. Von überall her erschallte Hämmern und Sägen, das Wiehern von Pferden und das Klappern hoch bepackter Handkarren, die junge Frauen über die ungepflasterten Straßen schoben. Der Geruch von frischem Holz vermischte sich mit dem beißenden Rauch der Schmiedefeuer und dem scharfen Fischgeruch aus der Sardellenfabrik am Hafen.

Voller Interesse beobachtete Meggie das lebhafte Treiben. Die

Menschen drehten die Köpfe, manche neugierig, andere voller Mißtrauen. Selten verirrte sich eine Droschke in diese Gegend, und eine Dame aus besten Kreisen schon gar nicht.

Auf Meggies Zeichen hin hielt der Kutscher vor einem Haus mit Toreinfahrt und dem Schriftzug *Tischlerei Solgin & Solgin*. Ihr Herz schlug zum Zerspringen. Sollte sie wirklich diesen Schritt wagen? Noch hatte sie Zeit zurückzufahren. Alles zu vergessen und ihr tragisches Schicksal zu akzeptieren. Ein Schicksal, bei ihre Familie die Hand im Spiel gehabt hatte. Sie war belogen worden, in Unkenntnis gehalten wie ein dummes Kind. Nun, nach dem Geständnis ihrer Mutter, hatte sie die Wahl. Sollte sie die Dinge endgültig ruhen lassen, oder wollte sie alles über das Leben ihres Sohnes erfahren? Sie schob die letzten Zweifel beiseite und stieg aus der Droschke. Den Kutscher wies sie an zu warten.

Als Meggie der Adoptivmutter ihres Sohnes, Galina Petrowskaja Solgin, vor wenigen Minuten an der Tür gegenüberstand, sah sie eine kleine, etwas verwachsene Frau mit grau melierten, dünnen Haaren, die zu einem Knoten gebunden waren. Das Gesicht vorzeitig gealtert und voller Runzeln, die Hände rauh und knotig, war sie lediglich vier Jahre älter als Meggie. Dies und vieles mehr hatte sie durch den Rechtsanwalt erfahren. Galinas Ehemann, Kyril Solgin, war vor dreizehn Jahren an Tuberkulose gestorben. Es gab noch einen weiteren Sohn namens Wanja, das leibliche Kind der Solgins und zwei Jahre jünger als Meggies Sohn Iwan. Die beiden Töchter waren verheiratet und lebten in der Nähe der Mutter.

Sofort hatte Galina Solgin erkannt, daß Meggie, die ihren Namen nicht genannt hatte, aus anderen Gesellschaftkreisen stammte und sich entsprechend respekvoll verhalten. Erstaunt, weshalb eine vornehme Dame sie aufsuchen sollte, hatte sie die

Besucherin schüchtern in die Wohnküche gebeten. Jetzt hantierte sie mit dem Samowar und bereitete Tee zu.

Durch die Fenster der kleinen Wohnküche fiel nur spärliches Sonnenlicht. Erneut ließ Meggie ihre Blicke durch den Raum schweifen. In einer Ecke gab es einen kleinen Hausaltar mit einer Ikone und einer brennenden Kerze davor. An der Deckenlampe baumelte ein Fliegenfänger, der schon zahllose Insekten angelockt hatte. Auf der Eckbank neben dem Kachelofen, wo Meggie saß, lagen bunt bestickte Kissen. Ein Strauß Gartenblumen stand auf der Fensterbank. Der Blütenduft überdeckte nur schwach den Zwiebelgeruch im Raum.

Hier also war ihr Sohn aufgewachsen. In einem einfachen Zuhause, in der Bescheidenheit und kleinbürgerlichen Obhut einer Handwerkerfamilie.

Galina Solgin stelle Meggie eine Tasse Tee auf den blank gescheuerten Tisch. Sie senkte den Blick und stand mit hängenden Armen da, als wäre sie fremd in ihrem eigenen Haus.

»Setzen Sie sich doch,« sagte Meggie, bemüht, ihre eigene Nervosität zu verbergen. Ihre Stimme klang fest und entschlossen. »Ich komme wegen Iwan, Galina Petrowskaja.«

»Wegen Iwan?« Erschrocken hob Galina den Kopf. Meggie blickte in Galinas Augen, deren blasse Farbe im Dämmerlicht der Küche dunkler wirkte. In ihren sanften Ausdruck mischten sich Argwohn und eine Spur Angst.

»Was ist mit ihm? Sie können meinen Sohn doch gar nicht kennen, Exzellenz! Er ist an der Front und seit geraumer Zeit verschollen.«

»Verschollen?«

»Ich wurde benachrichtigt, daß er möglicherweise in Gefangenschaft bei den Österreichern sein könnte.«

Meggie nippte an ihrem Tee. Er war stark und heiß, mit viel Zucker gesüßt. Dann kam sie ohne weitere Umstände zur Sache.

»Ich kann mir vorstellen, daß mein Besuch Sie in Erstaunen versetzt. Die Erklärung ist sehr einfach. Vor dreiunddreißig Jahren haben Sie und ihr Mann einen Säugling an Kindes Statt angenommen und ihm den Namen Iwan gegeben. Wissen Sie, wer die leibliche Mutter des Jungen war?«

Galinas Blick wurde noch ängstlicher. Meggie holte tief Luft und lehnte sich zurück.

»*Ich* bin die Mutter. Ich habe Iwan zur Welt gebracht. Am 12. Mai 1882 hier in Sewastopol.«

Mit einer heftigen Bewegung schlug Galina die Hand vor den Mund.

»Ich habe sehr lange gebraucht, bis ich erfahren habe, daß mein Sohn bei der Geburt nicht gestorben war, wie man mir weismachen wollte, sondern von Ihnen adoptiert wurde.«

In dem Moment wurde die Tür geöffnet und eine junge Frau mit einem etwa vierjährigen Jungen an der Hand stand auf der Türschwelle. Der Kleine wollte zu Galina laufen, doch die Frau, offenbar seine Mutter, erblickte die vornehme Besucherin und hielt ihn zurück. Unsicher verbeugte sie sich und verließ mit ihrem Kind die Küche.

»Das sind meine Schwiegertochter Mascha und mein Enkel Pjotr,« sagte Galina. »Mascha ist die Frau meines leiblichen, jüngeren Sohnes Wanja. Genau wie Iwan ist er an der Front. Erst gestern kam ein Lebenszeichen von ihm. Während ich von Iwan ...« Sorgenvoll runzelte sie die Stirn.

»Ist Iwan ebenfalls verheiratet?«

»Nein, Exzellenz. Er hat vor vielen Jahren unser Haus verlassen. Schon als Kind hatte er einen unsteten Charakter. Nie konnte er lange bei einer Sache bleiben. Er war ein guter Schüler, doch ohne großen Ehrgeiz. Immer wieder zog es ihn in die Ferne.« Verlegen rieb sie die Hände. »Darf ich fragen, Exzellenz, mit wem ich die Ehre ...«

Meggie unterbrach sie.

»Mein Name tut nichts zur Sache. Ich bin hier, weil ich etwas in meinem Leben abschließen will. Damals, als Iwan zur Welt kam, war ich siebzehn Jahre alt. Der Vater des Jungen war meine große Liebe, doch ich durfte ihn nicht heiraten.« Einen Moment herrschte Schweigen. »Jetzt, nach so langer Zeit, wollte ich wenigstens wissen, was aus meinem Sohn geworden ist.«

»Ein anständiger, ehrlicher Mann, Exzellenz! Trotz seines ruhelosen Lebens hat er uns nie Schande bereitet.«

»Davon bin ich überzeugt, Galina Petrowskaja!« Meggie lächelte und verspürte ein inniges Gefühl der Zuneigung für die Frau, die ihren Sohn groß gezogen hatte. »Ich weiß, daß Sie Tag und Nacht um ihn bangen. Gott möge ihn beschützen in dieser unsicheren Zeit.«

»Ja, jeden Tag bete ich für ihn. Wir haben Iwan wie einen leiblichen Sohn geliebt und ihm ein gutes Zuhause geboten. Von seiner Adoption hat er nie erfahren.«

»Haben sie eine Fotografie von ihm? Ich möchte doch gern wissen, wie er aussieht.«

Aus einer Schublade im Küchenbuffet holte Galina ein Bild.

»Hier, das wurde gleich nach der Mobilmachung aufgenommen.«

Meggies Hand zitterte, als sie das Foto nahm. Es zeigte einen Mann in Rekrutenuniform mit dunklen Haaren und Oberlippenbart. Auf seinen fein geschwungenen Lippen lag ein kaum wahrnehmbares Lächeln, und in seinen Augen meinte Meggie einen leichten Anflug von Spott oder Ironie zu erkennen. Sein Gesicht hatte nichts Düsteres oder gar Schwermütiges, eher eine nonchalante Heiterkeit. Meggies Herz begann stärker zu klopfen. Iwan besaß Ähnlichkeit mit Meggies Vater Graf Sigismund in jüngeren Jahren. Aufs Äußerste bewegt betrachtete Meggie das Bild eine Weile. Mit erstickter Stimme sagte sie:

»Haben Sie noch eine weitere Fotografie, die Sie mir geben
könnten?«

Galina war ebenfalls stark berührt.

»Behalten Sie sie diese, Exzellenz. Ich finder sicher noch eine
andere.«

»Ich danke Ihnen, Galina Petrowskaja,« erwiderte Meggie
und steckte das Bild in ihre Handtasche.

»Iwan ist ein gut aussehender Mann, der dem Leben potitiv
gegenüber steht, das kann man sehen! Sie können stolz auf ihn
sein! Gott möge es Ihnen vergelten, daß Sie sich so gut und liebevoll um ihn gekümmert haben. Und ich hoffe inständig, daß er
nicht in diesem schrecklichen Krieg sein Leben lassen muß, und
daß er eines Tages zurückkehrt.«

Überwältigt von ihren Gefühlen wandte Meggie den Kopf und
ging zur Tür.

»Alles Gute für Sie, Exzellenz,« sagte Galina leise.

Meggie drehte sich noch einmal um.

»Wenn er zurückkehrt, erzählen Sie ihm nichts von meinem
Besuch. Sie sind für ihn all die Jahre seine Mutter gewesen. So
soll es auch bleiben.«

»Danke, Exzellenz. Leben sie wohl.«

»Ach, noch eine Frage: haben Sie seinerzeit bei der Adoption
Geld bekommen?«

Galina zögerte einen Moment.

»Ja ...das haben wir. Damals haben wir vermutet, daß es um die
Geburt des Jungen ein Geheimnis gegeben haben muß.«

Wehmütig lächelte Meggie.

»Nun, das Geheimnis kennen Sie jetzt.«

»Es war ein sehr hoher Geldbetrag, Exzellenz. Damit konnte
mein Mann die Tischlerei aufbauen. Gott hab ihn selig.« Sie
bekreuzigte sich.

»Mein Vater war stets ein großzügiger Mensch. Adieu, Galina

Petrowskaja,« sagte Meggie zum Abschied und deutete eine Umarmung an.

Als sie in der Droschke saß, fiel alle Anspannung von ihr ab.
Ein Gefühl der Befreiung durchströmte sie. Sie weinte, doch es
waren keine Tränen der Bitterkeit oder Verzweiflung. Mit einem
Taschentuch tupfte sie über die Augen. Ein gelöstes Lächeln um-
spannte ihre Lippen.

Merkwürdigerweise empfand sie keine Besorgnis, daß Iwan gefallen oder für immer verschollen sein könnte. Eine Eingebung
sagte ihr, daß er am Leben war. Gab es so etwas wie ein untrügliches Muttergefühl, auch wenn sie nie für ihren Sohn die Mutter
sein konnte?

# 71

Während Anfang März der Frühling in Livland langsam die Natur zu erobern begann, herrschten im Straflager im östlichen Sibirien weiterhin Minustemperaturen. Der Fluß Amur war noch zugefroren. In wenigen Wochen würde die Schneeschmelze eintreten und die Pegel stark ansteigen.

Seit seiner Ankunft im Lager hatte Arved stark an Gewicht verloren. Während sein Freund Dmitri vor zwei Tagen an Schwäche und seiner kranken Lunge gestorben war, fühlte Arved sich abgehärtet und gestählt. Sehnige Arm- und Beinmuskeln hatten sich gebildet. Oft erschien es ihm wie ein Wunder, wie sein Körper der schweren Arbeit, der Kälte, dem Ungeziefer und der Mangelernährung trotzte.

Inzwischen war noch ein zweiter Brief von Beatrice eingetroffen. Darin hatte sie die Ereignisse des letzten Jahres in Aicken geschildert. Arved wußte nun, daß es nie eine Hochzeit mit Sascha geben würde und daß Graf Moritz seinen Neffen für immer die Tür gewiesen hatte. Nur ein einziges Mal konnte Arved antworten, denn der Briefwechsel der Häftlinge war eingeschränkt und wurde streng kontrolliert. Beatrices Bitte um Verzeihung, ihre anteilnehmenden Worte hatten ihm Kraft und Zuversicht gegeben. Wie sehr hatte Arved diese Zeilen ersehnt, wie freudig wollte er ihr verzeihen! Es gab wieder Hoffnung, die stärkste Antriebsfeder des menschlichen Willens. Vielleicht würde doch noch alles gut werden!

Ein Plan reifte in seinem Inneren, zunächst flackernd wie ein Irrlicht. Immer wieder gelang es Häftlingen zu fliehen. Die meisten wurden kurz darauf gefaßt. Der Mangel an Geldmitteln, die Kälte, Verrat durch Bauern, bei denen sie unterwegs Unterschlupf gefunden hatten, führten schnell zu ihrer Festnahme und strenger Bestrafung. Manche wurden auch » auf der Flucht « erschossen. Jeder wußte, daß ein Ausbruch aus dem Straflager mit großer Wahrscheinlichkeit zum Scheitern verurteilt war. Doch Verzweiflung, Heimweh und die Unerträglichkeit der harten Bedingungen trieben die Männer gegen jede Vernunft in ihr Verderben.

Einsamkeit. Die unerträglichste aller Prüfungen hier in der fernen Wildnis. Im Gewimmel des Lagerlebens, inmitten von menschlichen Ausdünstungen und niedrigen Gesinnungen, stets bedroht von Gewalt, Diebstahl und Verrat, den Schikanen der Aufseher ausgeliefert, gab es keinen ruhigen Moment für den Einzelnen. Wie nie zuvor im Leben fühlte sich Arved dennoch isoliert und allein. Dmitris Tod hatte ihn schwer getroffen. Neue Freundschaften kamen für ihn nicht infrage. Auch hier gab es zu viele Spitzel und Denunzianten. In seiner Schlafbaracke war Arved der einzige Baltendeutsche. Erneut mußte er Anfeindungen seitens einiger Mithäftlinge ertragen, doch Streits und Konfrontationen versuchte er aus dem Weg zu gehen. Nicht immer gelang es.

Sobald die Temperaturen anstiegen, würde er eine Gelegenheit suchen, das Lager zu verlassen. Er hatte Geld. Er konnte Menschen bestechen, damit sie ihm bei der Flucht halfen, ihm Unterkunft und Nahrung gaben. Doch immer bestand dabei die Gefahr, ausgeraubt und getötet zu werden. Eine Flucht quer durch das Land, Tausende von Werst Richtung Westen, schien bei näherer Betrachtung ein aussichtsloses Unterfangen zu sein. Arved würde Monate lang unterwegs sein. Im Frühjahr die Sümpfe und das verschlammte Gelände in Tundra und Taiga! In der warmen Jahreszeit Myriaden von Stechmücken und Bremsen;

die Überwindung der großen sibirischen Ströme; immer auf der Hut vor Banditen, Landstreichern und Polizeikräften – zu unüberwindlich schienen die Hindernisse. Ein anderer Plan nahm Gestalt an.

✳✳✳

Vor vielen Wochen waren Beatrice und Meggie aus Sewastopol zurückgekehrt. Eine halbe Stunde nach Abfahrt des Zuges hatte ein defekter Schienenstrang die Weiterfahrt verhindert. Niemand wußte, wann die Reise fortgesetzt werden konnte. Als es am dritten Tag endlich weiterging, schlief Beatrice beinahe während der gesamten restlichen Fahrt im Coupé der ersten Klasse, das sie und Meggie sich mit einem pensionierten Staatsbeamten und dessen Frau teilten. Von der lebhaften Unterhaltung zwischen dem Ehepaar und Meggie bekam Beatrice nur mit, daß ihre Tante ungewohnt intensive Konversation führte. Überhaupt schien sie bereits während der letzten Tage im Haus ihrer Schwester wie verändert. Die täglichen Droschkenfahrten hatte sie aufgegeben, und niemand erfuhr jemals, wohin diese Ausflüge Meggie geführt hatten. Danach sah Beatrice sie häufig lachen und mit ihren Zwillingsneffen scherzen. Auf dem Flügel spielte sie nicht wie üblich nur ernste Musik, sondern oft auch eine Polka oder ein russisches Volkslied, das alle begeistert mitsangen. Kurzum – Meggie war wie verwandelt.

Bei einem Spaziergang am Ufer des Schwarzen Meeres hatte Beatrice ihre Tante darauf angesprochen.

»Du bist wie umgewandelt, Tante Meggie! Darf ich fragen, ob irgendetwas ...« Sie stockte und war unsicher, ob sie weiterreden sollte.

Meggie lächelte. Nie hatte Beatrice einen so gelösten Gesichtsausdruck bei ihrer Tante gesehen.

357

»Ich habe hier in Sewastopol etwas sehr Wichtiges erledigen können. Etwas, das mir endlich Seelenfrieden geben kann. Mehr möchte ich dazu nicht sagen. Vielleicht später einmal.«

Beatrice nickte und wagte nicht weiterzufragen.

Nach ihrer Rückkehr wurde der Alltag auf Aicken wieder von Sorgen und Befürchtungen überschattet. Erneut hatte die Armee Pferde aus den Stallungen requiriert. Nun blieben der Familie nur noch fünf Kutsch- und Reitpferde. Große Mengen der Heu- und Kleeernte mußten abgegeben werden. Schlachtvieh von Gut Rübswald wurde requiriert. Die Aufträge für das Sägewerk zur Herstellung von Eisenbahnbohlen waren nach wie vor umfangreich, doch mit der Bezahlung seitens der staatlichen Auftraggeber haperte es. All dies nahm Graf Moritz mit stoischer Resignation hin.

Die militärische Lage gestaltete sich weiterhin kompliziert. Doch Ende Juni, wenige Tage nach Beatrices zwanzigstem Geburtstag, gab es endlich einmal eine positive Nachricht. Während der sogenannten Brussilow-Offensive konnte die russische Armee zunächst starke, militärische Erfolge verbuchen. An der Südfront wurden Teile der kaiserlich-österreichischen Truppen geschlagen und fast vollständig aufgerieben. Doch bald schon brach die russische Offensive zusammen.

Als einige Tage später ein Telegramm aus dem Martha-Maria-Kloster in Moskau eintraf, hatten die unmittelbaren Kriegsgeschehnisse mit all ihren grausamen Konsequenzen auch die Bewohner auf Schloss Aicken erreicht.

Madeleine von Reckendorff, die Schwester von Meggie und Moritz, war mit ihrer Lazaretteinheit an einem südlichen Gefechtsabschnitt zwischen die Fronten geraten und mitsamt ihren Mitschwestern zu Tode gekommen. Eine Überführung des Leichnams würde es nicht geben. So konnte Madeleine nicht im Erbbegräbnis der Familie beigesetzt werden.

# 72

Die Schänke im Hafenviertel von Wladiwostok war eine herunter gekommene Spelunke, wie es sie in jedem Hafen der Welt gab. Es stank nach Fisch, Schweiß, Schnaps und den verlorenen Illusionen ganzer Generationen von Männern, die zur See gefahren waren um ihr Glück anderswo zu suchen. Dicht an dicht standen die großen Holztische, alle bis auf den letzten Platz besetzt. Auf den Bänken saßen Gestalten, die finsterer und gefährlicher aussahen, als sie waren. Es wurde geflucht, geschlürft, geschmatzt, gerülpst, lauthals geschrien und gelacht. Dichte Machorka-Tabakschwaden waberten um die Köpfe der Männer, unter ihnen nur wenige Europäer. Kaukasische Schauerleute mit Turbanen und türkischen Schnauzbärten bildeten eine eigene, geschlossene Gruppe. Zumeist sah man Asiaten: Japaner, Chinesen, Mongolen, Koreaner. Mongolische Kellnerinnen wuchteten Schüsseln mit Fischsuppe und kämpften sich durch das Gedränge.

Als Arved die schummrige Schenke betrat, fiel er nicht weiter auf. Der blonde, verfilzte Bart im Wetter gegerbten Gesicht reichte beinahe bis auf die Brust, die Haare waren seit langem ungeschnittem. Schmutzig und abgerissen hing die Kleidung an seinem abgemagerten Körper. Die Lederstiefel aus dem Paket von Gräfin Charlotte hatten die lange Reise nicht überstanden. Ein Paar zerfledderte Bastschuhe bedeckten Arveds nackte Füße. Wie erloschen verloren sich seine hellgrünen Augen in der Hohlwangigkeit seines Gesichts. Zeugnis aller Strapatzen und Todesangst, die er ausgestanden hatte. Durch einen Riß in der Russenbluse schimmerte hellrosa die lange, sichelförmige Narbe am rechten Arm. Manchmal juckte sie noch, und bei Wetterumschwung schmerzte sie.

Er stellte sich in die Nähe der Tür und beobachtete das Treiben. Daß er jetzt, am Ende des Sommers 1916, nun endlich hier angekommen war, erschien ihm wie ein Wunder. Anfang April war es ihm gelungen, das Lager an der Baustelle der transsibirischen Eisenbahn zu verlassen. Seit Tagen bereits hatte er seine Brotrationen angespart und versteckt. Am Tag seiner Flucht verstaute er die glitschigen, dunklen Kanten, zusammen mit seinen wenigen Habseligkeiten, in einen alten Jutebeutel. Den dicker Wollpullover, den Gräfin Charlotte geschickte hatte, und den löchrigen Schaffellmantel trug er am Körper. Ebenso seinen Geldschatz, eingearbeitet in den breiten Stoffgürtel, sowie sein Messer.

Der Zeitpunkt seiner Flucht hätte nicht günstiger sein können. Auf der Baustelle war am Morgen eine Schlägerei zwischen den Gefangenen ausgebrochen. Mehrere Dutzend Sträflinge waren darin verwickelt, und bald floß das Blut. Fünf Aufseher bemühten sich, die Sache unter Kontrolle zu bringen. Diesen Moment ihrer Unaufmerksamkeit nutzte Arved, um zu einem am Rand der Baustelle abgestellten Pferdefuhrwerk zu laufen, das Eisenbahnbohlen geliefert hatte. Niemand bemerkte, daß er den beiden Panjepferden die Zügel lockerte und der Wagen in gemächlichem Trott die Baustelle verließ.

Die ersten Tage kam er gut voran. Dem Lauf der Sonne folgend, hielt er sich Richtung Süden. Die braven Pferdchen, durch ihre Robustheit an lange Fahrten gewöhnt, zuckelten stoisch über das hügelige Gelände. Überall grünte es schon, die Luft roch würzig nach Frühling. Arved vermied die Begegnung mit Menschen und hatte Glück, daß die Gegend nur dünn besiedelt war. Nachts, eingewickelt in seinen alten Pelzmantel und bibbernd vor Kälte, im Schutz des Panjewagens unter einem Himmel voller Sterne, eilten seine Gedanken zu Beatrice nach Aicken. Viele Zeitzonen entfernt begann in Livland gerade der Nachmittag. Wo befand sich Beatrice in diesem Moment, was machte sie? Ritt sie auf Rasboi durch die Wälder? Dachte sie an ihn, voller Liebe und Sorge? Der Nachmittag auf Aicken ... Die Teestunde im Kreis der Familie im Blauen Salon ...etwas später die Sakuska vor dem Kamin im Katharinenzimmer. Beatrice nach dem Abendbrot mit einem Buch in der Hand in der Bibliothek, den Blick ihrer tiefblauen Augen hin und wieder von der Lektüre abschweifend ...Spürte sie in diesen Augenblicken, wie nah er ihr war? Erahnte sie seine Gedanken, seine nie endende Sehnsucht? Es heißt, Liebende sind durch ein starkes, unsichtbares Band miteinander verbunden, auch wenn viele tausend Werst Entfernung zwischen ihnen liegen. Arveds Augen füllten sich mit Tränen. Ein schmerzhaftes Ziehen strömte durch seinen Körper. Würde er Beatrice jemals wiedersehen, sie in seine Arme schließen können? Wohin führte ihn das Schicksal? Auf einen langen, qualvollen Todesmarsch oder, durch welche Umstände auch immer, zurück zur Geliebten? Viele Monate ohne Lebenszeichen von ihm, würde Beatrice ihn für verschollen oder tot halten; spurlos verschwunden im gefräßigen Schlund dieses großen, unerbittlichen Landes mit all seinen Tücken.

Nur wenige Stunden Nachtruhe waren ihm vergönnt. Überall lauerten Gefahren. In der Einsamkeit Ostsibiriens gab es wilde Tiere; Wölfe, Bären und den Amur-Tiger. Nur mit seinem Messer bewaffnet, könnte er den Angriff solcher Bestien nicht überleben.

Nach zehn Tagen begann der Hunger, und mit ihm kam ein Wetterumschwung. Sintflutartiger Regen verschlammte die Wege, Flüsse und Bäche traten über die Ufer. Die erschöpften Panjepferde und der Wagen blieben im zähen Schlamm stecken. Verzweiflung überfiel Arved. Als eines der Pferde kraftlos zusammenbrach und das andere einfach daneben stehen blieb, tötete Arved beide Tiere mit seinem Messer. Vor Hunger nahezu von Sinnen, verschlang er ein Stück ihres rohen Fleisches. Danach schnitt er noch einige Brocken aus den Kadavern und packte sie in den Jutebeutel. Nun ging er zu Fuß weiter.

Wie ein heimtückisches Tier schlich sich viele Tage später der Hunger wieder heran. Erschöpft von Mangelernährung, Magenkoliken und den täglichen Fußmärschen begann er nach kurzer Zeit zu halluzinieren. Nachdem er einige Mal die Orientierung verloren hatte, erreichte er eines Nachmittags eine kleine Hügelkuppe. Am ganzen Körper zitternd, sank er auf die Knie. Laut schluchzend schlug er die Hände vors Gesicht. Es gab keine Hoffnung mehr, nie würde er sein Ziel erreichen! Hier, weit ab in einer Wildnis ohne Chance und ohne Gnade, würde sich sein Schicksal erfüllen. Ein quälender Tod in Einsamkeit und Kälte wie auf einem fernen Planeten ... Immer erstickter erklang Arveds Schluchzen.

Als er die Tränen wegwischte und erschöpft nach vorn fiel, entdeckte er hinter der Hügelkuppe im Tal die Dächer eines Dorfes. War das Traum oder Wirklichkeit? Ein Weiler mit acht Stroh gedeckten Bauernkaten!

Beinahe wahnsinnig vor Hunger hastete er den Hügel hinunter. Keine Menschenseele war zu sehen. Kein Hundegebell, kein Blöken von Schafen, nicht die Laute einer Kuh, das Gackern von Hühnern oder das Grunzen einer Sau. Das Dorf schien unbewohnt zu sein. Mit letzter Kraft erreichte Arved die erste der Katen, deren Haustür schief in den Angeln hing. Kaum entdeckte er den russischen Ofen in der Mitte des Raumes, als er bereits den einzigen hölzernen Schrank durchwühlte. Er fand einen Kanten halb verschimmeltes Brot und ein Stück steinharte Räucherwurst. Sogleich schlang er die ersten Bissen herunter. Satt war er danach nicht, jedoch ein wenig gestärkt. Wie würde es morgen werden? Und danach? Nicht darüber nachdenken, nicht jetzt.

Er durchsuchte die Kate, fand jedoch nichts Eßbares mehr. Dafür andere Dinge, die ihm nützlich sein konnten. Ein stumpfes Beil, etwas rostigen Draht und Kleidungsstücke: eine Drillichhose, zwei geflickte Russenblusen mit Stehkragen.

Es war kühl in dem winzigen Raum mit dem Taschentuch großen Fenster. Doch Holz zu suchen, ein Feuer zu entfachen – dazu fehlte Arved die Kraft. Völlig erschöpft legte er sich wenig später vor dem kalten Ofen auf den Lehmfußboden, sein Messer griffbereit neben sich. Er schlief sofort ein.


Ein gefährliches Knurren. Dann ein Schatten, eine schnelle Bewegung und ein stechender Schmerz im Oberschenkel. Arved schreckte hoch. Da war das Tier schon über ihm. *Ein Wolf,* dachte er voller Panik und suchte fieberhaft nach seinem Messer. In dem Moment erfolgte der zweite Angriff. Der Schatten wurde zu einem zotteligen Balg, der sich auf Arveds Brust legte. Im gefletschten Maul blitzten spitze Zähne. Und dieses Knurren, bedrohlich und wie aus einem Höllenschlund! Es mußte ein junger Wolf sein, denn der Körper war mager und nicht sehr schwer. Arved versuchte, das Tier mit der linken Hand abzuwehren. Doch die Bestie war schneller als er. Endlich bekam er sein Messer zu fassen. Nach dem vergeblichen Versuch, ihn an der Gurgel zu packen, biß das Tier ihn in seinen Oberarm. Vor Schmerz schrie Arved laut auf. Rasende Wut und der Überlebenswille verliehen ihm plötzlich ungeahnte Kräfte. Schon spürte er, wie das Blut aus seinem Arm schoß. *Ich muß es tun, bevor es zu spät ist!* Es entstand ein Kampf auf Leben und Tod. Mehrfach jaulte das Tier getroffen auf. Doch kein Stich war tödlich, und Arved spürte, wie ihm nun die Kräfte schwanden. Mit geifernden Maul stürzte sich die Kreatur immer wieder auf ihn. Endlich gelang es Arved, das Messer tief in den Hals der Bestie zu stoßen. Mit glühenden Augen, beinahe ungläubig, blieb der struppige

Körper einen Moment bewegungslos, dann brach er zusammen und rollte beiseite.

Es war kein Wolf. Nur ein ausgehungerter, räudiger Dorfköter unbestimmter Rasse, mit verfilztem Fell voller Flöhe.

Schwer atmend setzte Arved sich auf. Aus dem rechten Oberarm sickerte Blut. Der Schmerz der Wunde war höllisch. Auch der linke Oberschenkel schmerzte und blutete. Hier war jedoch im Halbdämmer der Nacht nur ein kleiner Biß zu sehen, eine ungefährliche Wunde. Er band seinen Arm mit einem Streifen aus dem Ärmel ab. Dann verlor er das Bewußtsein. Wirre Träume suchten ihn heim. Gefühle und Gedanken verirrten sich in immer neuen Halluzinationen. Oft sprach Beatrice zu ihm, er spürte ihre Hand auf seiner Wange. Wenn er dann kurz zu Bewußtsein kam, war es nur ein Windhauch, der durch die Bauernkate strich. Er sah das gierige Maul des räudigen Köters, dessen Augen erschienen wie glimmende Kohlestücke. Andere Bilder schoben sich davor, ein stetiges Wechselspiel von Gestalten und Ereignissen. Verzweiflung und euphorische Extasen wechselten sich ab. Zeit und Raum verschmolzen zu einer großen Strömung aus tausend Spiegeln und Schatten, aus Licht und Dunkelheit, aus Hoffnung und Schrecknis.


Als er am nächsten Tag erwachte, stand die Sonne bereits hoch und warf eine Strahlenflut durch die halboffene Brettertür. Am Himmel zogen schnörkellose Wolken vorbei, klein und emsig, als hätten sie ein nahes Ziel.

Etwas hatte sich verändert. Arveds Kopf und Schultern waren auf eine Decke gebettet. Seine Wunde am Arm trug einen sauberen Verband aus einem Stück Leinenstoff. Darunter lugte etwas Grünes hervor - eine Kräuterkompresse. Gleich neben der Lagerstatt auf dem Lehmboden standen eine Blechschale mit kalter Grütze, ein Kanten Brot sowie ein Becher mit Wasser. Gierig verschlang Arved das Essen und sank schwer atmend zurück. Den ganzen Tag über lag er auf dem Lehmboden. Die einfache Mahlzeit hatte ihn gestärkt, nur heftiger Durst stellte sich ein, nachdem der Becher leer war. Zu schwach, um sich von der Lagerstatt zu erheben, wurde ihm immer wieder schwarz vor Augen. Die Wunde schmerzte, und der Verband sonderte bald Flüssigkeit ab. War der Hund tollwütig gewesen? Würde die Wunde brandig werden? Arved spürte, wie das Fieber kam.

Wenig Gedanken machte er sich darüber, wer ihn versorgt haben könnte. Er nahm es hin als eine Geste der Nächstenliebe, als Barmherzigkeit Gottes. So ging das viele Tage. Immer wieder delirierte Arved im Fieberwahn. Nie sah er den Menschen, der sich um ihn kümmerte und Nacht für Nacht versorgte. Angst hatte er keine. Eine mitleidige Seele, die ihm in seiner größten Not half, würde ihn schwerlich verraten oder gar töten.

Allmählich besserte sich sein Zustand. Da wagte er es, den Verband abzunehmen. Die große, sichelartige Fleischwunde, die der Hundebiß hinterlassen hatte, war gut verheilt und mit einer dünnen, rosa Haut überzogen. Sie würde nur eine häßliche Narbe hinterlassen.

In der darauf folgenden Nacht erwachte Arved, als er die Berührung einer Hand an seinem verwundeten Arm spürte. Unwillkürlich zuckte er zusammen und hob den Kopf. Sogleich schreckte die Gestalt zurück. Im Schein des vollen Mondes sah Arved gerade noch, wie zwei dünne, nackte Beine in Bastschuhen und bis zu den Knien mit einem weiten Kittel bedeckt, zur Tür eilten. War es eine junge Frau, ein Mädchen, ein Knabe? Er wußte es nicht, und sollte es niemals erfahren.

Im Morgengrauen wechselte Arved die Kleider, packte seine Habseligkeiten zusammen, aß die Grütze und das Brot, das wie jede Nacht gebracht worden war. Aus dem Gürtel, der um seine Taille geschlungen und wie durch ein Wunder von der Attacke des Hundes unbeschädigt geblieben war, entnahm er vier Zehnrubelscheine und legte sie unter die leere Blechschüssel. Dann verließ er den Weiler.

Der Tag war hell und still.


Ein verhalten geführtes Gespräch an einem der Tische in der Hafenkneipe in Wladiwostok, wenige Meter von ihm entfernt, weckte jetzt Arveds Aufmerksamkeit. Zwei Seeleute saßen vor ihren leeren Suppenschüsseln und sprachen leise auf Deutsch miteinander. Aus den Gesprächsbrocken, die Arved aufschnappen konnte, ging hervor, daß das Schiff der beiden am nächsten Vormittag auslaufen würde. Arved war wie elektrisiert. Er konnte nicht glauben, welche Chance sich ihm hier möglicherweise bot! Die beiden Seeleute schwiegen einen Moment und leerten ihre Schnapsgläser. Arved nutzte die Gelegenheit und setzte sich rasch neben sie auf die Bank.

»Darf ich mich zu euch setzen?« sagte er leise auf Deutsch.

Verblüfft sahen die beiden ihn an, dann wurden ihre Blicke mißtrauisch.

»Was willst du?« meinte der eine, ein kleiner, drahtiger Mann in mittleren Jahren, der eine Kapitänsmütze trug. Arved beugte sich zu ihnen. Er wußte, daß seine Worte über sein Schicksal entscheiden würden.

»Ihr lauft gleich morgen aus?«

»Was interessiert dich das? Bist du ein Spion, oder was? Wir sind Zivilisten und machen hier ganz normal unsere Geschäfte. Und kein Hahn kräht danach, wer wo mit wem Krieg führt!«

Der andere grinste und meinte:

»Genau. Wenn's ums Geld geht, ist es egal, woher man kommt. Außerdem fahren wir für die italienische Handelsmarine.«

»Tatsächlich?« Arved strich über seinen Bart und zwang sich zur Gelassenheit, obgleich sein Herz vor Anspannung zu zerspringen drohte. »Dann kann ich euch ein gutes Geschäft vorschlagen. Vorausgesetzt, ihr nehmt mich mit.«

»Wohin? Nach Deutschland?« Der Kleine, Drahtige lachte. »Du bist ein entlaufener deutscher Kriegsgefangener, stimmt's?«

»So was Ähnliches,« erwiderte Arved.

»Nach Deutschland fahren wir aber nicht. Nur rüber nach Japan. Da löschen wir unsere Ladung.«

»Gut, sehr gut! Dann biete ich euch Folgendes an.«

# 73

Nach dem Scheitern der Brussilow-Offensive im Herbst 1916 stürzte sich Familie Bergh in Dorpat in hektische Vorbereitungen. Durch den Tod eines entfernten Verwandten ohne direkte Nachkommen war Baron Adam Bergh in den Genuß einer unverhofften Erbschaft gekommen. Die Geldsumme betrug zwar nicht mehr als zehntausend Rubel, doch sie eröffnete die Möglichkeit einer Perspektive für die Zukunft. Schon seit längerer Zeit hielten Adam und seine Frau Amalie die Situation in ihrer Heimat für ebenso gefährlich wie unerträglich. Russland verlor den Krieg, und die sozialen Unruhen würden immer mehr zunehmen. Wie lange wäre man in der Heimat noch sicher? Wann würde der sozialistische Pöbel die Macht übernehmen und das Land gänzlich ruinieren? Hinzu kam die Bewunderung des Ehepaares für die Deutschen. Sie sahen in ihnen weniger den Feind, der die Heimat überfallen hatte. Stattdessen fühlten sie sich ihnen kulturell stärker verbunden als Russland. In den von den Deutschen besetzten Gebieten herrschten Ruhe und Ordnung, auch wenn viele baltische Landsleute vertrieben worden waren. Warum also auf ein Pferd wetten, das das Rennen längst verloren hatte? Sie planten die Flucht von Riga aus in das nicht weit entfernt gelegene Finnland. Einmal dort, könnte eine Schiffspassage ins Deutsche Reich gebucht werden.

Bei Emily löste der Plan einer Emigration zunächst zwiespältige Gefühle aus. Die Heimat verlassen, ihren Freundinnenkreis in Dorpat, auf die Ferienaufenthalte in Aicken vielleicht für immer zu verzichten - dies alles würde ihr schwer fallen. Andererseits gab es Fabian von Lüttich, den Mann, den sie zu lieben glaubte und von dem sie hoffte, daß er sie nach dem Krieg zur Frau nehmen würde. Jeden Tag betete sie für ihn. Seit langem hatte sie kein Lebenszeichen mehr von ihm erhalten und wußte nicht, ob er nicht schon längst gefallen war. Seinen letzten Brief hatte er Ende März vom Gut seiner Eltern abgeschickt, wo er einige Tage Urlaub verbrachte. Da war er gerade zum Oberleutnant befördert worden und sollte in den Generalstab der deutschen Truppen in Frankreich abkommandiert werden. Generalstab bedeutet keine direkte Feindberührung, hatte Adam Bergh seiner Tochter erklärt. Er und seine Frau setzten große Hoffnung in eine mögliche Verbindung Emilys mit dem pommer'schen Großgrundbesitzer. Eine gesicherte Zukunft der Tochter bedeutete die finanzielle Geborgenheit der Eltern im Alter. Emily willigte in die Reise ein. In Finnland angekommen, hoffte sie Kontakt zu Fabian oder seiner Familie aufnehmen zu können. Beim Abschied hielten sie und ihre Freundin Maria sich lange in den Armen und weinten. In einem überfüllten Zug fuhren die Berghs nach Riga, wo sie einen Tag später das Schiff bestiegen.

Die Nachricht von der Ausreise der Berghs stieß in Aicken auf ein geteiltes Echo.

»Wieso wundert es mich nicht, daß sie Hals über Kopf das Land verlassen haben?« meinte Moritz am Mittagstisch. »Für mich ist das Verrat an der Heimat. Adam hat schon immer mit den Deutschen sympathisiert.«

»Ich finde, du urteilst zu hart, Papa,« widersprach Beatrice. »Peter und Alessandra sind doch auch emigriert.«

»Ja, aber nach Italien! Das ist etwas anderes. Florenz ist Alessandras Heimat. Und Italien kämpft nicht an der Seite der Deutschen und Österreicher!«

»Ich verstehe dich nicht, Moritz.« Herausfordernd blickte

Gräfin Charlotte ihren Mann an. »Neulich beim Essen mit Baron Vestis hast du doch selbst gesagt, wie schlecht es um Russland steht und daß du den Krieg für verloren hältst!«

Moritz seufzte.

»Das ist wie in einer Ehe, Charlotte. *In guten wie in schlechten Zeiten.* Man kann das Militär kritisieren, die Regierung, sogar den Zaren – aber man verläßt das Land nicht überstürzt, wenn der Wind sich dreht. Auch wenn allerlei Umbrüche im Gang sind und die Heimat von allen Seiten bedroht wird, ist für mich die Zeit noch nicht gekommen, zu gehen. «

Niemand erwiderte daraufhin etwas. Nach einer Weile meinte Constantin:

»Die Eltern von Maria überlegen ebenfalls, ob sie das Land verlassen, Papa. Ich würde das wegen Maria sehr bedauern, aber wenn ihre Eltern sich so entscheiden …« Er trank einen Schluck Wasser. Charlotte sah, wie er verlegen den Kopf senkte. Sie lächelte, ahnte sie doch seine Gefühle für das Mädchen aus Dorpat. Eine erste Jugendliebe, gewiß. Vermutlich nur ein Strohfeuer. Doch im Moment bedeutete Maria Constantin sehr viel, und das Wohlergehen ihres Sohnes lag der Mutter am Herzen.

»Warum lädst du Maria nicht auf ein paar Wochen hier zu uns ein?« schlug sie spontan vor. »Die Schulen sind ohnehin geschlossen, und vielleicht verzögern sich die Pläne der Eltern?«

»Wärst du damit einverstanden?« fragte Constantin seinen Vater und sah ihn erwartungsvoll an.

»Ich habe nichts dagegen,« erwiderte Moritz. »Maria ist ein nettes und wohl erzogenes Mädchen. Und von dir weiß ich, daß du dich durch und durch als Kavalier verhalten wirst.«

Zwei Stunden später hatte Charlotte die Angelegenheit geklärt. Für ihren Sohn bedeutete das eine schlechte Nachricht.

»Es tut mir sehr Leid, Consti. Aber Marias Vater sagte, daß es hier bei uns nicht sicher genug sei und er Maria lieber bei ihrer

Familie in Dorpat sähe. Sie wollen ebenfalls möglichst bald nach Finnland und dort die Entwicklung hier im Land abwarten.«

Constantin reagierte enttäuscht und bemühte sich um Haltung. Beatrice empfand Mitleid mit ihrem Bruder und legte kurz ihre Hand auf seinen Arm.

»Sicher seht ihr euch irgendwann wieder. Kopf hoch, das Leben geht weiter!«

****

Am Abend führte Charlotte im Beisein ihrer Schwägerin Meggie ein Gespräch mit ihrem Mann.

»Ich sehe, daß du hin- und hergerissen bist, Moritz. Hier ist unsere Heimat, und unsere Familien leben seit vielen Generationen im Land. Andererseits siehst du durchaus die Gefahr, die uns allen droht. Ich finde, wir müssen uns wappnen für das, was vielleicht kommt. Einen Plan haben, wenn die Ereignisse uns zu überrollen drohen.«

Nachdenklich strich Moritz über seinen Bart und meinte zögerlich:

»Ja, darüber denke ich natürlich schon eine Weile nach, meine Liebe.«

»Wäre es nicht vernünftig, einige Vermögenswerte ins Ausland zu transferieren? Geld, Wertpapiere?«

Unschlüssig wiegte Moritz den Kopf.

»Charlotte hat Recht,« sagte Meggie eindringlich. »Erkundige dich doch bei deinem Bankier. Du solltest wenigstens einen Teil des Geldes in Sicherheit bringen. Wenn der Krieg verloren geht, und das wird er, stürzt das Land ins politische Chaos. Wir haben jetzt schon eine galoppierende Inflation!«

»Wenn euch das beruhigt,« erwiderte Moritz. »Bei nächstbester Gelegenheit fahre ich nach Dorpat und rede mit der Bank.

Vielleicht ist es aber schon zu spät, um Vermögen außer Landes zu schaffen. Außerdem ist es illegal, und ich könnte Schwierigkeiten bekommen. Und jetzt entschuldigt mich bitte. Ich bin hundemüde.«

In einem Zug leerte er sein Wodkaglas und verließ den Blauen Salon. Charlotte rief ihm nach.

»Wenn du fährst, nimm doch Constantin mit nach Dorpat. Dann kann er sich von Maria verabschieden.«

Nachdem die Tür ins Schloss gefallen war, griff Charlotte nach Meggies Hand

»Ich habe Angst vor der Zukunft, Margarethe. Alle Zeichen stehen auf Sturm. Moritz hätte wegen der Vermögenswerte längst Maßnahmen ergreifen müssen.«

»Er war schon als Kind halsstarrig. Ich bin nur froh, daß man jetzt wenigstens mit ihm reden kann!«

»Glaubst du, er fährt wirklich nach Dorpat?«

»Ich kann es nur hoffen.«

»Wenn doch Arved hier wäre! Er könnte uns allen eine große Stütze sein.«

»Wer weiß, ob wir ihn je wiedersehen, Charlotte. Wir alle sind über die Bedingungen und Überlebenschancen in den Straflagern im Bilde.«

»Sag das nur nicht zu Bea! Ich bin froh, daß sie diese ganze Geschichte mit Sascha so gut verkraftet hat. Neulich hat sie mir gestanden, daß Arved ihr sehr viel bedeutet und sie jeden Tag an ihn denkt und für ihn betet. Ich hoffe …« Charlotte wurde von einem heftigen Hustenanfall befallen. Ihr Gesicht lief rot an, sie rang verzweifelt nach Luft. Als Meggie ihr beistehen wollte, wehrte sie ab.

»Danke. Es geht schon wieder.«

»Am meisten mache ich mir Sorgen um dich, Charlotte.« Meggie blickte ihre Schwägerin ernst an. »Dein Husten wird

immer schlimmer, und bald beginnt die kalte Jahreszeit. Du müßtest dringend einen anderen Arzt hinzuziehen. Eine international
bekannte Kapazität.«

»Wo gibt es die? In der Berliner Charité, ich weiß. Aber wir
sind im Krieg! Ich muß mich damit abfinden, daß bisher keine
Therapie richtig angeschlagen hat.«

# 74

Von Osten flutete die erste Kältewelle das Land. Am orangeroten Morgenhimmel zogen einzelne Wind zerzauste Wolkenstreifen vorbei wie flüchtige Pinselstriche. Schnee lag in der Luft, dabei war es erst Ende Oktober.

Auf Aicken war eine Elchjagd geplant, nachdem die sonst üblichen ausgiebigen Herbstjagden in diesem Jahr ausgefallen waren. Nur eine spätliche Jagdgesellschaft hatte sich eingefunden. Charlottes Bruder Donatus, ein seltener Jagdgast, war in Begleitung eines alten estnischen Corpsbruders und mit Onkel Kolja aus Petersburg gekommen. Letzterer schien, trotz seiner noch immer mächtigen Körperfülle, voller Tatendrang und Energie. Arved wurde von allen schmerzlich vermißt. Die Ungewißheit über sein Schicksal beherrschte manches Gespräch, und beim täglichen Tischgebet vergaß Moritz nie, ihn in seine Fürbitte einzuschließen. Auch Peter Sanderan und Alessandra fehlten. Vom Schicksal der beiden Italien-Emigranten wußte man nur so viel, daß sie gut in Istanbul angekommen waren. Seitdem hatte es kein Lebenszeichen von ihnen gegeben.

Zusammen mit Moritz und Constantin zog die kleine Gesellschaft los, doch das Jagdglück war ihnen nicht hold. Enttäuscht kehrten sie am Abend zurück. Auch der Abschuß eines Rehbocks, mehr zufällig als geplant, tröstete nur wenig. Die trübe Stimmung löste sich jedoch bei einem köstlichen Abendessen auf. Danach saß man, zusammen mit Meggie, Charlotte und Beatrice, im Katharinen-Zimmer vor dem prasselnden Kamin. Mit Wodka wurde nicht gespart, und zu später Stunde servierte Butler Johann die üblichen, lauwarmen Steinpilzpiroggen.

Wieder einmal zeigte Onkel Kolja sein Talent als amüsanter wie charmanter Unterhalter.

»Kennt jemand die Geschichte von meiner Tante Viola? Nein? Ich sehe lauter fragende und neugierige Gesichter!«

In der Tat wußte niemand, wovon Kolja diesmal sprach. Dieser ließ sich nicht lange bitten.

»Es war in Berlin, kurz vor der Jahrhundertwende. Viola, eine ältere Cousine meiner Mutter, hatte in den Achzehnhundertsiebziger Jahren dorthin geheiratet. Doch ihr Gatte aus preußischem Beamtenadel hatte bald das Zeitliche gesegnet und die Witwe mit drei unmündigen Kindern zurückgelassen. Eines Tages, da war sie bereits in den Vierzigern, ging sie in Berlin in ein Haushaltswarengeschäft, um eine Besorgung zu machen. Sie erledigte dies selbst, weil ihr Dienstmädchen krank im Bett lag. In ihrem stark baltischen Akzent sagte sie zu dem Verkäufer: *Ich hätte gern zwanzig weiße Karzen.* Der Verkäufer stutzte, lächelte dann verständnislos und meinte: *Weiße Katzen? Tut mir Leid, Frau Baronin, bei uns gibt es keine Katzen.* Sein mitleidiger Blick streifte sie. Schon wurde Viola ungeduldig, wie es ihre Art war. *Nein nein, keine Katzen! Wie können sie mich nur für so dumm halten? Karzen, weiße Karzen meine ich! - Ja ja, ich habe Sie schon verstanden. Aber Katzen führen wir wirklich nicht.* Der mitleidige Blick schlug um und war unschwer zu deuten. Der Verkäufer hielt Viola, wie soll ich sagen, für vollkommen plemplem.

Vor Wut war Viola rot angelaufen. In dem Moment betrat eine Dienstmagd den Laden. Als sie hörte, wie Viola und der Verkäufer sich in einen Streit verwickelten, wagte sie es, sich einzumischen.

*Verzeihung, Exzellenz. Vielleicht kann ich hier weiterhelfen,* sagte sie zu Viola in ihrem breiten, ostpreußischen Dialekt, der ja dem baltischen ähnlich ist. Dann verfiel sie in Berliner Jargon und wandte sich an den Verkäufer. *Die Dame möchte weiße Kerzen koofen. Det sacht se doch janz deutlich! - Ja genau!* fügte Viola hinzu und reckte triumphierend das Kinn. *Weiße Karzen! Aber hier ist man ja zu beschränkt, um diesem einfachen Kaufwunsch nachzukommen!* Beflissentlich legte der Verkäufer nun ein Paket weißer Kerzen auf den Verkaufstresen. Viola gab der Dienstmagd ein Geldstück und fragte nach ihrem Namen und Adresse. Kurz darauf trat das Mädchen bei Viola in Diensten und blieb ihr bis zu deren Tod treu ergeben.«

Alle im Raum schmunzelten, obgleich niemand wußte, ob diese Geschichte nicht wieder der blühenden Phantasie des Fliegenden Schinken entsprungen war. Das Feuer im Kamin loderte. Die Gesichter der Anwesenden waren gerötet, teils vom Wodka, teils von der Hitze. Die Stimmung war aufgelockert, und erst spät gingen alle zu Bett, froh, die Sorgen und Nöte der Gegenwart einen Moment in vergessen zu haben.


Beatrice fühlte sich noch nicht müde. Die Leichtigkeit des Abends und die Gesellschaft geliebter Menschen hatten eine heitere Stimmung bei ihr ausgelöst. Jetzt lastete die Sorge um Arved eneut auf ihrer Seele. In ihren Briefen an ihn hatte sie vorsichtig ihre Gefühle für ihn umschrieben, immer noch in Angst, er könnte ihr nicht glauben. Viele Male am Tag und besonders nachts, wenn sie schlaflos lag, wünschte sie, von ihm berührt zu werden. In dieser Nacht quälte sie die Sehnsucht nach ihm so stark, daß sie das Bedürfnis verspürte, ihm erneut zu schreiben und ihre Liebe endlich offen zu gestehen. Sie nahm Papier und Füllfederhalter und begann.

Aicken, den 15.Oktober 1916

Liebster Arved,

seit vielen Monaten warte ich nun schon auf Post von Dir. Ich habe bereits zahlreiche Briefe an Dich geschrieben, ohne je eine Antwort zu erhalten. Deshalb mache ich mir große Sorgen um Dich! Jeden Tag flehe ich Gott an, daß er Dir die Kraft gibt, Dein schweres Los zu tragen.

Seit Du fort bist, ist Vieles mit mir geschehen. Die Vergangenheit mit Sascha und mein unglaublich dummes und verletzendes Verhalten Dir gegenüber sind einem tiefen Gefühl für Dich gewichen. Das, was zwischen uns an meinem siebzehnten Geburtstag geschehen ist und was ich lange Zeit verleugnet habe, ist lebendig wie nie zuvor: das Gefühl einer beginnenden Liebe, zu der ich nicht stehen konnte und in Sascha eine Ausflucht gesucht habe. Ich weiß nicht, wie ich es sonst erklären soll. Jedenfalls kommt es mir vor, als hätte ich in all der Zeit, als ich Dich zurückstieß, in einem falschen Leben gelebt, mit einem geborgten Gefühl, das mit meinem tiefen, wahren Gefühl nicht zu tun und sich einfach darüber gelegt hatte wie eine zweite, zähe Haut.

Du wirst Dich vielleicht fragen, ob ich diese Gefühle für Dich heutzutage auch empfinden würde, wenn Sascha sich nicht so schäbig verhalten und sein wahres Gesicht gezeigt hätte. Ich bin ehrlich genug, um zu sagen: ich weiß es nicht. Vielleicht wäre ich nicht aufgewacht, hätte weiter in diesem falschen Leben festgesteckt und wäre dann irgendwann später in den Abgrund gestürzt. Nun, liebster Arved, es ist anders gekommen, und darüber bin ich glücklich.

Ich liebe Dich aus tiefstem Herzen und wünsche mir nichts sehnlicher, als daß Du zurückkommst und wir ein gemeinsames Leben planen können. Ganz gleich, was dieser Krieg und die Zukunft uns bringen mögen.

All meine Gedanken sind immer bei Dir,
Deine Beatrice.

Anfang Dezember kam der Brief zurück. Halb zerfleddert, mit einem verwischten, kyrillischen Amtsstempel versehen. *Nicht zustellbar.* Beatrice bebte am ganzen Körpert. Er lebte nicht mehr, soviel schien gewiß!

»Vielleicht haben sie ihn in ein anderes Lager verlegt?« versuchte Gräfin Charlotte ihre Tochter zu trösten. Doch Beatrice schüttelte ungläubig den Kopf und fiel in eine tiefe Verzweiflung.

In der folgenden Nacht träumte sie von ihm. *Arved steht auf einem entfernten Hügel und winkt mit beiden* Händen. *Ein wilder Bart bedeckt Wangen und Kinn. Er lacht und schwenkt freudig die Arme. Als sie auf ihn zulaufen will, kann sie sich nicht von der Stelle rühren. So sehr sie sich auch bemüht, ihre Beine gehorchen ihr nicht. Plötzlich rennt Arved los, den Hügel hinunter, direkt in ihre Richtung. Er stolpert, fällt hin, rappelt sich hoch. Ganz nah sieht sie sein lachendes, vertrautes Gesicht. Mit einer raschen Geste reißt er den Bart vom Gesicht, als sei er nur angeklebt. Mit offenen Armen stürzt er zu Beatrice. Doch bevor er sie berühren kann, erwacht sie.*

Schwer atmend setzte sie sich auf die Bettkante und strich ihre Haare beiseite. *Träume sind Schäume,* dachte sie, *ein altes Sprichwort.* Doch mußte es sich jedes Mal bewahrheiten? Was auch immer einen Traum auslöst – dieser hier vermittelte ganz eindeutig eine Botschaft. Sie hieß Hoffnung und Zuversicht! Beides durfte Beatrice nicht verlieren, solange Arveds Schicksal im Ungewissen lag.

Draußen taumelten dunkle Wolken über den Horizont. Seit Tagen hatte es ununterbrochen geschneit. Man schrieb den dritten Advent. Weihnachten nahte und das Ende des Jahres. Die tiefe Stille, die sich in jedem Winter über das Land und die Menschen legte, schien in diesem Jahr trügerischer denn je.

# 75



*Paris, 1. November 1923, am Mittag*
Gelbliches Novemberlicht schickte einen dünnen Strahl in die
Küche des Antiquitätenhändlers. Der Regen hatte längst aufgehört, und dieser Allerheiligensonntag zeigte sich doch noch
von einer freundlichen Seite.

Beatrice stand an der Küchenspüle und schälte Kartoffeln. Es
sah unbeholfen und linkisch aus, und die Schalen gerieten viel
zu dick. Mit einem bedauernden Schulterzucken meinte sie zu
Antoine Dubois:

»Es tut mir Leid, Monsieur. Ich kann eigentlich gar nicht kochen. Zu Hause hatten wir ja Dienstboten. Erst in der Emigration
habe ich gelernt, mir einfache Speisen zuzubereiten. Doch mit
dem Kartoffelschälen hapert es leider immer noch!«

Dubois, der ein Stück Fleisch zurecht klopfte und es mit Salz,
Pfeffer und getrockneten Kräutern würzte, winkte ab.

»Nicht so schlimm, Comtesse. Kartoffelschalen sind gutes
Schweinefutter. Die Gemüseabfälle gebe ich einer Frau, die in
ihrem Garten jedes Jahr ein Schwein mästet. Bei der Schlachtung
bekomme ich einen Anteil. Würste, ein Stück Schinken, ein großes
Fleischstück. Dickere Kartoffelschalen sind also nie vergeudet!«

Er drehte den Gashahn auf und setzte eine Pfanne auf die
Flamme. Das Wasser im Topf auf der Nebenflamme kochte soeben, und Beatrice gab die klein geschnittenen Kartoffelstücke
ins siedende Wasser.

»Jetzt noch der Salat,« sagte Dubois und goß Öl und Essig
in eine Schüssel.

Wenig später saßen sie am Küchentisch. Eine neue Flasche Wein stand bereit, und Beatrice hatte das Gefühl, als hätte sie schon viele Male hier in der Gesellschaft des Alten gesessen und eine einfache, doch köstliche Mahlzeit zu sich genommen. Sie verspürte keine Spur von Müdigkeit nach dieser langen, durchwachten und mit den Ereignissen ihres Lebens gefüllten Nacht.

Nachdem sie eine Weile schweigend gegessen hatten, ergriff Dubois als erster das Wort.

»An den Jahreswechsel 1916/17 erinnere ich mich noch sehr gut. Im Zeitraum von nur vier Wochen starben kurz nacheinander drei meiner liebsten Anverwandten. Zuerst meine Frau, die den Tod unseres Sohnes nicht verwinden konnte und sich vor Kummer erhängt hat.«

Dubois' Stimme brach ab, und seine Augen schimmerten feucht. Er zog sein Taschentuch hervor und schneuzte sich.

»Mein Gott, wie schrecklich!« flüsterte Beatrice und griff nach der Hand des Mannes. Dicke, blaue Adern wölbten sich unter der Haut wie harte Flechten. Dubois steckte das Taschentuch zurück und trank einen Schluck Rotwein.

»Ich fand sie auf dem Dachboden unseres Hauses.« Er deutete mit dem Finger an die Zimmerdecke. »Hier oben, nur drei Stockwerke über der Wohnung. Bald darauf erlitt mein jüngerer Bruder einen Schlaganfall, an dem er verstarb. Wenig später geriet seine fünfzehnjährige Tochter beim Überqueren der Straße unter ein Pferdefuhrwerk. Eine Beerdigung folgte auf die nächste. Es war wie ein böser Fluch, der auf unserer Familie lag. Heute ist es mir unbegreiflich, wie ich das alles überstanden habe.«

Beatrice wußte nichts zu sagen. Es gab keinen Trost, wenn man geliebte Menschen verlor. Nur die Zeit konnte heilen, doch manchmal vergeht der Schmerz nie. Wer wußte das besser als sie?

Den Kaffee servierte Dubois im Salon, den er an diesem

Feiertag geheizt hatte. Die Kohlen im Kachelofen ächzten und rumorten, als müßten sie sich besonders anstrengen.

Beatrice begann wieder zu erzählen.

»In Russland endete das Jahr 1916 mit einem spektakulären Mord. Im Dezember wurde der Mönch Rasputin in St. Petersburg erschossen. Sein Einfluß auf Zarin Alexandra, und leider auch auf den Zaren, hatte viel Unheil angerichtet. Viele im Land atmeten nach dem Mord auf. Die Mörder, unter ihnen Adelige und Verwandte der Zarenfamilie, kamen letztendlich glimpflich davon.

Das letzte Weihnachten in der alten Heimat wurde ein bescheidenes Fest nur im engsten Familienkreis. Am ersten Weihnachtstag spielten Tante Meggie, Constantin und ich ein letztes Hauskonzert. Die Fröhlichkeit der vergangenen Jahre war verschwunden, es herrschte eine Art Untergangsstimmung. Kurz zuvor war der junge Pastor Hansen aus Dorf Aicken beim Besuch seiner Eltern in seiner estnischen Heimat von aufständischen Bauern ermordet worden. Deshalb fand Heiligabend in der Dorfkirche kein Gottesdienst statt. Nachdem wir im Blauen Salon eine Andacht improvisiert hatten, bescherten wir die Dienstboten und das Personal. Hauslehrer Choltev und die Hausdame, Fräulein Kleinschmidt, waren nicht mehr dabei, denn zwischen ihnen hatte sich etwas angebahnt. Im Herbst hatten sie geheiratet und waren nach Moskau gezogen, Choltevs Heimatstadt.«

Der Antiquitätenhändler schenkte Kaffee nach. Beatrice gab Zucker in die Tasse und rührte ihn bedächtig um.

»Zum Jahreswechsel erhielten wir Nachricht von Peter und Alessandra Sanderan. Beide waren nach langer Odyssee wohlbehalten in Florenz angekommen. Unterwegs hatte Alessandra eine gesunde Tochter zur Welt gebracht. Danach verloren wir uns aus den Augen. Doch irgendwann will ich versuchen, den Kontakt wieder aufzunehmen.«

# VI

## Livland und St. Petersburg 1917

# 76

Der Januar mit seinen eisigen Temperaturstürzen verschärfte die Versorgungslage im ganzen Land. Rohstoff- und Energiemangel, der desaströse Einbruch der Landwirtschaft während der Kriegsjahre sowie die Verluste an den Fronten führten zunehmend zu Arbeiterstreiks und bäuerlichen Unruhen. Mit Sorge verfolgte man die Entwicklung in Aicken.

Wenige Tage nach Neujahr fuhr Graf Moritz in Begleitung seines Sohnes nach Dorpat, um bei seiner Bank nach Möglichkeiten zu ersuchen, wie er Teile seines Vermögens ins Ausland tranferieren konnte. Der alte Bankier Eikemeyer, der seit vielen Jahren das Reckendorff'sche Bar- und Wertpapiervermögen verwaltete, machte alle Hoffnung zunichte. Es gab keinen Weg mehr, private Vermögenswerte außer Landes zu schaffen.

Während der zweitägigen Besprechungen in der Bank weilte Constantin im Haus von Marias Eltern, der Familie von Seidelkranz. Dort wurde er mit offenen Armen aufgenommen. Marias vier jüngere Geschwister hingen wie die Kletten an dem Besucher aus Aicken, den alle sofort ins Herz geschlossen hatten. Für Maria und Constantin wurde es schwer, einige ungestörte Stunden allein zu verbringen. Deshalb verließen sie das Haus zu langen Spaziergängen im Schnee und bei klirrender Kälte. Wähnten sie sich unbeobachtet, tauschten sie Zärtlichkeiten aus, küßten einander und verloren sich in träumerischen Zukunftsphantasien. Daß sie beide zu jung waren, um ernsthaft ein gemeinsames Leben zu planen, war ihnen bewußt. Ebenso wie der schmerzliche Umstand, daß Maria die Heimat verlassen würde und ein baldiges Wiedersehen fraglich schien. Doch gerade deshalb lebten sie in der Atemlosigkeit des Augenblicks, in dem Verlangen, einander so nah zu sein, wie Liebende sich nur sein konnten. Ein vergeblicher Wunsch. Mehr als leidenschaftliche Küsse, gestohlen in flüchtigen Momenten des Alleinseins, gewährte ihnen das Schicksal nicht. Als Constantin mit seinem Vater zurück nach Aicken fuhr, brannte die ungestillte Leidenschaft wie eine lodernde Flamme in seinem Inneren. Graf Moritz, der den Seelenzustand seines Sohnes erahnte, zeigte sich einfühlsam.

»Ich weiß, wie sehr du Maria zugetan bist. Aber es geht vorbei, mein Junge. Wie aller Schmerz. Du wirst Maria eines Tages wiedersehen, da bin ich sicher.«

Für Constantin bedeutete es wenig Trost. Wieder in Aicken stürzte er sich in die Arbeit. Durch die tief verschneite Landschaft fuhr er mit dem Pferdeschlitten zu den Gütern, überwachte die Produktion im Sägewerk und ging vermehrt auf die Jagd, oftmals ohne seinen Vater oder den Jagdaufseher. Ein letztes Telefonat mit Maria am Tag vor ihrer Abreise war der endgültige Abschied.


Beatrice war die Aufgewühltheit ihres Bruders nach dessen Rückkehr sofort aufgefallen. Behutsam versuchte sie ein Gespräch mit ihm. Bereits während der Zeit in St. Petersburg hatte sie beobachtet, welch zarte Bande sich zwischen ihm und Maria geknüpft hatten. Zunächst wehrte Constantin ab, doch dann öffnete er zögernd sein Herz. Mit Verständnis und ohne kluge Ratschläge zu erteilen, gewann Beatrice sein Vertrauen.

»Gib nicht alles verloren, Consti,« sagte sie eines Tages, als sie allein in der Bibliothek saßen. »Maria ist ein wunderbares Mädchen, und wir sähen sie gern als Teil unserer Familie.«

»Ich werde sie nie wiedersehen, das fühle ich, Bea!«

»Sicher wird sie dir gleich schreiben, sobald sie in Finnland ist. Ihr seid jung, alles liegt noch vor euch! Nur die Schwachen scheitern an der harten Zeit! Und Maria und du, ihr seid stark, das weiß ich.«

Für Beatrice, die täglich um Arveds Leben bangte und kaum noch Schlaf fand, war es ein wenig tröstlich, wenigstens ihrem Bruder Trost zusprechen zu können. Sie selbst mußte stets aufs Neue gegen Kummer und Verzweiflung ankämpfen.

Eines Nachmittags, wenige Tage nach Constantins Rückkehr aus Dorpat, überreichte Butler Johann ihr einen Brief. An sie persönlich adressiert, kam er aus dem fernen Japan. Das Schreiben trug das Datum vom 15. September des vergangenen Jahres und war Monate lang unterwegs gewesen. Arveds Studienfreund Hiroto Watanabe schrieb nur wenige Sätze auf Deutsch, die zunächst rätselhaft klangen. Doch jäh erfaßte Beatrice den Inhalt dieser Zeilen.

*»Liebe Beatrice,*
*vom Hafen in Nagasaki fuhr ein Schiff. Die Fracht war lange verschollen. Irgendwann wird sie das Ziel erreichen.«*

Ihre Hände zitterten so stark, daß der Brief Beatrice aus der Hand glitt. Das mußte eine Nachricht von Arved sein! *Ein Schiff mit Fracht aus Nagasaki* ...was sonst sollte das bedeuten?

Mit hastigen Schritten lief Beatrice in die Bibliothek und suchte dort ihren alten Schulatlas heraus. Auf der großen Sibirienkarte waren auch Japan, Teile Chinas und Südostasiens verzeichnet. Arveds wenige Briefe waren aus Chabarowsk gekommen. Falls Beatrice die verschlüsselte Botschaft richtig deutete, hatte Arved sich vom Straflager in eine sibirische Hafenstadt durchgeschlagen und war übers Japanische Meer nach Nagasaki gelangt. Dort hatte er offensichtlich seinen alten Freund Hiroto kontaktiert. Rasch blätterte Beatrice weitere Seiten im Atlas und prüfte, auf welcher Schiffsroute man von Japan bis nach Europa gelangen konnte. Sie nahm Hirotos Schreiben um ihre Familie zu informieren. Aus dem Blauen Salon drang ein lauter Wortwechsel.

Beatrice stutzte. Schon wollte sie die Türklinke herunterdrücken, als Tante Meggies erregte Stimme sie zurückhielt.

»Hast du es gewußt, Moritz? Sag mir die Wahrheit!«

»Natürlich nicht von Anfang an, Margarethe! Ich war damals noch ein Kind!«

»Und später? Haben Papa und Mama es dir erzählt.« Meggies Stimme klang schneidend.

»Wieso ist das jetzt noch wichtig für dich? Nach so langer Zeit?«

»Was für eine Frage!? Die ganze Familie hat mich Jahrzehnte lang belogen, mich für dumm verkauft! Und Kolja steckte mittendrin!«

Bewegungslos verharrte Beatrice. Es schickte sich nicht, an Türen zu lauschen. Dennoch war sie neugierig, worum es bei dem Gespräch zwischen ihrer Tante und ihrem Vater ging.

»Ich möchte wissen, woher du das alles ...«
Vehement unterbrach Meggie ihren Bruder.

»Mutter hat mir auf dem Sterbebett alles gestanden und mir die Adoptionspapiere überlassen. Ich habe in Sewastopol Nachforschungen angestellt und herausgefunden, wo und wie mein Sohn aufgewachsen ist!«

»Hast du ihn dort angetroffen?«

»Nein.«

»Und, Margarethe? Was hast du jetzt davon? Dein unehelicher Sohn ist schon lange ein erwachsener Mann, und du kennst ihn doch gar nicht.«

»Du mußt gar nicht so verächtlich von ihm reden. An seiner unehelichen Geburt und seinem Schicksal trägt er keine Schuld.«

»Nein, die Schuld daran trägst allein du.«

»Ach weißt du, Moritz, du wirfst den ersten Stein? Wer sagt mir denn, ob nicht irgendwo draußen im Land, in Riga, in St.

Petersburg oder anderswo, auch von dir irgendeine Hinterlassenschaft existiert?«

»Ich muß doch sehr bitten!«

»Im Übrigen ist es nicht wichtig, daß ich ihn kennenlerne. Ich wollte nur die Wahrheit wissen, weiter nichts.«

»Sei froh, daß unsere Eltern und Kolja das damals für dich arrangiert haben!«

»Du solltest froh sein, daß deiner Tochter etwas Ähnliches erspart geblieben ist, als sie sich mit Sascha eingelassen hat!«

Beatrice spürte, wie ihr die Röte in die Wangen schoß. Im Salon waren hastige Schritte zu hören. Noch ehe sie sich zurückziehen konnte, wurde die Tür aufgerissen. Überrascht starrte Meggie ihre Nichte an, die Schuld bewußt den Blick senkte. Ohne ein Wort zu sagen rauschte sie Richtung Musikzimmer davon.

Graf Moritz saß vor dem prasselnden Kamin und leerte sein Wodkaglas, als Beatrice den Raum betrat. Unwillig runzelte er die Stirn.

»Entschuldige, Papa, ich, ich wollte nicht stören. Aber ich glaube ...«

Scharf unterbrach Moritz seine Tochter.

»Hast du etwa unser Gespräch belauscht, Bea?«

Beatrice reagierte nicht darauf, sondern hielt ihm den Brief hin.

»Bitte lies und sag mir, was du davon hältst.«

»Also *hast* du gelauscht! Nun ja, irgendwann hättest du vielleicht sowieso davon erfahren. Jetzt ist ein guter Zeitpunkt. Auch im Hinblick darauf, daß du von Glück reden kannst, dein Leben nicht durch deinen Fehltritt mit Sascha ruiniert zu haben.«

Erneut fühlte Beatrice die Schamesröte im Gesicht. Ihr Vater warf ihr noch einen kurzen Blick zu, dann begann er zu erzählen und sparte nichts aus.

»Hast du in Sewastopol nichts gemerkt?« fragte er zum Schluß.

»Nein, Papa. Tante Meggies anfängliche Droschkenfahrten fand ich zwar merkwürdig und geheimnisvoll, aber auf eine solche Idee wäre ich nicht gekommen. «

Graf Moritz nickte, und damit war dieses Thema beendet. Nachdem er Hirotos Zeilen sorgfältig gelesen hatte, gab er Beatrice Recht.

»Er hat von Japan aus den Seeweg gewählt. Das kann sehr lange dauern. Gebe Gott, daß er in diesen Kriegszeiten wohlbehalten hier ankommt!«

Kurz vor dem Abendessen Schloss Meggie den Deckel ihres Flügels. Zum ersten Mal hatte sie an einer Sonate von Rachmaninoff gearbeitet. Eine wilde, dunkle und tiefgründige Musik, wie die Seele Russlands. Ein anspruchsvolles Stück, das viel Virtuosität und Meggies ganzes Können erforderten. Ermattet vom anstrengenden Spiel blieb sie noch einen Moment sitzen. Lange hatte sie seit dem Sommer gezögert, ob sie ihren Bruder damit konfrontieren sollte, was in Sewastopol geschehen war. Heute hatte sich die Gelegenheit dazu ergeben. Ihr Blick schweifte zu der Fotografie, die nun in einem silbernen Rahmen auf dem schwarz glänzenden Flügel stand. Gut sah er aus, der unbekannte Sohn. Ohne es jemals wissen zu können, hatte Iwan heute zum ersten Mal dem Spiel seiner Mutter gelauscht.

# 77

Nach seinem letzten Besuch bei Tatjana Kropotkin hatte Alexander Eisenstetten Petersburg verlassen. In Unfrieden mit seiner Familie, geächtet von der Verwandtschaft in Aicken und wegen der unseligen Krankheit aus der Armee ausgeschieden, gab es kaum noch enge, persönliche Bande. Die ehemaligen Kameraden aus dem Chevalier-Garderegiment dienten an der Front, viele von ihnen waren bereits gefallen oder in Gefangenschaft geraten. Geblieben waren zahlreiche Geliebte, die sich zumeist mehr von ihm erhofft hatten als ein flüchtiges Abenteuer.

Eine von ihnen war die Baronesse Olga von Vollmar in Riga. Vor einigen Jahre hatte sie sich auf einem Ball unsterblich in den jungen Grafensproß verliebt, und bei der erstbesten Gelegenheit erlag sie seinen Verführungskünsten. Untröstlich, daß Alexander sie bald danach verlassen hatte, schickte sie ihm zunächst ebenso leidenschaftliche wie verzweifelte Briefe. Ihre Hoffnung, daß er zu ihr zurückfinden möge, wich nach einigen Monaten einem Gefühl der Verbitterung und Wut. Stolz und temperamentvoll wie sie war, schrieb sie ihm ein letztes Mal und rechnete schonungslos mit ihm ab. Seither waren drei Jahre vergangen. In der Zwischenzeit war Olga eine Vernunftehe mit einem sehr viel älteren Rigaer Kaufmann eigegangen. Die Verbindung war kinderlos geblieben. Bald nach der Hochzeit erkrankte der Ehemann und war seitdem bettlägrig. In einem Zimmer der Stadtvilla wurde er rund um die Uhr von Bediensteten und einer Krankenschwester betreut. Es gab wenig Hoffnung, daß die schwere rheumatische Krankeit sich je bessern würde. Er litt große Schmerzen, und Olga empfand

Mitleid mit ihm. Gleichwohl schränkte sie ihr Leben nicht ein. Sie liebte Gesellschaften, Bälle und lange Abende beim Kartenspiel.

Als ihr eines Nachmittags ein Besucher gemeldet wurde, ahnte Olga nicht, wer kurz darauf vor ihr stehen würde. Aller Stolz, alle Wut auf den charakterlosen Verführer waren verflogen. Sicher, Alexander Eisenstetten hatte sich verändert. Die pockenartigen Narben in seinem Gesicht, das lichter gewordene, dunkle Haar – doch sein Lächeln schien wie damals, und seine Blicke sprachen eine deutliche, wenn auch zögerliche Sprache. Olga reagierte zunächst kühl. Noch einmal würde sie ihr Herz nicht an ihn verlieren! Doch als gelangweilte Gattin eines Schwerkranken kam ihr Saschas Besuch gerade recht. Sie war zu jung, um einem Ehemann die Treue zu halten, der das Bett niemals wieder verlassen konnte.

Alexanders Bitte um Verzeihung für sein damaliges Verhalten nahm sie als das, was es war: pure Heuchelei. Olga ahnte, daß es im Leben des einstmaligen Geliebten einen tiefen Einschnitt gegeben haben mußte. Er schien gezeichnet und haltlos. Verflogen die charmante Selbstsicherheit früherer Zeiten, das galante Liebesspiel, das jede Frau in seinen Bann zog. Was war geschehen? Olga fragte nicht danach, und Sascha schien dankbar dafür zu sein. Großzügig nahm sie ihn bei sich auf und hielt zunächst Distanz. Erst nach einigen Wochen gab sie seinem vorsichtigen Werben nach. Beide wußten um die Lüge, verhüllt von einem Vorhang aus Illusion und verklärter Nostalgie.

Oft ließ Olga den Schlitten anspannen und fuhr mit Sascha durch die Stadt, manchmal auch zu einer alten Freundin auf ein außerhalb gelegenes Gut. Bei einer dieser Spazierfahrten kam der Schlitten in einer belebten Straße ins Schleudern. In letzter Minuten sprangen zwei Männer beiseite, die soeben die Straße überquerten. Sie blickten dem Schlitten nach, und einer der Männer schien wie elektrisiert.

Wenige Tage später, als Olga unpässlich zu Bett lag, verließ Sascha in den frühen Nachmittagsstunden allein das Haus. Die Dämmerung war bereits hereingebrochen. In kalter und klarer Luft schimmerte der Schnee im bläulich-matten Licht der Straßenlaternen. Eisiger Wind wehte. In der Ferne schlug die mächtige Domglocke viermal. Eine friedliche Ruhe lag über der Stadt. Weit weg und unwirklich schien das Kriegsgeschehen, gleichwohl westlich der Düna die deutschen Truppen standen, dort, wo ein letzter rotlila glühender Wolkenstreifen den Ausklang des Tages ankündigte. Froh, nicht mehr an der Front sein Leben riskieren zu müssen, schritt Alexander durch die Straßen. Wenige Menschen waren unterwegs, nur hin und wieder fuhr mit fröhlichem Gebimmel ein Pferdeschlitten vorbei. Alexander fühlte sich einsam. Nie in seinem Leben hatte es so wenig Abwechslung und erfüllende Erlebnisse gegeben wie jetzt. Keine Glücksspiele mehr im Kreis der Kameraden, keine Ballgesellschaften unter funkelnden Kristallleuchten. Olga war nie die Frau gewesen, die ihn längere Zeit gefesselt hatte, anders als Tatjana. Von Olga waren ihm ihr gurrendes Lachen und die apfelförmigen Brüste in Erinnerung geblieben; und wie hartnäckig sie um ihn gekämpft hatte. Nun war er zurückgekehrt als ein Bittender, der nach einem rettenden Anker griff. Wo war er geblieben, der junge, blendend aussehende Offizier, stets Mittelpunkt jeder illustren Gesellschaft, immer auf der Jagd nach einer schönen Beute? Jung war er immer noch, doch der Glanz einer Zukunft schien zusammengefegt wie ein Kehrichthaufen. Manchmal dachte er noch an Beatrice und die Zeit auf Aicken. An die wunderbaren Abende bei Tatjana. An das erregende Spiel mit den Herzen der Frauen, die ihm wie selbstverständlich zuflogen. Vorbei, verweht vom Wind des Schicksals. Nach einigen Minuten zündete er sich im Schutz eines Hauseingangs eine Zigarette an.

Plötzlich packten ihn grobe Hände. Ein dumpfer Schlag traf

Alexanders Kopf und er brach zusammen. Daß ihm ein Sack übergestülpt und er rasch durch den Schnee gezerrt wurde, spürte er nicht mehr.

Als er erwachte, stieg ihm beißender Tabaksqualm in die Nase. Der Raum war dunkel und kalt. Mit nacktem Oberkörper lag er auf einem schmutzigen Holzfußboden und zitterte vor Kälte. Rasende Kopfschmerzen plagten ihn. Vorsichtig tastete er mit der Hand an den Kopf und spürte eine riesige Beule. Er wollte aufspringen, doch seine Füße waren gefesselt. In einer Ecke des Zimmers glimmte eine Zigarette auf und ein kurzes Hüsteln war zu hören.

»Wo bin ich hier?« rief Alexander in herrischem Ton. »Teufel nochmal, wer hat die Unverfrorenheit, mir die Füße zu fesseln?« Er zerrte an den Stricken, doch sie waren so festgezurrt, daß sie sich nicht lockern ließen.

Statt einer Antwort wurde die Zigarette auf dem Boden ausgetreten. Bevor Alexander Einzelheiten im Raum erkennen konnte, bewegte sich ein Schatten in der Zimmerecke. Zwei, drei Schritte, eine weit ausholende Geste - und der harte Riemen einer Lederpeitsche klatschte auf Alexanders Rücken. Vor Schmerzen schrie er auf. Schon erfolgte der zweite Schlag. Alexander robbte zur Seite, nun von Panik ergriffen.

Der Mann, die geflochtene russische Knute in der Hand, bewegte sich leichtfüßig. Ein weiterer Schlag traf noch härter, diesmal direkt ins Gesicht. Erneut schrie Alexander auf. Blut floß über seine Wangen und den Hals. Rasend vor Wut warf er sich dem Angreifer entgegen und versuchte vergeblich, dessen Beine zu packen.

»Das wirst du büßen!« schleuderte er dem Unbekannten entgegen, dessen Gesicht er nicht erkennen konnte. Als Antwort erfolgten drei weitere, scharfe Peitschenhiebe auf Brust und Kopf. Alexander sackte zusammen, hielt seine Hände schützend vors

Gesicht. In dem Moment begann der Mann mit leiser Stimme zu sprechen.

»Du weißt doch sicher, wer ich bin, Eisenstetten, oder nicht?« Wie Schuppen fiel es Alexander von den Augen. Die Stimme hatte er sofort erkannt. »Lange habe ich auf diesen Augenblick gewartet, du Drecksack.«

»Was willst du, Geld?« schleuderte Alexander ihm entgegen.

»Geld?« Verächtlich lachte Jännis Simberg. »Nein. Und alles Geld der Welt nützt **dir** nun auch nichts mehr. Wir beide sind hier ganz allein, und niemand wird dich hören.«

»Schneid mir die Fesseln auf, Kretin! Dann kämpfen wir Mann gegen Mann! Oder bist du zu feige dazu?«

Jännis musterte sein Gegenüber. Er sah die Angst im Gesicht des verhaßten Adeligen.

»Wie hast du damals gesagt, als mein Vater vom Schloss abgeführt wurde? *Am liebsten würde ich den Kerl eigenhändig auspeitschen.* Da hast du sicher nicht gewußt, wie sich das anfühlt.«

Eine rasche Bewegung, ein harter Schlag.

»So fühlt es sich an, spürst du es?«

Zusammen gekrümmt und wie betäubt lag Alexander am Boden. Er wimmerte. Die tiefen Striemen auf dem Rücken brannnten wie Feuer. Von Gesicht und Brust floß immer mehr Blut. Er wußte, daß sein Ende nahte. Hier, in einem finsteren Loch im Nirgendwo, würde er erschlagen wie ein räudiger Hund. Sein Peiniger würde keine Gnade kennen und seine Rache auskosten.

Mit dem surrenden Geräusch des nächsten Peitschenhiebs verlor er das Bewußtsein. Nach jedem Erwachen erfolgten neue Schläge. Bis endlich der erlösende Tod eintrat, verging noch ein qualvoller Tag. Als es dann vollbracht war, verließ Jännis das Versteck in dem einsamen Haus am Ufer der Düna. Zusammen mit Sergej und Nikolai schafften sie Alexanders geschundenen

Leichnam nächtlings zu einer einsamen Stelle am Ufer des zugefrorenen Flusses, wo sie ihn auf das Eis warfen.

# 78

Die Nachricht von Alexanders gewaltsamem Tod ereichte Familie und Freunde zehn Tage später. Zwei Eisfischer hatten den nackten Leichnam gefunden und die Polizei verständigt. Da der Ermordete bis zur Unkenntlichkeit entstellt war, insbesondere das Gesicht, schien eine Identifizierung nahezu unmöglich. Erst durch Olga von Vollmar, die Sascha als vermißt gemeldet hatte, konnte die Identität des Opfers anhand eines Muttermals am rechten Oberschenkel festgestellt werden.

Der Anruf von Alexanders Vater Donatus löste auf Aicken große Bestürzung aus. Gewiß, Graf Moritz hatte ihm zu Recht Hausverbot erteilt, doch niemand hatte ihm ein solches Schicksal gewünscht. Als Beatrice sich die gemeinsame Vergangenheit ins Gedächtnis rief, die trügerisch - schönen Momente und die tiefe Enttäuschung, Saschas Verrat und sein doppeltes Spiel, erkannte sie in seinem Tod so etwas wie ein Gottesurteil. Als hätte der Allmächtige ihn gestraft, war er in den Abgrund gestürzt. Erschrocken über derartige Gedanken, bereute Beatrice diese sogleich. So durfte sie nicht über ihn urteilen! Einst hatte sie ihn geliebt. Nun schämte sie sich, seinen Tod als gerechte Vergeltung zu sehen.

Inzwischen hatte die Rigaer Polizei eine Untersuchung eingeleitet. Bald war das einsame Haus an der Düna als Tatort ausfindig gemacht worden. Spuren wiesen darauf hin, daß dieser heruntergekommene Holzbau seit einiger Zeit von einer Gruppe Aufständischer und Revolutionäre als Unterschlupf genutzt wurde. Ins Visier der Polizei gerieten ein gewisser Sergej Olianski, zwei junge Männer aus Aicken namens Jännis Simberg und Päkka Salonen sowie ein unbekannter Mann aus Odessa namens Nikolai. Alle hatten jedoch längst das Weite gesucht.

****

Während Moritz in Riga weilte, suchte Beatrice vermehrt die Gesellschaft von Tante Meggie. Sie verspürte das starke Bedürfnis, über Saschas schreckliches Ende zu reden. Eines Nachmittags begab sich Beatrice ins Musikzimmer. Von dort ertönte eine Mazurka von Chopin, die Meggie häufig und gern spielte. Beatrice setzte sich in einen Sessel und wartete auf das Ende des Musikstücks. Schließlich klappte Meggie den Deckel des Flügels zu und drehte sich zu ihrer Nichte.

»Nun, Bea, beschäftigt dich immer noch Saschas grausamer Tod? Das kann ich verstehen, denn wir alle sind entsetzt. Aber du hast ihm ja einmal besonders nah gestanden.«

»Immer wieder denke ich voller Grauen an sein Ende! Wie muß er gelitten haben! Es tut mir unendlich Leid, daß er auf diese Weise sterben mußte. Zu Tode gepeitscht! Beängstigend finde ich, daß unter den Mördern zwei Männer aus Aicken sind.«

»Die Frage ist nur, wie haben sie Sascha in Riga ausfindig gemacht? War es Zufall? Wir werden es nie wissen. Vergiß nicht, daß dein Cousin ein herrischer, hochmütiger Mensch war, der das einfache Volk stets verachtet hat und sich noch in der Zeit der Leibeigenschaft wähnte. Sein Charakter ist ihm zum Verhängnis geworden. Jännis Simberg hatte ein starkes Motiv. Erinnere dich, wie Sascha damals dessen alten Vater behandelt hat!«

Beatrice nickte. Sie mußte ihrer Tante Recht geben. Mit einem Seufzer drängte sie den Gedanken an Sascha beiseite. Ihr Blick fiel auf die Fotografie, die seit kurzer Zeit auf dem Flügel stand.

Nie hatte sie gewagt, danach zu fragen. Meggie bemerkte ihren Blick und lächelte.

»Du ahnst sicher, wer das ist.«

Beatrice spürte, wie sie errötete.

»Ich wollte neulich dein Gespräch mit Papa nicht belauschen. Verzeihst du mir diese Indiskretion? Ich möchte dir nur sagen ...«

»Schon gut, Bea. Denk nicht, daß ich mich für meine Vergangenheit schäme! Ich stehe dazu und habe keinen Grund mehr, irgend etwas zu verheimlichen. Meinem Sohn werde ich nie begegnen. Daß er diesen Krieg überleben möge, ist mein einziger Wunsch.«

Sie erhob sich vom Klavierhocker.

»Komm, ich glaube, es ist Zeit für die Teestunde.«

Sie hakte ihre Nichte unter, und beide Frauen verließen das Musikzimmer.

****

In St. Petersburg war Tatjana Kropotkin in eine tiefe Depression gefallen. Sie mußte sich eingestehen, daß Sascha ihr mehr bedeutet hatte als sie dachte. Sie hatte ihn geliebt. Nun bereute sie, ihn nicht zurückgehalten zu haben, als er ihr Haus verließ. Ohne Ziel, entwurzelt und verzweifelt über das Ende seiner militärischen Karriere und die Folgen seiner Krankheit, war er gegangen. Sie hatte es zugelassen und insgeheim aufgeatmet. Heißt es nicht, in guten wie in schlechten Zeiten? Sie hatte versagt. Jetzt litt sie darunter und schämte sich, ihn schnöde im Stich gelassen zu haben. Seit seinem letztem Besuch hatte sie nichts mehr von ihm gehört. So wußte Tatjana nichts von seinem Aufenthalt in Riga, bis Donatus Eisenstetten ihr den Tod seines Sohnes mitteilte. Auf die ihr eigene Art gab sie sich der Trauer um ihn hin. Alle Gesellschaften, Bälle und Empfänge sagte sie ab und kleidete sich in Schwarz. Ihren Bediensteten verbot sie jedes laute Wort, jede Störung. In der Petersburger Erlöserkirche ließ sie für Sascha eine Messe lesen und stiftete eine Ikone.

Als sie nach einigen Wochen die Trauerkleidung ablegte und wieder ins normale Leben zurückkehrte, begann sie ihren neuen Liebesroman. Die Hauptfigur des tragischen Helden würde sie Sascha post mortem auf den Leib schreiben.

****

Inzwischen war es Anfang März. Befehlsverweigerungen, Massenfahnenfluchten an den Fronten sowie die allgemeine Kriegsmüdigkeit und der Unmut in der Bevölkerung stürzten Russland an den Rand der Katastrophe. Streiks und Unruhen nahmen weiter zu. Am 11. März kam es in St. Petersburg zu einem Massenaufruhr. Der Schießbefehl des Zaren auf die Demonstranten führte dazu, daß sich scharenweise Soldaten den Demonstranten anschlossen und diese mit Waffen versorgten. So konnte das revolutionäre Volk die Macht übernehmen, und in anderen russischen Städten geschah Ähnliches. Kurz darauf schloss sich auch die Duma, das russische Parlament, der Revolution an. Von der Armeeführung wurde Zar Nikolaus zum Rücktritt gedrängt und dankte ab. Arbeiter- und Soldatenräte wurden gebildet. Die Duma ernannte eine provisorische Regierung, die parallel zu den Räten tätig wurde. Der Krieg sollte weitergeführt werden, denn die Revolution durfte nicht auf die Feldtruppen übergreifen.

Die Schreckensnachrichten erreichten Aicken und versetzten die Familie in große Unruhe. Man wußte schon lange, daß die Parolen und Aufrufe der Bolschewiken auch breite Unterstützung in der lettischen und estnischen Bevölkerung fanden. Aufgestaute Rachegefühle gegen die Deutschbalten sowie die extreme Kriegsbelastung verschärften die Gefahr, die den verhaßten

Grundherren drohte. In einem Telefonat hatte Donatus Eisenstetten vor einer Woche mitgeteilt, daß er seine Familie in Sicherheit bringen und zu einer befreundeten russischen Familie auf deren Landgut am Schwarzen Meer aufbrechen würde. Seitdem hatte man nichts mehr von ihm gehört. Charlotte war in größter Sorge um ihren Bruder und hoffte auf baldige Nachricht.

Beim Lunch herrschte eine gedrückte Stimmung.

»Es ist eine Katastrophe, was in Petersburg geschieht,« sagte Moritz mit ernster Miene. »Ich weiß nicht, ob die neu gebildete Regierung stark genug ist, die Lage zu entschärfen.

»Was können wir denn tun, Papa?« fragte Constantin mit tonloser Stimme. Schon seit einiger Zeit wirkte er depressiv und niedergeschlagen. Noch immer gab es keine Nachricht von Maria, die mit ihren Eltern Livland verlassen hatte.

»Es geht um unser Leib und Leben.« Charlottes Stimme zitterte. Sie griff nach der Hand ihrer Tochter. Beatrice war blaß, und ihr Blick unruhig und flatterhaft.

»Müssen wir aus Aicken fort?« fragte sie leise. »Sag etwas, Papa! Müssen wir in die Fremde, weil wir hier nicht mehr sicher sind?«

Graf Moritz strich über seinen Bart. Sein Gesicht war fahl und eingefallen. Die Ungewißheit um die Zukunft schien ihn zu erdrücken.

»Auch Onkel Kolja hat Petersburg gestern fluchtartig verlassen,« sagte er. »Er will zu seiner Schwester nach Tiflis und dort die weitere Entwicklung abwarten.«

»Was ist mit Tante Tatjana?« warf Beatrice rasch ein.

»Es gibt keine Nachricht von ihr. Ursprünglich hatten sie und Kolja geplant, zusammen zu fahren. Doch dann war Tatjana plötzlich nicht mehr zu erreichen, und Kolja machte sich allein auf den Weg.«

Charlotte schlug die Hand vor den Mund.

»Hoffentlich ist ihr nichts passiert!«

»Das möge Gott verhindern,« meinte Meggie. »Auch wir sollten uns auf die Abreise vorbereiten, bevor die Aufständischen uns verjagen und wir vielleicht mit dem Leben bezahlen.«

Nachdenklich blickte Moritz seine Schwester an. Dachte er an ihre Mahnungen, ihre immer wieder geäußerten Befürchtungen? Daran, daß eine Zeit endgültig zu Ende ging, weil Russland nach Veränderungen strebte und Livland nach Unabhängigkeit? Er hatte Meggies Befürchtungen stets als Kassandrarufe abgetan und ein Ende der Autokratie nicht in Erwägung gezogen. Dabei waren die Anzeichen deutlich genug gewesen. Durch den Krieg hatte sich die Entwicklung beschleunigt, und jetzt schien die Lage nicht mehr umkehrbar. Moritz wußte, daß gehandelt werden mußte. Ihm war klar, daß die Entscheidung bei ihm lag. Nichts im Leben war ihm je schwerer gefallen.

»Wir sollten nichts überstürzen, Margarethe.«

»Der Meinung bin ich auch!« Beschwörend blickte Beatrice zu ihrem Vater. »Vergessen wir nicht, daß Arved auf dem Weg nach Aicken ist! Wir müssen auf ihn warten!«

Skeptisch schüttelte Meggie den Kopf.

»Das könnte fatale Folgen für uns alle haben. Ob und wann Arved es überhaupt bis nach Aicken schafft, ist doch völlig ungewiß.«

Moritz lehnte sich im Sessel zurück.

»Warten wir es ab. Zunächst einmal gilt es, ruhig Blut zu bewahren. Das war immer meine Devise. Noch ist es zu früh, um Aicken zu verlassen. Laßt uns zunächst sehen, wie sich die Dinge weiter entwickeln.«

# 79

Im Schutz der mondlosen Nacht glitt das Boot durch die ruhigen
Wellen des Bosporus. Der Kapitän kannte die Meerenge wie seine
Westentasche. Schon oft hatte er für gutes Geld Schmuggler und
andere zwielichtige Gestalten befördert. Sein heutiger Fahrgast
gehörte nicht zu dieser Sorte. Er war ein englischer Gentleman
und hatte ihn mit amerikanischen Dollar bezahlt. Für einen
solche Batzen Geld hätte der Kapitän den Mann trotz aller Gefahren noch quer durchs Schwarze Meer befördert, wenn sein
kleines Segelboot dazu geeeignet gewesen wäre. So setzte er ihn
gleich nach Durchfahrt der Meerenge auf türkischem Gebiet ab,
nahe der bulgarischen Grenze. Dort sollte ein Gewährsmann
den Fremden auf geheimen Wegen in die bulgarische Hafenstadt Warna führen. Der Gentleman alias Arved von Stolkenberg
wechselte die Kleidung und tarnte sich nun als einfacher Bauer.
Sicherheitshalber trug er unter seiner Kleidung einen Revolver,
denn er wußte nicht, ob er seinem Begleiter trauen konnte. Der
Weg führte durch einsames, unwegsames Gelände. Nach einem
sechstägigen Fußmarsch kam Arved müde, doch voller Zuversicht in Warna an. Er bezahlte den Führer und überreichte ihm
ein großzügiges Aufgeld. Erneut wechelte er die Identität. Nun
gab er sich als deutscher Geschäftsmann aus, denn das bulgarische Königreich stand als Kriegsverbündeter auf Seiten des Deutschen Reiches. Er suchte sich eine Unterkunft in einer gehobenen
Bleibe in der Stadtmitte. Dort wartete er drei weitere Tage.

Trotz der Kriegsumstände und der Seeblockade der Dardanellen, immer in Gefahr vor feindlichen U-Booten und

Kriegsschiffen, hatte Arved es nach Monaten mit Glück, unfreiwilligen Zwischenstopps und viel Geduld bis hierher geschafft. Wie aus einem anderen Leben erschien ihm die Erinnerung an die Zeit im Straflager. Nun galt es, eine Schiffspassage übers Schwarze Meer nach Odessa zu organisieren.

Mit den deutschen Seeleuten in Wladiwostok, die nach Nagasaki fuhren, war er schnell handelseinig geworden. Von dort hatte ihn ein japanischer Frachter durch das Südchinesische Meer zunächst nach Singapur gebracht. Ohne die Hilfe seines Freundes Hiroto Watanabe hätte er das nicht geschafft. Dessen Familie, Eigentümer einer Schiffswerf und Reederei in Nagasaki, verfügte über ein weltweites Netz von Geschäftsverbindungen. Falsche Pässe zu besorgen, war ein Leichtes gewesen. Je nach Bündnislage der Kriegsparteien konnte er sich nun als Engländer, Franzose, Deutscher oder Russe ausgeben. Er beherrschte die Sprachen und verfügte über entsprechendes Auftreten. Die Watanabes versorgten ihn auch mit genügend Geld und Devisen. In den Häfen, wo die Reederei Niederlassungen und Partner hatte, würde man bei der Weiterfahrt behilflich sein.

In Singapur wurde seine Reise wegen Aufständen und Unruhen der einheimischen Bevölkerung jäh unterbrochen. Als es endlich weiterging, hatte Arved wertvolle Zeit verloren. Ziel des griechischen Frachtschiffes, das ihn weiter beförderte, war Athen. Bei stürmischer Fahrt durch den Indischen Ozean erreichten sie einen Monat später den Golf von Aden und das Rote Meer.

Inzwischen war Arved über das Kriegsgeschehen weitgehend informiert und hatte erfahren, daß sich die revolutionäre Situation in Russland zuspitzte. Wie mochte es der Familie auf Aicken ergangen sein? Schwebte sie in Lebensgefahr? Der Gedanke, er könnte Beatrice nie wiedersehen, zerschnitt ihm das Herz. Alle Anstrengung, alle überstandenen Gefahren seiner Flucht durften nicht umsonst gewesen sein! Nun kam der bedrohlichste Teil der Reise, mit großen Unwägsamkeiten durch das unmittelbare Kriegsgeschehen, die Seeblockaden und die zunehmenden Unruhen im Land.

＊＊＊＊

Die großen Städte Russlands, insbesondere die Hauptstadt St.Petersburg, waren auf dem besten Weg, in Chaos und Anarchie zu fallen.

Am Tag vor ihrer geplanten Reise mit Kolja zögerte Tatjana Kropotkin noch, ihr Stadtpalais zu verlassen. Es würde vielleicht ein Abschied für immer sein. Dennoch standen die Koffer gepackt und ein Großteil des Personals war bereits entlassen worden. Viele waren auch freiwillig gegangen oder hatten sich schlichtweg davongestohlen.

Draußen lärmten die Volksmassen. Berittene Polizei und Kosaken versuchten vergeblich, die Ordnung wiederherzustellen. Scharen von Arbeitern, deren Frauen sowie uniformierte Soldaten und Matrosen rannten gröhlend durch die Straßen. Man hörte Schüsse, Schreie. Tote pflasterten die Blut befleckten Bürgersteige. Unfähig, sich endlich in Sicherheit zu bringen, starrte Tatjana voller Entsetzen aus dem Fenster. In unmittelbarer Nähe waren Feuer und Rauchsäulen zu sehen. Als sie nun von Panik ergriffen wurde, um ihr Leben fürchtete und schnell noch fliehen wollte, lief eine Horde gröhlender Männer und Frauen zum Eingang ihres Stadtpalais. Schon ertönten laute Kolbenschläge an der massiven Eingangstür, dann stürmte der Mob in die Halle. Unter den Eindringlingen erkannte Tatjana einen ihrer Lakaien, der schon seit Tagen verschwunden war. Nun gab dieser Mann die Befehle. Wie im Rausch wurden Mobiliar, kostbare Spiegel, Statuen und Gemälde in der Halle zerstört. Ein Soldat urinierte an eine der Marmorsäulen.

405

Ungläubig verharrte Tatjana an der Galeriebrüstung und mußte dem Treiben hilflos zusehen. So schnell hatten die Ereignisse sie überrollt! Sie schwankte, suchte fieberhaft nach einem Ausweg. Doch gleichzeitig ahnte sie, daß sie in der Falle saß. Schon erklangen erste, Haß erfüllte Rufe:

»Holt euch die Ausbeuterhure!«

»Räumt den Schweinestall leer!«

»Nieder mit dem Blutsaugerpack!«

»In den Weinkeller! Los, schlag die Türen ein!«

Zusammen mit drei seiner Genossen lief der verräterische Lakai die Marmorstufen empor. Gröhlend folgten weitere Eindringlinge. Die Livree hatte der Lakai mit einfacher Arbeiterkleidung getauscht. Zudem trug er eine Soldatenmütze und einen Karabiner. Ohne Zögern riß er seiner ehemaligen Brotherrin die große Perlenkette vom Hals und stieß Tatjana zu Boden. Sie befürchtete das Schlimmste, und tatsächlich warf sich einer der Soldaten über sie. Sie roch seinen stinkenden, fauligen Atem und sah den fanatischen Haß in seinem gierigen Blick. Unter den anfeuernden Rufen der Umstehenden riß er ihr die Seidenbluse auf. Mit aller Kraft wehrte Tatjana sich, doch vergeblich. Jetzt packte der Lakai seinen Genossen an der Schulter.

»Laß sie los, Ilja! Hier gibt es noch ganz andere Schätze zu heben!

Unwillig gehorchte der Soldat, fluchte, richtete seine Kleidung und gab Tatjana noch einen kräftigen Fußtritt.

Inzwischen hörte man aus den anderen Räumen das Zerschlagen von Porzellan und weiteren kostbaren Gegenständen. Aus dem Weinkeller schleppten Männer die ersten Flaschen in die Halle. An den Kanten der Marmorstufen wurden die erlesenen Jahrgänge geköpft und fanden sogleich gierige Abnehmer. Ströme von Rotwein ergossen sich auf den weißen Marmorfußboden. Aus den Salons wuchteten die Eindringlinge die schweren

Perserteppiche nach draußen. Einige Männer machten Jagd auf die wenigen weiblichen Bediensteten, die noch im Palais weilten. Ihre gellenden Schreie vermischten sich mit dem Gröhlen und Lachen der Eindringlinge.

Tatjana ordnete ihre Bluse und erhob sich mühsam. Ihre Frisur hatte sich aufgelöst. Die Angst um ihr Leben wich jetzt einem Gefühl maßloser Wut und Empörung. Wie konnten sie es wagen! Jahrhunderlang hatte ihre Familie dem Land gedient, und persönlich hatte sie nie einem Menschen etwas zu Leide getan. Wo blieben die Kosaken, um diesem Spuk ein Ende zu bereiten? Wer schützte sie vor diesem gewalttätigen Mob? Niemand. Doch aufgeben? Niemals ...

Grinsend und breitbeinig stand der abtrünnige Lakai vor ihr und genoß sichtlich seine Macht. Dies steigerte Tatjanas Wut. Sich ihres Standes bewußt, gewohnt, Befehle zu erteilen und das Personal in die Schranken zu weisen, herrschte sie den Lakaien an.

»Bildest du dir etwa ein, daß du und deine Kumpane mich einschüchtern können? Du bist und bleibst das, was du immer warst: ein Nichts, ein Abschaum, den die politischen Wirren zufällig nach oben gespült haben!«

Mit schneller Bewegung zog sie eine kleine Pistole aus der Tasche ihres langes Rockes. Ehe der Lakai reagieren konnte, traf ihn die tödliche Kugel in die Brust. Nur einen Augenblick später verpaßte einer der umstehenden Männer Tatjana einen Faustschlag ins Gesicht. Sie taumelte und brach zusammen. Mit dem metallenen Geschmack von Blut im Mund verlor sie das Bewußtsein.

# 80

Nach den schiefergrauen Tagen der letzten Aprilwoche und einem anschließenden, nahezu warmen Landregen erwachte in der ersten Maiwoche der Frühling. Lerchen tirillierten im flirrenden Licht des pastellfarbenen Himmels. Ein lauer Wind streichelte die ersten, zartgrünen Blättchen der Birken. Überall blühte es, munteres Vogelgezwitscher erfüllte Feld und Flur. In schwirrenden Formationen tummelten sich Stare und Schwalben über dem Mondsee, dessen glatte Oberfläche wie poliert glänzte. Fischadler kreisten über dem Wasser und spähten nach Beute. Von fern waren vereinzelte Rufe der einheimischen Fischer zu hören. Ihre Boote, manche mit frischem, leuchtendem Anstrich, schmückten wie Farbtupfer die Mitte des Sees.

An diesem milden und unschuldigen Morgen ritten Beatrice und Constantin nach langer Zeit wieder einmal aus. Sie schlugen den Weg zum Hochmoor ein, dorthin, wo Arved Beatrice vor beinahe vier Jahren seine Liebe gestanden hatte. Rasboi, voller Tatendrang und Temperament, war von Beatrice kaum zu bändigen. Immer wieder versuchte er auszubrechen, und Beatrice mußte ihn hart zügeln. Constantins schöner Schimmelwallach Boris war der letzten Requirierung durch die Armee zum Opfer gefallen. Der Trakehnerhengst von Graf Moritz ließ keinen anderen Reiter auf seinen Rücken, und so mußte sich Constantin mit Arveds Stute Pola begnügen. Das Pferd war inzwischen in die Jahre gekommen, gab sich jedoch Mühe, mit Rasboi mithalten zu können.

Seit Wochen hatte es in Aicken und Umgebung nicht die geringsten Zwischenfälle gegeben. Die aufständischen Letten, die immer wieder für Unruhe und Überfälle gesorgt hatten, schienen wie vom Erdboden verschwunden. Es war eine trügerische Ruhe, wie jeder auf Aicken befürchtete. Dennoch hatten die Geschwister an diesem herrlichen Tag ohne weitere Begleitung den Morgenausritt gewagt. Beide trugen Handfeuerwaffen bei sich und würden sich zu verteidigen wissen, sollte es erforderlich sein.

Das Geräusch des sich sanft im Wind wiegenden Schilfes am See machte Rasboi jedes Mal wieder nervös. Nachdem sie das Seeufer hinter sich gelassen hatten, beruhigte sich das Pferd. Die beiden Reiter verfielen nun in gemächlichen Schritt.

Tief atmete Beatrice die würzige Luft ein. Wenn sie einen Geruch in ihrem Leben nie vergessen würde, dann den des Frühlings auf Aicken. Der Geruch nach frisch gepflügten Schollen dunkler, satter Erde der Roggenfelder; nach jungen Trieben der Lärchen und Kiefern. Der Duft der Wiesen- und Sumpfdotterblumen; der feuchte Hauch der Nebelschleier über den Mooren und das süßlich-morbide Aroma kompostierter Blätter des letzten Herbstes. Ein Geruch nach Aufbruch und Neubeginn! Nichts hatte die Schönheit und den Reichtum der Heimat beeinträchtigen können. Nicht der Krieg, nicht die durchziehenden Soldatenregimenter, nicht der Tod geliebter Menschen. Alles schien wie immer, unveränderlich und stets wiederkehrend. Doch nun verspürte Beatrice das bittere Gefühl des drohenden Verlustes, des Abschieds. Die Zeit nicht engleiten lassen! Das Einfache und Unverfälschte der Natur im Herzen festhalten! Wie klein und ohnmächtig war doch der Mensch. Der Gedanke, die geliebte Heimat zu verlassen, durchfuhr Beatrice wie ein plötzlicher Schmerz, ein Ziehen im Herzen, das ihr die Tränen in die Augen trieb. Mit einem Mal fühlte sie sich hilflos und schwach, dem Schicksal schutzlos ausgeliefert. Bevor sie gänzlich in die Traurigkeit und Wehmut dieses Augenblicks fallen konnte, unterbrach Constantin ihre Gedanken.

»Ich glaube, unser Vater ist unschlüssig, was er machen soll.«
Constantin blickte seine Schwester an. Ein Schatten fiel über sein
Gesicht, wie ein plötzlicher Luftzug. »So zögerlich kennen wir
ihn doch gar nicht, oder? Mama ist ziemlich besorgt, und Tante
Meggie sowieso.«

Beatrice nickte.

»Ja, aber als ob eine Entscheidung so einfach wäre! Ich verstehe, daß er zögert. Niemand weiß, was in dieser Situation richtig
oder falsch ist. Wir würden alles hier aufgeben. Und du könntest
nie dein Erbe auf Aicken antreten.«

»Wer weiß? Vielleicht ändert sich ja alles irgendwann wieder?«

»Vielleicht ist es dann zu spät.«

»Ob du es glaubst oder nicht, Bea: am wichtigsten ist für mich,
daß ich Maria eines Tages wiedersehe. In Dorpat hat sie mir gesagt, selbst wenn ich bettelarm wäre, würde sie mich immer lieben
und zu mir halten.« Sein Gesicht glühte, und in seiner Miene lag
der unbedingte Glaube an diese Worte.

Beatrice lächelte. Wie ehrlich und überzeugend das aus dem
Mund ihres Bruders klang! Er und Maria waren noch so jung!
Was wußten sie schon über die Wendungen des Schicksals, über
die Kapriolen des Herzens? Doch diese Gedanken behielt Beatrice für sich. Warum ihm die Illusionen nehmen, die kühnen
Träume und Überzeugungen seiner Jugend? Ach, wie alt und
erfahren sie sich plötzlich ihm gegenüber fühlte! Sie beugte sich
zu ihm und gab ihm einen leichten Klaps auf den Schenkel.

»Es ist gut, jemanden so stark zu lieben, Consti. Ihm so vor-
behaltlos zu vertrauen und an eine gemeinsame Zukunft zu
glauben. Ich wünsche mir, daß dir das Kraft gibt für alles, was
kommen mag.«

Dankbar lächelte Constantin. Dann warf er seiner Schwester
einen prüfenden Blick zu.

»Ob Arved es überhaupt jemals bis hierher schafft?« fragte er und setzte sich bequem im Sattel zurecht. »Du wartest auf ihn, und Papa auch. Weil ihr beide offenbar noch an ein Wunder glaubt.«

»Du nicht?«

»Ich weiß nicht! Seit dieser Lenin aus dem Exil nach Petersburg zurückgekehrt ist, könnte alles noch viel schlimmer werden. Das Volk hat ihn empfangen wie einen Messias!«

»Du hast Recht, das ist sicher bedenklich.«

»Gestern hab ich zufällig gehört, wie Gulbe und Schröder sich unterhalten haben. Sie meinten, auf kurz oder lang sei Aicken ohnehin verloren. Überall im Land greift die Bevölkerung nach der Macht. Die momentane Grabesruhe bei uns darf nicht darüber hinwegtäuschen, meinte Gulbe.«

Sie fielen in leichten Trab, und jeder hing seinen Gedanken nach. Als sie gegen Mittag aufs Schloss zurückkehrten, schien Beatrice nachdenklich und stark in sich gekehrt. Mehr und mehr überschatteten Zweifel und wehmütiger Schmerz die Freude über diesen ersten Frühlingstag.

# 81

In Petrograd (nicht einmal hinter vorgehaltener Hand nannten die Menschen ihre Stadt noch bei ihrem alten Namen) war der Frühling in diesem Jahr ungewöhnlich schön und warm.

Seit Lenins Rückkehr geriet die Situation immer mehr außer Kontrolle. Trunken von Wein und Blut, plündernd und marodierend zogen Scharen von entlaufenen Soldaten und revoltierenden Arbeitern durch die Straßen. Häuser und Paläste wurden ausgeraubt, wohlhabende Bürger, Universitätsprofessoren, Ärzte, Lehrer, zaristische Beamte und Mitglieder aller Adelsschichten verfolgt. Geistliche und Mönche wurden getötet oder verschleppt, Klöster geplündert. In diesem rechtsfreien Raum kam es auch zunehmend zu Vergewaltigungen. Niemand schien in der Lage, dem Terror, dem Chaos und der Anarchie eine Ende zu bereiten. Die Volkswut auf die verhaßte Oberschicht wurde stetig angestachelt. Sie war so stark, daß viele Menschen, die sich dem Aufruhr und der Revolution angeschlossen hatten, hemmunglos raubten und plünderten. Einfache, ehrliche Leute, noch vor kurzem dem Zaren treu ergeben, wurden über Nacht zu Mördern und verübten die grausamsten Verbrechen. Neid und Niedertracht errangen die Oberhand. In Blutrausch und Massenhysterie wurde jeder wirkliche oder vermeintliche Konterrevolutionär gnadenlos verfolgt. Bald quollen die Gefängnisse der Stadt über von Menschen aller Gesellschaftsschichten.

Eine dieser Gefangenen war Tatjana Kropotkin. Die Kumpane des verräterischen Lakaien hatten sie halb totgeschlagen und anschließend hierher gebracht. In eine kleine Zelle. Mit zwanzig weiteren Frauen hatte sie nur Platz auf dem Steinfußboden nahe der Tür gefunden. Zwischen Erbrochenem, Exkrementen und Myriaden von Wanzen lag sie wie betäubt da. Pritschenplätze, soweit es sie überhaupt gab, waren doppelt und dreifach belegt. Unter den Gefangenen herrschte eine strenge Hierarchie. In Tatjanas Zelle hatte das ehemalige Dienstmädchen einer Groß- fürstin das Kommando übernommen, eine große, knochige Frau mit lauernden Augen. Sie nahm anderen Frauen das Essen weg, ließ sich Geld und Schmuck aushändigen und schikanierte auf die dreisteste Art. Gleich nach Tatjanas Ankunft geriet diese ins Visier dieser Frau. »Du bist jetzt gar nichts mehr, nur Dreck, merk dir das!« hatte sie Tatjana begrüßt und ihr zum Nachdruck dieser Worte ins Gesicht geschlagen. Tatjana, mit geschwollenen Augen, aufgeplatzten Lippen, Blutergüssen am ganzen Körper und mehreren Rippenbrüchen, die unerträglich schmerzten, fand nicht die Kraft sich gegen diese Frau aufzulehnen. Hier teilte Tat- jana das jämmerliche Schicksal der anderen Gefangenen. Aller früherer Glanz, alle Pracht ihres Hauses, aller Reichtum waren hinfällig geworden. Wie tief konnte sie noch fallen? Aus Dienern waren Herren geworden und umgekehrt. Nun zählte das Gesetz der Gefangenenzelle, und das ehemalige Dienstmädchen nutzte dies schamlos aus.

Wie lange war sie schon hier? Drei Tage, vier Tage? Tatjana wußte es nicht. Seitdem hatte sie nichts gegessen, die stinkende, undefinierbare Suppe nicht herunterwürgen können. Die Bitte nach ärztlicher Hilfe hatte ein Wärter in Soldatenmontur mit einem Fußtritt beantwortet. Bisher war Tatjana noch nicht zu einem Verhör geführt worden. Man hatte sie in diese stinkende, Wanzen verseuchte, feuchte Zelle eingepfercht und vergessen. Hier gab es weder Zeit noch Raum, nur das Warten auf noch größere Schrecknisse oder den Tod.

Eines Nachts zerrte man sie aus der Zelle und schleifte sie

über einen kalten Flur in ein Zimmer. Halb ohnmächtig vor Schmerzen war sie unfähig, sich zu erheben und blieb mitten im Raum liegen. Sie hörte noch das Schlagen einer Tür und eilig herannahende Stiefeltritte, dann verlor sie das Bewußtsein. Sie erwachte, als man sie, eingewickelt in einen großen Mantel, in einem dunklen Gefängnishof auf ein Pferdefuhrwerk hob. Dann vernahm sie von irgendwoher eine Stimme. Unter großer Mühe versuchte sie, die Augen zu öffnen. Eine Gestalt beugte sich über sie. Schattenhaft sah sie deren Antlitz: einen dunklen Backenbart, gewelltes, lang gewachsenes Haar und eine sehr spitze Nase. Woher kannte sie den Mann? Sie wußte es nicht und hatte nicht die Kraft, darüber nachzudenken. Nah an ihrem Ohr vernahm sie nun seine Stimme.

»Sie müssen sich ganz ruhig verhalten, Fürstin. Ich bringe Sie hier raus.«

»Wer ... wer sind Sie?« stammelte Tatjana.

»Der Name ist unwichtig. In diesen Zeiten lernt man, ihn zu verschweigen. Wir sind uns einige Male auf einer Ihrer Gesellschaften begegnet. Unser gemeinsamer Freund Kolja hat mich beauftragt, Sie hier rauszuholen.«

In den frühen Morgenstunden fuhr der Pferdewagen, geschmückt mit der roten Revolutionsfahne, in zügigem Tempo aus der Stadt. Tatjana Kropotkin lag versteckt im hintersten Teil des mit einer Plane geschlossenen Wagens. Vor ihr türmten sich Kisten auf. Als eine Arbeiter- und Soldatenpatrouille das Fahrzeug an der Stadtgrenze anhielt, sagte der Kutscher:

»Ich bringe Waffen für die Genossen in die umliegenden Dörfer! Tod den Ausbeutern!«

Mißtrauisch öffnete der Soldat die Wagenplane und warf einen Blick in die Kisten. Sie waren voller Gewehre und Munition. Der Wagen durfte passieren. In einem abgelegenenen Gutshof weit außerhalb der Stadt wurde Tatjana von einem Arzt versorgt. Ihr schönes, ebenmäßiges Gesicht war von den Schlägen der Revolutionäre entstellt, die Nase gebrochen, mehrere Zähne ausgeschlagen und das rechte Auge erblindet. Nach der Heilung der Rippenfrakturen konnte sie ihre Flucht fortsetzen. Der unbekannte Helfer aus dem Gefängnis hatte auch alles Weitere geplant. Über viele Umwege gelangte Tatjana schließlich nach Tiflis, wo sie den Fliegenden Schinken traf. Er enthüllte die Identität des Mannes, der alles für sie riskiert hatte. Nun erinnerte sich Tatjana an den jungen Grafen M. Von Kolja erfuhr sie, daß der Mann sich als Bolschewik getarnt hatte, um Standesgenossen vor dem Terror zu retten. Voller Dankbarkeit schloss sie ihn in ihr abendliches Gebet ein. Sie und Kolja schickten einen Brief nach Aicken und teilten den Reckendorffs mit, daß sie zunächst in Sicherheit seien.

Es war der 1. Juni, als das Schreiben von Kolja und Tatjana Aicken erreichte. Dort zeigten sich alle erleichtert. Von Charlottes Bruder Donatus und dessen Familie gab es hingegen immer noch kein Lebenszeichen. Auch von Bianca, der jüngsten Schwester von Moritz und Meggie, war seit mehr als einem Jahr kein Brief mehr aus Dresden eingetroffen. Korrespondenz aus dem Deutschen Reich wurde schon lange von den russischen Behörden abgefangen. Nur Nathalia aus Sewastopol hatte kürzlich noch geschrieben. Der Familie ging es zwar noch recht gut, doch ihr russischer Mann Andrej, Beamter im zaristischen Staatsdienst, schwebte nach der Abdankung des Zaren in Gefahr, ebenfalls Opfer des entfesselten Volkszorns zu werden. Schon wurden in Moskau und St. Petersburg Staatsbeamte, Verwaltungsangestellte und Mitglieder der gesamten Bürokratie verfolgt und aus ihren Ämtern getrieben. Diese Gefahr bestand auch für Andrej, sobald die revolutionären Unruhen die Schwarzmeerküste erreichten. Auf Aicken hoffte man daher inständig, daß Nathalia und Andrej

rechtzeitig handeln und ihre Familie übers Schwarze Meer in
Sicherheit bringen würden. In den Großstädten und vielen Teilen des russischen Kernlandes brach die Verwaltung zusammen.
Es gab keinen Nachschub mehr an lebenswichtigen Gütern. Und
an den Fronten wurde weiter gekämpft.

Im November desselben Jahres erreichten Terror und Gewalt
auch die Schwarzmeerküste. Seitdem fehlte von Tatjana dem Fliegenden Schinken und der Familie von Donatus Eisenstetten jede
Spur. Das große Maul der Revolution hatte sie verschlungen, wie
Millionen von Menschen, die noch folgen sollten.

★★★★

In einer finsteren Nacht erreichte Arved nach stürmischer Fahrt
auf einem alten Frachtkahn Odessa. Das Schiff fuhr unter falscher Flagge und beförderte Schmuggelgut. Wieder einmal hatte
Arved die Erfahrung gemacht, daß Geld, insbesondere amerikanische Dollar, alle Türen öffnet. Drei Tage dauerte die Fahrt
übers Schwarze Meer. Die Besatzung bestand aus zwei Levanti-
nern und dem bulgarischen Kapitän, allesamt undurchsichtige
Gestalten und wenig vertrauenswürdig. In der kleinen Kabine,
die man ihm zugewiesen hatte, schlief Arved aus Angst und Sorge
keine Nacht. Vorsichtshalber war er in die Rolle eines einfachen,
russischen Handelsvertreters geschlüpft und hatte alle Pässe - bis
auf den gefälschten russischen - vernichtet.

Im Hafen von Odessa herrschten chaotische Zustände.
Menschenmassen drängten auf die Schiffe in der Hoffnung, übers
Schwarze Meer der Anarchie im Land entfliehen zu können. Die
Schwächsten, Frauen und Kinder, wurden abgedrängt, überall
herrschten Panik und Geschrei. Auf dem Weg zum Bahnhof, wenige Stunden nach Verlassen des alten Frachtkahns, geriet Arved
in eine Hungerdemonstration. Hunderte von Arbeitern, Frauen

mit ihren Kindern und desertierten Soldaten belagerten die Verwaltungsgebäude. Seit Tagen waren keine Lebensmittel an die Bevölkerung verteilts worden, und die Wut der Menschen kannte keine Grenzen. Arved rettete sich ins Bahnhofsgebäude. Noch fuhren von Odessa Züge Richtung Norden, doch bereits jetzt herrschte in der Stadt eine Atmosphäre von Aufruhr und Gewalt. Arved war froh, als er den ersten Zug Richtung Norden bestieg.

# 82

An einem Tag Mitte Juni ritten Graf Moritz und Constantin zeitig am Morgen nach Gut Rübswald. Durch die Nachlässigkeit des Stallpersonals war der Holsteiner Zuchtbulle in der Nacht ausgebrochen. Ringsum hatte er Felder und den großen Gemüsegarten des Gutes verwüstet sowie mehrere Menschen attackiert. Nun mußte Graf Moritz entscheiden, was mit dem aggressiven Tier geschehen sollte.

Kurz nach Aufbruch von Vater und Sohn saßen Beatrice, Tante Meggie und Charlotte im Frühstückszimmer. Charlotte, die keinen Appetit verspürte, litt seit einigen Tagen unter starken Hustenanfällen und Schmerzen in der Lunge. Sie hatte bereits Blut gehustet. In der Hoffnung, daß dies vorübergehen würde, hatte sie die Familie nicht beunruhigen wollen und deshalb nichts gesagt. Als sie am Tisch saß, in ihrer typisch aufrechten, beherrschten Haltung, etwas Rührei und eine angebissene Scheibe Brot auf dem Teller, überfiel sie erneut ein heftiger Hustenanfall. Vor Schmerzen krümmte sie sich, und ehe Meggie oder Beatrice reagieren konnten, entströmte ihrem Mund ein Schwall dunkles Blut und ergoß sich über Charlottes Gedeck.

»Mama!« rief Beatrice erschrocken und sprang auf.

Zusammen mit Meggie brachte sie ihre Mutter in den Blauen Salon und bettete sie auf eine Récamière. Beruhigend sprach sie auf sie ein, während Meggie einige Kissen zurechtrückte, damit Charlottes Oberkörper gestützt würde. Beatrice wischte ihrer Mutter das Blut vom Mund. Charlottes Gesicht war totenbleich, die Augen vor Schmerzen weit aufgerissen. Zusammen mit zwei

Stubenmädchen und der Kammerzofe Sofia kam Butler Johann herbeigeeilt. Inzwischen hatte Charlotte erneut Blut gespuckt. Während Beatrice und die anderen Frauen sich um die Kranke kümmerten, rannte Meggie zum Telefon. Doch die Leitung war tot. Dann lief sie in den Schlosshof.

»Gulbe!« rief sie gellend. Sogleich kam der Stallmeister aus einem der Ställe.

»Die Gräfin hat einen Blutsturz. Lassen sie sofort anspannen und geben Sie Willuk Bescheid! Ich muß nach Wolmar und Dr. Landmann holen. Und schicken Sie einen der Stallburschen nach Rübswald, mein Bruder soll sofort zurückkommen!«

»Lieber Himmel, was ist passiert, Exzellenz?«

»Stellen Sie keine Fragen, tun Sie einfach, was ich sage!« erwiderte Meggie. *Warum mußte Moritz ausgerechnet heute nach Rübswald reiten?* dachte sie voller Sorge, während sie ins Haus zurück eilte. Sie wußte, daß ihre Schwägerin in höchster Gefahr schwebte.

Im Blauen Salon war Charlottes Anfall inzwischen abgeklungen. Matt und röchelnd lag sie da, und niemand wußte so recht, was zu tun war.

»Ich fahre mit Willuk und hole Dr. Landmann,« sagte Meggie.

»Kann Willuk das nicht allein übenehmen?« meinte Beatrice. Meggie spürte, daß ihre Nichte in dieser Situation ungern allein die Verantwortung für die kranke Mutter übernehmen wollte.

»Nein, ich muß selbst den Arzt benachrichtigen. Bevor ich Willuk alles erkläre, bin ich schon auf halbem Weg.« Sie wies die Kammerzofe Sofia an, Sommermantel und Hut zu holen.

»Du schaffst das allein, Bea. Viel tun kann man ohne den Arzt ohnehin nicht. Sieh zu, daß sie aufrecht sitzt und ihr Kopf nicht nach hinten sinkt. Deine Mutter könnte sonst an einem Blutschwall ersticken.«

Hastig, mit bleicher Miene und Tränen in den Augen, nickte Beatrice. Kurz darauf lenkte Kutscher Willuk den einspännigen Jagdwagen in rasendem Tempo Richtung Wolmar.

Es war ein heißer, friedvoller Sommertag.

✳✳✳✳

So friedvoll und voller Sommerwärme, daß Arveds Herz jubilierte, als er vom Feldweg in die Eichenallee einbog und das Schloss erblickte. Zum ersten Mal seit mehr als achtzehn Monaten! Strahlend weiß schimmerte die klassizistische Fassade des Anwesens mit der überdachten Säulenauffahrt. Vom Turm wehten die livländische Flagge und die Fahne mit dem Reckendorff'schen Wappen. Symbole für die Ewigkeit, sollte man meinen. Unvorstellbar, daß der Sturm der Geschichte auch Aicken mit in den Abgrund reißen könnte! Nicht daran denken, heute nicht, am Tag der Rückkehr ... Endlich, endlich zurück in der Heimat! Der Geruch des Sommers; das Schattenspiel im Blätterdach der alten Eichen; das Konzert der Sommervögel ... Mit klopfendem Herzen gab Arved dem Pferd die Schenkel.

Wenig später erreichte er den Schlosshof. Stallmeister Gulbe, der soeben zurück in den Stall wollte, blieb Sekunden lang der Mund offen stehen, als er den Reiter erkannte. Der blonde Vollbart hatte Arveds Äußeres verändert, und die zusammengewürfelte Kleidung wirkte befremdlich.

»Herr Baron!« rief Gulbe jetzt und verbeugte sich hastig. »Willkommen zurück! Sie schickt der Himmel im rechten Moment!« Selten hatte Arved den Stallmeister so in Aufregung gesehen.

»Ist irgendetwas passiert, Gulbe?«

»Nun ja, Herr Baron. Ihre Exzellenz, die Frau Gräfin, ist schwer erkrankt. Die Comtesse holt mit Willuk gerade den Arzt.«

420

»Comtesse Beatrice?« fragte Arved rasch.

»Nein, die Schwester von Exzellenz.«

Arved stürmte ins Haus.

Die Kammerzofe Sofia, die soeben vom Blauen Salon durch die Halle eilte, stieß einen kleinen Schrei aus, als sie Arved erblickte. Sie blieb wie angewurzelt stehen. Der Schrei war bis in den Blauen Salon zu hören, und Butler Johann erschien im Türrahmen.

»Gnädiger Herr!« rief er laut, seine stets distinguierte Art einen Moment mißachtend. Arved nickte flüchtig und ging weiter.

Beatrice beugte sich über ihre Mutter und tupfte ihr die Stirn ab.

»Oh, Papa! Gott sei Dank! Endlich seid ihr zurück,« sagte sie erleichtert und drehte erst jetzt den Kopf.

Mit wenigen Schritten war Arved bei ihr und umfaßte ihre Schultern. Unfähig, auch nur ein Wort zu sagen, starrte Beatrice ihn an. Konnte es wahr sein? Ungläubig schüttelte sie den Kopf. Sie stieß einen Seufzer der Erleichterung aus, und ihr Gesichtsausdruck wurde für einen Moment weich und entspannt. Arved sah ihre vollen, halb geöffneten Lippen und das tiefe Blau ihrer Augen. Von seinen Gefühlen überwältigt, brachte auch er zunächst kein Wort hervor. Dann ging sein Blick zu Charlotte.

»Was ist mit ihr?« flüsterte er.

In wenigen Worten erzählte Beatrice ihm, was geschehen war. Dann nahm sie Arveds Hand und drückte sie fest. Tränen standen in ihren Augen, und ihr Mund hatte sich schmerzlich verzogen. Gern hätte sie sich in Arveds Arme fallen lassen, nach so langer Zeit endlich seine Liebkosungen gespürt. Doch der lebensbedrohliche Zustand ihrer Mutter verbot solche Gedanken. Arved erging es ähnlich. So begnügte er sich, Beatrice nur einen Kuß auf die Stirn zu hauchen, um sich gleich darauf der Kranken zuzuwenden.

»Ich bin wieder da, Tante Charlotte,« sagte er leise »Kannst du mich hören?« Sanft berührte er ihren Arm.

Charlotte wandte den Kopf, verharrte einen Moment, dann huschte ein gebrochenes Lächeln über ihre Lippen.

»Arved,« flüsterte sie. »Dem Himmel sei …« Heftig begann sie zu husten. Das rasselnde Geräusch tief in der Brust klang bedrohlich. Sogleich hielt Beatrice ihr die Blechschüssel hin, doch diesmal kam kein Blut.

»Papa und Constantin müßten jeden Augenblick zurück sein,« sagte Beatrice. »Aber Tante Meggie und der Arzt werden noch eine Weile brauchen. So lange muß sie durchhalten!« Beschwörend drückte sie erneut Arveds Hand. Dann straffte sie ihre Gestalt. Sie wandte sich an den Butler, der im Türrahmen stand.

»Lassen Sie einen kräftigen Imbiß vorbereiten, Johann. Ein, zwei Gläschen Schnaps könnten auch nicht schaden. Ich bin sicher, daß Baron Arved nach all den Strapazen einen Bärenhunger hat!«

Jetzt lächelte auch Arved. Erneut durchströmte ihn ein inniges Gefühl von Liebe und Verbundenheit. So war sie, seine Beatrice! Fürsorglich und tatkräftig, zupackend und jeder Situation gewachsen. In ihrem Blick hatte er all ihre Liebe für ihn gelesen, deretwegen sich die mühsame und gefährliche Flucht vom Ende der Welt gelohnt hatte.

Als der Butler den Imbiß servierte, trafen Graf Moritz und Constantin ein. Beide zeigten sich froh und dankbar über Arveds geglückte Heimkehr. Doch zunächst stand die Sorge um die Ehefrau und Mutter im Vordergrund. Die Familie wich nicht von ihrer Seite.

# 83

Es geschah etwa vier Werst von Aicken entfernt. Plötzlich wurden Meggie und Willuk von einer Gruppe Männer umzingelt, die im Karolswald hinter Bäumen und Büschen auftauchten. Zwei verwegen aussehende Kerle stellten sich mitten auf den Weg, sodaß das Pferd scheute und hochstieg. Sofort griff einer von ihnen nach den Zügeln, und die schnelle Fahrt hatte ein jähes Ende. Meggie wurde vom Sitz nach vorn geschleudert und verlor einen Moment das Gleichgewicht. Doch sofort erfaßte sie die Situation.

Nun waren sie gekommen, bewaffnet mit Gewehren, einige mit Mistgabeln und Spitzhacken, eine Meute von etwa dreißig Männern, jungen und alten. Obgleich Meggie wußte, daß sie und Willuk in höchster Gefahr schwebten, reagierte sie rasch und beherzt.

»Was wollt ihr?« fragte sie betont ruhig und richtete sich im Wagen auf. Als Antwort ertönte höhnisches Gelächter; zotige Flüche und wüste Beschimpfungen wurden ausgestoßen. Meggie gefror das Blut in den Adern. Dennoch versuchte sie, die Ruhe zu bewahren.

»Macht den Weg frei! Wir müssen nach Wolmar, auf Aicken wird dringend der Arzt gebraucht!«

Mit Geschrei und Gejohle kletterten die ersten Männer auf den Wagen. Während Willuk wild mit der Peitsche auf die Angreifer einschlug und gleichzeitig vergeblich versuchte, die Pferde anzutreiben, griff Meggie nach der Jagdflinte, die unter dem Sitz lag. Doch ein Faustschlag traf sie, und sie taumelte zurück auf

423

den Sitz. Verdreckte und übel riechende Gestalten beugten sich über sie, rissen ihren Hut vom Kopf und schleuderten ihn weg. Ein älterer Mann, den Meggie als einen der Bewohner von Dorf Aicken zu erkennen glaubte, stand neben dem Wagen, johlte und feuerte seine Genossen an. Ein anderer zerrte an Meggies Mantel, bis die Knöpfe absprangen. Gelähmt vor Panik und Todesangst gelang es Meggie nicht, sich zu wehren. Ihr Blick irrte umher und blieb plötzlich an dem Gesicht eines jüngeren Mannes hängen, der außerhalb des Wagens stand und dem Treiben ungerührt zusah. Es durchfuhr Meggie wie ein Blitz.

»Iwan!!!« rief sie gellend auf Russisch. »Hilf mir, Iwan, Hilfe!!!«

Irritiert blickte der junge Mann sie an.

»Ich heiße Nikolai, nicht Iwan,« erwiderte er feindselig und wollte sich wegdrehen.

»Ich erkenne dich! Du bist Iwan Solgin aus Sewastopol! Letzten Sommer war ich bei euch in der Tischlerei, ich war bei deiner Mutter, Galina Petrowskaja Solgin! Doch sie ist deine Adoptivmutter, *ich* bin deine leibliche Mutter!«

Vollkommen perplex starrte Iwan sie an. Die Männer, die einen Moment innegehalten hatten, zerrten Meggie nun an den Haaren und zerfetzten ihren Sommermantel.

»Geboren bist du am 12. Mai 82!« schrie Meggie mit letzter Kraft und sich überschlagender Stimme. Sie spürte, wie ihr das Blut aus der Nase schoß und die Männer ihr die Kleidung vom Leib rissen.

»Moment!« rief Nikolai im Befehlston und hob die Hand. »Wartet mal!« Er schob die Männer, die dem Wagen am nächsten standen, beiseite. »Aufhören! Erst soll sie mir sagen, woher sie das alles weiß?«

Unwillig ließen die Angreifer von Meggie ab. Sie war inzwischen übel zugerichtet worden. Die Haare zerzaust, Blut im

Gesicht. Arme und Oberkörper beinahe völlig entblößt, bedeckte sie sich notdürftig mit den Händen.

»Glaub ihr kein Wort, Nikolai!« schrie der ältere Mann aus Dorf Aicken. »Mit diesem miesen Trick versucht sie nur, Zeit zu gewinnen. Elendes Blutsaugerpack! Keiner von denen darf verschont werden!«

Ehe Nikolai reagieren konnte, hob der Mann sein Gewehr und schoß Meggie direkt die Brust. Augenblicklich brach sie zusammen. Mit einem wütenden Schrei stürzte sich Nikolai auf den Schützen und brüllte ihn an.

»Ich hatte gesagt, aufhören! Das hat auch für dich gegolten!« Brutal stieß er den Mann zu Boden und versetzte ihm einen Tritt.

Die allgemeine Verwirrung nutzend, schlug Kutscher Willuk nun mit aller Kraft auf das Pferd ein. Der Gaul stieß das Maul nach oben, und die Zügel glitten aus der Hand des Bewachers. Durch den plötzlichen Ruck wurde Meggie aus dem Wagen geschleudert. Beim Angaloppieren des Pferdes verloren die Männer auf dem Wagen zunächst das Gleichgewicht, dann sprangen sie ab. In rasendem Tempo suchte Willuk das Weite. Niemand konnte ihn aufhalten, denn schon war das Gespann um die nächste Wegbiegung verschwunden.

Rücklings lag Meggie auf dem Waldweg und röchelte. Sie blutete stark. Unter großen Mühen öffnete sie noch einmal die Augen. Doch ihr Blick fand nicht, was er suchte.

»Iwan ...« hauchte sie. Ihre letzten Gedanken galten ihrem Sohn, dem Anführer der Mordbande. Er sah genau so aus wie auf der Fotografie, die Galina Petrowskaja ihr geschenkt hatte. Statt der Rekrutenuniform trug er nun einfache Bauernkleidung. Seine dunklen Haare waren ungeschnitten, der Oberlippenbart ungepflegt. Doch unter Tausenden von Menschen hätte sie ihn erkannt. Daß es auf diese Weise geschehen würde, überstieg ihr Vorstellungsvermögen. Ein letztes Mal flüsterte sie seinen Namen.

Doch Iwan, der sich jetzt Nikolai nannte und seit Jahren im Untergrund kämpfte, hörte sie nicht. Immer noch schien er verwirrt und seltsam berührt. Doch wie eine lästige Plage schüttelte er die Worte dieser unbekannten Frau ab. Die Revolution kennt keine Gnade, keine Sentimentalitäten und keine Schwäche. Die Person, die sein Genosse befehlswidrig erschossen hatte, gehörte der verhaßten Klasse an. Jännis und Päkka kannten dieses Grafenpack nur zu gut! Wer weiß, woher diese Frau Informationen über seine wahre Identität bekommen hatte?! Alle, die jetzt zur Rechenschaft gezogen wurden, griffen nach jedem Strohhalm und scheuten vor keiner Lüge zurück, um ihr Leben zu retten. Und doch blieb ein winziger Zweifel. Er verschwand sogleich, denn jetzt erreichten Sergej, Jännis und Päkka mit weiteren Männern die Gruppe. Als Sergej die tote Meggie sah, blieb er wie versteinert stehen.

»Wer war das? Wer hat geschossen?« fragte er mit eisiger Stimme.

»Er war's,« erwiderte Nikolai und zeigte auf den Mann aus Aicken. »Es war gegen meinen ausdrücklichen Befehl.«

Ohne ein Wort zu sagen ging Sergej auf den Todesschützen zu. Er entsicherte seine Pistole und liequidierte den Mann mit einem Kopfschuß.

Totenstille. Nur der Schrei eines Eichelhähers war von der nahen Lichtung her zu hören.

»Eine Warnung an euch alle,« sagte Sergej und steckte den Revolver weg. »Keine Toten, wenn es nicht unbedingt nötig ist. Und hier war es sicher nicht nötig! Wir sind keine Barbaren, die Frauen und Kinder umbringen!!!« Er hob die Hand. »Ich bleibe mit Maris und Uldis hier, wir begraben die Toten und kommen später nach. Ihr anderen brecht sofort auf. Jännis, du übernimmst jetzt an Nikolais Stelle das Kommando!«

Die Gruppe setzte sich in Marsch. Es waren beinahe hundert Männer, die als ungeordneter Haufen weiter zogen.

Während die Genossen Maris und Uldis zur nahe gelegenen Lichtung gingen, um zwei Gräber auszuheben, sank Sergej neben der toten Meggie auf die Knie. Weit in eine unbekannte Ferne schien ihr Blick gerichtet. Aus der Schußwunde sickerte noch immer Blut und färbte das Weiß ihrer entblößten Haut in ein tiefes Rot.

»Verzeih mir, Liebste, bitte verzeih mir ...« Seine Strimme brach. Er beugte sich über die Frau, die er einmal geliebt und die ihn vor nicht langer Zeit, als er als falscher Sanitäter nach Aicken gekommen war, zurückgestoßen hatte. Mit bebenden Lippen küßte er ihre Stirn und schloss ihr die Augen. Tränen strömten über sein Gesicht, doch er spürte es nicht.

# 84

Im Blauen Salon auf Schloss Aicken wartete die Familie voller Anspannung auf die Ankunft des Arztes. Nach einem weiteren, schweren Hustenanfall mit blutigem Auswurf war Gräfin Charlotte vor einer Viertelstunde auf der Récamière eingenickt. Während Beatrice, gemeinsam mit den Zofen Sofia und Lilija, bei ihrer Mutter Wache hielt, führten Graf Moritz und Arved in der Bibliothek ein Gespräch. In groben Zügen schilderte Arved die Umstände seiner willkürlichen Verhaftung, die Stationen seiner Flucht und die Ereignisse in Odessa. Schweigend hörte Moritz zu. Dann sagte er:

»Gott sei es gedankt, daß du zurückkommen konntest! Hier wird die Situation immer bedrohlicher.«

»Ich will dich nicht beunruhigen, Onkel Moritz,« fuhr Arved zögernd fort. »Aber auf dem Weg nach Aicken, ganz in der Nähe von Schloss Silkau, hab ich die Reste eines Infanterie-Regiments gesehen, Deserteure vermutlich. Sie ziehen direkt zum Schloss. Die Familie dort ist in höchster Gefahr!«

»Schrecklich, wenn es so wäre,« erwiderte Moritz. »Ich weiß, was du denkst, Arved. Aber wir können ihnen nicht zu Hilfe kommen. Charlotte schwebt in Lebensgefahr, und jeder von uns wird hier gebraucht. Wer weiß, was noch kommt.«

»Du hast Recht, Onkel Moritz. Darf ich fragen, welche Vorkehrungen du für Aicken getroffen hast?«

Moritz blickte seinen Ziehsohn nur kurz an, antwortete jedoch nicht. Stattdessen zog er seine Taschenuhr hervor.

»Ich frage mich, wo sie bleiben? Seit zwei Stunden ist Meggie nun unterwegs!«

»Vielleicht war Dr. Landmann nicht anzutreffen, und sie mußten auf ihn warten?«

Skeptisch schüttelte Moritz den Kopf. Von Minute zu Minute
wurde er unruhiger.

»Exzellenz, Exzellenz!« Eine gellende Stimme ließ die beiden
Männer in der Bibliothek aufhorchen. Rasch öffnete Moritz die
Tür. Aus der Halle kam Kutscher Willuk angerannt. Weiß im Ge-
sicht, die Augen schreckensstarr geöffnet, konnte er die folgenden
Worte nur stammeln.

»Sie, sie haben ... uns auf dem Hinweg am ... Karolswald ...
aufgelauert. Den Wagen gestoppt. Und ...und die gnädige ...
Comtesse ...« Er hielt inne und schlug die Hände vors Gesicht.
Hart packte Moritz den Mann an der Schulter und schüttelte ihn.

»Was ist mit meiner Schwester??!!«

»Erschossen! Sie war sofort tot.« Hilflos schnappte Willuk
nach Luft. »Es war Carl Kaitis, der Buschwächter aus dem Dorf.
Ich konnte es nicht verhindern. Sie marschieren nach Aicken,
Exzellenz!«

Moritz war wie vor den Kopf geschlagen. Seine Schwester ermordet, und auf Hilfe für seine Frau durch Dr. Landmann konnte
man nicht mehr zählen. Das Forststück Karolswald befand sich
vier Werst von Aicken entfernt. Wie lange brauchte der Mob, bis
er hier auftauchen würde? Alles drehte sich in seinem Kopf. Doch
er mußte ruhig Blut bewahren.

»Wie viele sind es?«

»Etwa vierzig, fünfzig Mann, schätze ich. Doch als ich entkommen konnte, habe ich in der Ferne noch weitere Leute gesehen, die sicher zu den anderen dazustoßen wollen. Sehr viele,
Exzellenz.«

»War sonst noch jemand dabei, den Sie kannten, Willuk?«
fragte Arved, der so schockiert war, daß er bisher kein Wort hervor gebracht hatte.

»Nein. Es ging alles so schnell. Aber den Mörder hab ich genau gesehen, es war Kaitis.«

»Wir müssen sofort Vorbereitungen treffen, Arved.« Graf Moritz klang jetzt entschlossen. »Du gehst mit Willuk, und ihr trommelt alle Männer zusammen. Stall- und Hofpersonal, Gulbe, Verwalter Schröder, die Hausdiener. Alle versammeln sich in der Halle, auch die Frauen. Das soll Johann veranlassen. Ich informiere die Familie.«

Während Arved und Willuk im Laufschritt die Bibliothek verließen, eilte Moritz in den Blauen Salon und warf einen besorgten Blick auf seine Frau.

»Wie geht es ihr?«

Beatrice, durch den Lärm in der Halle beunruhigt, erhob sich rasch.

»Sie schläft immer noch. Was war da draußen los, Papa?«

»Tante Meggie hat es nicht bis Wolmar geschafft. Unterwegs wurden sie überfallen und …« Verzweifelt stöhnte er. »Sie ist tot. Willuk konnte entkommen.«

Beatrice sank zurück auf den Rand des Kanapées. Sie zitterte am ganzen Körper.

»Weck deine Mutter und bring sie in ihr Schlafzimmer. Sofia und Lilija helfen dir dabei.«

Er senkte seine Stimme.

»Wir sind in großer Gefahr. Eine Gruppe Aufständischer ist auf dem Weg hierher. Bring es deiner Mutter schonend bei, sie darf sich nicht aufregen! Schick Lilija und Sofia dann zurück in die Halle.«

Ein Schwindel ergriff von Beatrice Besitz, als Charlotte in ihrem Schlafzimmer gebettet war und die Zofen den Raum verlassen hatten. Daß ausgerechnet Tante Meggie ermordet worden war, schien wie eine böse Ironie des Schicksal! Sie, die sich stets vehement gegen die Ausbeutung der einheimischen Bevölkerung ausgesprochen hatte, war nun deren Opfer geworden. Von der schweren Bürde der Geschehnisse fühlte Beatrice sich erdrückt. Es war zuviel. Zuviel des Schrecklichen, das sie plötzlich verkraften mußte. Doch sie durfte jetzt nicht an sich denken. Sie nahm die Hand ihrer Mutter und sagte mit ruhiger Stimme, daß Dr. Landmann nicht kommen würde. Diese Nachricht nahm Charlotte resigniert hin. Der matte, schmerzliche Blick zeugte von dem bedrohlichen Zustand der Kranken. Einer Ahnung folgend beugte sie sich hoch.

»Wo ist Margarethe?« fragte sie mit leiser Stimme.

Beatrice mußte ihr die Wahrheit sagen. Als Charlotte von dem Überfall und Meggies Ermordung hörte, brach sie in Tränen aus.

»Ich habe geahnt, daß es irgendwann zu spät sein würde,« flüsterte Charlotte unter Tränen. »Dein Vater hätte schon längst Maßnahmen ergreifen müssen. Und Meggie ...mein Gott, wie entsetzlich!« Heftiger Husten erstickte ihre Worte.

»Ja, es ist grausam! Ich kann es noch gar nicht fassen ... Aber bleib ruhig, Mama, Papa kümmert sich um alles. Und zum Glück ist Arved wieder da.«

Charlotte nickte und drehte ihren Kopf zum Fenster. Welch herrlicher Tag, mit makellos blauem Himmel, dem Sommerhimmel ... Ein dunkler Schatten durchschnitt das Sonnenlicht, und eine Krähe ließ sich auf der Fensterbank nieder. Aufmerksam blickte sie ins Zimmer.

Charlotte schreckte zurück.

»Die Prophezeihung!« stammelte sie kaum hörbar.

Beatrice beugte sich vor.

»Was hast du gesagt, Mama?«

»Der schwarzer Vogel! *Wenn er sich in Ihrer Nähe niederläßt, bringt er Unglück und großes Sterben ...*«

Beatrice hatte nur Bruchstücke verstanden.

»Welcher Vogel, Mama?«

»Die Zigeunerin, damals in Monte Carlo …Sie hatte Recht!«

Verständnislos schüttelte Beatrice den Kopf. Die wirren Worte ihrer Mutter erklärte sie sich durch deren Zustand. Ihr Gesicht war inzwischen gerötet, und Beatrice legte die Hand auf ihre Stirn.

»Wir messen gleich Fieber, Mama. Mach dir keine Sorgen, es wird alles gut. Arved und Papa werden das Richtige veranlassen.«

Qualvoll verzog Charlotte ihr Gesicht und blickte noch einmal zum Fenster. Die Krähe war verschwunden. Beatrice hatte den Vogel gar nicht bemerkt.

✳✳✳✳

Im Beisein von Constantin und Arved schilderte Graf Moritz in einer kurzen Ansprache vor den Bediensteten die Situation. An alle Männer würden Waffen verteilt werden. Ein Stallbursche sollte auf der Turmplattform auf Beobachtungsposten gehen und Alarm schlagen, sobald sich Menschen dem Schloss näherten. Zum Schluß sagte Moritz:

»Ich kann verstehen, wenn einige von euch nicht hierbleiben und ihr Leben riskieren wollen. Diejenigen sollten jetzt gehen und sich in Sicherheit bringen.«

Fragend blickte er in die Runde. Niemand von den Männern hob die Hand.

»Was ist mit den Frauen?«

Zaghaft gingen drei Arme nach oben. Die böhmische Köchin Anna, das Stubenmädchen Lisa und die Zofe Lilija blickten verlegen zu Boden.

»Gut, das ist in Ordnung! Seht zu, daß ihr eure Sachen packt und Aicken sofort verlaßt. Den anderen danke ich für ihre Treue. Möge Gott es euch vergelten und euch beschützen!«

Er gab Constantin einen Wink. Beide gingen ins Jagdzimmer,

um Waffen und Munition aus dem Gewehrschrank zu holen. Die beiden Jagdhunde Othello und Jago trotteten hinterher. Moritz beugte sich zu ihnen, strich beruhigend über ihr kurzes Fell und ging dann rasch weiter. Wenig später hatten sich alle Frauen in der Küche im Souterrain versammelt und harrten dort der Dinge. Die Männer bezogen ihre Posten. Arved begab sich ins obere Stockwerk in die Nähe von Charlottes Boudoir. Er klopfte und steckte seinen Kopf ins Zimmer. Charlotte war wieder eingeschlafen.

Beatrice stürzte auf ihn zu. Sie fielen sich in die Arme und hielten einander so fest, als wollten sie sich nie wieder loslassen. Die Wiedersehensfreude wurde überlagert von der Gefahr, die ihnen jetzt drohte. Dennoch – Arved war zurückgekommen und sie würden die kommenden Ereignisse gemeinsam durchstehen. Zum Schluß küßten sie sich zum ersten Mal wie zwei Liebende. Beatrice flossen Tränen über die Wangen. Wortlos gingen sie auseinander, jeweils bestrebt, den anderen nicht mit der eigenen Furcht und Besorgnis zu belasten. Sie wußten ohnehin, daß sie in dieser Schicksalsstunde einander bedingungslos vertrauen konnten. Beatrice setzte sich zu ihrer schlafenden Mutter, während Arved unruhig auf der Galerie hin und her lief und von Zeit zu Zeit durch die Fenster spähte. Wenig später kam die Kammerzofe Sofia, um Beatrice am Krankenbett abzulösen.


Constantin hatte die letzten Stunden wie ein böses Déjà-Vu erlebt. Die Silvesternacht 1916, als Blankenburg überfallen und Graf Helmer und dessen Sohn ermordet wurden ... Da war Onkle Kolja noch mit dabei, inzwischen mußte er aus St. Petersburg in den Kaukasus fliehen. Drohte der Familie auf Aicken dasselbe Schicksal wie den Helmers in jener Silvesternacht? Wie nie zuvor in seinem Leben hatte Constantin Angst vor den kommenden Stunden. Einsam und verloren fühlte er sich, bedroht von Ereignissen, die unweigerlich bevorstanden und von denen niemand wußte, was sie bringen würden. Er dachte an Maria. Wo mochte sie sein? Lebte sie überhaupt noch? Alles war ungewiß. Vergangenheit, Gegenwart und Zukunft verschmolzen zu einem dichten Nebel, in dem Constantin sich zu verlieren glaubte. Bei dem Gedanken, daß er in den nächsten Stunden sein Leben lassen und Maria nie wiedersehen könnte, ballte er die Fäuste, um nicht loszuheulen. Doch er durfte keine Schwäche zeigen. Die Familie verließ sich auf ihn, den bald achtzehnjährigen starken jungen Mann und geübten Schützen. Er war der Sohn des Hauses, der Erbe, auch wenn er dieses vermutlich nie würde antreten kön-nen. Dennoch mußte er sich des Vertrauens würdig erweisen, das sein Vater und die anderen in ihn setzten. Kämpfen, wenn es so kommen sollte. Eltern und Schwester verteidigen; sich den Banditen entgegenstellen, den Tod in Kauf nehmen. Feigheit und Schwäche überwinden. Constantin war unsicher, ob er diesen Mut aufbringen würde. Doch er wünschte es sich mit aller Macht.

# 85

Als Jännis Simberg im flirrenden Licht der Nachmittagssonne in der Ferne Schloss Aicken erblickte, verspürte er ein wildes Gefühl des Triumphes. Nun würde es nicht mehr lange dauern, bis die Rache vollendet wäre. Er und seine Genossen hatten alles zu gewinnen, die Ausbeuter alles zu verlieren. So sollte es sein.

Wie oft hatte er sich diesen Augenblick herbei gesehnt! An der Spitze seiner Genossen den Feind auf dessen eigenem Terrain angreifen und vernichten. Mit dem arroganten Eisenstetten war der Anfang gemacht, wenn auch unter anderen Umständen. Die Schwester des Grafen, diese alte Jungfer, war Nummer zwei gewesen. Im Gegensatz zu Sergej fand Jännis es richtig, daß der ehemalige Waldhüter Kaitis dieses Parasitenweib kurz und bündig über den Haufen geschossen hatte. Ja, Genosse Kaitis hatte gegen den Befehl gehandelt, denn Sergejs Anweisungen an Nikolai, wie mit den Bewohnern auf Aicken zu verfahren sei, waren eindeutig gewesen. Nun, das würde man vielleicht nicht mehr so eng sehen. Sergej war immer noch nicht zu ihnen gestoßen, und Jännis hatte jetzt die Befehlsgewalt. Glänzender Laune und in gespannter Erwartung dessen, was demnächst geschehen würde, zündete er sich eine ägyptische Zigarette an. Sie stammte noch aus dem Vorrat dieses dreckigen Eisenstetten, den er in Riga geschnappt hatte.

Mit Karabinern bewaffnet marschierten Jännis, Päkka und Nikolai in forderster Front, Immer wieder hatte der ehemalige Stallbursche Päkka den Genossen geschildert, welche Reichtümer diese Grafensippe über Jahrhunderte angehäuft hatte. Auf dem Rücken des einfachen Volkes! Jetzt galt es, sich das zu nehmen, was ihnen allen von Rechts wegen zustand. Dummerweise hatte Willuk entkommen können! Das hätte nicht passieren dürfen, denn nun war das Überraschungsmoment dahin. Ursprünglich hatten Sergej und Jännis den Überfall auf Aicken für die kommende Nacht geplant. Doch nun war man dort gewarnt, und es mußte sofort gehandelt werden. Sie waren viele, gut bewaffnet und zu allem entschlossen. Schon jetzt konnte Jännis es kaum erwarten, dem hochmütigen Grafen zu zeigen, was die Stunde geschlagen hatte.

Es war ein heißer Tag, und alle waren von dem langen Fußmarsch erschöpft. Als sie jetzt über die Eichenallee gingen, bot das Blätterdach der Bäume schützenden Schatten.

Wo Sergej nur blieb?

****

Arved stand bewegungslos an einem Fenster im ersten Stock. Mit dem Jagdglas suchte er das Gelände um die Eichenalle ab. Eine Staubwolke kündigte eine große Menschenmenge an. Von fern waren das dumpfe Geräusch vieler Schritte und Stimmengewirr zu hören. Über die Galerie und die Freitreppe rannte Arved nach unten. Auch der Stallbursche auf dem Aussichtsturm hatte die Aufständischen entdeckt und erstattete Graf Moritz soeben Bericht.

»Es sind viele, Exzellenz!«

»Ja,« fügte Arved hinzu. »Mehr als ich gedacht hatte.«

»Der Teufel soll mich holen, wenn uns das abschreckt!« sagte Moritz grimmig. »Du bleibst oben, Arved. Nimm Schröder mit! Ihr habt gutes Schußfeld, wenn sie da sind. Wir machen es so, wie besprochen. Ich gebe das Signal!«

Mit Willuk und Constantin bezog er jetzt Posten in der Bibliothek, durch deren Fenster man die Eichenallee genau im Blick hatte. Kurze Zeit später verließen die Ankömmlinge die Allee und verteilten sich auf dem weitläufigen Rasen vor dem Schloss. Graf Moritz zählte an die hundert Mann. *Wie sollen wir einer solchen Meute standhalten?* dachte er. Doch gleichzeitig war er entschlossen, Aicken bis zum letzten Blutstropfen zu verteidigen.

Nachdem Arved Beatrice von der Ankunft der Angreifer berichtet hatte, verließ diese mit ihm zusammen das Boudoir ihrer Mutter. Die Kammerzofe Sofia würde sich um sie kümmern, ansonsten konnte man nur für sie beten. Charlotte hatte leichtes Fieber und schlief die ganze Zeit.

Im Gürtel von Beatrices langärmeligem Sommerkleid steckte ihr kleiner Revolver. Wenn es hart auf hart käme, hätte sie keine Chance gegen eine Übermacht. Doch gänzlich wehrlos wollte sie nicht sein. Arved und sie spähten aus dem Fenster.

»Was machen die denn?« fragte Arved und runzelte die Stirn. »Die lagern auf dem Rasen, als wären sie zu einem Picknick gekommen!« Kopfschüttelnd sah er Beatrice an. Diese blickte jetzt durch das Jagdglas. Sorgfältig betrachtete sie die Gesichter der Männer. Es war ein wild zusammengewürfelter Haufen. Einige trugen Gewehre, andere Mistgabeln und Spitzhacken.

»Sie sind in Schußweite,« fuhr Arved fort. »Was haben sie vor?« Rasch stand er auf und lief hinunter in die Bibliothek. Die Männer dort zeigten sich ebenso erstaunt wie er.

»Warten wir's ab,« meinte Graf Moritz. »Zermürbungstaktik, schätze ich. Oder sie wollen uns provozieren, den ersten Schuß abzugeben. Wie auch immer – wir warten, ob sie näher kommen.«

Arved eilte zurück zu Beatrice, die immer noch durch das Jagdglas blickte.

»Ich sehe Simberg und Päkka,« sagte sie. »Sie unterhalten sich lebhaft. Jetzt stehen sie auf und kommen näher!«

Ein Johlen und Schreien war zu vernehmen, in den Gesichtern der Männer stand wilde Entschlossenheit. Aus dem Erdgeschoß erklang der schrille Ton einer Trillerpfeife. Das Signal! Arved öffnete das Fenster einen Spalt und legte das Gewehr an. Verwalter Schröder, der einige Schritt entfernt an einem anderen Fenster stand, tat es ihm gleich. Aus dem Schloss wurden mehrere Schüsse auf die Angreifer abgefeuert. Zwei von ihnen fielen zu Boden, die anderen wichen zurück.

Jännis Simberg riß seinen Karabiner in Stellung.

»Noch nicht!« rief Sergej in diesem Moment. »Keiner schießt! Wir machen es wie besprochen, wir verhandeln erst einmal. Leg deine Waffe weg, Jännis, und geh langsam auf den Eingang zu. Die da drinnen sehen das und werden nicht schießen.«

Widerwillig gehorchte Jännis. Warum? Wieso zögerte Sergej, die Sache hier rasch zu Ende zu bringen? So kannte Jännis ihn nicht. Üblicherweise war er unerbittlich in der Verfolgung von Konterrevolutionären und Ausbeutern. Jännis wagte es nicht, gegen Sergejs Befehl zu verstoßen. Ärgerlich warf er seinen Karabiner auf den Rasen und ging wütend Richtung Schlosseingang.

»Was will der Kerl?« Graf Moritz hob sein Gewehr. »Egal, die einzige Antwort ist eine Kugel!«

»Warte, Papa!« erwiderte Constantin rasch. »Er ist allein und unbewaffnet.«

»Wer sagt das? Sei nicht so naiv, Junge! Er könnte eine Pistole unter dem Hemd tragen!!«

Aus dem ersten Stock eilten Arved und Beatrice in die Bibliothek.

»Ich glaube, die wollen verhandeln, Papa,« stieß Beatrice hervor.

»Wieso bist du nicht bei deiner Mutter?«

»Sie schläft die ganze Zeit. Sofia ist bei ihr.«

Unwillig schüttelte ihr Vater den Kopf, konzentrierte sich jedoch sogleich wieder auf Simberg, der die Eingangsstufen emporging und dann in kurzer Entfernung von der Tür stehen blieb.

Moritz stürmte in die Halle, die anderen folgten nach. »Was willst du, Simberg?« brüllte Moritz.

»Mit euch reden!« erklang es hinter der Tür. »Es muß kein Blut fließen!«

»Ich verhandle nicht mit Banditen!«

Beschwichtigend legte Beatrice ihre Hand auf den Arm des Vaters. Unwillig schüttelte er sie ab.

»Verschwindet auf der Stelle, oder wir schießen!«

»Ihr habt keine Chance. Ergebt euch. Wir versprechen euch freien Abzug!«

»Hör ihn doch an, Papa!« flüsterte Beatrice beschwörend.

»Ja,« pflichtete Constantin ihr bei. »Er ist ja allein. Viel ausrichten kann er nicht, wenn du die Tür öffnest und kurz mit ihm sprichst.«

»Den Teufel werde ich!«

Beatrice schüttelte den Kopf und tauschte einen bangen Blick mit ihrem Bruder und Arved. Warum mußte ihr Vater bloß so halsstarrig sein? Erneut rief Moritz:

»Zuerst liefert ihr Kaitis aus, den Mörder meiner Schwester. Erst dann überlege ich mir, ob ich überhaupt mit dir weiterrede.«

»Kaitis hat gegen den Befehl gehandelt und wurde dafür bereits im Karolswald erschossen.«

Eine lange Pause trat ein. Während Jännis vor der geschlossenen Eingangstür wartete, beriet man sich im Schloss.

»Wir müssen an Mama denken!« beschwor Beatrice ihren Vater. »Wenn Jännis Simberg und seine Leute Wort halten, können wir Aicken verlassen. So schrecklich das auch für uns alle ist!«

»Sie hat Recht, Onkel Moritz. Gegen eine solche Übermacht

haben wir keine Chance. Und wer weiß – vielleicht stoßen noch weitere Leute dazu!«

In Moritz' Innerem tobte ein heftiger Kampf. Wenn er den Banditen gegenüber hart blieb, drohte der Tod seiner Familie und der treu ergebenen Bediensteten. Gab er nach, konnte man direkt in die Falle tappen, denn wer garantierte, daß es tatsächlich freien Abzug geben würde? Banditen wie Jännis Simberg war nicht zu trauen. Minutenlang rang er mit sich, wohl wissend, daß Arved, Beatrice, sein Sohn Constantin und vermutlich auch andere im Schloss die harte Linie nicht befürworteten.

»Gut«, sagte er schließlich, und sein Blick flackerte. Beatrice sah, wie schwer ihm diese Entscheidubg fiel. »Wir lassen ihn kurz herein. Arved, du durchsuchst ihn zunächst nach Waffen.«

Durch die massive Eingangtür rief er:

»Fünf Minuten, Simberg, länger nicht! Wenn einer deiner Kumpane sich von der Stelle rührt, kommst du hier nicht lebend heraus!«

»Ich bespreche mich jetzt mit meinen Genossen!«

»Wage ja nicht, mit einer Waffe zurückzukommen!«

# 86

Graf Moritz und die anderen spähten aus dem Fenster des Blauen Salons. Zehn Minuten später kehrte Jännis mit zwei Begleitern zurück.

»Ich hab's doch gesagt!« Wütend blickte Graf Moritz in die Runde. »Solche Kerle halten niemals ihr Wort.«

In einiger Entfernung, doch gut sichtbar, blieben die beiden Begleiter stehen und Jännis ging allein Richtung Eingangstür. Beatrice blickte genauer hin. Dann griff sie heftig nach dem Arm ihres Vaters.

»Papa, ich weiß, wer die beiden anderen sind!« begann sie. »Der mit dem weißen Bart ist Mischa, der Mann, der früher mal Tante Meggies Hauslehrer war! Und der andere ... Seine Fotografie steht auf ihrem Flügel. Er ist ihr Sohn Iwan aus Sewastopol!«

Graf Moritz war so perplex, daß er seine Tochter nur anstarren konnte. Arved, der nicht verstand, worum es ging, runzelte die Stirn und wollte etwas sagen, als Beatrice ihm zuvor kam.

»Ja, ich erkenne ihn genau! Die gleichen hellen Augen wie dieser Mischa!« rief sie. »Die beiden sind Vater und Sohn!«

»Was?!« rief Moritz mit ungläubiger Stimme. »Das soll dieser Mischa sein und der andere Meggies Sohn? Und dann erschießen sie Meggie, kommen beide hierher und bedrohen uns alle? Was für elende Schweinehunde!« Er wandte sich an Arved. »Behalte die beiden gut im Auge. Wenn sie vorrücken, gib sofort Bescheid.«

Inzwischen war Jännis an der Tür angekommen und klopfte

energisch dagegen. Das Gewehr in Anschlag wollte Moritz auf die Klinke drücken.

»Augenblick Papa,« rief Beatrice, die ihm sofort nachgelaufen war. »Warte. Es ist am Besten, wenn **ich** mit Simberg verhandle.«

»Kommt nicht infrage!« Seine Augen blitzten vor Zorn. Doch Beatrice war entschlossen.

»Mir kann gar nichts passieren! Er wird nach Waffen durchsucht, und ich habe meinen kleinen Revolver parat.«

»Schlag dir das aus dem Kopf!«

»Als Frau kann ich vielleicht mehr erreichen. Ich rede mit ihm, damit die ganze Sache hier ein gutes Ende findet.«

In dem Moment kam die Kammerzofe Sofia über die Freitreppe geeilt.

»Exzellenz, kommen Sie sie rasch! Ihrer Frau geht es sehr schlecht ... Sie verlangt nach Ihnen!«

Moritz schüttelte den Kopf.

»**Du** gehst, Beatrice, beeil dich!«

»Sie verlangt nach **dir**, Papa. Worauf wartest du?«

Moritz zögerte.

»Gut, ich gehe kurz zu ihr. Untersteh dich, die Tür zu öffnen!« Rasch entfernte er sich.

Beatrice wartete, bis sein Schritte verklungen waren. Sie wußte, daß sie jetzt handeln mußte, gegen den Willen ihres Vaters. Gerade weil es ihrer Mutter so schlecht ging, wären lange und zähe Verhandlungen mit den Aufständischen lebensbedrohlicher für sie. Beatrice war voller Zuversicht, daß alles friedlich verlaufen und die Familie verschont würde. Ehe Arved und Constantin reagieren konnten, öffnete sie die Eingangstür. Jännis Simberg stand direkt vor ihr. Auf den Lippen ein undurchsichtiges Lächeln, deutete er eine kleine Verbeugung an, eine eher ironische Geste.

»Komm sofort zurück, Bea!« rief Arved.

Sie achtete nicht auf seine Worte und musterte Jännis von oben
bis unten.

»Bist du unbewaffnet?«

Jännis hob die Arme.

»Ja.«

In dem Moment kam Graf Moritz zurück und sah sich vor
vollendete Tatsache gestellt. Wütend ballte er die Fäuste, doch
es war zu spät. Beatrices Blick fiel auf die beiden Männer einige
Meter entfernt, Vater und Sohn, beide mitschuldig am Tod der
Geliebten und Mutter.

»Ich weiß, wer Sie sind, Mischa!« rief sie ihnen zu. »In jungen
Jahren waren Sie als Hauslehrer auf Aicken. Und Sie, Iwan, Sie
sind der Sohn von Mischa und meiner Tante, die heute so feige
ermordet wurde! Vor einem Jahr hatte sie Ihre Adoptivmutter in
der Tischlerei in Sewastopol besucht.« Wie vom Donner gerührt
starrten die beiden Männer einander an.

Im Entrée des Schlosses wurde Jännis nach Waffen durchsucht.
Arved schüttelte den Kopf. »Nichts!«

Moritz konnte das Geschehen immer noch nicht fassen. Irritiert wandte er sich an Jännis.

»Also, was willst du verhandeln?« fragte er.

Jännis grinste.

»Ich rede nur mit **ihr**!« Mit dem Daumen seiner schmutzigen
Hand zeigte er auf Beatrice. Drohend ging Graf Moritz einen
Schritt auf ihn zu.

»Laß nur Vater, ich mache das schon. Jännis Simberg ist ein
vernünftiger Mann, mit dem man sicher reden kann.«

»Gut, daß Sie das so sehen! Ich habe nicht vergessen, daß Sie
sich damals für meinen Vater eingesetzt haben, während der Herr
Papa und dieser Eisenstetten keine Gnade kannten!«

»Kommen Sie«, sagte Beatrice und ging mit energischen
Schritten Richtung Bibliothek. Jännis folgte ihr.

»Um Gottes Willen« füsterte Constantin, der neben Arved stand. »Hoffentlich kommt sie da heil wieder heraus!«

Arved lief einige Schritte hinter den beiden her und rief mit scharfer Stimme:

»Wenn du ihr etwas antust, bringe ich dich um!«

Jännis reagierte nicht. Die Tür zur Bibliothek fiel ins Schloss.

Mit bedenklicher Miene tauschten Willuk, Schröder und Stallmeistere Gulbe, der inzwischen dazu gekommen war, einen Blick. Wie hatte der Graf das zulassen können?! Doch eine kritische Bemerkung erlaubten sie sich gegenüber ihrem Brotherrn nicht. Sie bezogen Posten am Fenster des Blauen Salons, um die beiden Männer vor dem Schloss im Blick zu behalten. Die gestikulierten und redeten lebhaft miteinander. Plötzlich fielen sich beide in die Arme, und der jüngere, den die Comtesse Iwan genannt hatte, schluchzte an der Schulter des Älteren.

Arved, Constantin und Graf Moritz postierten sich mit schußbereiten Gewehren vor der Tür zur Bibliothek. Von drinnen waren nur undeutliche Gesprächsfetzen zu vernehmen. Nach einer Weile hörte man Schritte, und die Tür wurde aufgerissen. Mit Tränen überströmtem Gesicht und hängenden Schultern taumelte Beatrice auf den Korridor. Grinsend folgte Jännis, die Hände lässig in den Hosentaschen. Sofort packte Arved ihn und scheuderte ihn gegen die Wand.

»Was hast du mit ihr gemacht, du Dreckskerl?!«

»Nicht das, was du denkst!« zischte Jännis verächtlich und stieß Arved zurück. Sofort war Constantin zur Stelle und bohrte Jännis das Gewehr in die Brust. Graf Moritz nahm die Hand seiner Tochter.

»Was ist geschehen, Bea? Rede!«

Mehrfach setzte Beatrice an, dann stammelte sie.

»Sie, sie geben uns freien Abzug, Papa. Doch nur einer von euch darf mitkommen: Arved oder du, das ist die Bedingung, dann können wir anderen gehen. Ich soll entscheiden, wer von euch bleiben muß! Aber ich kann das nicht entscheiden ...« Erneut kamen die Tränen, und sie schluchzte bitterlich.

Entsetzt blickten die anderen sich an.

»Du verdammter ...« stieß Graf Moritz zwischen den Zähnen hervor. »Hätte ich dich nur seinerzeit ...« Er beendete den Satz nicht, denn er wußte, wenn er jetzt unbedacht handelte, wäre alles umsonst gewesen. Mit zufriedener Miene und kaum verhohlenem Triumph ging Jännis zur Tür.

»Ihr habt zwei Stunden, um euch zu entscheiden, das Nötigste zu packen und zu verschwinden. Keinen Schmuck, keine Wertgegenstände.«

»Wie stellst du dir das vor? Sollen wir zu Fuß gehen? Meine Frau ist schwer krank, sie braucht dringend einen Arzt!«

»Wir sind großzügig und geben euch ein Pferd und einen Jagdwagen. Eine Kammerzofe kann mit euch fahren. Alle anderen bleiben hier.« Mit einem Krachen fiel die schwere Haustür zu.

Minutenlang herrschte Stille. Alle wußten, daß die Würfel endgültig gefallen waren. Voller Entschlossenheit sagte Arved jetzt klar und deutlich:

»Ich bin es, der bleiben wird, Onkel Moritz.«

Verzweifelt schüttelte Beatrice den Kopf und warf sich in Arveds Arme.

»Nein, ich kann dich nicht noch einmal verlieren!«

Sanft schob Arved sie von sich.

»Ich sehe keine andere Möglichkeit, Bea. Deine Mutter ist schwer krank. In Wolmar oder Riga gibt es einen Arzt. Dein Vater, du und Constantin, ihr gehört jetzt an ihre Seite.«

# 87

*Zwei Stunden Zeit,* dachte Beatrice voller Angst. Wie sollte sie das alles ertragen? Warum stellte Simberg die Bedingung, daß sie die Wahl zwischen ihrem Vater und Arved treffen mußte? Sie fand keine Erklärung außer der, daß es pure Willkür sein mußte. Es war unmenschlich, grausam, und doch würde es für den Rest der Familie freien Abzug bedeuten. Ein Trost? Beatrice wußte es nicht. Manchmal ist das Leben erbarmungsloser als der Tod. Zwei Stunden blieben ihr bis zum endgültigen Abschied von Arved, kaum, daß er nach so langer Zeit zurückgekehrt war! Wie sollte sie die Trennung von ihm überstehen? Zwei Stunden, um alles hier zurückzulassen, ihre Kindheit, die unbeschwerte Jugend, die emotionalen Turbulenzen der letzten Jahre, ihr endlich gefundenes Glück … Wie erbarmungslos und brutal hatte Gott über sie alle gerichtet! Sie waren verloren. Ihre Mutter, dem Tode nah; der Vater, der Aicken als gebrochener Mann verlassen würde; die geliebte Tante, unter Beteiligung des eigenen Sohnes ermordet; Arved, der Willkür der Banditen ausgeliefert; Constantin, so jung und dennnoch wurde ihm jetzt schon seine Zukunft genommen. Alles in ihrem Kopf drehte sich. Wo anfangen, was sollte man mitnehmen auf die gefährliche Reise in die Fremde? Keine Zeit, lange darüber nachzudenken. Unerbittlich eilten die Minuten dahin. *Schnell, schnell, denk nach!* Was ist das Wichtigste?

Schon trieben sich die ersten Aufständischen wenige Meter vor dem Eingangsbereich des Schlosses herum, traten hin und wieder gegen die Tür als verlangten sie Einlaß. Andere rannten in den Schlosshof und zu den Hintereingängen, einige mit einer

Schnapsflasche in der Hand. Vor gieriger Erwartung lärmten und johlten sie. Irgendwo fielen erste Schüsse. Es war höchste Eile geboten, jeden Moment konnte der Mob das Schloss stürmen! Jännis Simberg, Iwan und sein Vater Mischa waren nicht mehr zu sehen.

Zwei Stunden. Die Uhr tickte. Beatrice rannte ins Zimmer ihrer Mutter. Dort hatte Graf Moritz soeben seiner Frau die Lage erklärt. Mit fiebrigen Augen und immer wieder schmerzhaft hustend, doch ruhig und mit Würde, schickte sich Charlotte ins Unvermeidliche. Die Kammerzofe Sofia, die die Familie begleiten sollte, packte eilig einige Sachen der Gräfin. Viel durfte es nicht sein, und Sofia handelte überlegt. Bevor Graf Moritz den Raum verließ, um seine eigenen Sachen zu holen, übergab er Sofia die Schatulle mit dem Familienschmuck.

»Legen Sie meiner Frau einen weiten Sommermantel sowie einige leichte Decke um und verstecken Sie die Schatulle möglichst nah an ihrem Körper.«

Beatrice sagte nichts. Wenn der Schmuck gefunden wurde, wären alle in höchster Gefahr. Doch sie verstand, daß ihr Vater soviel retten wollte, wie er konnte. Viel war es ohnehin nicht, denn sie würden Aicken verarmt und heimatlos verlassen. Beatrice beugte sich zu ihrer Mutter und küßte ihre heißen Wangen.

»Bald sind wir in Wolmar und bei Dr. Landmann. Hab keine Angst, Mama!«

»Es tut mir so unendlich Leid um dich und Arved,« sagte Charlotte leise. »Aber ich bin sicher, daß ihr euch wiederseht. Er wird alles daransetzen, uns irgendwann zu folgen.«

Beatrice nickte und kämpfte gegen den Kloß an, der ihr die Kehle zudrückte. Wie elend und schwach fühlte sie sich! Nun mußte sie ihre Mutter bis zur Abfahrt allein lassen. Mühsam unterdrückte sie ihr Schluchzen. Auf der Freitreppe traf sie Arved, der die Stufen empor hastete.

»Ich verabschiede mich jetzt von Charlotte,« sagte er mit belegter Stimme. Beatrice weinte. Arved nahm sie in seine Arme.

»Wir müssen beide sehr stark sein, Bea,« sagte er beschwörend. »Sonst schaffst du es nicht, Aicken zu verlassen, und ich schaffe es nicht, hierbleiben zu müssen. Doch wir haben keine Wahl!« Er eilte weiter.


Constantin stand in seinem Zimmer, unfähig, zwischen wichtigen und unwichtigen Dingen, die er mitnehmen wollte, zu unterscheiden. Unschlüssig ging er zum Fenster und blickte in den Schlosshof. Dort stand ein gelber Jagdwagen, und einer der Stallburschen schob soeben die Stute Pola an die Deichsel und spannte sie an. Einige Meter weiter prügelten Päkka und zwei seiner Kumpanen soeben Stallmeister Gulbe aus der Wagenremise und drückten ihn gegen die Wand. Mehrere Mal schlug Päkka auf ihn ein, dann zog er seinen Revolver und schoß ihm in den Kopf. Der Stallmeister sackte zu Boden, die Männer johlten. Wie gelähmt starrte Constantin nach unten. Wen würden die Banditen als nächstes erschießen?

»Constantin?« ertönte jetzt Arveds Stimme in der geöffneten Tür. »Beeil dich! In einer halben Stunde müßt ihr los!«

»Warum kann ich nicht an deiner Stelle hierbleiben?«

»Weil deine Familie dich braucht! Du darfst sie nicht im Stich lassen!«

»Sie werden dich umbringen, wenn wir weg sind!«

»Mach dir keine Sorgen! Ich werde mir zu helfen wissen.«

Er ging zu Constantins Kleiderschrank, holte ein Paar lange Hosen, mehrere Hemden und eine Jacke.

»Hier. Mehr brauchst du nicht, es ist Sommer. Aber nimmt ein zweites Paar Schuhe mit!«

Eilig verließ er den Raum. Wie in Trance öffnete Constantin eine kleine Reisetasche und verstaute die Sachen darin. Zum

Schluß holte er Marias gerahmte Fotografie aus der Nachttisch-
schublade und legte sie oben auf.

Graf Moritz warf einen Blick auf seine Taschenuhr. Noch fünfzehn Minuten bis zum Ablauf des Ultimatums. Er hatte die wichtigsten Papiere und Dokumente eingepackt: Unterlagen über die
Größe und die Grundbucheintragungen des weitläufigen Land-
besitzes; Ehe- und Geburtsdokumente; Kontenbelege; die Kopie
des Adelsbriefes und die Familienchronik. Ob der Jagdwagen
schon bereit stand? Besser, er sah nach. Im Schlosshof entdeckte
Moritz den toten Stallmeister gleich neben dem Pferdegespann.
Er sah das feixende Gesicht von Päkka, der lässig an der Wand
lehnte und einen Schluck aus der Schnapsflasche nahm. Moritz
ging direkt auf ihn zu. Als er dem ehemaligen Stallburschen von
Angesicht zu Angesicht gegenüberstand, sah er Angst in dessen
Augen aufglimmen. Moritz verspürte ein tiefes Gefühl der Be-
friedigung. Dieser Verräter, Schweinehund und feige Mörder
hatte trotz seiner nunmehr machtvollen Position tatsächlich
noch Angst vor ihm! Als ahnte Päkka die Gedanken des Grafen,
verzog er bösartig seinen Mund und zückte seinen Revolver.

»Was willst du, du Ausbeuter? Hast du immer noch nicht be-
griffen, was die Stunde geschlagen hat?«

»Das zählt irgendwann nicht mehr, Päkka. Nicht für dich,
nicht für deinesgleichen. Feige Mörder seid ihr, weiter nichts.
Eure Revolution wird auch euch eines Tages verschlingen, verlaß
dich darauf! Dann wirst du an meine Worte denken, bevor du
zur Hölle fährst.«

Er drehte sich um und ging zurück ins Schloss. Seine Reisetasche war gepackt, Charlotte von Sofia reisefertig versorgt, Beatrice und Constantin hielten sich bereit. Nun blieb Moritz noch
eine Aufgabe, die er schweren Herzens erledigen mußte. Er ging
in sein Jagdzimmer. Dort lagen die Jagdhunde Othello und Jago

schläfrig auf dem Steinfußboden vor dem kalten Kamin. Als sie die Schritte ihres Herrn hörten, sprangen sie auf und liefen freudig auf ihn zu. Moritz kraulte beiden den Hals. Dann nahm er seinen Revolver und erschoß die beiden langjährigen und treuen Jagdbegleiter. Durch den Schuß alarmiert stürzte Arved in den Raum. Als er die toten Tiere entdeckte, sagte er nichts. Er ging auf Moritz zu, umarmte ihn lange. So verabschiedeten sich die beiden Männer und konnten die Tränen nicht zurückhalten.

»Das werde ich dir nie vergessen, Arved.« Moritz schluckte und wischte sich über die Augen.

»Ich tue es für meine Familie, Onkel Moritz. Gott sei mit euch und beschütze euch!«

Wenig später trug Moritz seine Frau in den Schlosshof. Als hätte das Fieber fluchtartig ihren Körper verlassen, lag eine todesähnliche Blässe auf Charlottes Gesicht. Nachdem sie im Wagen saß, verirrte sich ihr Blick an einen Giebel der Stallungen. Dort schwang sich soeben ein schwarzer Vogel in die Luft und wurde vom scharfen Licht des Spätnachmittags verschluckt. Mit zitternder Hand krallte sich Charlotte am Sitzpolster fest und Schloss die Augen.

Der Leichnam des toten Stallmeisters war entfernt worden. Überall lümmelten Aufständische herum und beobachteten feixend und gröhlend die Vertreibung der verhaßten Herrenmenschen. Während Päkka und Jännis inmitten ihrer Genossen standen, hielten sich Mischa und Nicolai etwas abseits, als gehörten sie nicht mehr dazu.

Das Schlosspersonal hatte Aufstellung bezogen, um die Familie zu verabschieden. Graf Moritz ging von einem zum anderen, dankte für die Treue und wünschte ihnen alles Gute für die Zukunft. Er sah die Angst in ihren Augen. Vermutlich ahnten sie, daß der Mob auch Rache an ihnen nehmen würde. Vor Butler Johann verweilte Moritz einen Augenblick länger. Dem alten

Mann standen Tränen in den Augen. Moritz drückte ihm fest die Hand, und zum Abschied verbeugte sich der alte Mann noch einmal vor ihm.

Beatrice und Arved lagen sich ein letztes Mal in den Armen. Nachdem er Beatrice in den Wagen geholfen hatte, ging Arved zurück ins Schloss. Er blickte sich kein einziges Mal um. Mit Tränen überströmtem Gesicht nahm Beatrice neben ihrer Mutter und Sofia Platz. Die Kammerzofe bemühte sich um Würde und Fassung, doch ihr rannen ebenfalls Tränen über die Wangen. Auch sie verlor ihr Zuhause, auch sie mußte einer ungewissen Zukunft entgegensehen.

Constantin setzte sich auf den Kutschbock und nahm die Zügel. Dann bestieg auch Graf Moritz den Wagen und griff nach der Hand seiner Frau, die wie leblos die Augen geschlossen hatte. *So geht es also zu Ende*, dachte Moritz bitter. Jahrhunderte lang hatte seine Familie hier gelebt, das Land bestellt, den Herrschern gedient, Kriege überlebt und Friedenszeiten mitgestaltet. Nun war es sein Schicksal, als der letzte Besitzer von Schloss Aicken den Niedergang und die Vertreibung der Familie zu erleben, den tiefen Fall aus großer Höhe. Doch in einem Winkel seines Herzens wußte Moritz, daß sich diese Zeitenwende lange angekündigt hatte. Nichts hätte sie verhindern können, denn alles im Leben ist stetigem Wandel und Veränderung unterworfen. Und immer gibt es Menschen, die den Preis dafür zahlen müssen. Doch in der Stunde des größten Verlustes soll man dankbar für das sein, was einmal gewesen ist.

Kaum hatte sich der Wagen in Bewegung gesetzt, begann ein wildes Gröhlen und Jubelgeschrei. Einige der Aufständischen stürzten sofort ins Haus, andere schlugen auf das Schlosspersonal ein und trieben die Leute in die Wagenremise. Niemand im Jagdwagen sagte ein Wort.

Durch den Tränenschleier nahm Beatrice alles wie die

unwirkliche Kulisse eines alptraumhaften Theaterstückes wahr. Sie dachte nichts, sie fühlte nichts. Nur eine grenzenlose Leere, die sie ins Bodenlose zog. Als der Wagen auf die Eichenallee einbog, drehten sich Graf Moritz und Constantin noch einmal um. Sämtliche Fenster des Schlosses waren aufgerissen worden. Teppiche, Möbelstücke, Skulpturen, Porzellan, Silbergeschirr und Gemälde wurden unter Freudengeschrei hinausgeworfen. Constantin begann zu schluchzen. Verzweifelt schlug er mit der Peitsche auf das Pferd ein, um den schrecklichen Szenen zu entfliehen.

Auch Beatrice wandte den Kopf und schien aus ihrer Erstarrung zu erwachen. Ihr einziger Gedanke galt Arved. Nun war auch er der Wut und dem Haß dieser Männer ausgeliefert! Er hatte sich geopfert, damit die Familie mit dem Leben davonkam. Wie mit tausend Messern wütete der Schmerz in Beatrices Brust. Nie, nie würde sie den Geliebten wiedersehen! Ab jetzt schien das Leben für sie sinnlos.

Ein letzter Blick zurück. Am Ende der Eichenallee angekommen, sah Beatrice die ersten Flammen aus den Fenstern im ersten Stock züngeln. Ihre Farbe vermischte sich mit dem hellen Licht der Junisonne, deren Strahlen sich an der weißen Fassade von Schloss Aicken verloren.

# 88



*Paris, 1. November 1923, später Abend*

Im Salon des Antiquitätenhändlers Dubois verströmte der Kachelofen eine schläfrige Wärme. Doch nach Schlaf war weder dem alten Mann noch seiner Besucherin zumute. Seit dem Mittagessen hatten sie es sich in den Plüschsesseln bequem gemacht. Nur unterbrochen von einem schnellen Abendessen mit Baguette, einer Käseplatte und Rotwein, hatte Beatrice ihre Geschichte weiter erzählt. Nun schien sie am Ende, denn eine lange Pause trat ein. Dubois betrachtete die junge Frau, die sichtlich mitgenommen und erschöpft wirkte. Er wagte nicht, sie anzusprechen.

Beatrice trank einen Schluck Rotwein und straffte ihre Gestalt. Ihre Wangen waren bleich und eingefallen, in ihren Augen tanzte das Licht der kleinen Lampe neben dem Ofen. Von draußen erklang das Klappern der geschlossenen Fensterläden. Es war wieder Wind aufgekommen, er begleitete das unstete Geräusch feinen Regens.

»Es ist noch nicht zu Ende, Monsieur,« begann Beatrice nun mit leiser und belegter Stimme. Sie betrachtete den Siegelring an ihrem Finger und legte dann wie fröstelnd die Hände ineinander.

»Der Rest ist schnell erzählt. Doch vorab noch eines. Wir waren kaum eine halbe Stunde von Arcken entfernt, als ich voller Schrecken feststellen mußte, daß ich meinen Siegelring nicht trug! Wo und wann hatte ich ihn abgelegt? Ich wußte es nicht mehr. In der Hektik der letzten Stunden hatte ich den Ring völlig vergessen. Mir war klar, daß er für immer verloren war.«

453

»Nun ist er Ihnen auf wundersame Weise bis nach Paris gefolgt!« bemerkte Dubois.

Beatrice lächelte wehmütig.

»Ja, und bisher hat er sein Geheimnis nicht preis gegeben!«

»Erzählen Sie weiter, Comtesse.«

»Das war der traurige Abschied von unserer Heimat. Wir alle fühlten uns wie betäubt, wie in einem bösen Traum, aus dem wir jeden Moment erwachen würden. Erst langsam wurde uns wirklich bewußt, was geschehen war. In Wolmar kümmerte sich Dr. Landmann um meine Mutter. Er konnte ihr nur ein Beruhigsmittel spritzen und machte uns wenig Hoffnung auf Besserung. Ihre Hustenanfälle waren während der Fahrt wieder schlimmer geworden. Mit ihren angegriffenen Lungen litt sie mehr und mehr unter Atemnot. Wir alle rechneten in Kürze mit dem Schlimmsten. Zwei Tage später erreichten wir Riga, wo wir im Haus meiner Großeltern unterkamen. Die Räume waren zwar teilweise bereits geplündert und verwüstet worden, doch wir konnten dort erst einmal unbehelligt leben. Mein Vater suchte noch einige Freunde auf, die bisher von den Unruhen verschont geblieben waren und die uns vielleicht weiterhelfen konnten. Der Plan war, Livland schnellstmöglich zu verlassen und eine Schiffspassage nach Finnland zu buchen. Dort besaß unsere Familie ein Stück Land und einen kleinen Bauernhof, der verpachtet war. Für eine Weile würden wir da unterkommen und dann weiter sehen.«

»Es war doch noch immer Krieg, wenn ich Sie richtig verstanden habe, Comtesse. Gab es denn überhaupt eine Möglichkeit, per Schiff nach Finnland überzusetzen?«

»Ja, aber es war schwierig. Die Deutschen hatten Riga zwar noch nicht besetzt, doch die Situation in der Stadt war unsicher. Sie können sich vorstellen, daß wir die Zeit dort voller Anspannung und Angst verbracht haben. Wir hatten Aicken

verloren. Meine Tante war ermordet worden, meiner Mutter ging
es sehr schlecht. Arved und ich waren getrennt worden, und ich
wußte nicht, wie ich diesen Verlust und die Unsicherheit über
sein Schicksal ertragen sollte.

Eines Tages kam mein Vater mit guten Nachrichten zurück.
Am nächsten Morgen fuhr ein finnisches Schiff, und er hatte
Fahrkarten besorgen können. An Bord trafen wir viele baltische
Landsleute, die ebenfalls das Land verlassen wollten. Alle Kabinen waren belegt, das Schiff komplett ausgebucht. Bei ruhiger
See und einem strahlenden Sommerhimmel verließen wir Riga.
Die zahlreichen Kirchtürme, die Silhouette der mittelalterlichen
Hansestadt, die Gestade des Hafens, wo unser Urahn vor mehr
als dreihundert Jahren zum ersten Mal livländischen Boden betreten hatte! Ich wußte, daß ich all das nie wiedersehen würde.«

»Wie ging es inzwischen Ihrer kranken Mutter?«

»Sehr schlecht. Wir beteten, daß sie wenigstens die Fahrt überstand! Sie schlief die meiste Zeit, und ich glaube, daß sie von
alledem nur wenig mitbekommen hat. Erschöpft, voller Sorge
und Unruhe, doch auch mit einem Funken Hoffnung, daß wir
bald in Sicherheit wären, legten wir uns am ersten Abend zu Bett.

Es geschah mitten in der Nacht. Ein dumpfer Knall, das Schiff
schwankte. Constantin und ich, die wir uns eine Kabine teilten,
waren sofort wach. Wir stürmten auf den Korridor, der voller
Menschen war, die an Deck wollten. Das laute Tuten des Signalhorns ertönte. In dem Moment hörte man Schreie. *Ein Torpedo!
Wir sinken!* Constantin und ich verloren uns aus den Augen.
Ich wollte zur Kabine meiner Eltern laufen, doch die fliehenden
Menschen versperrten mir den Weg. Ohne daß ich es verhindernt
konnte, wurde ich mit der Menge fortgespült. Plötzlich befand
ich mich an Deck und sah, wie das Schiff am Bug auseinander
brach. Was danach geschah, weiß ich nicht mehr. Ich erwachte
an einem kleinen Kiesstrand, und die Gesichter zweier finnischer

Fischer beugten sich über mich. Sie hatten mich aus dem Wasser gezogen.«

Beatrice hielt inne. Ihre Hände zitterten, und sie begann zu schluchzen. Erst nach einer Weile war sie in der Lage, weiterzusprechen .

»Ich bin die einzige meiner Familie, die überlebt hat. Meine Eltern, mein Bruder und auch Sofia sind bei dem deutschen Torpedo-Angriff ertrunken. Mit ihnen in die Tiefe gesunken ist auch die Schatulle mit dem wertvollen Familienschmuck. Wie durch ein Wunder hatte mich das Meer nicht verschlungen. Doch es fiel mir schwer, Gott für meine Rettung zu danken. Ich fühlte und fühle immer noch eine große Schuld. Warum wurde ich verschont? Seit vielen Jahren bedrückt es mich, daß sie alle am Ende auf so elende Weise sterben mußten. Voller Schmerz und Verzweiflung dachte ich auch an Arved. Ich bin sicher, daß die Revolutionäre sich gleich nach unserer Flucht an ihm gerächt und ihn ermordet haben. Nun hatte ich alles verloren, bis auf das nackte Leben.

Über viele Umwege und Stationen kam ich dann vor zwei Jahren nach Paris. Zunächst half mir ein russisches Emigrantenkommittee weiter. Ich hatte Arbeit in einem kleinen russischen Verlag gefunden. Doch seit zwei Tagen bin ich ohne Arbeit und muß sehen, wie es weitergeht.

Voilà Monsieur, nun kennen sie meine Geschichte.«

# 89



*Paris, 2. November 1923, nach Mitternacht*
Lange, bevor der Morgen graute, brachte Antoine Dubois seine Besucherin nach Hause. Ihr bescheidenes Mansardenzimmer lag in einem Gebäude vier Häuser weiter. Beide fühlten sich erschöpft von den vielen Stunden des Erzählens. Den Smaragdring mit dem eingravierten Wappen ihrer Familie hatte der alte Mann seiner Besucherin geschenkt. Beatrice ging sofort zu Bett, und unter den beiden Wolldecken schlief sie auf der klammern Matratze gleich ein.

Der Tag nach Allerheiligen war kalt und feucht. Kurz vor elf Uhr erwachte Beatrice, die Kälte kroch in alle Poren. Zeit, aufzustehen! Auch wenn es schwer fiel. Mit steifen Fingern steckte Beatrice Zeitungspapier und Anmachholz durch die Klappe des Kanonenöfchens. Es dauerte, bis das Feuer in Gang gesetzt war und Kohle nachgelegt werden konnte. Aus dem Porzellankrug goß sie eiskaltes Wasser in die Waschschüssel. Die Morgentoilette war schnell erledigt, und Beatrice zog sich an.

Was anfangen mit dem Tag? Ihre Arbeit im russischen Verlag hatte sie verloren, eine neue Tätigkeit schien nicht in Sicht. Bis in den Schlaf hinein und auch jetzt schweiften ihre Gedanken immer wieder in die Vergangenheit. Wie fern schien die Zeit damals in Aicken, wie mühsam der lange Weg der Flucht bis in dieses Mansardenzimmer! Die Trostlosigkeit der Stunde drückte auf ihrer Seele. Als ob die schrägen Wände der ehemaligen, winzigen Dienstbotenkammer ein Übriges taten, fühlte Beatrice sich eingeengt und gefangen.

Aus dem Schränkchen neben dem Bett nahm sie ein Stück trockenes, dunkles Brot und setzte sich frierend und erschöpft auf den einzigen Stuhl im Raum. Sie verspürte keinen Hunger und legte den Kanten beiseite. Von der Straße hörte sie die mittägliche, dumpfe Lärmglocke der Stadt. Pferdegetrappel, gelegentliches Autohupen und diffuses Stimmengewirr, die kehligen Schreie eines Ausrufers.

Auf der Stiege, die vom fünften Stock des Mietshauses zur Mansarde führte, waren jetzt die schlurfenden Schritte der Concierge zu hören. Beatrices Gesicht hellte sich auf. Brachte die gutmütige Frau ihr eine Tasse Kaffee oder Tee? Bevor es an die Tür klopfte, öffnete Beatrice.

»Guten Morgen, Mademoiselle! Ich habe mir schon Sorgen gemacht, wo Sie die ganze Zeit gewesen sind! Na, egal, jetzt sind Sie ja wieder da. Unten warten zwei Männer auf Sie, die Sie sprechen wollen.«

Beatrice runzelte die Stirn. Wer mochten die Besucher sein? Sie zog ihre Schuhe an und folgte der Concierge. Im Hausflur stand der Antiquitätenhändler Dubois. Er rieb sich die kalten Hände, strahlte übers ganze Gesicht und rief ihr zu:

»Überraschung, Comtesse! Ich glaube, Sie werden staunen!«

Aus dem Schatten der Concierge-Loge trat eine zweite Gestalt. Mit einer alten Fischgrätjoppe bekleidet, eine speckige Arbeitermütze auf dem Kopf, blickte ihr Arveds bärtiges Gesicht entgegen. Unter Millionen Männern hätte sie ihn erkannt! Die hellgrünen Augen, die schlanke Gestalt, die blonden Haarbüschel unter der Mütze – er war es, stand nur wenige Meter entfernt. Sekundenlang konnten sich beide nicht von der Stelle bewegen, dann fielen sie einander in die Arme. Überwältigt von ihrem Glücksgefühl begann Beatrice zu schluchzen. Ihre Schultern bebten so stark, daß Arved sie fest an sich drückte.

»Nun, was sagen Sie, Comtesse?« vernahm sie die enthusiastische Stimme des Antiquitätenhändlers. »Die ganze Sache mit dem Ring hat mir keine Ruhe gelassen. Heute morgen bin ich durch die Straßen gelaufen und habe mich nach der alten Frau erkundigt, die das gute Stück zu mir gebrachte hatte. Und siehe da – ich habe nicht nur *sie* ausfindig gemacht! Sondern Arved – verzeihen Sie, Herr Baron – auch gleich mit! Die Frau ist nämlich die Hauswirtin vom Herrn Baron! Und weil dieser krank im Bett lag, hatte *sie* den Ring gebracht.«

Beatrice und Arved lösten sich voneinander.

»Ja, weil ich verzweifelt war und Geld brauchte,« murmelte Arved peinlich berührt. »Ich konnte ja nicht ahnen …« Erneut nahm er Beatrice in die Arme.

»Daß es solche wundersamen Zufälle gibt!« meinte die Concierge mit gewichtiger Stimme. Sie verstand zwar nicht genau, worum es ging. Doch daß sich hier zwei Menschen nach langer Zeit wiedergefunden hatten, war nicht schwer zu erraten.

»Komm!« sagte Arved und nahm Beatrices Hand. »Laß uns ins *Café du Marché* drei Straßen weiter gehen. Da können wir uns alles erzählen. Dort in der Nähe wohne ich auch.«

Wenig später holte Beatrice ihren Mantel. Zusammen mit Arved verließ sie das Haus, nicht ohne sich noch einmal von ganzem Herzen bei Antoine Dubois zu bedanken. Eng umschlungen gingen sie wie ein glückliches Paar durch den Herbstnebel die Straße entlang. Beatrice lächelte und sagte:

»Hättest du gedacht, daß etwas in Erfüllung geht, wenn man es sich nur lange und heiß genug wünscht?«

»Ja,« erwiderte Arved. Er beugte sich zu ihr und küßte sie lange. Ein halbwüchsiger Laufbursche, der an ihnen vorübereilte, stieß einen Pfiff aus rief ihnen zu:

»Oh là là, l'amour!«.

Beatrice lächelte und griff nach Arveds Hand.

»So Vieles ist geschehen, ich weiß gar nicht, wo wir anfangen sollen!«

»Vielleicht bei deinem Ring, Bea? Immerhin hat er uns beide wieder zusammengeführt!«

»Seit ich ihn in der Auslage des Ladens gesehen hatte, habe ich nachgegrübelt, wie er hierherkam. Ich hatte ihn doch auf Aicken vergessen!«

»Richtig, und ich habe ihn zufällig in deinem Badezimmer gefunden. Gerade noch rechtzeitig, bevor die Banditen auch dort eingedrungen sind, mich geschnappt und dann verschleppt haben. All die Jahre habe ich ihn bei mir getragen. Ihn versteckt, immer in Angst, ihn zu verlieren. Durch halb Russland hat mich meine Flucht geführt, doch immer habe ich Mittel und Wege gefunden, mich irgendwie durchzuschlagen. Bis mich jetzt in Paris die Not gezwungen hat, ihn doch noch zu verkaufen.«

Er hielt kurz inne, nahm Beatrices Hand, küßte sie und betrachtete den Ring. Ein plötzlicher Sonnenstrahl, seltsames Zeichen an diesem Novembertag, fiel auf den Smaragd. Nachdenklich sagte Arved:

»Damit fing alles an, damals im letzten Jahr vor dem Krieg.«

»Und damit endet es jetzt. Nichts und niemand wird uns je wieder trennen!« Beatrice umarmte ihn stürmisch. »Mit dir an meiner Seite habe ich keine Angst. Alle Widrigkeiten des Lebens haben wir überstanden! Wir werden auch einen Weg für die Zukunft finden.«

Zehn Minuten später betraten sie das Café, wo dunstige Wärme, Zigarettenqualm und lautes Stimmengewirr sie empfingen. In der hintersten Ecke wartete der einzig freie Tisch, der wie durch Zufall eigens für sie reserviert schien.

# Nachwort der Autorin und Danksagung

Personen, Handlung und Örtlichkeiten in diesem Roman sind reine Fiktion. Die Hauptfiguren, ihre persönlichen Schicksale und ihre Bezüge zueinander entspringen ausschließlich der Phantasie der Autorin. Der historische und politische Hintergrund ist jedoch in weiten Teilen authentisch. Infolge der russischen Revolution, der Revolten und Freiheitsbestrebungen in den baltischen Provinzen, wurde auch meine Familie 1918 aus Livland vertrieben. Der Grundbesitz wurde enteignet, die Güter und Schlösser teilweise völlig zerstört. Nach dem Zerfall der Sowjetunion 1991 und der Entstehung der Republiken Estland, Lettland und Litauen wurden einige baltische Güter und Schlösser restauriert und somit vor dem gänzlichen Verfall bewahrt. Dazu gehört auch Schloss Kawershof (heute *Kaagjärve*), ein ehemaliger großer Fabrik- und Gutskomplex der Familie von Grote. Das Haupthaus wurde vor einigen Jahren von einer estnischen Familie komplett restauriert und wird heute als Luxus-Resort genutzt. Ein eigener Gedenkraum mit Fotografien, der Familiengeschichte und der Restaurierungschronik hält die Verbundenheit meiner Familie mit Kawershof lebendig.

Einzelheiten des damaligen Schlosslebens, der Land- und Forstwirtschaft und der politischen Turbulenzen sowie Teile der Fluchtgeschichte werden in den unveröffentlichten Memoiren meines Großvaters Heinrich von Grote ausführlich geschildert. Er beschreibt darin auch seine Erlebnissen am russischen

461

Zarenhof. Dort war meine Großmutter Natalie von Grote vor ihrer Heirat mit meinem Großvater eine der Hofdamen der Zarin. Diese Episode ihres Lebens hat mich bei der Charakterisierung meiner Romanfigur *Charlotte* inspiriert.

Als ich vor vielen Jahren diese Aufzeichnungen meines Großvaters gelesen hatte, entstand die Idee zum Roman *Schloss Aicken*. Deshalb geht mein inniger Dank an ihn, den letzten Majoratsherrn auf Carolen, Kawershof Repswald und Langensee.

# Die Autorin

Alexandra von Grote ging in Paris zur Schule und machte dort das französische Abitur. Sie studierte in München und Wien Theaterwissenschaften, Romanistik und Philosophie und promovierte zum Dr.phil.

Nach einer Tätigkeit als Fernsehspiel-Redakteurin im ZDF war sie Kulturreferentin in Berlin.

Seit vielen Jahren ist sie als Filmregisseurin tätig. Sie schrieb zahlreiche Drehbücher, Gedichte, Erzählungen und Romane. Ihre Romanreihe mit dem Pariser Kommissar LaBréa wurde von der ARD/Degeto und teamWorx Filmproduktion verfilmt.

Als Synchronregisseurin synchronisiert sie seit vielern Jahren anspruchsvolle Kinofilme, Fernsehfilme und Serien.

Alexandra von Grote ist Mitglied der Deutschen Filmakademie. Sie lebt in Berlin und Südfrankreich.

www.alexandra-vongrote.de